2023·151

合订本

上海故事会文化传媒有限公司

上海文化出版社

图书在版编目（CIP）数据

2023年《故事会》合订本.151期／《故事会》编辑部编.--上海：上海文化出版社，2023.9
ISBN 978-7-5535-2805-2

Ⅰ.①2… Ⅱ.①故… Ⅲ.①故事－作品集－中国－当代 Ⅳ.①I247.81

中国国家版本馆CIP数据核字(2023)第158392号

书　　名：2023年《故事会》合订本151期

主　　编：夏一鸣
副 主 编：吕　佳　朱　虹
责任编辑：曹晴雯　孟文玉
发稿编辑：吕　佳　朱　虹　姚自豪　丁娴瑶　陶云韫　王　琦
　　　　　曹晴雯　赵媛佳　田　芳　孟文玉
装帧设计：王怡斐
责任督印：张　凯

出　　版：上海文化出版社
出　　品：上海故事会文化传媒有限公司
　　　　　（201101　上海市闵行区号景路159弄A座3楼　www.storychina.cn）
发　　行：上海文艺出版社发行中心
　　　　　（上海市闵行区号景路159弄A座2楼206室）
印　　刷：浙江广育爱多印务有限公司
开　　本：787×1092毫米　1/32
印　　张：9
版　　次：2023年9月第1版
印　　次：2023年9月第1次印刷
书　　号：ISBN 978-7-5535-2805-2/I·1084
定　　价：25.00元

上海故事会文化传媒有限公司　出品(01165)

想看更多故事?
扫码下载故事会 App

上海故事会文化传媒有限公司所有图书可办理邮购，免收邮费（挂号除外）
汇款地址：上海市闵行区号景路159弄A座2楼206室（201101）
收 款 人：上海故事会文化传媒有限公司出版发行部
联系电话：021-53204159
如发现本书有质量问题，请与印刷厂质量科联系　Tel:0571-22805820

774

CONTENTS

扫二维码，可听全本故事。

2023

SEMIMONTHLY

5月上半月刊

开门八件事，扫码听故事。一本可读、可讲、可传、可听的全媒体杂志。

故事会

红版．上半月刊

社　长、主　编　夏一鸣

副社长　张　凯

副主编　吕　佳　朱　虹

本期责任编辑　孟文玉

电子邮箱　yuwenmeng@126.com

· 发稿编辑 ·

吕　佳　丁娴瑶　陶云韫　曹晴雯

美术编辑　王怡斐　郭瑾玮

红版编辑部电话　021-5320 4055

绿版编辑部电话　021-5320 4050

地址　上海市闵行区号景路159弄A座3楼

邮编　201101

主管、主办　上海文艺出版总社

出版单位　《故事会》编辑部

发行范围　公开

· 出版发行部 ·

发行业务　021-5320 4165

发行经理　钮　颖

媒介合作　021-5320 4090

广告业务　021-5320 4161

新媒体广告　021-5320 4191

· 融媒体中心 ·

《故事会》微博　@故事会

《故事会》微信　story63

故事中国网　www.storychina.cn

《故事会》网店

shop36332989.taobao.com

故事会公众号

故事会小程序

国外发行　中国图书贸易总公司

印刷　上海四维数字图文有限公司

发行：中国邮政集团公司报刊发行局总发行

国内代号　4-225　定价　8.00元

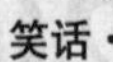

·笑话·

男人与狗

狗掉进海里了，男主人对打捞队说：“这条狗如同我的孩子，拜托一定要替我找到它！”

一周后，打捞队电话来了：“您的孩子找到了，上边爬了许多的螃蟹和虾，怎么办？”

男主人回复：“请把螃蟹和虾卖了吧，钱打给我，再把孩子送回海里。下次继续，谢谢。”

（霹雳贝贝）

（本栏插图：包丰一）

有没有 20

小李在公司楼下买东西，忘了带手机，身上也没现金。一个不太熟悉的女同事也来买东西，小李连忙求助：“美女，你有 20 吗？”

美女甜甜地笑了：“你猜。”小李说：“我猜肯定有！”

美女捂嘴笑道：“我都 32 了，孩子都快上幼儿园啦！”

（肉小丁）

最难的问题

三人聊天，甲说：“婚姻里最难的问题就是：我和你妈掉河里你先救谁？”

乙摇头：“不，最难的是老婆生孩子难产，医生问你保大还是保小！”

丙说：“这都不算啥，我认为最难的是：老婆难产，医生问你保大还是保小，这时你妈跳进河里逼你保小！”

（咸白脱）

夜晚唱歌

张大妈退休后，每天晚上都去健身广场唱歌，小孙子问她："为啥总要晚上去广场唱歌？"

张大妈答："演唱会都在晚上办啊！晚上健身广场人多，气氛热烈，场场爆满！我一边遛弯一边唱，这就叫'巡演'！"（么西么西）

偏心的护士

正要输液的小宝问护士："阿姨，你给我输的是什么呀？"

护士说："这是糖水，一点都不疼的。"小宝果然没有哭闹。

过了一会儿，小宝发现旁边的小朋友输的是褐色的药水，便"哇"地哭了："护士阿姨偏心，给他打可乐，只给我打糖水！"

（七饭饭）

儿童不宜

妈妈回到家，在门外听见屋里电视传出声响，娇滴滴的女声喊："不要啊！"另一个粗鲁的声音则狞笑着说："你今天是跑不了啦！"

妈妈打开门对着儿子吼道："不准看儿童不宜的片子！"

儿子小手一指，原来电视里放的是《大灰狼与小绵羊》。

（皮条胡同老拉家）

梦醒时分

大壮哭着打电话报警："救命！我可能被绑架了，一醒来发现自己在一个完全陌生的地方！"

警察说："请冷静观察一下环境，我们会尽快定位前来营救的。"

这时大壮又说："对不起，这就是我自己家。应该是我妈趁我睡着的时候来了，把家里彻底打扫了一遍……"

（梅之傲）

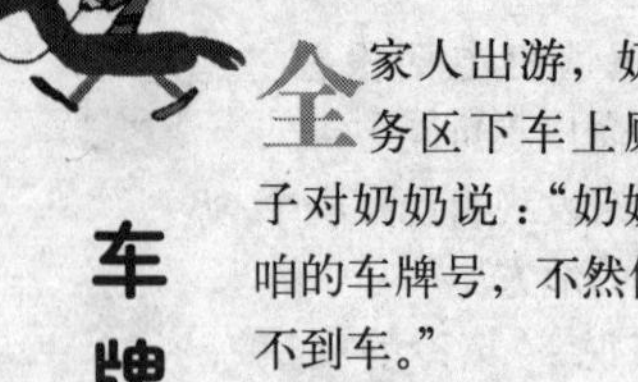

·笑话·

车牌号太难

全家人出游，奶奶在服务区下车上厕所，孙子对奶奶说："奶奶，看好咱的车牌号，不然你回来找不到车。"

奶奶看了一下车牌，说："哎呀，太难了！"

孙子问："记车牌号有啥难的？"

奶奶指着车牌说："这是个算术题啊，68×35？我可算不出来！"

（潘光贤）

结婚领悟

大街上，结婚车队缓缓驶过，甲问乙："这个结婚车队头车是白色的，象征着白头到老，可后面跟着的为啥都是黑车呢？"

乙答："刚开始都想白头到老，结婚以后就闭着眼一条道走到黑啦！"

（染色郁金香）

算命新花样

小赵感慨道："现在景区算命的都有新花样了！"

同事好奇："怎么个新法？"

小赵说："那天我正用手机拍照，旁边一个算命的就冲我喊：'小伙子，这里海拔高网络信号不好，我帮你测一测附近的Wi-Fi密码吧！'"

（蟹黄鲍鱼羹面）

搅拌咖啡

一位母亲对心理医生说："我儿子好像有点不正常。"

心理医生问："为什么？"

母亲说："他用左手搅拌咖啡。"

心理医生说："这很正常的，有些人天生是左撇子。"

母亲摇头："可他是直接用左手搅拌啊！"

（啾咪咪）

暗恋好不好

大学生小徐暗恋一个姑娘，一天在宿舍里问道："兄弟们，你们说暗恋好还是表白好？"

舍友答："当然是暗恋好了！"

小徐问："何以见得？"

"表白成功了花钱，失败了伤心；还是暗恋好，既不伤心又不花钱！"

（廖钰烨）

老婆的厨艺

张三说："我跟老婆说她做的菜太难吃了，她就报了个培训班，天天上课。"

李四很羡慕："那现在她的厨艺肯定很棒了。"

张三叹气："她学的是武术，把我打得不敢说不好吃。"

（雨点宝宝）

父子赏梅

父子俩在公园见到一株蜡梅含苞未开，父亲教儿子："这是蜡梅花。"儿子点头。

再往前走，是一树已经盛开的蜡梅花，父亲忙问儿子："爸爸刚刚教过你的，这是什么花？"

儿子略作思索，大声答道："蜡有花！"

（吴　杰）

表演相声

贝贝对爸爸说："儿童节联欢会，我和同桌要表演相声！"

爸爸高兴地说："那太好啦，你先演给爸爸看看！"

贝贝清了清嗓子，说："嗯，哦，就是，哎，嗨……"

爸爸忍不住插嘴："不是说相声吗，你'嗯'啥呢？"

贝贝委屈地说："我是捧哏，台词就是这些……"

（菊之雅）

偷狗贼

□ 大刀红

秦小林是县职业高中的学生。这天，他从学校溜出来，在街头漫无目的地闲逛。突然，一辆破旧的面包车“嘎吱”一声，停在他面前，有个光头探出身子，对他说：“小林，有没有事？今天跟我们耍去。”

秦小林一看，原来是县城的一个混混头子，秦小林曾在网吧和他见过几次面。光头说：“你运气不错，本来我们有人的，不过今天都有事。怎么样，跟我们到农村抓狗，事成之后给你两百。”

本地有吃狗肉的风俗，一到冬至，偷狗贼便开始行动。他们用绳索套狗，用食物毒狗，甚至用毒针射杀狗，无所不用其极。

秦小林听说偷狗，迟疑了一下，说：“被人发现怎么办？”

光头说：“没事，今天这个村子我们踩过点，何况我们有车呢！”

秦小林听了光头的话，放下心来。他上了面包车，车开向大山里，来到一个叫后山村的地方，最后停在一户独栋楼房旁。这栋楼房很偏僻，透过铁栅栏门，能看到院里有一条大狼狗，被铁链牢牢拴住。

光头对秦小林说：“这狗太猛，不能用绳套。”说着，他拿出一支长长的像箫一样的东西。秦小林问：“这是什么？”光头说：“吹管，没见过吧？”他从包里小心翼翼地拿出一支毒针，放进吹管，下车走到铁门前，用吹管对准那条狼狗，使劲一吹，飞镖就扎进狼狗身上。也就几秒钟的工夫，那狗便倒在了地上。光头见状，对一旁的秦小林说：“你翻过去，把狗拉过来。”

秦小林翻过铁门，跳进院子，把狗从铁链上解下来，拖到铁门处，光头从铁门下的空隙将狼狗拉了出去。就在这时，有个女人从屋里走出来，一看到这情形，立刻高声叫道：“来人呀，有人偷狗了！”

秦小林忙用最快的速度翻过铁门，和光头两人跳上面包车。开车的同伙一踩油门，车疾驰而去，将那女人远远地甩在身后……

面包车开到出村的路口，却被几块大石头挡住了去路，石堆旁站着几个手持棍棒的村民。光头一见不妙，忙让同伙停下车，说：“下车，我们分头逃！小林向山上跑，我们向山下跑。”说完，光头他们拼命地向山下跑去。秦小林脑袋里一片混乱，只好按光头说的，向山上逃去。光头他们熟悉这个村子的路，让秦小林向山上跑，是死路一条，目的就是将村民的注意力引到秦小林身上。

果然，秦小林慌不择路，不一会儿就被手持棍棒的村民围住了。一个中年村民一脚将他踢翻在地，挥起木棒，向他身上砸去……

秦小林吓得闭上眼睛，可是，棍棒并没有落到身上。他睁开眼，只见一个四十多岁的男人抓住了那根木棒。

“罗主任，为什么不准我打偷狗贼？”中年村民气愤地问道。

原来，抓住木棒的男人叫罗玉田，是本村的村主任。因为本村经常被偷狗贼光顾，他就想了个办法，建了一个“抓贼群”。只要看见偷狗贼，就在群里发信息，大家一起出动抓贼。偷狗贼有交通工具，罗主任就在路口设了机关，只要在群里发布偷狗贼的信息，马上就有人来到村口，开动机关，放落石块，将路封死。

这时，罗玉田说：“打，肯定要打，先开群审会，后交派出所，大家同不同意？”

在后山村，罗玉田是有威望的，在场的人望了望秦小林，互相交换了一下眼色，说：“可以。”

见村民们同意了，罗玉田给镇派出所的张所长打了电话。接着，秦小林被几个村民前拉后推地带到了村委会。村委会前有个操场，村民让秦小林在操场中央站定，四周用四张桌子封住。秦小林心想，这不就是一个“囚”字吗？没一会儿，只见村民们都手执棍棒，从四面八

方赶到操场，将他团团围住。秦小林心想，这顿皮肉之苦是免不了啦！

罗玉田对村民们说："偷狗贼被抓住了，现在，我们就用老一辈的'群审会'来审这个贼。谁有话说，就上前来审。"

"我张大树第一个审。"只见一名中年汉子手执木棒，从人群中挤上前。秦小林一看，正是第一个抓住他的村民。

张大树来到桌旁，对秦小林说："你知道吗，我种了十五亩地的玉米。这些年，野猪被归为三有动物，数量越来越多，成群结队地糟蹋粮食，我只好养了几条猎犬来守护玉米。可你们这些偷狗贼，前年偷了我五条狗，去年我补了五条小狗，今年刚刚长大，你们又偷了两条。没了猎狗守护，野猪肆无忌惮，这两年，我光玉米就少收了上千斤，你说，你们该不该打？"

村民们听了，都说："该打！"

张大树听了，对着秦小林举起了棍棒。

秦小林这才知道，原来是先审后打，吓得闭上了双眼。只听见"砰"的一声，他吓得"妈呀"一声尖叫起来。但他感觉棍子并没有打到身上，睁开眼一看，发现张大树刚才敲的是一个南瓜。那南瓜放在秦小林身后，现在瓜飞肉烂，可见张大树对偷狗贼有多仇恨。

这时，罗玉田问："谁第二个审偷狗贼？"

"我。"一个老人颤颤巍巍地走出来，他叫李长名，八十多岁了。

李长名对秦小林说："可怜我的花花呀！"李长名说，他老婆死后，儿子让他进城一起生活，他不愿意，儿子就买了一条性格温顺的金毛犬陪伴他，取名花花。一个月前，一个光头偷狗贼用毒镖把花花毒死后偷走了。更糟糕的是，过了几天，夜里又来了贼，把儿子孝敬他的一万元现金也偷走了。李长名说："如果我的花花还在，叫几声，就能提醒我。这下好了，我儿子知道家里进小偷了，又逼着我进城。"说完，李长名问秦小林："你说，偷狗贼可恨吗，该打吗？"

秦小林一听李长名说偷花花的贼是个光头，就知道是谁，连忙点头，说："该打！"

李长名举起棍子，但随即摇了摇头，将棍子重重地砸在桌上，说："你还小，要学好呀！"说完，他就退到后面。

接着，又有几个丢狗的人走上前诉说。大家说完，或敲瓜泄愤，

头等几个偷狗贼已经落网了。说着，他看了秦小林一眼，把罗玉田拉到一边，问："你们今天没打他吧？"

罗玉田说："你交代的事，我注意着呢。为了让村民们控制情绪，我就开了'群审会'。"

原来，前不久，有一个偷狗贼在其他村被抓住，村民群情激愤，将这个偷狗贼打成重伤。所以张所长提前知会罗玉田，让他千万留心，不能让伤人事件重演。

听了罗玉田的话，张所长好奇地问："什么叫群审会？"

罗玉田说："这是我们老祖宗留下的宽人容事的传统。让村民们审贼，通过村民的诉说，让那些贼明白事理，给他们悔过的机会。虽然棍棒没落在身上，但落在他们心上，起到教化作用。"

张所长感叹道："秦小林遇见你们真的很幸运。审审他，也许是一件好事，如果再有下一次，就不会像今天这样幸运了。"

（**发稿编辑**：吕 佳）

（**题图、插图**：孙小片）

或敲打桌子表示不满，但并没有真的打秦小林。最后，罗玉田说："许春花，今天偷狗贼偷的是你的狗，你也来审一下。"

许春花走上前，对秦小林说："我男人长年在外打工，就买了条狼狗，为我看家守院。你们这些该死的偷狗贼，杀了我的狗，你说，这让我怎么跟我男人解释？"

人群中有人开玩笑道："许春花，你男人买了条大狼狗，不是给你看家守院的，是怕你找相好的，守你的吧？"

许春花瞪了那人一眼，说："闭上你的乌鸦嘴！"说完，她操起一个南瓜，狠狠地扔在地上。南瓜开了瓢，碎成几块……

这时，村头传来警笛的声音，派出所的张所长亲自带队赶到了。张所长告诉罗玉田一个好消息，光

放爆竹

□上海市市北初级中学 黄陶朵儿

萝卜家住在二楼，每当经过一楼厉爷爷家的门口，他总会屈膝猫腰、蹑手蹑脚，身后的小狗阿黄也有样学样地耷拉脑袋、夹紧尾巴。你问为什么？唉，怪只怪厉爷爷的听觉神经太发达，而萝卜的调皮神经也同样发达。

如果前一晚萝卜在家里弄出些动静，那么第二天，厉爷爷肯定会像守株待兔一般，在萝卜蹦蹦跳跳经过一楼时霍地拉开屋门，出现在他眼前："小鬼头！你昨晚是不是踢翻了板凳？我还以为你在房间里放爆竹呢！"

所以，当萝卜听说，他的表妹过年要来小住几日时，心情略为复杂：喜的是有玩伴儿了；忧的是，这下好了，俩娃一狗，厉爷爷非得把他家的门槛踏平不可……

然而就在表妹到来的翌日，隔壁小区因疫情进入闭环管理，厉爷爷的独子一家恰巧住在那里。眼看除夕就要到了，萝卜和表妹望着厉爷爷孤独的背影，不禁面面相觑：有什么法子能让老人家热热闹闹过个年呢？

萝卜忽然回想起厉爷爷埋怨的话，灵机一动："有了！除夕夜，我们来放一场爆竹吧！"

"爆竹？"表妹纳闷。

"对，爆竹。"萝卜笑着解释，"板凳爆竹！"

说干就干。年三十下午，两个孩子就忙活了起来。萝卜把家中的板凳全都汇集到客厅，表妹找出闲置的气球，鼓起腮帮子将它们吹得滚圆，阿黄则在两人之间来回蹦跶，左瞅瞅右瞧瞧，看哪里需要它帮忙。

为了让"爆竹"声达到参差错落的仿真效果，萝卜特意在白板上模拟出数种版本的"爆破线路图"，像模像样地充当起音效总监："等下你把第一张板凳重重地坐翻，然后按图纸来弄倒第二张。""阿黄，你负责踩气球怎么样？""汪！"

经过多次大胆设计、小心实验，他们最终决定将板凳按照大小排列，由表妹和萝卜依次弄翻它们，营造出响声此起彼伏的效果。与此同时，阿黄用前后爪一起踩爆环绕在板凳周围的气球，如同百响鞭炮，为喜庆收尾。

最后，萝卜郑重其事地将邀请函放进厉爷爷家的信箱——"诚邀阁下于今晚十时挪步客厅欣赏新春爆竹音乐会。"

随着春晚进行过半，他们的演出也拉开了帷幕。十点刚过，只听得萝卜一声令下："开始！"

"砰！""啪！""噼里啪啦噼里啪啦……"

"砰！""啪！""噼里啪啦噼里啪啦……"

短短几分钟的"爆竹秀"转瞬即逝，当踢倒最后一张板凳，俩娃一狗全都累得瘫倒在地。

"厉爷爷不会不喜欢吧？"表妹不免担忧。其实萝卜也没有十足的把握，但他笑道："大不了明天接受'投诉'呗……"

果不其然，第二天一早，萝卜家的门铃响起了。孩子们战战兢兢地打开门，忐忑不安地看着门外神情严肃的厉爷爷，深深地垂下脑袋："对不……"

不料道歉声未落，厉爷爷那张似乎永远没有笑容的脸上竟已经乐开了花："谢谢你们，过年好！"

（"我的青春我的梦"第三届中小学生故事会征文获奖作品选登）

（**指导老师**：高　欣）

（**发稿编辑**：吕　佳）

（**题图**：孙小片）

2023年4月（下）动感地带答案

神探夏洛克答案：因为杰克知道丽莎死在旅馆里，所以才到旅馆取回金笔。如果他是无辜的，他应该直接去丽莎所住的公寓。

思维风暴答案：妈妈先吃一块，再分给每个孩子两块。

男友的好笑称呼

◆ 交了个学医的男朋友，他们做实验要养小白鼠，闺密问我："那个养耗子的怎么样了？"

◆ 前任只有175cm，非说自己183cm，我闺密就根据"183"的谐音叫他"一把伞"。

◆ 男友第一次见我室友，给大家都买了奶茶，从此我室友通通叫他"奶茶哥"。

◆ 前任分手时假装深情，说我走过的每一座桥，他都会在下面默默帮我撑住，闺密叫他"桥夫"。

◆ 男友是考古专业的，闺密们都叫他"洛阳铲"。

◆ 男友第一次来我家，连啃了三只螃蟹，我爸叫他"纪晓岚"，因为"铁齿铜牙"。

◆ 男友跆拳道绿带，闺密叫他"绿化带"。（**推荐者**：莱小白）

离谱耳背文学

◆ 我说我在宾馆做前台，他们说我在殡仪馆，给钱就抬。

◆ 晚上出门跟邻居说我去上夜班，第二天就有人问我是不是在夜店上班。

◆ 和朋友说我喝不了多少酒，他们说我活不了多久。

◆ 我在楼下做核酸，他们说我得了脑血栓。

◆ 我说我饿昏了，你就问我是不是二婚了？

◆ 我妈说：陈大爷这么大年纪还站墙头上打枣呢。我舅问：啥？陈大爷这么大年纪还惦记着山东的二嫂呢？

◆ 我说我有点腼腆容易被骗，你就说我在缅甸做诈骗。

◆ 我对同桌说明天高考，他问我什么时候烧烤。

（**推荐者**：丁二烤）

我是自愿上班的

◆ 第一天上班，我花了半天时间擦干净领导的桌椅，问领导还需要干啥，他说："你这个速度遛乌龟都嫌慢。"

◆ 简历里兴趣爱好栏千万别写"电影、摄影、旅行"，电影是因为你看书看不进去，摄影说明你不会画画没有才艺，旅行只是因为你没啥特长。

◆ 给钱的加班才是加班，不给加班费的加班那叫捐肝。

◆ 大家总喜欢用保温杯接开水，然后喝的时候被烫嘴，再对保温功能赞不绝口。

◆ 天天加班像只猴，加班加点无报酬，日日挨骂无理由。

◆ 国内不少城市我都待过，每当朋友问我在何处就职时，我都会说在"中国移动"。

◆ 领导不会让你加班，他只会星期五给你布置个任务，然后叮嘱你周末好好休息，东西不急，星期一上班前给他看就行。

（**推荐者**：奥菲斯超人）

怪异行为图鉴

◆ 亲情可贵，为了留住这份亲情，假期结束请尽早订票离开家乡。

◆ 我问运钞车为啥不干脆运一张银行卡就得了，朋友说那就不叫运钞车了，得叫卡车。

◆ 现代人的恶毒诅咒是：愿你电源电量低，网页加载慢，内存空间严重不足。

◆ 最后一杯，最后一晚，最后一包，最后一顿，你放心，我说这些话从来不是最后一次。

◆ 不明白系统为啥老提示说密码太弱了，我的记忆力更弱，太强的密码我记不住！

◆ 今天很想吃蛋糕，决定提前过100岁生日，真到那天就不过了。

◆ 在路边摊吃了8块钱的早餐。老板很忙，我就把钱放到老板的钱盒子里，想到老板可能没看见，我又把钱拿出来了，这时候老板看见了。

◆ 傍晚喜欢和男朋友在河边吹吹晚风，散散步，吵架了把他推河里去也很方便。

（**推荐者**：七　七）

（**本栏插图**：孙小片）

故事会微信号：story63，欢迎添加故事会微信，参与互动！

·神探夏洛克·

停车场里的贼

停车场内，一名绅士正向他的车走去，这时，他发现一个年轻人先他一步走到他的车边，用钥匙打开了车门，准备坐进去。绅士连忙上前拉住这个人，说道："不好意思，年轻的先生，您好像弄错了，我核对了车牌号，这辆车是我的。"那个年轻人一怔，立即道歉："怎么，这是你的车？真对不起，我看错了。"说完，他扭头就要走。

这一切都被一旁的夏洛克看见了，他一把拉住了年轻人，说道："我看你不是弄错了，而是偷车贼！"夏洛克是怎么判断出年轻人不是弄错了而是要偷车的呢？

超级视觉

明明是静止的图片，仔细看它，它又真的好像在动！你知道这是为什么吗？

疯狂 QA

有两根粗细不均匀的香，一根香烧完的时间是一个小时，你能用什么方法来确定一段15分钟的时间？

想知道答案吗？

1. 购买2023年5月下《故事会》。
2. 扫二维码：

动感地带，与您不见不散！上期答案见本期P13。

·新传说·

区长卸螺帽

□张功伟

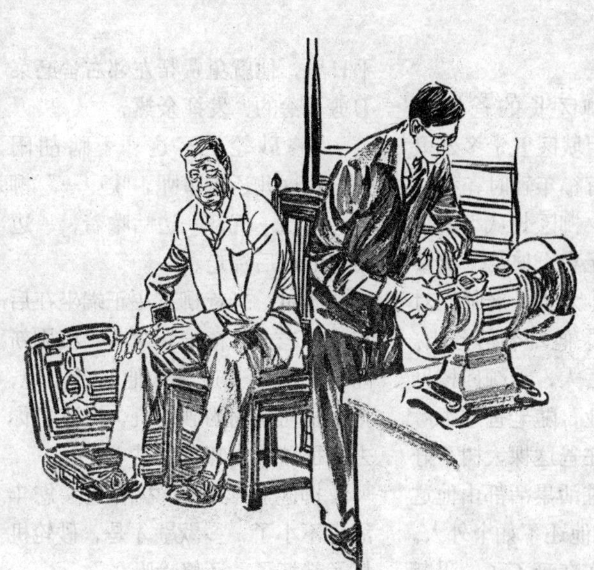

这天上午，柳区长的秘书汇报说，昨晚发布在本地宣传网站上的一条关于“新任区长莅临车间指导调研”的新闻视频，被网友指责内容失实。虽然网友留言没有细说，但谨慎起见，网站负责人暂时关闭了网页评论区，然后请示了上级领导，征求处理意见。

柳区长心头一紧，立刻仔细回看了视频——只见自己带着几位干部，查访了辖区内几个生产企业，听取汇报、与一线工人合影……调研全程都中规中矩，包括自己心血来潮时，和工人师傅一起拆卸机器的画面也挺真实。虽然当时自己用了“洪荒之力”也没能拆下一枚锈蚀的螺帽，好在工人师傅捧来电动扳手，及时解了围……咦，这视频没毛病啊！

柳区长正疑惑间，手机响了，他看了来电号码，心里“咯噔”一下，是爸。平时，妈倒是会来电嘘寒问暖，但老爷子可不常来电话，莫不是家里出事了？果然，老爷子在电话里言简意赅地说：“家里有事，你下班后回来一趟。”柳区长一听，不敢怠慢，下班后赶紧收拾东西准备回去。

这时，秘书问：“那视频的事，怎么处理？”柳区长皱了皱眉，说：“处理啥？咱自个儿觉得没问题，就不心虚。”说着，他急急地往老

家赶去。

柳区长的爸妈都年近七十，住在距城区五十多公里的镇上。老爸柳有福年轻时，在厂里当过车间主任。柳区长从小就领教过爸爸的铁面无私。他第一次参加高考时，只有十六岁，老师们对他寄予厚望，结果他却名落孙山。那时候，他感到丢人，无颜回校见老师，便放弃学业，随老爸进工厂学钳工。原以为在爸这棵大树下好“乘凉”，没承想脏活累活都由他这学徒包干，老爸待他还不如个外人。干了一年多，他实在受不了，果断辞职去复读，终于考取了名牌大学。毕业后考公务员入了仕途，摸爬滚打好些年，刚被委以重任，没想到才露了个脸……

柳区长带着心事赶回家，一进门，就急着问：“爸，妈，有啥事啊，是你们身体不舒服？”母亲从厨房探出脑袋，笑着说道：“我俩都好着呢，你爸人在后院！”柳区长悬着的心放下了，嘴里却嘀咕：“可爸说有事，让我回来……”

“听你爸说，好像是他那台砂轮机坏了，让你回来看看。”

柳区长的老爸退休后，闲着没事，从废品站搞回来一台报废的砂轮机，捣鼓一番后，竟然还能用。平日里，他就免费帮左邻右舍磨菜刀剪子啥的，发挥余热。

“修砂轮机？这……瞎胡闹嘛！我这儿还有事呢，唉……”柳区长把脸一沉，一边咕哝着，一边匆匆地往后院走。

此时，老爸柳有福正端坐在后院一张老式木椅上，拿着手机刷新闻。见柳区长进来，他二话不说，抬手指向墙角的砂轮机，说道：“你去把那砂轮先卸下来。”

柳区长皱着眉说：“爸，您年纪也不小了，多歇歇才是，砂轮机坏了就坏了，还修啥呀！”

柳有福瞪了儿子一眼：“怎么的，我儿子当了区长，就不能给我这老子服务一回？你都上新闻去拆机器了，回家拆个砂轮机，怎么就不行？”说话间，柳有福站起身，从工具箱里拿出一把扳手和一副防护手套，摆到砂轮机旁边。

柳区长听出老爸的话里有话，看来他对昨晚的新闻是“了如指掌”，而且似乎也有所不满。

“爸，您叫我回来，肯定不是为了修砂轮机的吧？您有话直说，我洗耳恭听就是。”

柳有福坐回木椅上：“你赶紧把砂轮机卸了，一切自然明了。”

得，老爷子的犟脾气谁拗得

过？今天这砂轮机是卸定了！柳区长戴好手套，拿起扳手，左手抓紧砂轮，右手用扳手把螺帽夹紧，他一使劲，嗯——哼！那螺帽居然没有松动分毫。柳区长再用力，那螺帽还是纹丝不动。他想到昨天上午拆卸机器时，也是这个情况，就向老爸要电动扳手。柳有福摇摇头，说："我这儿可没有那玩意儿。"

柳区长嘟囔道："没有电动扳手，怎么卸嘛？"

"我干钳工时，可没有什么电动扳手，也从来没有遇到拆卸不了的螺帽！"柳有福站起来，走到砂轮机边，拿过儿子手里的扳手利索地一拧，螺帽就松动了。柳区长盯着父亲的动作，顿时恍然大悟，原来刚才是自己拧错了方向——这是一颗左旋螺丝！与常见的右旋螺丝不同，左旋螺丝大多用在顺时针向右高速旋转的部位，作用是为了防止机械在运动时，螺帽随惯性松动而脱落。砂轮上的就是左旋螺丝，所以柳区长刚才按照拧松右旋螺丝的方向发力，就越拧越紧了。

柳区长心一沉，那天在厂里拆卸机器时，也是类似的情况呀！

见柳区长的眉头也跟螺丝似的拧得越来越紧，柳有福拍了拍他，苦笑道："儿子，你真应了那句顺口溜，'钳工学了一年半，不知道螺丝往哪转。'左旋螺丝右旋螺丝那点讲究，对于干这行的人来说，那就是最基本的常识。新闻旁白里还说，'柳区长出身基层，至今仍能熟练拆卸机器……'真是那样吗？我看你当时愣是在错误的方向上使蛮力，压根连'换个方向'试试的念头都没有，比外行人都不如。学徒那点儿基本功，你是全忘了！你以为看新闻的老百姓看不出门道？还不是有人说了，那新闻夸得失实啊！"

柳区长满脸通红，难为情地点头："想来昨天，厂里的师傅肯定发现我拧的方向不对，但他们没有当场指出来，而是把电动扳手设置为'逆转'，帮我化解尴尬……"

柳有福语重心长地说："儿子，爸没啥文化，今天我让你回来卸螺帽是假，给你提个醒是真，当个好干部，别忘本，别作秀！"

柳区长听了，惭愧地直点头。

（**发稿编辑**：丁娴瑶）

（**题图**：陆小弟）

红版编辑部各编辑邮箱：

吕　佳：lujia411@126.com
丁娴瑶：dingxianyao@126.com
陶云韫：taoyunyun1101@163.com
曹晴雯：caoqingwen0228@126.com
孟文玉：yuwenmeng@126.com

·新传说·

先救谁

□ 方冠晴

王凯是烧伤科的主任医师，是公认的好医生。今年，市里要评“十大医德楷模”，他们医院只有一个申报指标，医院推荐了他。

周六这天，王凯当班，正在办公室里填写“十大医德楷模”申报表，电话响了，是急诊科打来的，说刚接诊了两名烧伤病人，要急救，将很快转到烧伤科来。

两个病人，同时要急救，周六烧伤科只有王凯一个人值班，分身乏术。他赶紧撂下笔，打电话给两位在家休息的年轻医生，让他俩尽快赶到医院来。

病人很快送过来了，是两个孩子，都是十一二岁的模样，躺在两张担架床上。

跟着病人一起来的，是一位消防员，他简短地介绍了情况：一家艺术中心着了火，受伤的是一群在那儿学习绘画的孩子。这两个伤势较重，只能送到烧伤科来。

王凯察看两个孩子，有一个伤势确实严重，从张开的嘴巴望进去，判断得出来，呼吸道已有灼伤，得赶紧实施抢救。王凯朝护士们挥手，示意将孩子推进急救室去。就在这时，身后另一个孩子哭起来，边哭边说：“爸，我是小北……”

小北？王凯浑身一颤，消防员刚才怎么说？着火的是一家艺术中心。他儿子小北每周六都会去一家

艺术中心学习绘画！他奔过去，担架床上的孩子脸上黑黢黢的，布满亮晶晶的水泡，根本看不出本来的面貌，但那熟悉的衣服，还有可怜巴巴地看着他的眼神，这就是小北啊！王凯心疼得心尖儿都在打颤，连连冲护士们挥手："快把他推进去！"

消防员却拦在担架床前面，指着昏迷的孩子，低沉地说："应该先救他！他伤更重，已经昏迷了。"

对，那孩子伤更重。王凯醒过神来，对护士说："都推进去！"

消防员还是不让道，问他："只有你一个医生，那先救谁？"

先救谁？这是在医院，是你一个消防员该管的事吗？王凯心中焦急，瞪了消防员一眼，说："孙医生和丁医生马上就到了。"他进入急救室内，关上了门。

王凯让两名护士给昏迷的孩子接氧，剪掉身上烧坏的衣服，做急救准备，自己带着另一名护士赶到儿子身边。儿子的皮肤上鼓起了水泡，他用针管小心地将那些水泡里的体液给抽离出来。

不一会儿，孙医生和丁医生赶到了，王凯立即让他俩对昏迷的孩子进行抢救。

忙活许久，王凯总算将儿子身上被灼伤的地方都处理完，儿子应无大碍，他长长吁了一口气。

旁边那个叫许恒的孩子还没苏醒，王凯赶紧加入对许恒的急救。又是一个多小时的忙碌，许恒仍没苏醒，但生命体征稳定下来，王凯这才疲倦地走出急救室。

王凯的老婆已经闻讯赶来，许恒的父母也赶来了。王凯简单地向大家介绍了两个孩子的伤情，疲惫地回办公室去。老婆一直跟在他的身后抹眼泪，他只得又耐下心来宽慰老婆。

这时，办公室电话响起来，是医院纪委书记打来的，说："你被患者家属举报，来我办公室一趟。"

举报？王凯不信，但还是去了纪委书记办公室。确实，医院举报平台上有一条最新的举报信息，说王凯医生涉嫌在救治病患时徇私情，先救并无生命危险的儿子，将已经昏迷的病患撇在一旁不管。举报者要求院方说明，医院在救治危重病人时，有没有救治原则。

看着举报信息，王凯的火气腾地冒了出来。按照原则，当然是危急病人优先，但两个病人中有一个是自己的儿子呀！他是医生，不是圣人，他能将儿子放一边先去救别

人？再说，他救儿子，并没耽搁另一个病人的救治，护士在那里做好急救准备，孙医生和丁医生也能赶到了呀！

王凯向书记说明了事情原委，书记也表示理解，但说："这是非常时期，你正在申报医德楷模，有这么一条举报信息，终归不妥。你还是找病人家属解释解释，争取让他们将举报撤回去。"

其实，王凯很理解病人家属，都是为人父母，谁不希望自己的孩子第一个得到救治？举报信息后面附有举报人的电话号码，他将号码抄下来，并没立即打电话。等孩子脱离了危险，再与家属沟通吧。

到了第三天，那个叫许恒的孩子苏醒了，离开重症监护室，转进了普通病房。许恒的父母，一个坐在病床上陪着孩子，一个坐在床尾勾着脑袋。王凯觉得时机成熟，便走进去，向两个人说明了接诊那天的情况，还有自己被举报的事。

许恒妈妈皱着眉头，没有说话。王凯又看向坐在床尾勾着脑袋的男人，男人瞥王凯一眼，低声说："我理解你，但不是我们举报的。"

女人冷笑，问男人："你理解他？"男人又勾下脑袋。

这么说，不是这对夫妻举报的？那么，平台上的举报信息是谁发的？王凯只得拨打举报人的电话号码。电话是个男子接的，对方开口就承认："是我举报的，我就是那天送孩子来医院的消防员。你作为医生，难道不应该先抢救危重病人？怎么能撇下伤势更重的、先去救伤势轻些的呢？"

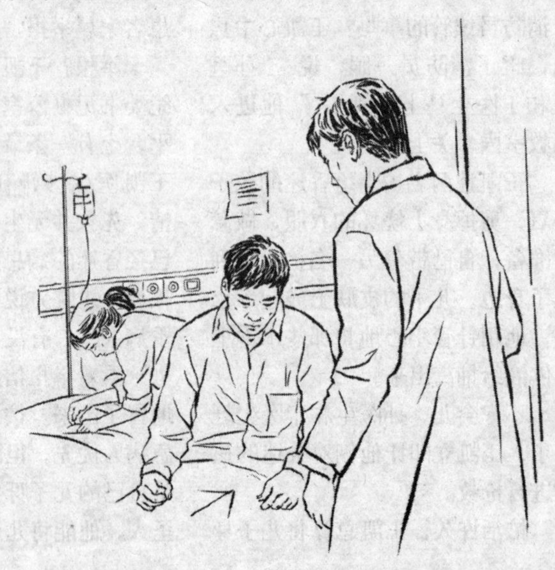

果然是那个消防员，人家在接诊当时就对王凯的行为提出了异议呢。王凯小心地说："请你理解我，受伤的人里有我儿子，人心都是肉长的，我情急之下……"

"情急之下也要讲原则，这话是我们队长说的。"

"队长？"

"就是许恒的爸爸呀！"

王凯愣住了，这个他确实没有料到。消防员接着说："赶到火灾现场时，是队长和我一起进去的。一进去，那么多孩子在里面哭嚷，队长大声安慰孩子们：'别慌，消防员叔叔来救你们了。'他刚说完这句话，就听到里间有个小朋友在喊'爸爸'，队长身子抖了一下。我要往里间去，队长喝住我，冲我喊了一句话：'记住原则，不能耽误时间！'后来我才知道，里间的小朋友，就是队长的儿子，许恒！"

王凯怔住了，好半天才问："你们消防员的救人原则是什么？"

"就近原则呀！不能舍近求远，耽搁救援时间，这样才能救出更多的人。"

王凯再也说不出一句话，他明白在火灾现场到底发生了什么。

不用说，许恒是最后一个被救出的孩子，所以伤势最重。如果许恒的父亲也像他一样，先救自己的孩子，只怕许恒不会伤得那么重。

消防员说："你让我理解你，但理解了你，我就理解不了我们队长。事后我问过我们队长，为什么不先救他的儿子，他回答我的只有一句话：脱下消防服，我是许恒的爸爸，穿上消防服，我就只是一名消防员，作为消防员，我就不能擅自决定先救谁后救谁，要遵循救人的原则。"

遵循救人的原则！这一句话震撼了王凯。那么他呢，穿上白大褂时，有没有记住，自己并不是某个孩子的爸爸，而是一名医生？

王凯最终没有请求消防员撤下那则举报信息，他拿着那份医德楷模申报表，去了书记办公室，将申报表还给了书记。他只说了三个字："我不配。"

王凯去了许恒的病房，许恒爸爸还勾着脑袋坐在那里。他握住许恒爸爸的手，真诚地说："您是个好队长，更是一位伟大的父亲。您放心，我会尽一切力量治好您的孩子，争取让他的身上不留一点疤痕……"

（**发稿编辑**：陶云韫）

（**题图、插图**：豆　薇）

·新传说·

蹲 末

□ 胡斯庆

刘梅是城西小学五（8）班的班主任，这学期，她班里转来了一名外地学生，叫李继成。他上课常捣乱，布置的作业从没完成过。

刘梅和李继成的家长电话沟通了几次，一点效果都没有，她只好要求家长今天到学校来面谈。

将近傍晚六点钟，刘梅才等来了李继成的家长——一位年近七旬的老人，自称李继成的外公。老人佝偻着背，穿着一套不合身的保安服。他右眼角上有一块伤疤，说话时，蹩脚的普通话里还夹杂着刘梅家乡的土话。

突然，刘梅想起一个人来。她问老人以前是不是当过生产队长，老人连连点头，用手指点着右眼角的伤疤说："年轻时当过多年生产队长，因为这块疤，大家都叫我赖疤队长，我真正的名字赖茂开反而没几个人知道……"赖疤队长？果然是他！虽然几十年没见过面，但这名字牢牢地刻在了刘梅心里。

当年，赖疤队长还是个精壮的小伙子，背挺得笔直，说话粗声大嗓，十分威风。刘梅当时还小，对他是敬而远之，可因为生产队分田的事，刘梅对他有了深深的恨意。

那时生产队开始包产到户，所有水田要通过抓阄的办法分到每户的名下。刘梅老家的生产队有五六十户人家，东一户西一户地散落在几个小山冲里。因此相应的，队里的水田也很分散。那些离家远的水田，就算是个壮劳动力，挑担稻谷回家也直喊累。

偏偏刘梅的爹年前忽然卧床不起，刘梅上头是两个姐姐，底下一个弟弟刚学会走路。要是能分到自家屋后那几亩田，娘和姐妹几个拿蛇皮袋就能把稻谷背回家；可如果分到的是离家远的田，就算种出了粮食，也得为如何弄回家发愁。刘梅的爹娘合计了一晚上，第二天天没亮，她娘就从鸡窝里把下蛋的老母鸡逮了，提着去了赖疤队长家。

不久，刘梅见娘又把那只老母鸡提回来了。娘前脚刚进屋门，赖疤队长的怒吼声就从门口树上的大喇叭里传了出来："队里的老少爷们都给我听着！既是用抓阄的办法分田，就绝不允许有例外，你有情况可以例外，他也有情况可以例外，这么一来，队里的田还分得下去吗？昨晚，有两户到我这儿请求照顾，我是一概没答应。今天一大早，老刘家的又提了老母鸡来我家，也要求照顾。你老刘家有困难，这全村都知道，可你提只老母鸡来，这是想干吗呢？！为绝了一些人投机取巧的心思，现在我宣布队上对老刘家的处罚，全队抓阄分田时，老刘家的——蹲末！"

刘梅听后，脸红到了耳根，这下全村人都知道她娘给队长送礼了。她这时还在上小学，第一次听到"蹲末"这个词，就问娘是什么意思。她娘说："就是抓阄时，得等所有人都抓完，最后一个去抓。"

刘梅似懂非懂，但从此记恨上了赖疤队长。

不过，上天似乎对刘梅家特别眷顾，抓阄时虽被罚了蹲末，但如愿分到了屋后那几亩田。对这结果，队里也有嫉妒的，但更多的是心服口服——既是抓阄抓到的，那就没话说了，更何况人家还是蹲末。

后来，刘梅到城里当了老师。那年月，村里只要有些力气的，都外出打工了。刘梅偶尔回老家，听人说赖疤队长也去了广东。大概是年纪大了，外面的工厂不要他，所以才回本地城里当了个保安。

刘梅记得赖疤队长，赖疤队长却记不得刘梅。刘梅当然不想跟这样一个"恶人"叙旧，她公事公办，先历数了李继成一个星期来的"劣迹"，然后冷冷地说："如果全班都是李继成这个样子，当家长的又不配合的话，我们这个班的老师都得下岗！"

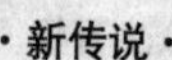

赖疤队长连连点头，问："老师，您要我们家长怎么配合呢？"

"怎么配合？根据我们的校规，从明天起，您这个做家长的，每天来学校——蹲末！"

赖疤队长有些吃惊："蹲末？您学校里也有这规矩？"

"没错，蹲——末！"刘梅加重语气说，"生产队有这规矩，学校也有这规矩，但学校的蹲末跟生产队是不一样的。让您蹲末，就是要您每天和孩子一起来学校，坐在孩子教室的最末一排，负责蹲守好您自家的孩子，陪他一起上课。"

刘梅这样说，并不是信口开河。为打造"开放课堂"，学校和家委会商讨后，推出了这样一个举措：邀请部分家长以"家长辅导员"身份，来学校和孩子们一同体验在校生活。家长如果想要走进课堂，学校会在教室后面给临时安个位子，"家长辅导员"也可以和老师一同配合着管教学生，纠正学生的不良习惯。因为位子安排在教室最后，就有家长戏称是"蹲末"。

"老师，那要蹲多久？"

"这个就得看家长管教的力度了，如果孩子改变得快，几天就行；如果改变不明显，那就难说了，一个月、两个月，直到孩子的行为习惯改好为止。"

"老师，可、可我得上班。"赖疤队长为难地说，"咳，都怪自家孩子顽皮！我知道老师您是为了孩子好，明天我就先跟老板请几天假，来学校蹲、蹲末。"

看着赖疤队长缓缓走出校门的身影，刘梅心里竟有几分快意……

刘梅回到家，娘已经做好晚饭了。刘梅的爹早些年去世了，娘如今也年近八十，但身体还算硬朗，现在在城里跟刘梅一家一起生活。见刘梅回来得晚，她就开始唠叨："放学了就赶紧回家，老师教好学生是本分，但也别太操劳……"

刘梅今天高兴，她边盛饭边说："娘，猜我今天遇见谁了？"接着，刘梅便将遇见赖疤队长的事说了。她娘听后一惊，说："赖疤队长的外孙转到你班上了？那你可得多用点心教他！"

"这个不用你操心，不管是哪个学生，我都会用心教的。"刘梅说，"但今天见到赖疤队长，我可算是出了当年的一口恶气了！"

"出恶气？你出谁的恶气？"

刘梅把当年赖疤队长让自家"蹲末"、自己一直怀恨在心、以及让赖疤队长明天开始到学校"蹲末"

的事，痛快地说给娘听了。

“你不说，娘还真不知道你记恨着赖疤队长呢！”刘梅娘流着泪说，“别看赖疤队长说话嗓门大得像骂人，却是个大好人呀，至少咱们一家子该记着他当年的好呢！”

刘梅眼里满是不解，问：“娘，您是不是糊涂了？”

“娘没糊涂，当年咱家十分困难，娘无奈之下抱了只鸡去求他，他说：‘老婶子，队里要分开单干，全队最困难的就是你家，这我会不清楚？但我有心帮你，也得有讲究呀，不然会把事情搞乱套的。’赖疤队长想了很久，让我把鸡抱回家给你爹补身子，还说分田的事他一定会想办法帮助咱家的……”

“这么说，咱家分到屋后那块田，还是赖疤队长暗里帮的？可你和爹一直说是咱家运气好……”

“傻闺女，那是人前故意这么说的！咱家屋后那块田，是全队最好的地块，谁不想要？”刘梅娘话题一转，又道，“你知道抓阄是怎么回事吗？那阄啊，是一张张裁成火柴盒大小的纸片，先由队会计在纸片上写好代表水田的号数，再由队长将纸片团成一个个纸阄，放进量米用的竹筒子里，让每户用筷子夹一个。赖疤队长在大喇叭里明着罚咱家蹲末，可他在放纸阄时，根本没把标了咱家屋后那块田的纸阄放进去！这样一来，前面的人夹上来的都是标了别的水田的纸阄，最后剩下的不就归蹲末的了吗？”

刘梅没想到，赖疤队长竟然这样煞费苦心地帮助过自己家……

最后，刘梅娘叹道：“听说赖疤这些年活得不容易啊，女儿出车祸走了，女婿把孩子扔给他后就不见了。赖疤如今带着个外孙，那么大年纪了，还得去当保安……”

刘梅匆匆吃完饭，打开电脑，找到李继成的家庭住址，然后带上几本学习资料就开车走了。

半小时后，刘梅来到一个小区的车库房，敲开了门。

见是外孙的班主任，赖疤队长很惊讶。刘梅柔声解释：“赖大叔，您外孙可能因为刚来新学校不适应，目前算是班里的‘末后’生。我又想了想，从今天开始，我每晚都来您这儿‘蹲’两个小时，给他补课，顺带做心理疏导，一直到他跟上大多数同学的趟儿为止。这样的话，就不耽误您上班啦！”

赖疤队长听了，眼泛泪光……

（**发稿编辑**：曹晴雯）

（**题图**：佐　夫）

吐口唾沫是个钉

□ 忍者文身

十年前，滦河边的小县城里有个叫靳忠的老头，这天，儿子靳守信突然带了个女孩回家，说是自己的女朋友。靳忠当即就翻脸了，将两人赶出家门，还对儿子说："我宁可死了，也不会依你！"

靳守信与女友白洁是自由恋爱，看上去郎才女貌，十分般配，靳忠为何如此强烈地反对呢？

原来，靳忠年轻时，有年冬天掉进了冰窟里，是城南河湾村的温永来舍命救了他。从此，两人拜了把子，还结成了"双亲家"。那年，靳忠的儿子三岁，闺女一岁；而温永来的闺女五岁，儿子三岁。

那年唐山大地震，方圆百里房倒屋塌，靳忠的媳妇和闺女都被砸死了。他把儿子托付给邻居后，马上跑去温永来家看情况。结果发现，温永来身受重伤，他媳妇也死了，好在一双儿女都平安无事。温永来临咽气时，艰难地握住靳忠的手说："兄弟，这两个……孩子，就拜托给你了……"靳忠滚着热泪承诺："放心吧大哥，我保证将他们养大成人，让他们圆满成家！"

温永来的闺女叫温霞，儿子叫温涛，靳忠跟当地干部打了招呼，便将两个孩子带回了自己家。

温霞非常懂事，她见靳忠上班十分辛苦，念完小学就毅然辍学了，帮靳忠减轻了不少负担。

温霞成年后，靳忠对她讲了订娃娃亲的事。温霞没作声，靳忠猜想她是不好意思。可没过多久，温霞突然对靳忠说，打算带弟弟温涛回老家住，村里都给他们安排好了。靳忠极力挽留，但温霞去意已决。

回去后，温霞先给种植基地打工，后来承包了几亩地，搞起了蔬菜大棚。温涛读完高中就去当了兵，退伍后被招进了县消防大队。

靳忠曾多次催促靳守信和温霞结婚，但两人都找各种理由推托。没想到今天靳守信竟把别的女孩领到家里来了，靳忠能不急眼吗？

再说靳守信和女友白洁，刚才被靳忠轰出来时，招来不少看热闹的人，他俩羞得头都不敢抬，只得匆匆躲进滦河边的柳树林里。靳守信沮丧地说："我爹就这脾气，他认准的事，九头牛也拽不回！"

白洁听靳守信说过他爹的脾气，但没想到会这么倔，她有些绝望地问："这可咋办啊？"

这时候，两人已不知不觉走到了滦河边。靳守信望着滦河，赌气道："能咋办，与其逼他去死，还不如咱俩跳河呢！"

谁知白洁故意接话道："好啊，为爱殉情，死了也浪漫！"见靳守信半天没反应，白洁挑衅似的盯着他："怎么，你不敢吗？"说完，她就上来一把扯住了靳守信的胳膊。靳守信被这突然的举动吓了一跳，下意识地甩开手，白洁一个不留神，竟意外掉进了滦河里！

靳守信慌了，眼看白洁被河水卷走，他顺着河岸边追边喊："白洁！你等我下来救你啊……"可他始终没敢下水，犹豫间，白洁的身影已经渐渐消失。

靳守信慌了神，不晓得该怎么处理这事，就赶紧跑回家找他爹。

靳忠听完儿子的叙述，抬手就是一耳光："你还回来干啥？我怎么生了你这言而无信的胆小鬼！"

靳守信嗫嚅着说："我、我也想救白洁，可我太害怕了……"

"你个胆小鬼，快去找人！"

于是，父子俩打车顺着滦河大堤一路搜寻。大约走了五公里，就见前面围着一群人，下车一看，中间坐着的正是浑身湿漉漉的白洁！

原来，这里是滦河的平缓地带，河水把白洁卷到这儿时，她被一位过路的小伙子救上岸，并采取急救措施使她苏醒。后来见有人来帮忙，

小伙子便骑摩托匆匆走了。

靳守信正想上前安抚白洁，却被闻讯赶来的白洁哥哥白猛看见了，他冲上来就要与靳守信拼命。靳守信见白猛身材魁梧，性子又急，吓得他撒丫子就跑了。白猛气得破口大骂："你就会逃，真是缺爹少妈教育的坏种！"靳忠在一旁听了，觉得老脸没处放，赶紧叫了出租车，送兄妹二人回家。

坐在车上，靳忠劝白洁以后千万别有一点殉情的念头了。白猛冷笑一声："还不是托您的福？"

靳忠说："我之前干涉他俩的婚事是为了温霞，但我现在还要干涉，却是真心为了你妹妹。"

"为了我？"白洁忍不住问。

靳忠点点头："你觉得嫁给靳守信这种人会幸福吗？他不仅胆小，还言而无信，当初还答应了我给订的娃娃亲，说要娶温霞呢！"

白洁听后沉默了。到了她家门口，靳忠又对白洁说："你放心，大叔保证帮你找个好的。"

白洁以为靳忠只是随便说说，谁知一个周日上午，靳忠真给她带来一位帅小伙。两个年轻人一见面，竟同时发声："怎么是你？"

靳忠愣了："你俩认识？"

帅小伙原来是温涛，他向靳忠解释，那天他听说姐姐摔伤了腿，就从消防队骑摩托往家赶，路上见河中漂着一人，就赶紧去救了。

"这真是老天安排的缘分啊！"靳忠不由得拍手叫好，继而又问温涛，"你姐现在咋样了？"

温涛说："我在家伺候了十多天，她现在基本能自理了。"

说话间，白猛回来了，见靳忠真给妹妹带来了相亲对象，他笑道："您啥时帮我也介绍一个呀？"

靳忠没接这话，而是说："我想找你说点事。"然后，他就领着白猛出门了。

两人一直走到滦河边，靳忠对白猛说：“那天你骂我儿子是‘缺爹少妈教育的坏种’，现在我告诉你，他妈没了，但爹还在。我向来是吐口唾沫是个钉，他靳守信胆小、不守信用，不敢下河救人，但我敢！如果跳河能让你消气，我现在就代靳守信往下跳！”

白猛吓得一把将靳忠抱住：“大叔，您千万别跳，我当时说的是气话，而且这事跟您没关系！”

靳忠沉沉地叹了口气，然后对白猛说：“你再跟我走一趟吧。”

白猛虽不知所为何事，但还是点了点头。

靳忠买了一些营养品，带着白猛去了河湾村。两人来到温霞家门口，靳忠让白猛在外面等一会儿，自己拎着东西走了进去。

温霞见到靳忠非常高兴，靳忠得知温霞的伤势已无大碍，便话锋一转：“叔对不起你，当年我对你爹的承诺不能兑现了！”接着，他就将靳守信和白洁之前的事说了。

温霞淡然一笑：“叔，没事，是我配不上守信兄弟。”

靳忠愤愤地说：“是他配不上你！以前让他娶你是我的心愿，现在他想娶你我还不放心呢！”

温霞坦白道：“叔，我一直不好意思跟您直说，其实当初我和守信兄弟处过一段时间。后来我发现，他对另一半有更高的要求，也就不想耽误他，所以才带着温涛回自己家了。现在想想也挺好的，您瞧，我的蔬菜大棚规模可是越来越大啦！”

“这混小子！”靳忠脱口骂了一句，然后问温霞，“你真是这样想的？”见温霞坚定地点点头，靳忠松了一口气：“那就好！”这时靳忠突然想起了什么，又说，“叔怕你腿受伤，耽误了大棚里的活儿，给你带了个帮手。他身强体壮，人也实在，你可以让他住大棚里。”温霞说不用，自己的伤过几天就好了。靳忠笑着提示道：“叔想让你俩深入了解一下……”

温霞听了，脸一红。接着，靳忠便领着温霞来到大门外，对站在门外的白猛吩咐：“她叫温霞，以后她让你干啥你干啥，听到没？”

白猛答应着问：“大叔，我得在这儿干多长时间啊？”

“那得看你表现了，表现好干一辈子；表现不好，干几天就回去！”说完，靳忠就打道回府，他还要回去收拾家里那个混小子呢！

（**发稿编辑**：曹晴雯）

（**题图、插图**：陆小弟）

·新传说·

捡到一双新皮鞋

□司健安

老寇在煤矿上班，以前是下井作业的工人，后来受了伤，就转岗去了后勤。妻子去世后，他自己带着女儿，日子过得紧巴巴的。平日里，除了矿上发的劳保工装，老寇几乎就没穿过新衣服。有工友笑他是“黄鼠狼去赶集”——里里外外一张皮。加上他面相有些显老，五十不到的人，弄得跟小老头似的。

从矿区到生活区有几公里的路程，老寇平时一直骑着那辆永久牌自行车往返。那天去上班的路上，一个骑电动车的小伙子忽地从他身旁超了过去。颠簸中，后座上摆的一个鞋盒掉了下来。老寇忙喊：“鞋掉了！鞋掉了！”那人估计没听见，头也不回地飞驰而去。老寇连忙捡起鞋盒，打开一看，里面是一双崭新的黑色皮鞋。他抱着鞋盒站在原地等了老半天，也不见那小伙子回来找，眼看上班要迟到了，老寇只好带着皮鞋去了矿上。

老寇竟然买了一双新皮鞋，这可是从来没有的事儿。科长老王是和老寇一起下了十几年井的老工友，俩人关系不赖。快下班时，老寇刚把鞋盒放在桌上，就被王科长一把抢过去。他打趣地说：“老寇，我记得咱俩的脚一样大，皮鞋我试试。”说着，也不管老寇答不答应，他掏出皮鞋就往自己脚上套。

老寇忙说："那不是我的，是人家的皮鞋。"王科长笑着说："真抠门，就知道你会这样说。我刚才看了，44码的，整个科室就咱俩能穿。"他边说边穿鞋，可穿到一半，又脱了下来，就见王科长从鞋子里掏出一张叠得整整齐齐的稿纸，打开一看，上面写着："您好，我最近的生活有些不顺心，去庙里烧香，大师让买一双新皮鞋'丢'在路口，送给有缘人穿。这样，我们以后的路，都会越走越宽。请务必收下，这对我们以后的生活，都是个美好的祝愿！"

看到这里，王科长悻悻地把鞋子放回了鞋盒，然后拿着那张稿纸对老寇说："看样子，想占你个便宜也不中，你捡的，你才是那个'有缘人'！"老寇接过纸条正看呢，王科长又说："老伙计，你这是走运了啊，穿上吧，就当给人家帮个忙。"老寇也听说过矿区一带有这样的风俗，加上王科长念叨了半天，他也想成人之美。于是他脱掉自己的旧皮鞋，准备换上。鞋子一脱，哎哟——两只袜子都露着脚后跟，袜口也都脱线了。

这袜子平时塞在旧工鞋里也就算了，现在要往新皮鞋里放，实在不像样。老寇拧着眉头想了想，说道："科长，你抽屉里是有两双新袜子吧？我前几天看你放那儿的。要不，你卖给我，多少钱？"

王科长一听，笑了："哎哟，啥时候盯上我了？"他一边说着，一边打开抽屉取出袜子给老寇，又说道，"这是过年赶庙会时，套圈套来的，一下套了十几双，质量也就一般，你将就着穿，不要钱！"

老寇半信半疑地拆了一双袜子，摸了摸，不由得嘀咕："看着质量挺好的……不行，我得给钱！"

"给啥钱呀，我能跟你客气？真要是贵的东西，我还能随手塞在这儿？"王科长指了指老寇的脚，示意他赶紧把袜子换上。

得，话说到这地步，老寇也不好再推辞。他穿上鞋袜，站起来走了两步，呵，胸也挺了，腰也直了，整个人都显得精神好多。王科长指了指门后面的大衣镜，说："照照镜子，看看效果嘛！"

老寇走过去，对着镜子看皮鞋，越看越满意，可等他抬头看见镜子里自己那身皱巴巴的衣服时，脸色又一下子沉了——在新鞋新袜的映衬下，自己这一身还真别扭！

老寇对着镜子，像是下了什

么决定似的，开口问道："科长，上次你说，镇上哪家店卖的夹克便宜来着？我……想买一件去。"

"哟，终于想开啦？"王科长嗔怪道，"买夹克，上次你闺女勤工俭学攒了钱，好不容易给你买了件新夹克，还让你硬生生地给退了，你说这多伤孩子心啊！"

"孩子为了给我买衣服，愣是在学校食堂吃了一个月的素，我能忍心让她花那钱？"老寇眼眶泛红，他挤挤眼，迅速调整了一下，"既然老天眷顾我，让我捡着一双这么好的新皮鞋，我就咬咬牙，添一件衬得上的衣服。我想着，下个月我闺女的大学毕业典礼，我好穿得体面点，不给她丢人。"

"去毕业典礼？好事啊！你等等……"王科长像想起什么，一拍桌子就站起身，"老寇，你呀，也别买什么夹克了，你这新皮鞋就得配西装！"说着，他像变戏法似的，从自己的储物柜里拿出一套西服。

老寇正诧异，就听王科长乐呵呵地说道："这是女婿给我买的，有点小，可女婿一番心意，我又不能说不要。你比我瘦点，穿上试试，要是合适了，送你，不然也是可惜。你看这料子，好着呢！"说着，王科长不由分说地帮老寇脱掉工作服，换上了新西装。

还别说，大小正好，就连西服的颜色也和新皮鞋格外搭配。看着镜子中焕然一新的自己，老寇本想着推托不要的，这会儿竟然都找不到拒绝的理由了。老寇想了想，对王科长说："我不能白要你的，要不你给我打个折，我买。"

"买什么买，你这是给我解决难题呢，还得我谢谢你！"王科长看了看表，笑着说道，"如果真过意不去，下班了，你请我下馆子吃顿烩羊肉去，中不中？"

"中！"

下班了，老寇正要换回工装，可一想，要带王科长下馆子，总得穿得像样点吧，于是就没换下西服。也是，这西装、皮鞋穿在身上，整个人的精气神都不一样！

到了饭馆，老寇破天荒地点了好几个小菜，还叫了一瓶酒。他想，这顿饭贵是贵点，但肯定不及王科长那西服的价钱，以后有机会，还得再补偿人家一些。哪知吃完饭，王科长竟然抢着把账给结了。

"你干啥呀，说好了这顿我请啊！"老寇急了，把两个胳膊往前一伸，"你这样，这西服我不要了，你拿回去！"还没等王科长说话，老寇突然盯着自己两个袖口愣神，他问道："科长，这、这西装……不是你女婿买的吧？"

"看出来了？"王科长微微一笑，"那你说是谁买的？"

听科长这么一说，老寇心里头像是确认了什么。"呵，我就说呢，怎么这西服这么合身，压根就像是给我量身定做的……"

原来，老寇在井下受过伤，左手臂骨折了。伤好后落下后遗症，左手臂伸不直，比右手臂短一截儿，平时从衣服袖口就能看出来。刚才他注意到穿在身上的西装袖子两边一样齐，明显是根据他的尺寸改过的，而知道他手臂长短有问题的，除了亲闺女，还能是谁？

这下，王科长也笑着坦白了：不单是西服，那双新皮鞋、新袜子，也都是老寇的女儿用奖学金买的。她想让爸爸穿着去参加自己的毕业典礼，又怕爸爸不肯收下。于是，她找到爸爸的好友王伯伯，请他帮忙演了这出戏。

老寇哭笑不得，但心里着实暖暖的，他说："科长，你都帮了这么大忙了，今天这饭钱无论如何不能让你出啊！"

"别啊！凭我俩这关系，请你吃顿饭，也应该啊！"

见老寇明显听糊涂了，王科长笑着说："其实今天这事吧，我家那小子也出了力。在半路上'丢'皮鞋、放纸条，就是他的主意！为这事，俩孩子商量好久啦！"

"我闺女和你儿子？"

王科长笑着端起酒杯和老寇碰了碰，眨眨眼，说道："老寇，要是我家那小子争气，以后，你的好闺女，也是我的好闺女咯，你说中不中？"

老寇愣了半天才反应过来，轻轻碰了碰王科长的酒杯，笑了……

（发稿编辑：丁娴瑶）

（题图、插图：豆　薇）

安房直子（1943—1993），日本著名童话作家。其作品充满想象，精美隽永，代表作有《手绢上的花田》《狐狸的窗户》等。本篇改编自其同名小说。

海之馆的比目鱼

□［日］安房直子

心灰意冷

岛尾今年二十二岁，他从小就立志成为一个够格的厨师。

六年前，岛尾离开家乡，在镇上的阿卡西亚西餐馆找了份工作。他拼命干活，从不挑剔，剥洋葱头、洗锅洗碗、擦水池、倒垃圾……尽管如此，岛尾仍只是一个低等的下手。说起来真是伤心，在阿卡西亚西餐馆，哪怕是比岛尾后来的同事，都已开始负责烹饪工作了，只有岛尾，永远只能打下手。可能是因为他没有烹饪学校的毕业证书吧，也可能是他太老实、不会讨好别人，又或是运气不好。

厨师长是个心术不正的人，烹饪的窍门一个不教，可当岛尾失败时，他却说："你干脆辞职吧！你要是不被海之馆的比目鱼看上，就别想成为一个够格的厨师！"

岛尾知道，当地流传着一个关于海之馆比目鱼的传说，据说那是一条几百年一遇的鱼，它有魔力，甚至可以起死回生，被它看中的人就是幸运儿。可这种幸运的事，怎么会落到自己头上呢？

岛尾一直觉得，只要忍一忍，

拼命干活，总有一天会成功，但现在他变得心灰意冷。这天，岛尾不小心弄翻了调味汁的锅，厨师长狠狠地骂了他一顿，同事们也当面讥讽他："真是一个废物！""脑袋不会拐弯的家伙，再怎么拼命干活也没用。越是拼命，越是失败！"

岛尾强忍住泪水，一边弯腰打扫洒了一地的调味汁，一边暗下决心：离开这家店吧，再找一家重新干。突然，有个细小的声音说："忍一忍、忍一忍，我会帮你的，请在这里再忍受一下。"岛尾站起来朝四周看看，可没人和他说话。

这时，岛尾发现有条比目鱼躺在水池下面的一块冰上。比目鱼的眼珠黑亮亮的，它开口说道："我马上就要被烹饪、被吃掉了，可即便只剩下骨头，我也还是活着的，所以请不要把我的骨头扔掉。如果可以，请把我的骨头送回水里，哪怕是放到杯子里也行。最好能倒上满满一杯子海水，要是没有，倒上盐水也行。如果你好好珍惜我的骨头，我一定会帮你的，直到你自立门户的那一天。明白了吗？"

这难道就是传说中的比目鱼吗？岛尾震惊了，但还是点了点头。突然，厨师长对着岛尾吼道："这地你要擦到什么时候？快点把比目鱼拿过来！菜都洗了吗？"岛尾便按着厨师长的指示忙碌起来，心里则一遍遍重复着刚才比目鱼的话，情绪渐渐好了起来。

岛尾一直留心着那条比目鱼，看着它被洗净、烹饪、装盘、端进餐厅。等脏盘子被端回来，他立马跑上去，赶紧把比目鱼的骨头找出来，用抹布包住，塞到了口袋里。

餐馆里其他厨师都通勤，只有岛尾住在店里。工作结束后，他就赶紧回到餐馆阁楼的小房间。岛尾在一个大玻璃杯里倒满清水，又往里面放了一撮盐，然后他把鱼骨头掏出来，轻轻放进水里，说："比目鱼，我把你送回水里了哟！"

神奇的事情发生了！比目鱼的白眼珠一到水里就炯炯放光了，它的嘴又动起来："啊，终于起死回生了。"这把岛尾吓了一跳，不过他还是关心地问道："盐的浓度怎么样？和海水大不一样吧？"

只剩下骨头的比目鱼说："这也是没办法的事，等有一天我任务完成了，请把我送回大海。"

岛尾疑惑地问："任务？"

"之前不是说了吗？我要帮你，让你成为一个够格的厨师！我在厨房里见过你干活的样子，你正直、认真，这比什么都强，这样的人还总被伤害，我忍无可忍……”

岛尾顿时胸口一热，可他有些不自信：“我只是一个下手……”

比目鱼信心十足，说会想方设法引导岛尾到自立门户的那一天。

岛尾听了，恭敬地点了点头。

最强助攻

比目鱼告诉岛尾，首先，他要拥有一家自己的店，最好带一个方便使用的厨房。岛尾怔了一下，如实说：“我没有那么多钱……”岛尾从不乱花钱，可即使是这样，工作六年的薪水也不够去开一家店。

比目鱼说：“别担心，你到梧桐街三十八号去一趟，那里有家西餐馆出售。你把所有的钱都交给店主，告诉他剩下的明年一定还。”

“不可能这么简单呀！”岛尾叹了一口气，世道艰难，有谁会听一个年轻人那微不足道的愿望呢？

“如果你不相信我，就什么也实现不了。万一不行，你就试着对店主说，‘有海之馆的比目鱼跟着我呢，绝不会让您吃亏’。”

岛尾“嗯”了一声，又把比目鱼的话重复一遍，他决定去试试。

第二天晚上下班后，岛尾带着中午休息时取来的钱，出发去了梧桐街三十八号。岛尾发现，这是一座有着强烈西餐馆风格的房子，门上贴了一张白纸，上面写着“出售店铺”。岛尾敲了两次门，一个胖男人才开了门，将他迎进了店里。

这是一家又旧又小的店，但桌椅和装修很有品位。岛尾递给胖男人一个信封，直截了当地说：“请你把这家店卖给我！这些是我全部的积蓄，剩下的我明年一定还！”

男人愣了，但很快反应过来。他接过信封，一看里面的钱数就摇头：“这也差得太多了。什么剩下的明年还？我才不会上当呢！”

于是，岛尾深深地吸了口气，说：“有海之馆的比目鱼跟着我呢，绝不会让您吃亏。”

“你说什么……”男人目不转睛地盯着岛尾，问，“你认识海之馆的比目鱼？”岛尾点点头。男人的态度立马变了，他笑着说：“海之馆比目鱼的传说，我很久前从爷爷那里听到过。你可真不得了，那就让我也沾沾你的光吧！”

就这样，男人把店卖给了岛尾，也答应剩下的钱可以明年还。

岛尾激动极了，立马赶回去告诉比目鱼。比目鱼淡定地说：“现在你已经有一家店了，接下来你必须抓紧时间学会烹饪，有一份独一无二的、让人拍案叫绝的菜单。”

从这天开始，比目鱼每晚都教岛尾做一道新奇菜，比如海龟汤、野鸭橘子沙司、馅饼皮包鲑鱼之类的。比目鱼讲得特别详细，岛尾十分认真，每次都用本子记下来，然后去梧桐街的店里把学到的菜试着做一遍。那里烹饪设备齐全，烹饪材料则是岛尾用新发的薪水买的。

这段日子，岛尾除了干活就是学习，根本没有时间休息。庆幸的是，他的厨艺大有长进，已经是一个技艺超群的厨师了。不过岛尾从不在同事面前炫耀，而是和以前一样，继续干着下手的活儿。

这晚，比目鱼把食材的采购方法、酒和甜点的选择方法及桌花的装饰方法等，详细地教给了岛尾，然后说：“该教的都教给你啦！”它像是想起什么，又说，“不过，我还要为你做一件事。”

岛尾问：“什么事呢？”

“你得找一个性格开朗、性情温和而又能干的女孩结婚呀！”比目鱼说，“西餐馆说到底是接待客人的生意，菜的味道再怎么好，没有一个可亲的女主人，也不行。”

岛尾虽然也这么想，嘴上却嘀咕道：“这可太难了。”

“不难，白桦街上有一家小咖啡店，里面有个弹钢琴的女孩。她一直穿蓝色的衣服，我觉得和你特别般配。你明天就去看看吧！”

岛尾犹豫了，这样的女孩会喜欢上自己吗？不过，在比目鱼的劝说下，岛尾还是决定去看一看。

自立门户

这天是阿卡西亚西餐馆的休息日，岛尾特地打扮了一番，来到了那家咖啡店。

店里静静流淌着钢琴声，弹琴的是个穿蓝色连衣裙的女孩。岛尾在角落的一个座位坐下，要了杯红茶，他一遍又一遍地听女孩弹琴，却始终没勇气和女孩说话。后来每逢休息日，岛尾就去那家咖啡店。

一天，比目鱼问岛尾：“你和弹钢琴的女孩说上话了吗？”

岛尾笑着摇了摇头，说：“我只要听着她的琴声，就足够了。”

“这怎么行！拿出勇气去接触一下啊，不然就失去机会了。”比目鱼说完，教了岛尾一个方法——用新鲜的鲑鱼、蘑菇和香草烤一些小鱼形状的馅饼，用白色的餐纸包上，再扎上一条银色的丝带，等那女孩弹完钢琴，就悄悄地送过去。

于是，接下来的那个休息日，岛尾就带着这些自制馅饼，去了咖啡店。等女孩弹完琴，岛尾跑过去递上精心烤制的馅饼，自信地说：“这是我烤的馅饼，请尝一尝。”

至此，两人终于认识了，女孩说自己叫蓝。后来，岛尾为蓝烤了各式各样的馅饼。蓝每次接过馅饼时，脸颊上都会泛起一层玫瑰色。

这天，岛尾终于横下心，对蓝说：“请和我结婚吧，我就要有一家小店了，我们一起开这家店吧！”蓝惊讶得一句话也说不出来。岛尾又说：“有海之馆的比目鱼跟着我呢，绝不会让你不幸福的。”

“海之馆的比目鱼……”蓝瞪大了眼睛说，“最近我每晚都梦见一条比目鱼，它总对我说：‘要成为你丈夫的那个人，就要来了。那个人，肯定会让你幸福的。’原来，那个梦是真的啊……”

蓝答应了岛尾的求婚。

这下岛尾的愿望全实现了，他有了一家店，学会了出色的烹饪技艺，还找到了一个可爱的未婚妻。

岛尾回到家，对比目鱼说：“谢谢你，我们终于订婚了！”

比目鱼的眼神里充满了慈爱，说：“太好了，我的工作到此结束了。从今往后，就要靠你自己啦！虽说辛苦是免不了的，但只要正直、认真地干下去，肯定会好起来的。万一撑不下去，就回忆一下海之馆比目鱼的事情吧，我会远远地守护着你们。”话音刚落，比目鱼的眼珠就白了，变成了死鱼眼。

岛尾辞去了阿卡西亚西餐馆的工作，和蓝举行了简单的婚礼，然后搬进了梧桐街的新店。

两人特地去了一趟大海，他们划着船，把比目鱼的骨头放到了海水里，说了一声：“谢谢。”

（译者：彭　懿；改编：朱　歌）

（发稿编辑：曹晴雯）

（题图、插图：佐　夫）

改口

□ 鄂佛歌

老高在一家公司担任中层职务。公司不大，部门挺多，大小十几个科，老高是工艺科的科长，大家都叫他“高科”。最近，公司领导忽然心血来潮，把公司里的科全改成了处，老高自然就成了工艺处的处长。

大家很快改口，管老高叫“高处”。老高对这个称呼非常满意，可是他很快发现，有一个人没叫他高处，仍叫他高科。

这个人也姓高，叫高阳，和老高五百年前是一家。按理说老高当了处长，高阳脸上也有光彩，他应该更积极地叫高处才对，然而他就是不叫，这让老高很不爽。于是，老高没事的时候就仔细研究这个高阳为什么不叫他高处。是嫉妒吗？不太可能。老高在当科长的时候，高阳叫高科可是叫得比谁都欢。不服吗？也不太像。据老高观察，虽然高阳没改口，但他在和自己说话时却相当恭敬谦逊。那么，是不习惯吗？但高阳叫其他那些由科长转变成的处长，一点也不扭捏呀。

老高分析了各种原因，又都一一否定。最后，他打定主意，就算弄不明白，也要让高阳改过口来。

周一开例会，老高发言时不厌其烦地强调“咱们工艺处”应该如何如何。最后，老高说：“我这个处长就说这些，接下来听听大家的想法。”他特意在“处长”两个字上加了重音。

很快就轮到了高阳发言，老高满怀期待，然而，高阳开口仍然叫

的是“高科”。老高表面上不露声色，但内心已对高阳极其反感。

再次开会的时候，老高阴着脸，拐弯抹角地批评处里的某些同志不尊重领导，对公司的决策抱以冷漠的态度，思想上存在严重问题。老高说这话时，同事们都在瞅着高阳。而高阳呢？不自在地低着头，躲闪着同事们幸灾乐祸的目光和老高咄咄逼人的架势。

老高松了口气，自己话说得够明白了，高阳该懂了。

然而，让老高想不到的是，高阳仍没有改口叫他高处，而是尽可能地避免高科这个称呼。实在到了非带上称呼的时候，高阳的嘴角就迅速而含糊地滑过“高科”两个字，然后马上切入正题。

说到底，高阳就是不肯改口叫高处。老高对高阳的反感，已经上升为愤怒了。他开始排挤高阳，公司里有什么费力不讨好的事没人愿意干，老高就主动揽过来，然后交给高阳。高阳因为不愿带上称呼和老高说话，就不好推辞，只能硬着头皮答应下来。

没想到，有好几件事，高阳竟办得十分漂亮。于是，老高又找了更多难办的事交给高阳去办，想借机把他挤出工艺处。

渐渐的，老高发觉自己失策了。因为老高的刁难，高阳每次都被推到风口浪尖上，俨然成了个人物，领导开始重视他了，老高反而被看作是无所事事的摆设。

有一回，领导问老高一些业务上的问题，老高支吾了半天说不上来，正为难呢，一旁的高阳马上凑过来，一张口就滔滔不绝，把领导说得眉开眼笑，老高在一旁听得目瞪口呆。

老高隐隐地预感到自己这个处长的位子要不保了，他还没来得及采取任何补救措施，撤职的命令就下达了，高阳成了工艺处的新处长。

高阳上任前夕，把全处的人请到酒店吃喝了一顿以示庆贺。

推杯换盏间，大家很快都有了酒意，纷纷改口称高阳为高处。

高阳红着脸说：“千万别叫我高处！叫什么都可以，小高或高阳。”

大家说：“客气什么？当了处长还怕人叫？别谦虚了！”

高阳说：“不，不是这个意思，只是……唉，我爸的名字就叫高处……”

（发稿编辑：吕　佳）

（题图：张恩卫）

一张全家福

□ 吴卫华

民国十七年，陕西华县赤水街上的“摩登照相馆”开风气之先，标榜着奢侈和洋气。

摄影师兼老板张宝山，摄影技法娴熟，拍出的照片人物眉目清晰。哪家有了值得庆祝或者重大纪念意义的事，往往就会去“摩登照相馆”拍照留念。

五月的一天，接近中午时分，张宝山卸下照相馆的红色木板门，要开门营业。一队荷枪实弹的国民党警察，押着一个高大的年轻人向西城门外走去。被五花大绑的年轻人头发凌乱，衣服破烂，但瘀青的脸上神情肃正。

张宝山缩在照相馆的门槛内向外探看，等那队行色匆匆、面带紧张的警察过去，他才跨出高高的门槛走到街面上，问旁边卖羊汤泡馍的窦老头：“又抓人了？”

窦老头一边熬着油亮亮的白羊汤，一边叹气：“抓共党呢，这些天听说抓了不少人。他们到处宣讲共产主义，还要推翻国民党政府，上头能不抓他们？世道乱了，咱们的生意也不好做了。”

张宝山也叹气：“我的照相馆几天都没有一个顾客了，门都懒得

开了。但说句实话，共党打土豪、分田地、砸大烟馆，确实让农民扬眉吐气了，说不定这天真要翻了。”

窦老头向小竹筐里丢几个白面饼：“天翻不翻另说，命可能先丢了。唉，都是青壮汉子，一个个谁家的顶梁柱哇！”

一直到下午三点半，张宝山的照相馆里也没有一个顾客。张宝山正在照相馆里枯坐发呆时，门外一个年轻女人走了进来。那女人脑后挽着整齐的发髻，脸色极白。她的衣裤鞋袜都是崭新的，一看就是要拍照留念的样子。

终于有顾客上门，张宝山忙露出笑容，起身招徕客人：“您是照大相还是小相？”

年轻女人的目光发直，从衣袋里掏出两块光洋放到桌子上。张宝山一愣，就是照一整套相也用不了这么多钱，他问道：“您这是要怎么照？”

女人神思恍惚地说：“请您上门照相。”

张宝山回绝了：“我这是坐家生意，不上门服务。”

女人又掏出两块光洋放到桌子上：“要照相的人不能亲自来。我只有这些了，请您务必关照。”

张宝山看看桌子上诱人的光洋，又看看神色肃寂的女人：“你家住哪儿？”

女人说：“露泽院西村。”

张宝山背起照相机：“在西关那块儿，也不远，走吧。”

女人是走来照相馆的，张宝山骑着洋车驮着女人，很快就到了不远的露泽院西村。女人坐在洋车的后座上，一路上不作一声。张宝山来过这个村子，也不用她指路，径直进村。

“去哪条巷子，进哪户人家？”张宝山在主路分岔口问女人。

女人说：“穿过村子，去西头的小庙。”

张宝山还从没有在庙里给人照过相，心里虽然疑惑，还是驮着女人到了村西头的小庙。

女人说：“到了。”

两人下车进庙，庙的主建筑又小又寒碜，一副破败相，两个窗户用乱砖填塞着，庙前场地还算宽阔。女人说：“您在这儿等着，我去请照相的人来。”

张宝山满腹狐疑地问女人：“你哪家的人？”

“温家的。”女人说完，匆匆地走了。

一会儿，女人匆匆地回来了，

右肩上扛着一把罗圈椅，左手提着个高脚茶几。她把罗圈椅和高脚茶几摆放在庙墙的窗户下，又匆匆地走了。再回来时，手里端着茶壶和茶碗，腋下夹着一把桐油伞，茶壶和茶碗摆放在茶几上，伞靠在茶几边上。做完这些她又匆匆走了，张宝山看得一头雾水：瞧这精细的家具和茶具，也是富裕人家了，怎么要在这么晦气破败的小庙里照相呢？

女人再来时，是四个人一块儿来的：一个戴麦秸草帽的汉子，吃力地背着一个戴瓜皮帽的男子，那男子袍褂鞋袜簇新得直扎张宝山的眼睛。女人在后面一手拉着个五六岁的小男孩，一手扶持着穿新衣的男子。他们到了摆放好的罗圈椅跟前，草帽汉子退步找好椅面位置，在女人的帮助下，用力把背上的男子按坐到罗圈椅子上摆布好。新衣男子以一种怪异的姿势坐着。张宝山心想，这人病得还真不轻，上前伸手去扶持一把时，顿感新衣男子的肢体冰凉僵硬。再细看，那人面色灰青、双眼紧闭，很像上午从他照相馆前过去被绑着的年轻人。

张宝山吓得一激灵，后退几步：“他——”

女人平静地说：“这是我家先生，温济厚。”

草帽汉子嘶哑着声音，说：“他是七里寺小学的校长、共产党员温济厚，今天上午被枪杀在西门外。我是他族弟温志德，亲眼看着他被枪杀，我跟嫂子把尸体搬回家的！”

女人深情地看着温济厚，喃喃地说：“我把你整理得像个样子了，血迹完全擦去了，看起来显得精神些。你一直说要照张‘全家福’，总也没照成，所以我今儿把县城里最好的摄影师请了来。家里嫌晦气不让我们照，我们就在这小庙里照。”

张宝山热泪盈眶，他举起相机，打开镜盖。

女人抱起孩子，用右胳膊顶住双眼紧闭的温济厚，不让他身子斜歪，站在椅子后面的温志德压低草帽檐，用力提着温济厚的腰带，不让他滑下椅子。四个人努力面向照相机。张宝山的手有些哆嗦了，他努力稳住手后，习惯地冲镜头里的四个人喊出：“一、二、三，不要闭眼！”

“咔嚓”一声，书生温济厚，永远定格在二十五岁。

（发稿编辑：陶云韫）

（题图：豆　薇）

·网文热读·

新移植的心脏

我有一颗脆弱的心脏，从小到大，猝死的阴影总是伴随着我。

最近，医生忽然联系我："一位叫劳拉的女子被宣布脑死亡，你很幸运，成为被选中的那个人。一周后，你将有一颗崭新的心脏。"

晚上我失眠了，"劳拉"这个名字在我脑海里挥之不去。第二天早上，我去了医院，在走廊上偷听护士的对话，搞清楚劳拉在哪个病房后，悄悄找了过去。

推开房门，只见一个女人坐在劳拉床边，握着她的手。我颤抖地开口："打扰一下，我是……我就是下周要做手术的人。"

女人站了起来，自我介绍道："我是劳拉母亲。谢谢你来看她。"

我站在那儿，手足无措。

劳拉母亲继续说："劳拉是一名社工，负责关心有家暴经历的妇女。可惜，她帮了那么多人，却帮不了自己。她的男友忽然殴打了她，让她变成现在这样。劳拉早就决定好了，死后把生命奉献给那些需要她的人。她会竭尽全力，帮助他人。"说着，劳拉母亲低下了头。

我很难过，伸手握住了劳拉的手。突然，劳拉紧紧握住了我的手。我吓了一跳，收回手。

劳拉母亲解释："别怕，医生把这叫作肌肉痉挛。"

我低下头，看到手掌上有一个小小的新月形指甲印……

手术很顺利。我出院前，劳拉母亲来看了我。在我们拥抱告别时，我感觉好像有人在用力地握我的手，我不禁叫出了声。

劳拉母亲紧张道："怎么了？"

我摇摇头，低头看，发现手心里有一组新的新月形指甲印。

这晚我做了一个梦，梦见劳拉的心在我胸腔里剧烈跳动，震耳欲聋。我听到一个奇怪的女声在我耳边说："出去。"嗓音刺耳，我一个激灵，醒了过来。劳拉的心跳声太吵了，我捂住耳朵，一点用处都没有。我跌跌撞撞地爬下床，喘着粗气。这时，我又听到了一声"出去"，说话人似乎就在耳边，可我的房间里空无一人。我抬头看钟，半夜一点二十分。我喘息着打开大门，高声呼救。一个邻居被惊醒了，他见状立刻扶起我，开车送我去医院。

在医院反复检查，医生告诉我，我的身体没有问题，不是移植手术的排异反应。为什么出现了幻听和心脏不适，医生无法查明原因。

经过一番折腾，晨光大亮。我的手机响了起来："这里是警察局。我们打电话来报告，今天凌晨一点三十分左右，您公寓内发生的事。"

我抱歉地说："凌晨我心脏不舒服，呼救声可能吵到邻居了……"

电话那头，警察沉默了一会儿，说："我打电话给您，不是因为您说的事。是这样的，塞缪尔先生在今天凌晨一点三十分，强行闯入您的公寓。根据警方记录，他是您的前夫。您已经于一年前的九月，对他提出了限制令。"

听到这话，我忽然感觉心跳不再沉重，变成了轻盈的鼓点。

我说："是的，他人呢？"

警察说："他已经被警方拘留。在他身上找到了一把枪，我们认为他意图伤害您。现在，我们安排了一个警员，守在您的公寓里。"

挂断电话，我一阵后怕：如果今天凌晨，我晚离开公寓十分钟，那个可怕的家暴男就会找到我了。

这时，我再次清晰地听见了劳拉的心跳声，那声响变得温和又平静。我想起劳拉母亲说的——"她会竭尽全力，帮助他人"。

我闭上眼睛，把双手放在胸前，感激地聆听着劳拉的心跳声。

（作者：Katrin Ciernan）

（翻译：CCClaire）

（发稿编辑：陶云韫）

（题图：豆　薇）

画狗重点是拙笨

康熙年间，郎世宁已经是清代宫廷十大画家之一。郎世宁画功深厚，能力全面，精于肖像、花鸟、走兽，特别是画狗，简直惟妙惟肖，有《十骏犬图》等佳作传世。

乾隆十年的时候，西洋画师艾启蒙来到中国，师从郎世宁学习，主攻画狗。艾启蒙非常聪明，但是他画的狗，郎世宁却总是不满意。

郎世宁拿出自己画的“苍猊”给艾启蒙观摩：“如果你看懂了，就掌握了画狗的真谛。”

艾启蒙研究了一段时间，对郎世宁说：“我明白了，画狗的重点是狗的精明。”郎世宁摇了摇头。

又看了一段时间，艾启蒙说：“画狗重点是狗的灵巧。”

郎世宁又摇了摇头，说：“画狗重点是拙笨。”

见艾启蒙不解，郎世宁这么解释：“正因为狗在世人眼中都是灵巧聪慧的，所以人们往往忽略了它憨厚忠诚的一面。拙笨才是画狗的最高境界，其实人也一样，勤能补拙、大智若愚。”

艾启蒙大惊，从此虚心学习，精心研究画法，最终青出于蓝而胜于蓝，成为著名的西洋宫廷画家之一。

（**作者**：任万杰；**推荐者**：卧　龙）

偷时间的人

作家詹姆斯·凯尔曼创作的小说《为时已晚》荣获国际大奖，有记者在采访时，询问他有何成功秘诀。凯尔曼说：“我是一个专门‘偷时间的人’。”

凯尔曼在二十多岁的时候，是一名大货车司机，也是两个孩子的父亲。每天长达十二个小时的工作时长，让凯尔曼每晚回到家里时都异常疲惫，根本没有时间写作。

热爱写作、苦于没有时间创作的凯尔曼决心给自己“偷”一点时间出来。有一天，凯尔曼比往常早起两个小时，这时家人还在熟睡，他安安静静地顺利完成了一篇早想动手，但总是抽不出时间写的文章，他感到了前所未有的满足和快乐。他决定，从此每天都要早起两个小时写作。

精诚所至，金石为开。凯尔曼一坚持就是二十多年，也正是这每一天的两个小时，让他从一名大货车司机变身为著名作家。

詹姆斯·凯尔曼常说："我在偷时间，这条简单的法则就是把最好的时间留给自己，而不是卖给你的老板。"

（**作者**：姚秦川；**推荐者**：田龙华）

没有一个棉桃会被辜负

那年，我高考落榜，沮丧的我把自己关在屋子里，整日闭门不出。

奶奶担心我，每天在门口对我念叨："孙儿，屋后塘埂上那一大片棉花开了，我们一起去摘棉花。"我只是躺着，一动不动。

有一天，奶奶急切地敲门，说："天要下雨，棉花不摘就会烂在地里了，快来帮帮忙！"我只得打开门，跟着奶奶挎着篮子向棉花地走去。

一亩多的棉花地里棉花朵朵，白花花一片，但我采摘时发现，盛开的棉花下仍有不少没开的青棉桃，低着头，像高考失利的我一般垂头丧气。

我想剥开它的外壳，取出里面没绽放的棉朵。可它紧紧地咬着，没有一丝缝隙，任凭我怎么使劲也掰不开。棉桃想要开出花朵，需要积蓄多少生命的能量啊，只是它可能没有盛开的机会了，奶奶却把这些没有开花的青棉桃都摘下放进了篮子里。

"摘这些青棉桃有什么用？它们还能开花吗？"我不解地问。

奶奶说："只要有太阳，青棉桃也会开花，没有一个棉桃会被辜负。"

后来，青棉桃在院子里晒了几天，果真开了花。奶奶的话我听懂了，只要有太阳，只要汲取向上的力量，没有一个棉桃会被辜负。我也打起精神，收拾书本去学校复读。

一年后，我考进了理想的大学。我就像青棉桃那样，虽然迟了些，但终于开出了花。

（**作者**：钱永广；**推荐者**：一米阳光）

（**本栏插图**：陆小弟）

·网文热读·

红发男孩抓盗贼

□ 周大鸣 译

红发男孩费雷迪今年十三岁，满脑子的奇思怪想。有时候，他假装自己正驾驶着迷你飞行器，在世界各地旅行；有时候，他微笑着与空气握手，对妈妈说：“我是外交家，正准备出席一次重要的国际会议。”

但此时此刻，费雷迪无法展开自己的想象力了，因为在现实世界中，一把手枪正抵着他的脑袋。

事情还要从他放学时说起。平时他放学回家都是走回去的，一共也就两站路，但今天下午他刚刚参加了一场激烈的足球赛，出校门时天色已晚，再加上实在太累了，就决定等公交车回家。

一个男人也在等车，他看上去三十五六岁，个子不太高，有张猫咪一样的怪脸，更怪的是，他的右臂看起来很正常，左侧衣袖则空空荡荡，里面没有胳膊。

他是个士兵，打仗受伤失去了左胳膊？空军还是海军？他会不会是个警察，抓小偷时受的伤？天色一点点地暗下来了，费雷迪希望公交车快点来，回去晚了，又得挨训。他朝车来的方向望过去，远处的路上没有公交车，也没有一个行人。

费雷迪突然觉得好像有人在背后盯着他看。他转过身，果然，那个男人正直勾勾地盯着费雷迪："跟我走。"他的嗓音粗犷低沉。

"我……"费雷迪刚说了一个字，就看见黑洞洞的枪口从男人外衣最下面两粒纽扣中伸出来，搁在下面的纽扣上，对准了自己。男人的右胳膊依然垂着，显然这把枪是他的左手握着的。

好汉不吃眼前亏，费雷迪点了点头。

"我一直在等像你这样的独行人。"男人皮笑肉不笑地说，"帮我搬点东西，只需几分钟。"

"搬什么？"

"你很快就会知道。搬完后，你最好忘了这件事，我的红发朋友，否则，你会后悔的。"

"知道了，先生。"

费雷迪在前，男人在后，与费雷迪保持两步远的距离。男人边走边轻声指路，两人的脚步声比男人的指路声还大。他们从大路转进了一条窄窄的弯曲小街，又走上另一条马路。在一个不大的垃圾房旁，男人发出停下的指令。

男人四下观望了一下，见周围没人，便用他的右手指着垃圾房半人高的门说："进去，门口有一包东西，拿出来给我。"

费雷迪钻进门，在门口摸到一包四四方方的东西。他一拖，感觉这东西沉甸甸的，像有两本厚厚的大词典那么重。他边后退边把它拖了出来。

"给。"费雷迪抱起这个报纸包着的东西递过去。

男人说："抱到车上去，这才是最稳妥的，谁能想到一个小男孩怀里抱着一万英镑呢？哈哈……"

"一万英镑？"费雷迪惊得几乎失手掉下这包东西。

男人伸出右手狠狠推了费雷迪一把："快点！我的枪指着你的后脑勺呢，休想耍什么心眼！"

他们向那条窄窄的弯曲小街走去。此时，天已半黑，四周一片寂静，只有他们的脚步声在回荡。

费雷迪终于明白了：这个男人是小偷，偷了钱藏在垃圾房里。他不是要我爬进垃圾房把包裹拖出来就行了吗？为什么又要我把它搬上车呢？还有，他为什么要把左手臂藏在外套里拿着枪，是左撇子吗？这些钱是从哪偷的？最重要的是，我跟着他到了车那边又会有什么事发生？

到了街角，一辆脏兮兮的小汽车停在那儿。男人用右手拉开汽车

右面的后门，说："过来，你抱着东西先进去。你以为我会先进去，然后眼睁睁地看着你拿着钱跑了？好不容易得到的东西我会轻易丢了？你想得美！"

"可是，你说……"

"闭嘴！乖乖进车里！"

费雷迪只得抱着沉沉的包裹走向车门，有意无意间，他碰了一下男人拿枪的左胳膊。

"啊！"男人呻吟了一下，枪掉在了地上。

原来如此！费雷迪一下子明白了：偷钱时，男人的左胳膊受了伤，拿不动沉重的包裹，但还能勉强握枪；他无法用右手抱着沉甸甸的钱逃跑，就把装钱的包裹放在垃圾房里；他伺机找人帮他拿出包裹、送上车，然后可以用右手开车逃跑。

男人立刻弯腰伸出右手准备捡枪，而费雷迪则眼疾手快地把沉重的包裹砸向男人的左胳膊。男人疼得惨叫一声，右手不由自主地去护住左胳膊，费雷迪马上一脚踢远了枪，然后快步上前，把枪拿在手里。顿时，攻守易势，现在掌握主动权的是费雷迪了。

"别动。"费雷迪握紧枪大声说，他的大脑则开始飞速运转，怎么办？此刻，街上空无一人，找不到人帮忙。要么，先问男人一些问题，拖延时间，到时换班巡逻的警察会路过这里。费雷迪问："哪儿偷的钱？"

"佩勒姆社区银行。"

"左胳膊怎么伤的？"

"翻窗摔的，出银行时。"

又问了几个问题，基本案情已经问清了，费雷迪不住地望向街角，他记得警察总是这个钟点换班。终于，一个身穿制服的警察出现了，费雷迪大声呼救，警察冲过来把男人押去了警局。在警局里，费雷迪还接受了当地日报记者的采访，等他回到家时，天已经黑透了。

妈妈很生气："放学回家要花两个小时？去哪里疯了？"

"踢足球。"

"天黑了还踢？得了吧，费雷迪，你还不如说你从失火的房子里救出一位漂亮的女明星，或者被电视台找去做嘉宾表演节目了！"

"都不是，妈妈。"费雷迪说。他想：妈妈总觉得我爱胡思乱想，但明天她看到报纸后，一定会大吃一惊，因为她会在报上看到我的照片和专访，标题就是《红发男孩抓盗贼》。

（发稿编辑：孟文玉）

（题图：陶　健）

瘦子

□ 周德东

村子里有一个秘密赌窝。这天，赌窝里拉上了厚厚的黑色窗帘，暗淡的灯光下，四个人正在赌博，三个胖子，一个瘦子。

三个胖子经常来这里，他们分别是附近三个镇的大赌鬼。这个瘦子初来本地，放出话来，要大赌。

最初，三个胖子不信任他，让他亮亮底。结果，他们都被镇住了：瘦子的上衣和裤子里面，密密麻麻都是口袋，装满一叠叠钞票。于是，三个胖子把他领到这里。其实，他们早密谋好了，要合伙坑这个瘦子。

赌窝的户主叫黄三，是个光棍。三个胖子来的时候，黄三不在家。不过没关系，他们都有钥匙。

他们赌的是麻将，那桌子是专门为赌博做的，每一面都有一个抽屉，用来装钱。

瘦子瘦得出奇，像根竹竿。他脸色苍白，坐在那里毫无表情。可能是赌徒们抽的烟太多了，房子里有一股纸灰的味道。瘦子的钱像流水一样流进三个胖子的口袋，他一直垂着眼帘，没有任何表情。

夜越来越深，纸灰的味道越来越浓。终于，瘦子的钱全部输光了。他被掏空之后，变得更瘦了。

一个胖子直了直腰，揶揄着对瘦子说："还赌吗？"

瘦子说："不赌了。"

三个胖子都很疑惑。他们以为这家伙是个高手，没想到他就这样乖乖地输光了，而且一点挽回损失

的念头都没有。

另一个胖子说：“按照我们这里的规矩，你还有一次机会，不知道你想不想要？”

瘦子似乎并不重视，他毫无表情地问：“什么机会？”

“你还可以拿命赌一次。”

瘦子叹口气，说：“去年夏天我跟人家赌钱，最后就用命做了赌注，已经输掉了……”

三个胖子几乎同时抖了一下。这时，门“吱呀”一声开了，三个胖子像惊弓之鸟一样都飞快地转过头去看——是黄三。

黄三笑嘻嘻地说：“你们三个人赌什么呢？”

话音刚落，突然停电，屋子一下子就陷入了黑暗。一个胖子颤着声音说：“我们是四个人啊！”

“明明是三个人嘛。”黄三一边说一边摸黑找着什么。

过了好半天，一个胖子说：“你干什么呢？”

“我找蜡烛。”

“你他妈快点啊！”

“我就放在这个抽屉里的，怎么不见了呢？”

又过了一会儿，黄三终于把蜡烛找到了，他“刺啦”一声划着一根火柴，把蜡烛点着——瘦子坐的那个椅子已经空了。

三个胖子顿时面如纸灰。借着蜡烛的光，他们都下意识地低头看了看——他们的钱都不见了，包括刚刚赢来的钱，还有他们自己带来的赌资，都变成了纸灰！

他们惊恐地四下巡视，哪里都不见那个没有表情的瘦子。最后，他们的目光落在了黄三的脸上——他坐在了那个空椅子上，端端正正，毫无表情。

他好像已经不是黄三了，坐在他两侧的胖子都朝后闪了闪。

黄三似乎受到了一种神秘力量的支配，木木地伸出双手，一边“哗啦哗啦”洗牌，一边木木地说：“现在，我借黄三的命，继续跟你们赌——赌你们三条命！”

三个胖子起身夺门而逃，椅子被撞翻，“噼里啪啦”倒在地上……

一个高级骗子，把三个赌徒洗劫了。

他买通黄三，事先在赌窝里留下纸灰的味道。黄三进门时故意说屋里只有三个人，随即拉掉电闸，而瘦子趁黑调包了赌资，溜了出去……

（**推荐者**：落花雨）

（**发稿编辑**：吕　佳）

（**题图**：陶　健）

一个金元宝

□ 丁秀红

早年间，密州有个叫胡大智的商人，在省城做买卖，一年下来赚了不少钱。临近年关，他想带着一年的收入回家过年，路途遥远，为了方便，他到钱庄，把钱兑换成了一个金元宝，然后轻装上路，骑着毛驴往家走。可是，这一切都让在钱庄踩点的两个毛贼给盯上了。

两个毛贼一路尾随胡大智，尽管他们很小心，但还是被谨慎的胡大智发现了。胡大智有些急了，自己一个生意人，平时也不干啥力气活，可对付不了两个贼啊！眼看着贼人越跟越紧，伸手就能抓着驴尾巴了，胡大智心一慌，骑着驴就拐进了路旁的一个村庄。

庄里人多，两个毛贼识相地放慢了脚步，与胡大智拉开了距离。胡大智心想，等出了庄子，他俩肯定还会跟上来。于是，他索性从驴上下来，牵着毛驴慢慢走，边走边想脱身的法子。

突然，胡大智看到前面有户人家门口十分热闹，人们不停地进进出出。胡大智牵着毛驴走过去，见这户人家大门口挂着白幡，原来是在办丧事。他探头往门里一瞧，呵，真是大户人家呀！门楼前两只石狮子威风凛凛，几进间的四合院，清一色的青砖碧瓦，高大的房屋飞檐翘角，好不气派。再看进出的人，

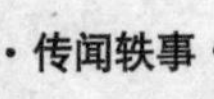
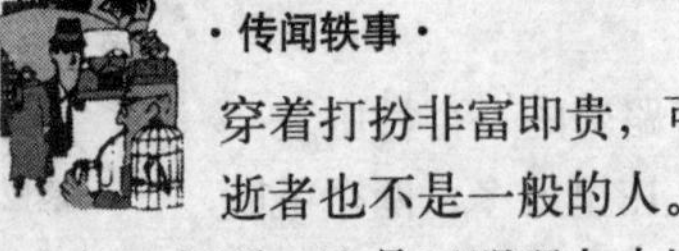

穿着打扮非富即贵，可见逝者也不是一般的人。胡大智一打听，这是王明理九十岁高龄的老父亲驾鹤西去了……

这王明理是附近有名的大财主，有田地上千亩，城里还经营着几家布庄，生意虽是不温不火，但吃穿不愁。因为他为人随和，乐善好施，在庄里的人缘也是极好的。

胡大智稍一思量，有了主意。他将毛驴拴在一棵树上，然后随着前来吊唁的人群进了院子。院里正在举行上客仪式，孝子贤孙跪在两边，客人按辈分依次给逝者行跪拜礼。院里门边放着一张司事桌，胡大智来到桌前，迅速掏出金元宝，放在桌上，说道："这是胡大智给老太爷的丧礼。"

记账的司事客一看，桌上摆的竟然是个金元宝！前来吊丧的人来了一批又一批，上至达官贵人，下至平民亲朋，给的礼金有多有少，却还没有出手这么阔绰的。丧礼，当地也叫人情钱，这人情钱多少没有规定，多送多收，少送少收，绝不能不收。但是，收这样大的人情钱，必须得通报丧主，否则怠慢了客人，让主家埋怨。于是，司事客赶紧将此事禀报了丧主王明理。

王明理听后，很是吃惊，但一想，能送这么厚的礼，肯定与老父亲交情匪浅，自是不能怠慢。于是他赶紧来到前院，与胡大智寒暄起来。胡大智自我介绍道："我是密州的胡大智，老太爷和家父乃是生死之交。听闻老太爷仙逝，家父特让我来送老人家一程，致上薄礼，略表心意。"

王明理听糊涂了，未曾听说父亲有什么生死之交啊！不过，俗话说："红事不请不到，白事不请自来。"这种场合，出于礼貌，自然不好寻根问底，于是他便先收下了丧礼。接着，王明理将胡大智领到上宾位，唤来家仆好生伺候。胡大智为了表示对逝者的亲近，还特意要了一身丧服穿在身上，到灵前行了三拜九叩之礼……

且说两个贼人见胡大智进了丧主的院子，顿时摸不着头脑了，但他俩又不甘心，于是也浑水摸鱼地跟了进去。他们千算万算就是没算到胡大智会将金元宝当成丧礼送出去，早知这样，还不如早点下手！事已至此，他俩苦着脸对看了一眼，便灰溜溜地往外走。可是一想，贼不空手啊，哪有白跑一趟的道理？好歹这也是大户人家，那收礼的木盒瞧着满满当当的，要是能顺手牵羊拿个一件两件的，也算没白来！

这么想着，两个毛贼便重新混进吊丧的人群。为了掩人耳目，人家叩头，他们叩头；人家吃饭，他们也跟着吃喝……就这样，两个冒牌货竟然一直没被发现。白天耳目多，他俩不敢轻举妄动，就等着夜里“顺”他个神不知鬼不觉……

且说丧礼结束后，胡大智便向王明理告辞，王明理亲自把他送出村庄，两人依依惜别。也就是从那时候起，两家的关系便亲密起来，逢年过节开始礼尚往来，互相都有走动。胡大智本来就是商人，有做生意的门道。自从结交了王明理这个朋友，他就帮着王家倒腾布匹买卖，没多久，王明理那几家布庄的生意就红火起来……

就这样过了好些年，胡大智和王明理的交情越来越好，可不知怎么，突然有一阵，两人走得不勤了。王明理几次约胡大智，胡大智总推托有事，不知道在忙活啥。

一日，王明理不请自来，到了胡大智的家里拜访。一推门，就见胡大智坐在院里喝茶。王明理说道：“老弟，一个人喝茶呢，也不叫上老哥我？”

胡大智抬头一瞧，先是一愣，然后赶紧起身让座：“老哥，你怎么来了？”王明理没立刻坐下，而是踱着步子往堂屋里走，胡大智没说话，低着头跟在后面。

堂屋里，设有胡大智父亲的灵位，老爷子几天前刚刚过世了。

上了香、拜了礼，王明理走出堂屋，随胡大智在院里坐下，他这才开口说道：“怎么，老爷子仙逝此等大事，也不与老哥我说，是不把我当朋友了？亏你还说我们两家老爷子是‘生死之交’呢！”

胡大智尴尬地笑笑：“老哥，咱俩交往这么些年，你怎么就不问问我两家老爷子到底有何渊源，这‘生死之交’又是怎么结成的？”

王明理笑了笑，说道："老爷子都走了，过去的事情没必要理得那么清。再说，你要是想说，早说了。"胡大智惭愧道："其实，咱两家的渊源不在老辈……"

"哦，此话怎讲？"

接着，胡大智就把当时自己如何带金元宝回家、如何被歹人跟踪的事说了出来，最后他补充道："归根到底，还是你和老爷子救了我。如果不是事有凑巧，让我有了转移金元宝的机会，那元宝就会被贼人抢去，弄不好老弟我还会把小命丢了。当丧礼送给你，既有了面子，又交了朋友……"

"凭我俩的交情，日后这元宝总有回来的时候，说不定还会长利息呢……"王明理打断了胡大智，然后从身上掏出一个金元宝摆在桌上，又往金元宝下压了几张银票，说道，"你就是怕我这么想，才故意瞒了我你家老爷子的事，对不？可你我有这些年的交情，当日你的人情礼，我更是理当要还的呀！"

"这万万使不得！"胡大智脸涨得通红，把金元宝和银票往回塞。当日他在丧礼上送出金元宝时，的确是想着，凭着王家的财力和王明理的教养，来日总有机会让他还礼，而且这礼会只多不少。只是这些年，他与王明理的交情愈发深厚，一想到当日的事，便惭愧不已，所以就算是自己爹病重、甚至是后来办丧礼时，他也没让王明理知道，就怕他真来还礼，坏了他俩的情谊。

见胡大智为难的样子，王明理突然"哈哈"大笑道："其实你的事，我早就知晓。"

这下，胡大智纳闷了，他忙问："老哥如何知晓的？"

王明理说，父亲丧礼后，按习俗，他要不眠不休地守丧三日。哪料到了第三日，家仆竟在院里抓到两个呼呼昏睡的毛贼，一审问，才知道他俩埋伏已久，原本想趁夜偷走礼金盒，不想王家竟然整整三日里都是灯火通明，根本没有下手的机会。两个毛贼还交代了如何从省城开始，跟踪胡大智的经过。

听到这，胡大智惊愕地问道："老哥呀，你怎么不早说破？"

王明理笑道："要是早说破，我还能交上你这么铁的朋友吗？"

当初王明理得知真相，觉着胡大智是懂得随机应变、当机立断之人。他好生佩服，便将错就错，决定结交胡大智这个朋友。

（发稿编辑：丁娴瑶）

（题图、插图：刘为民）

被单位开除以后

□ 孙世瑞

刘某大学毕业后，应聘到一家国有企业工作。入职以后，刘某积极努力，务实肯干，得到单位上下的一致好评，职位和薪水也得到了提升。然而，随着职位的提升，她渐渐放松了对自己的约束，开始迟到、早退。鉴于她过去有贡献，再加上情节轻微，领导对此的态度是大事化小、小事化了。

春节过后，刘某去外省洽谈一笔业务。业务谈妥后，她一个不小心从饭店的楼梯上摔下来，服务员第一时间把她送去了医院。好在刘某伤势不重，第二天就出院了。按理说，刘某应该第一时间返回单位，但她动起了歪脑筋——以腿部骨折需要住院为由，向单位请假一个月。接下来，她开始四处旅行，玩得不亦乐乎。

一个月后，刘某回到单位，提交了自己伪造的住院证明。她本以为可以瞒天过海，谁知谎言还是被拆穿了。

领导看到刘某的住院证明后，想到她近期工作表现不佳，对其住院一个月养腿伤这件事有所怀疑，便找到一位在该医院工作的熟人打听。领导很快发现，刘某根本没在

那里住院一个月！

刘某的行为让领导大为光火。第二天，领导找到刘某，以刘某伪造住院证明、违反公司章程为由，与刘某解除劳动合同，而且没有赔偿。刘某虽然第一时间承认错误，但终究木已成舟。这之后，她便一直待在家里，虽然心情低落，但她没有向其他人说起这件事。

过了一段时间，刘某接到母亲的电话，母亲一上来就质问她："你为什么不去上班？"

原来，刘某母亲有一位同学，是刘某原单位的工会副主席。最近一段时间，她都没见到过刘某，就问起了刘某的母亲。

面对母亲的质问，刘某只好把一切都告诉了她。

刘某母亲知道后，反过头来问那位同学："我女儿被单位开除，你怎么也不为她求求情？"

那位同学委屈地说："她被开除我丝毫不知情呀，不然我肯定会替她求情的。"

没过多久，刘某在母亲的支持下，将自己的原单位告上了法庭，要求赔偿。

得知这一消息后，企业领导丝毫不担心，在他们看来，开除刘某这样严重违纪的员工，是完全符合企业章程的，刘某必然败诉。

谁知法院审理后认为：刘某违反企业章程，提交伪造的住院证明，企业有权单方面解除劳动合同。不过根据劳动合同法相关规定，开除员工应当先经过工会同意。本案中，企业没有经过工会这一程序就解除劳动合同，属于程序违法，因而支持了刘某的诉讼请求。

律师点评：

本故事涉及的一个法律问题，即用人单位解除劳动关系的法律程序。

根据法律规定，用人单位单方面解除劳动合同，应当事先将理由通知工会。用人单位违反法律、行政法规规定或劳动合同约定的，工会有权要求用人单位纠正。用人单位应当研究工会的意见，并将处理结果书面通知工会。

故事中，虽然刘某行为严重违纪是事实，但用人单位开除她必须走法律程序，即事先将开除内容和理由通知工会并将处理结果告知工会。所以，基于企业解除劳动合同没有通过"工会"这一关键程序，导致败诉这一结果是必然的。

（**发稿编辑**：曹晴雯）

（**题图**：张恩卫）

诈骗狂徒欺天罔地，携巨款远走高飞，精心设局，自作聪明。然而深陷欲望之城的他，结局又会如何……

致命谎言

□ 刘祖光

1. 暗路相逢

泰越城在东南亚闻名遐迩，旅游业发达，但这座城市长着两张面孔。一张面孔是白天的世界，高楼林立，游客们在海边的五星级酒店流连忘返；另一张面孔则是夜晚的泰越城，各种各样的犯罪在城市的隐秘角落里不断上演……

这天凌晨时分，一个打扮时髦的女郎站在一条暗巷深处，打着哈欠，看着手机。就在这时，一个男人踉踉跄跄地朝女郎这边跑来。他身后一群手执明晃晃长刀的人追着，这些人穿着统一的T恤，胸前印着血盆大口的老虎。女郎知道，这是当地黑社会“泰虎帮”的人。这时，男人跑到了女郎面前，再往前好像是死胡同。生死关头，小伙子病急乱投医：“姑娘，救我！”

女郎正在犹豫，一个胳膊上满是刺青的杀手持刀向小伙子砍来，小伙子侥幸闪过，那长刀却直直地刺向女郎，将她的胳膊划出一道口子。刺青杀手并未收手，继续砍杀小伙子。随着“砰”的一声，杀手一摸后脑勺，手里湿漉漉的，都是血。他瞪大眼睛看着女郎，女郎身子一抖，手里的砖头掉在了地上。

刺青杀手倒地，其他杀手却一拥而上，个个长刀霍霍。紧要关头，女郎拉住小伙子就跑——原来前面

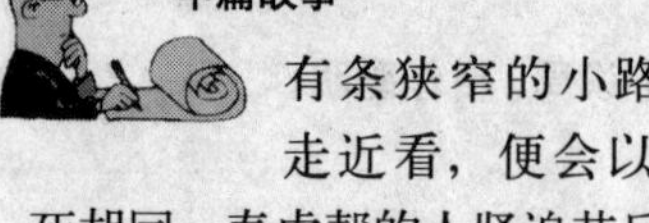

有条狭窄的小路，不走近看，便会以为是死胡同。泰虎帮的人紧追其后，幸亏女郎熟悉地形，她带着小伙子在暗巷里七绕八绕，终于在一个废品收购站里藏匿下来。

许久，听着没动静了，两人才胆战心惊地从垃圾桶里钻出来。小伙子隐约觉得背部有些痒，手一抓，竟然抓到一只“吱吱”叫的老鼠，吓得他脸色苍白。女郎一笑，很从容地驱走脚边的老鼠，冷笑道：“在这儿混，居然怕老鼠？泰越城有三样东西最出名——大海，美女，贫民窟的老鼠。”

女郎让小伙子快走，小伙子看了看她，问：“你是中国人？”

女郎摇摇头：“中国人那么有钱，我怎么可能是……”

作为东南亚知名的旅游城市，泰越城吸引着来自世界各地的游客。近些年来，中国游客增多，他们出手阔绰，消费能力强。于是本来就有大量华人的泰越城，售货员基本上都得会说普通话，支付宝、微信支付的标签随处可见。

小伙子说他叫阿吉，来自马来西亚，父母都是华侨，因此他受到了良好的中文教育。一年前，他来到了泰越城，本来想凭借自己流利的中文打工挣点儿钱，没想到前几日惹到了泰虎帮，被追杀了一路。

阿吉求女郎收留他几天，他从口袋里掏出一大把人民币：“这是五千块，就算我给你的酬劳。”

女郎盯着阿吉手里的钱，咬了咬嘴唇，不回话。阿吉叹口气准备将钱收回去时，这姑娘一把将钱抢了过去，阿吉暗暗地笑了。

女郎带阿吉到了她的住处——那是棚屋区一栋破败的公寓楼。进了楼，又是一番七绕八转，才到了房间。令阿吉意外的是，房间里竟然干净简洁，只有一幅海报颇为惹眼，是一个泰国拳手。

“泰国拳王亚披勒。”女郎介绍道，“我叫芭提娅，父母教了我一些中文，以前还干过导游，带中国团。亚披勒是我师傅，所以别想着欺负我，我可是很厉害的！”说着，她来了个侧腿斜劈，造型颇像功夫女星，倒是把阿吉看笑了：“这么说，同是天涯沦落人啊！”

芭提娅“嗤”地笑了一声，转身去洗漱了。阿吉靠在门边，听着里面的水声，说：“哎，你怎么不问我，我怎么惹了泰虎帮的？”

芭提娅答：“不关心！”

阿吉窘迫地笑了笑，坐到沙发上刷手机，一条热搜视频让他愣住

了：一名谢姓中国富豪被杀手“花豹”刺伤，该富豪悬赏千万缉拿杀手，甚至只要提供“花豹”的信息，就能领取百万人民币。

不一会儿，门开了，芭提娅裹着浴巾出来，阿吉慌忙切换手机页面。芭提娅问：“刚才视频里什么杀手，什么千万，到底是啥啊？”

“没啥没啥，泰越城这种事情多了去了，不是吗？”

晚上，阿吉辗转反侧，沙发因此发出“吱吱”的声音，卧室里的芭提娅怒道：“不睡滚出去！”

直到凌晨四点多，阿吉终于沉沉睡去，芭提娅却从房间里悄悄地出来，小声地打着电话：“喂，抓住杀手可以赏一千万？死的活的都可以？好，知道了。”挂了电话，芭提娅进了厨房，拿出一把亮闪闪的刀，朝着熟睡的阿吉步步逼近……当刀尖即将落下的那一刻，阿吉忽然睁开了眼睛。他一个鲤鱼打挺坐了起来，却发现周围黑乎乎的，只听见空调“嗡嗡”的声音。

原来是一场噩梦。卧室里，芭提娅还在熟睡，“咿咿呀呀”地说着梦话，听着让阿吉松弛了不少。自从看到了悬赏新闻，他的内心就波澜四起，他开始有些怀疑，自己是怎么走到了这一步。

2. 致命挑衅

在城市的另一头，是泰越城的海滨富人区，那里全是依山傍水的高级别墅。谢应豪刚来到这里，就买下了视野最好的那一栋。可是，买了房并不意味着能安然住下。此刻，谢应豪赤裸着上身，泰越城最顶尖私立医院的护士，正在为他包扎伤口。他气呼呼地对坐在一旁的络腮胡男人说道：“阮金龙，泰虎帮号称泰越城最大的帮会，怎么连个人都抓不到？我看你们别叫‘泰虎’，叫‘泰猫’吧，三脚猫的‘猫’。”

阮金龙阴笑一声：“谢老板，我好歹是泰虎帮的堂主，请注意你的言辞。在泰越城，只有我们才能保护你的安全。”

谢应豪很生气，口气却软了下来：“上个月，你们帮主颂帕过寿，我送了个大红包，一百万人民币！帮主跟我说：‘小谢，你在泰越城放心待着，有泰虎帮在，没有人敢动你一根汗毛。’我相信泰虎帮的实力，可是闻名不如一见，我还是被那什么豹刺伤了，瞅瞅，看这血流的……”

阮金龙瞥了一眼地上的血色衬衣，一笑，道：“在我看来你受伤，也有你自己的原因。”

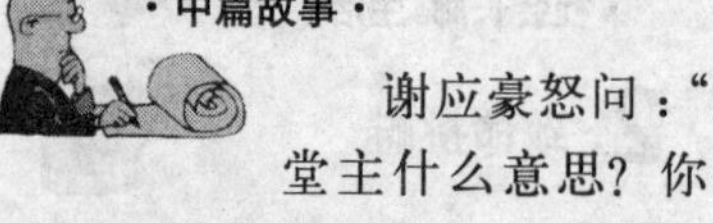

谢应豪怒问："阮堂主什么意思？你是说我活该被刺杀？"

阮金龙仍然不紧不慢地说道："虽然我不是中国人，但也知道你的一些底细。老百姓被像你这样的金融骗子骗得棺材本都没了，叫天天不应，叫地地不灵。当然，你能骗到钱，能把钱带到泰越城享受人生，这是你的本事，可你太嚣张，才给自己惹来杀身之祸！"

谢应豪脸上红一阵白一阵。

原来，谢应豪在国内成立了"天鹰小贷金融"，发展了二十多万客户。跟大多数金融诈骗犯一样，他非常善于包装自己，捐款搞慈善，用各种手段给"天鹰小贷金融"公司镀金，以此骗取老百姓信任，从而骗得资金四十亿人民币。然后等到纸包不住火了，谢应豪立即实施筹划已久的逃跑行动，他成功地来到泰越城，却让国内那些投资人陷入无限的绝望。

阮金龙拿着手机，叹道："总额四十亿，啧啧啧，给我们帮主一百万都挂在嘴上，真是越有钱的人越抠门啊……"

谢应豪懂了，在地头蛇泰虎帮眼里，他这个外来者，可是一个拥有四十亿财富的大肥羊！他忙不迭地说："说是四十亿，可我打通各种关系花了不少钱。就比如，泰虎帮能在这里称霸，给头面人物打点的钱不会少吧？我也不瞒你，其实最后我也就得了七个亿……"

这个数字让阮金龙眼睛一亮："哇，七亿啊，啧啧……"

谢应豪顿时醒悟，刚才阮金龙在套他的话，是在摸他的底。

阮金龙看谢应豪脸色阴晴不定的样子，笑了起来。他点亮手机屏幕，朝谢应豪晃了晃："谢老板，太高调是要丢命的！就是这个惹来杀手花豹，何苦呢？"

谢应豪看到手机上显示的是一长段文字，正是他在国内社交媒体平台发布的"告知投资人的信"。在信中，他说自己带着老婆和孩子远走高飞了。新家很大、很漂亮，有无敌的海景，美如天堂。信上还说："别再费劲找我了，你们认栽吧！谁让你们贪婪呢？成年人的法则就是'愿赌服输'，大家只不过是坐在赌桌上赌了一把，我赢了，你们输了，如此而已……"

这封所谓的"信"，分明是往投资人的伤口上撒盐。那些愤怒的受害者恨不得杀了谢应豪，可是他躲在国外，又能有什么办法治他？

令人没想到的是，这些投资人

很快打听到谢应豪藏身泰越城内，于是他们居然众筹了一笔数目不菲的钱，聘请了东南亚的顶级杀手，要让谢应豪以死谢罪。

就在今天晚上十点多时，谢应豪在泰越城顶级KTV和美女们高歌的时候，一个男人混进包房，对他挥刀就砍。姑娘们见了，尖叫起来，谢应豪也大叫："你是谁？"

"花豹！"

一听这名字，姑娘们的叫声更刺耳了。花豹这两年在泰越城声名鹊起，恶毒的黑老大、奸诈的生意人、腐败的官员等，都曾是花豹的刀下鬼。在泰越城内，他的名字就

足以让人闻风丧胆，只是没想到他今天会出现在这里。

谢应豪连呼"冤枉"，说不知自己哪里得罪了花豹。他边喊边跑，想夺门而逃，花豹却快速堵住了门口。谢应豪为了保命，冲花豹喊道："你的雇主是谁？他出多少钱买我的命？"

花豹说："四百万，定金一百万，我已经收了。"谢应豪连忙说："我出一千万，三百万算我补偿你的尾款，另外七百万，买你一个消息，告诉我雇主是谁？"

没想到花豹冷冷一笑："得按规矩来，我干完这一票，再接你的单吧——如果你还活着的话。"

花豹又持刀砍来，谢应豪的胳膊很快被划开了一道口子。眼看刀子要往谢应豪的胸口扎了，就在这时，门外传来杂乱的脚步声，是泰虎帮的人来了。

这家KTV的幕后老板就是泰虎帮帮主颂帕，但他产业众多，具体负责的则是阮金龙。从来没有人敢在这里闹事，今天听说杀手都进KTV砍人了，阮金龙大为光火，立即带着兄弟们赶来。花豹眼见无法得手，只好破窗逃走。

阮金龙带着兄弟追了一阵，却

无功而返。对此，谢应豪感到不满，他可是在泰虎帮的地盘上受了伤啊！阮金龙却在听了来龙去脉后，半信半疑地问道："据我所知，花豹出手，从不失手。今天竟然只是伤了你的皮毛？"

"那是我灵活应变，才大难不死的好不好！"谢应豪明显对阮金龙的话感到反感。阮金龙耸耸肩："不过，既然在泰虎帮的地盘上露了脸，我们便不会让他喘着气出去。这点，谢老板大可以放心。"

谢应豪"哼"了一声，捧着伤臂气呼呼地离开了KTV包间……

没想到这会儿，阮金龙又跟到了谢应豪的别墅。他显然做了调查，还有网上那封信，这在他看来，谢应豪招来杀手也是活该。

"听人说，谢先生当时试图用一千万买花豹的'反戈'？不愧是谢大富豪啊，出手真是阔绰！"阮金龙坐在沙发里，自顾自地开了一瓶好酒，看似漫不经心地说道，"其实，你倒不如考虑考虑把钱花在刀刃上，比如让我们泰虎帮的兄弟们涨涨士气？"

谢应豪拿过酒瓶倒酒，并没有搭话。此时，外面海浪声声，他的心情也如海浪一般跌宕浮沉。他感觉自己如同闹市揣金的小孩，周围全是虎视眈眈的恶狼……

3. 同绳蚂蚱

这一夜十分漫长。泰越城里连夜躁动起来，千万悬红的诱惑让城里三教九流的各大势力竞相出动。

阿吉没能再入睡，他打开手机，发现悬红已经升到了一千两百万。新闻中的照片是KTV监控拍下的，虽然面貌模糊，但身材轮廓基本上和他相差不大。现在他若是走出去，不出三分钟，就可能被乱刀砍死。阿吉挠挠头，苦笑起来。

"大半夜的，不睡觉干什么？明天要不要上班啊？"

芭提娅睡眼惺忪地靠在门框上，阿吉连忙关了手机页面，说："明天不上班，现在是安全第一。你也别上班了，好好睡吧。"

"不上班你养我啊？哦，对，你给了我五千块……"说着，芭提娅打了个呵欠，躺回床上。阿吉看着芭提娅，不无认真地说："只要我不死，一切好说。"

芭提娅很快又睡着了，并且一下子睡到了上午十点多。等她醒来，发现阿吉正对着笔记本电脑浏览。芭提娅忍不住喊道："你怎么随便开我的电脑……”

“现在是我的了，来，把你的收款码给我，我转给你两万。”

随着“嘀”一声，钱到账了。芭提娅有些不可思议，直盯着阿吉看。阿吉说：“还有什么事？你可以去吃早饭了，给我带一份回来，再顺便打听一下街面的动静。”

芭提娅疑惑：“你不是说安全第一，还让我出去？”

“为了安全，你才要像往常一样作息，正常吃饭、逛街……对了，你上的什么班？”芭提娅笑道：“混酒吧的。”

“嗯，我猜得八九不离十。”

“到底是杀手，思维缜密。”

“嗯？”阿吉警惕地看着芭提娅。芭提娅说：“别这么看我——昨晚泰虎帮那么追你，我洗澡时也听到那什么‘悬红’，什么‘杀手’……我要是装作啥也不知道，有意思吗？”

阿吉喜欢芭提娅的坦诚：“你还知道什么？”

“如果你被他们抓到了，你惨了，我也惨了——泰虎帮肯定会因为窝藏你而惩罚我。”

“你可以打电话举报，光举报就可以领几百万，这也许是你一辈子都挣不来的钱。”

“那我小命很快就没了——你是一个杀手，能允许我有小动作？再说，即便举报成功，我领了钱，可我也得有命花啊！看泰虎帮那架势，是非要亲手抓到你不可的，别人横插一杠，他们能忍吗？”芭提娅三言两语，就把利害关系说清楚了，快速消解了阿吉的担心。

阿吉很意外：“真会算账。”

“那是！还有，你只付了用电脑的钱，电脑上网也要钱的，这里的宽带费可贵了……”

阿吉笑起来，是财迷就好，财迷更让他安心。他对着芭提娅的手机又扫了一下：“我干脆付你个大的吧，如果你举报我，我把付款账

单一亮，咱们俩就是同谋了。”

“嘀”一声，十万元到账，芭提娅看着这个数字，又惊讶又开心：“会不会太多了？”

“的确太多了，但跟命比起来，不多。”阿吉叮嘱道，“咱俩是命运共同体了，一定要小心，小心驶得万年船。”

芭提娅领命而去。她这一天的作息和以往没有什么不同，但生活看似波澜不惊，实则暗流涌动。泰越城各大酒吧、夜总会的陪酒女郎，几乎都收到了悬红的消息，有几拨人也找到了芭提娅问话，她都说没见过。不过，按照阿吉所说的，她对悬红报酬表示出了兴奋，然后认真地记下对方的电话，表示一旦有发现，立即联系。

芭提娅回到家，发现阿吉在上网，手指如飞地敲着键盘。芭提娅看到屏幕上亮着好几个QQ群，阿吉在群里说着什么。阿吉询问了芭提娅外头的情况，芭提娅一一告知。她说，这里迟早会有人来搜查的，得换个更安全的地方。

阿吉好像并不太担心：“事情快结束了，芭提娅……”

“你怎么这么乐观？”

阿吉看着芭提娅说：“你救了我，我一定会报答你，不仅仅是我转给你的那些钱。等事情过去后，我会让你过上非同一般的生活。”

芭提娅摇头：“有钱也得有命花啊！没命花的钱，都是废纸。”

阿吉听了这话，突然沉默了。

情势越来越紧张。晚上，阿吉几乎竖着耳朵，外面任何风吹草动都会让他警觉。他不住地刷网上的消息，发现自己的那张照片在网上传得火热，一些网红甚至故意打扮

成他的样子吸引流量，结果直播时被帮会分子殴打……

又是一天，芭提娅照常出门，发现各帮派的小弟居然像信用卡推销员一样开始“扫楼”，也就是每家每户地敲门查看。这些人在巨额利益诱惑下，根本无所顾忌。如果有人没有开门，他们甚至用万能钥匙开门查看，或直接一脚破门。

芭提娅眉头一紧，往家赶的路上，房屋破门的声音此起彼伏，粗野的查房声不绝于耳。就在这时，一辆警车停下，下来几名警察。芭提娅对领头的警察说：“警官，帮会的人私闯民宅，你们……”

没想到警察们根本不理会她的说辞，而是拿出一张照片，问道：“见过这个人吗？”

芭提娅看了看，苦笑道：“不止五拨人让我看这照片了……”

警察互相看看，对芭提娅不再感兴趣。他们径直到了一栋破楼前，“啪啪啪”挨家挨户地敲门：“见过这个人吗？我们要搜查！”

这跟帮会的人有什么两样呢？芭提娅加快了回家的步伐。到了家，她却发现铁门大开，屋里一片狼藉，阿吉不见了踪影……

芭提娅大惊失色：难道他被抓住了？是泰虎帮的人吗？

4. 分食蛋糕

谢应豪被刺的KTV，外形是一艘龙船，里面装修极尽奢华，漂亮的“公主们”衣着清凉，为客人们提供着各种等级的服务。今天晚上有点特殊，老板颂帕莅临，在最大的包厢里，一众小弟肃立两旁，阮金龙也站在一旁，拿着醒酒器，面容谦恭，时刻准备为老板服务。

谢应豪坐在宽阔松软的沙发上，半个屁股却悬着，他浑身紧张——没办法不紧张，因为左边五个大佬，右边四个大佬，泰越城的九大黑势力老大，全都在这里。屋里的小弟都是他们的精干手下，手上都拿着制式枪支——虽然泰越城明文规定，严禁非法持有制式枪支，但对于这群人来说，这些规定又算什么呢？外面，各帮派的小弟们分布各处，气氛剑拔弩张。大批的警察也听到消息，赶来密切监视情况；各大媒体的记者也赶来了，个别胆大的自媒体博主甚至爬到附近的电线杆上开始直播……

颂帕喝了一口红酒，看了一圈大佬们，慢悠悠地说：“各家自扫门前雪！事情在这里出的，怎么劳烦到你们来管了？你们这么大张旗鼓地抓人，搞得全城紧张，反而耽

误了我们泰虎帮办事。我劝你们立即退出!退一万步讲，花豹如果真被你们找着了，钱不钱的不要紧，重要的是我们泰虎帮的面子！”

排名第二的帮派大佬却说:“要是谢老板没有出悬红，这自然是泰虎帮自己的事情。可既然这悬红是对全城发布，那就是大家的事情。再说，我们的二当家前不久被花豹杀了，我们也要寻他报仇！”

颂帕眼神凌厉地扫了谢应豪一眼，谢应豪忙不迭地解释：“我当时太害怕了,就想着那个什么豹的，既然是泰越城有名的杀手，就搞了个一千万的悬红……众人拾柴火焰高，大家群策群力嘛！”

其他大佬们也纷纷附和——“在媒体上公布悬红，那就是大家的事情。”“这事的性质已经变了。”“有钱大家赚，吃独食会被撑死的。”“谢老板是大家的朋友，不是颂帕你一个人的朋友。”“我们跟谢老板虽然认识时间不长，但情比金坚，他出事，兄弟们不能坐视不管啊……”

谢应豪连忙站起来作揖：“感谢各位大哥，兄弟我在泰越城全仰仗各位大哥的庇护了……”

谢应豪这番话，让各位大佬喜上眉梢。对于这些大佬们来说，一千万悬红不算什么，但一个拥有巨额财富却在本地毫无根基的富豪，才是最美的肥羊。颂帕一个人独吞，大家自然不答应。

阮金龙忍不住喝道：“谢老板，你什么意思？我老大才是你大哥——拜神只拜一个！”

谢应豪看着各位大佬怯怯地说：“在座的都是我大哥，不能厚此薄彼吧……”

“就是，谢老板做得对，你不用怕，泰越城是大家的泰越城，有些人可不能一手遮天！”

“阮金龙你算什么东西？大哥们都在，有你插嘴的份儿？”

阮金龙气得要拔枪，没想到在场的小弟们都立即把枪拔了出来，互相指着。大佬们反倒双手抱拳，靠在沙发上闭目养神。

颂帕站起来，甩了阮金龙一个耳光，让他滚出去。阮金龙狠狠地瞪了谢应豪一眼，怏怏地离去。颂帕低沉着声音说道：“好，既然话说到这里，咱们就公平竞争，看谁先抓住花豹，此后的事情咱们再议。”

其他大佬们纷纷睁开眼睛，表示赞同。

谢应豪走出KTV，一路上，

端着果盘的公主们不断和他擦肩而过，其中一个，他隐隐觉得面熟，但没空细想了。快步上了自己的车，他还有更重要的事情要办。司机兼保镖阿德是跟着谢应豪从国内来到泰越城的，是谢应豪小时候在老家的玩伴，算是知根知底。加上谢应豪出国前也给了阿德家里一大笔钱，所以阿德待他自是忠心耿耿。这会儿，车在路上开着，阿德紧盯着后视镜，确认没有车跟来。他笑着说："看来泰虎帮的人都去抓杀手了，没空'保护'老板。"

谢应豪冷笑一声："哼！颂帕想吃掉我，可没那么容易！"这时，他手机响了一声，他看了看，说："去船厂。"阿德转动方向盘，驶向了东南边一处废弃船厂。

这里位置偏僻，人迹罕至，偌大的船厂，如同迷宫一般。谢应豪和阿德交代了几句，径直来到一栋厂房。到处都是锈迹斑斑，他小心翼翼地上了楼。

"我来了！"谢应豪对着看似空无一人的厂房说道，"只有我一个人，安全。"有人从黑暗中走出来，谢应豪用手机一照，正是"杀手"阿吉。谢应豪笑了起来，张开双臂，两人热情相拥。

"阿吉，你这个冒牌杀手做得好啊，假戏真做，演技逼真，把大佬们都骗了。瞅瞅，我手臂上这一刀，你划得可不浅啊！"

"不搞点儿真的，雇主也不会痛快地打款呀！"阿吉扬了扬手机，"我把你受伤的新闻视频发给了他们，第二笔款已经到了。真没想到我们要价那么高，那些人还是咬牙筹了款，他们得多恨你啊！我现在发愁怎么让他们付尾款，恐怕得让他们相信你死了才行呢……"

谢应豪轻松地笑了笑："这么一说，我非死不可了，对不对？这样，国内那些傻瓜才会心甘情愿地打出尾款，并且不会再追究自己

是否再一次被骗，因为他们根本意识不到。这样也好，以后我在泰越城换个身份，好好过日子……”

阿吉撇撇嘴：“计划很完美，可要‘死’没那么轻松吧？”

谢应豪点点头，突然他冷下脸来，盯着阿吉说道：“所以，我们就需要一个死人了，是吧？”

“什么？”

没等阿吉反应过来，他的身后已经有人慢慢靠近。他刚要转身，就被一刀扎在胸口……阿吉瞪大了眼睛：“你、你干吗……”

“我才刚刚获得新生，所以我不能死啊……”谢应豪看着阿吉，笑了笑，“我已经和相熟的医生说好，他可以搞到我的‘死亡证明’，当然，我得先弄到一具尸体。感谢你为我做的一切，阿吉。今天如果你不是替我去死，也会一直被泰虎帮追杀，日子同样不好过。”

阿吉狰狞的脸上写满了懊恼和愤怒，但他又能做什么呢？他沉重地倒在地上，谢应豪示意拿着刀的阿德：“补几刀，确保他死得透透的。”就在这时，外面传来尖锐的警笛声，两人吓得一激灵：“警察怎么来了？”

阿德二话不说，带着谢应豪立即下楼，开车离开，然而他们开出去后，一路上并没有见到警车。

“坏了，上当了，这小子有帮手！”两人立即开车折返，却发现阿吉已经不见了，地上还有人被拖动的痕迹。

阿德问：“谁会帮他？”

“一个女人！”谢应豪抽动着鼻子，他闻到了空气中残存的香水味，“跟KTV公主们身上的香水味一样，难道是颂帕的人……”

谢应豪忽然想起，来时那个有些面熟的“公主”，之所以面熟，是因为他在那家KTV似乎见过她很多次。“难道是颂帕准备用‘美人计’，让我乖乖交出钱……”谢应豪喃喃自语道。阿德惊惧地看着谢应豪：“老板，此地不宜久留，咱们赶紧走！”

“该死！他本该是最好的替死鬼……”谢应豪不甘心地说道。

5. 复盘计划

阿吉醒来时，发现自己躺在一间陌生的小屋里，芭提娅在他身边，手上全是血。

“你流了很多血，不过扎刀的人没什么经验，没扎到要害，算你命大。听着，我救你一回可不容易，

这些都要算钱！”

阿吉苦笑了一下，问：“这是哪里？”芭提娅说道：“你别管了，这里暂时很安全，好好养伤吧！”

“你究竟是谁？”阿吉看了看自己的伤口，盯着芭提娅，“你怎么还会治伤啊？”

“我们这种混日子的，谁还没有个受伤的时候？我就是多学了一点保命的伎俩罢了。”

“不，你没那么简单。”

阿吉说，那天，他要用电脑做事情，就拿了芭提娅的电脑，却发现里面非常干净，就像是新买来的电脑一样，没有数据痕迹。但看看油亮的键盘以及屏幕上的划痕，可见电脑是经常被使用的。这只能说明，芭提娅会习惯性地消除使用痕迹。再加上，芭提娅能够去船厂救下他，这本身就匪夷所思。因为废弃船厂是他精心挑选的与谢应豪会面的地方，芭提娅是怎么找到的？

“我一回到家，发现家里一片凌乱，就知道肯定有人扫楼了。你不在屋里，你的痕迹也全部被抹除。我想是你在临走前打扫了一下，避免我被你牵连——阿吉，你心肠不错，我不忍心让你冒险。我不知道你去了哪里，想着你肯定跟姓谢的有关，所以我就去 KTV 打探了一下，然后跟着他到了船厂。”

芭提娅三言两语把经过说了，阿吉却听得惊心动魄：“你的确不是一般人啊！”

“你刚开始想用钱来试探我，发现我贪财，认为我很好哄，是不是？”芭提娅给阿吉包扎起伤口。

“你那贪财的样子，真挺好的。我想着反正我也住不了几天，到时候找谢老板要到钱，我就带着钱回大马，永远不再回泰越城。没想到……”阿吉后悔不迭，“我做了不该做的事情，我也活该……”

“别说了，你现在需要休息！”

“不，芭提娅，我做了一件天大的错事……”阿吉向芭提娅说出了他的秘密。

其实，阿吉没有说谎，他的确就是马来西亚的华人，以为可以凭借自己娴熟的中文在泰越城找到赚大钱的机会，他从事了很多工作，导游、导购、星级酒店服务生……突如其来的疫情，沉重地打击了泰越城的旅游业，相关从业者大批失业，阿吉也不例外。走投无路的他甚至成了流浪汉，只能睡桥洞……

没想到一个“暴富”的机会来临了。谢应豪来到泰越城，找到了他——此前，阿吉做酒店服务生

时，为谢应豪服务过，谢应豪对他印象深刻。谢应豪没有瞒阿吉，他告诉阿吉，这次要长期定居泰越城，但是国内有一群人很麻烦，整天嚷嚷着要引渡他回国接受审判，他要想个法子彻底解决问题。

谢应豪提了一个方案：榨干他们最后的钱，让他们无法抱团。

计划是这样的：阿吉扮演成一个被谢应豪骗了五百万血汗钱的投资人。谢应豪还给他编了一个凄惨的身世，让他更容易骗取国内那些受害投资人的信任。就这样，阿吉混进了各大维权QQ群和微信群。在群里他负责摇唇鼓舌，鼓动大家复仇的情绪。接着，谢应豪在社交媒体平台发布了公开信，对那些被骗的投资人极尽嘲讽之能事。阿吉则趁机提出，大家凑一笔钱，在当地请一个顶级杀手，报复谢应豪。

"然后你就冒充杀手花豹，开始了'假刺杀'？"芭提娅问道。

阿吉点头。他用"花豹"的名头联系，真的收到了订金，他特别开心，因为谢应豪跟他说好了，骗来雇杀手的那些钱，六四分成，他能拿六成。这样，等他带着几百万回马来西亚，也算是衣锦还乡了。

一切都是按计划进行，只是不知道为什么，谢应豪坚持在泰虎帮的地盘上进行刺杀。阿吉反对，认为这太危险了，谢应豪却说，他要在泰越城扎根，想绕开泰虎帮是不可能的。等到"假刺杀"事件的消息传回国内，到时候舆论沸腾，他这么个富豪只身在泰越城的消息，也会传到泰虎帮这里，难道他们会轻易放过他这块肥肉？倒不如从一开始就让泰虎帮入局，花点小钱买他们的庇护，也好让其他黑帮势力望而却步。至于刺杀地点，他可不愿意安排在自己的别墅里，而其他出入的地方里，似乎只有人头混杂的KTV更合适。阿吉被说服了，然后就有了在KTV刺杀的那一幕，然而没想到泰虎帮的人来得这么快，紧咬着他不放。幸亏遇到芭提娅，他才捡回一条命。

后来，在芭提娅的房间里，阿吉又转换身份，在投资人群里报告了谢应豪被刺杀的消息。群里一片沸腾，阿吉鼓动大家相信花豹的实力，只要按期付款，花豹一定能完成复仇任务……然后，他的账户上就来了第二笔款。他喜出望外，晚上联系了谢应豪，讨论下一个步骤，没想到谢应豪居然对他动了杀心。阿吉不明白，谢应豪如果只是想让国内那些投资人认为他"死"

了，他完全可以有更低调温和的方式，为什么要大张旗鼓地给自己安排一个“杀手”，还要挂出巨额悬赏，惊动各路黑帮呢？阿吉确定地说：“显然，他的目的不是赚钱，因为他给的悬赏金都高于我们从投资人那里骗来的钱了。”

“当局者迷旁观者清！”芭提娅说道，“这几天，泰越城的黑道大哥们都出动了，就像全明星出演的一个电影，很多片酬很高的明星宁愿不要钱也要演一个小角色，因为这个电影搞到最后成了鉴定器，是否有实力，就看是否参与。”

如醍醐灌顶一般，阿吉忽然想通了整个逻辑：谢应豪为了避免自己被颂帕吞掉，干脆策划了一个假刺杀事件，再放出巨额悬红，吸引各个大佬前来分蛋糕。

“可是，其他那些大佬也都不是省油的灯啊，让颂帕一个人吃，和让大家吃，不都一样吗？”

芭提娅笑了：“颂帕一个人可以肆无忌惮地吃掉整只蛋糕，那如果这只蛋糕端到富丽堂皇的酒店饭桌上，大佬们反倒不会动筷子——相互提防，相互制衡，这样，谢应豪才能在泰越城安然地住下来。他是把平衡术玩明白了，怪不得这家伙能搞诈骗，脑子确实够用。”

阿吉脸色苍白，他明白了，自己只是这场游戏中一颗微不足道的棋子。在谢应豪的精心设计下，他会成为替死鬼，从而彻底打消国内那些投资人复仇的念头。而对泰越城的黑帮来说，他又是一个永远逮不到的“杀手”，谢应豪的悬赏会一直有效，他就能靠这无形的欲望牵制住那些对他虎视眈眈的人。

阿吉长叹一口气，缓缓说道：“芭提娅，你能答应我一件事吗？我死后，我的钱，一半给我妈妈，让我妈妈治病……”

“另一半呢……”

“另一半给你——辛苦费！”

“你想得美！”芭提娅看着阿吉，“你亲手把钱带给你妈妈！”

阿吉对是否还能回家见到妈妈没有信心，外面风声鹤唳，他根本走不出这泰越城。

芭提娅却说：“我有办法。”

6. 人质交换

另一头，阮金龙带着手下来到芭提娅的住所。这里一片凌乱，已经人去楼空。

“这个芭提娅在咱们KTV做过几次临时工……”一个小弟说道，

“没想到灯下黑，咱们愣是没注意到！这要是……”

阮金龙轻蔑一笑：“花豹被堵的巷子离这里不远，他又是被一个女的带走的，天底下没有那么多巧合，就是她！一个小时内，把跟芭提娅有关的消息都找出来。”

与此同时，在KTV包厢中，颂帕和谢应豪推杯换盏。颂帕非常高兴：“谢先生，你说要和我一起搞度假酒店项目，这是明智之举，从今天开始，你就是我的兄弟！”

谢应豪露出一副担心的样子：“只是目前我担心花豹……”

颂帕断然说：“这个你放心，你瞧，这段时间你一直住在我这里，平安无事吧？你应该相信，我们泰虎帮就是你的靠山……”

就在这时，颂帕的电话响了。

“老爷，小少爷被绑架了！”

“什么？谁吃了熊心豹子胆，敢绑我颂帕的儿子？”

“小少爷和朋友在远郊的瓦西石林赛车，结果人消失了。他的摩托车上留了字条，是、是花豹！”

颂帕万万没想到，花豹居然敢动他的家人。谢应豪听到“花豹”的名字，心里一沉，难道阿吉回来了？他竟然敢绑架颂帕的儿子？他一定在计划什么……谢应豪忽然想到什么，在一旁提醒道：“这么说，小少爷赛车只是临时起意，花豹又是怎么知道赛车地点的呢？”

颂帕问道：“什么意思？”

谢应豪说：“花豹可能是小少爷赛车朋友中的一员。”

“那不可能。”一旁的阮金龙说道，“巴颂少爷很警惕，他的赛车朋友都是交往了很长时间的。”

泰虎帮的人查看监控，发现巴颂潜出别墅，朋友们骑着摩托车接走了他。后面，又有一个摩托车手穿着同样的服装跟上了他们……

颂帕很是焦躁，他让阮金龙准备好钱，等花豹下一步的消息。没想到花豹的电话很快就来了，说他不要钱，要人——谢应豪！

一旁的谢应豪顿时脸色煞白。

使用了变声器的花豹说道：“作为职业杀手，必须完成任务，要不然无法在江湖立足。小公子的命，谢老板的命，哪个更重要？”

颂帕眯起眼看向了谢应豪，谢应豪从那眼神中看出了什么，他意识到了危险：“别相信那人的鬼话，他不是花豹，他叫阿吉，只是个来泰越城淘金的小喽啰……”

“谢老板，别瞎说，花豹这两年在泰越城的杀手界名震四方，靠的就是这种诡谲莫测的手段。”

“不……其中有诈。这个阿吉，是我雇来冒充花豹的，我还扎了他一刀……”谢应豪语无伦次地将前因后果讲了一遍，听得颂帕等人都傻了。

“反正，其中一定有鬼，我建议报警！”谢应豪说道。

“报你妈个头！那帮警察都是饭桶，我儿子人命关天，能指望他们？”颂帕断然说道，“谢老板，看来只有辛苦你了。”

“颂帕，我可是你兄弟啊！”

“你背着我搞这么一出戏，拿我当兄弟了？金龙，带上谢老板去……后面，你知道怎么做。”

阮金龙会意，把谢应豪绑了，又拿来两颗炸弹挂在他身上。见阮金龙拿着遥控器，谢应豪胆战心惊地问道：“这是做什么？”

阮金龙笑道：“以防万一。”

“什么……万一……”

“呵呵……”阮金龙狞笑，他拽着谢应豪出门，不料，门外其他帮会的大佬们带着小弟们赶到，拦着他们的去路。颂帕发了狠，竟然端起一支冲锋枪冲出来，“咚咚咚”地朝天射出一梭子弹：“我要救我儿子，谁敢拦！”

大佬们看到颂帕杀红了眼，一副鱼死网破的样子，交换眼神后，让开了道路。

花豹非常狡猾，不断地变换交易地点，并让阮金龙甩掉了跟在后面的帮手。最后，交易地点确定了：在泰越城的水上游乐园。这里白天很热闹，晚上，偌大的游乐园一片静寂，一片漆黑。

颂帕和大佬们站在远远的高处，一个个拿着望远镜看，却只能看到模糊的身影。阮金龙带着谢应豪到了指定地点，就见小少爷巴颂从暗处慢慢走了出来，他双手被绑着，嘴里塞着布条，浑身都在颤抖。

阮金龙大喊一声：“人我带来了！”随后，他狠狠地把谢应豪推了出去，然后朝巴颂挥手示意。巴颂见状，赶紧往阮金龙这边跑，刚跑了几步，就听见“砰砰”两声枪响，巴颂一个趔趄，倒在地上……

远处众人都看呆了：是谁开了枪？难道颂帕的儿子被撕票了？不，是有人朝谢应豪开了枪，谢应豪倒下了，巴颂却抖抖索索地站了起来——原来他刚才是被吓得摔倒的。阮金龙大喘了一口气，连忙跑过去将小少爷扶起，又见旁边树林中冲出来一个蒙面的男人，将谢应豪拖向了水边，那里停靠着许多游乐用的快艇……

颂帕在望远镜里看到这一切，立马通知阮金龙："谢应豪已死，不管他了，花豹必须死！"阮金龙得令，立即摁下遥控器，"轰隆"一声，一艘驶出去的快艇被炸，水花四溅……

谢应豪死了，大佬们纷纷摇头叹息。不过，那个可恶的花豹也被炸死，这是颂帕打的算盘，他在谢应豪身上挂炸弹，就是为了当局面不可控制时，他便牺牲谢应豪这只肥羊，趁机要了花豹的命。花豹一死，泰虎帮的面子算保住了，对于一直深受花豹威胁的几个黑帮大佬来说，也算是安慰。

大佬们把各自的人手全部收回，泰越城的街面恢复了平静。

7. 暗浪汹涌

两个月后，阿吉终于回到了家乡，那是一个贫穷的小渔村。有街坊看到他，上来恭喜："阿吉，发了财啊！真孝顺啊，安排你朋友带着妈妈到大医院看病，我看她前天刚回来，气色比以前好多了……"

阿吉一脸疑惑："我朋友？"

"是啊，说是你在泰越城最好的朋友呢！你快去看看吧，好好招待人家。"

阿吉的伤还没好全，他拖着疲惫的身子，一步步地朝家里走，好一会儿才到了自家的渔排上。他看到妈妈正坐在轮椅上，望着远处的大海出神。

"妈妈……"

妈妈看到阿吉，先是惊喜，然后又是惊恐。突然，背后门帘一掀，走出一个人，阿吉愣了："谢、谢应豪……"

谢应豪一瘸一拐地推着轮椅，笑道："你终于回来了……"

"你不是、不是……"

"死了！被花豹枪杀，又在水上乐园被炸得粉身碎骨，媒体是不是这么报道的？"

谢应豪说交换人质那天，他知道是阿吉为了报复而向他开了枪，但打中的只是他的腿。而阿德得到消息，事先埋伏在那里，最后把他救上了快艇。然后，阮金龙他们把阿德错认为是花豹，就引爆了炸弹。

"原本以为逃到泰越城，我就自由了，只要我花点小钱摆平那些大佬，就能尽情享受人生。没想到他们比我想象中更贪婪，就像一群秃鹫觊觎我的钱，甚至要我的命！没办法，如果我不死，那帮人会放过我？"谢应豪说道。

"所以你又找了替死鬼……"

“你是说我的司机阿德？”谢应豪笑了笑，“那的确是我临时的主意，他帮我取下炸弹时，我听到岸上有人冲他喊‘花豹’！当时我就知道我不能继续和他待在一条船上了，他们一定会干掉‘花豹’！于是我在爆炸前一刻跳水逃生。哼，那帮人只迷信暴力，却不知道什么叫‘金蝉脱壳’……”

阿吉瞪着谢应豪：“一切都结束了，你甩掉了所有的包袱，你还来这里做什么？”

“担心你啊！”谢应豪面露杀气，“你早知道我没有死，对吧？我看到你在群里的发言了！”

阿吉心一沉：前一阵，想着谢应豪已死，他便决定到投资人联络群里向大家说明真相，并打回钱款。没想到他却发现他的账号在前不久被人登录过。这个账号是他和谢应豪专门为了做局而注册的，除了他自己，只有谢应豪知道密码。于是他猜想，谢应豪可能没死。担心投资人会再次上当，阿吉冒险在群中发言，让大家提防谢应豪。

谢应豪手往前一推，轮椅已经跨出渔排半截，他只要手一松，阿吉妈妈就会掉进海里……

“不要！”阿吉吼道。

“你选择，你跳下去，或者你妈妈下去。”谢应豪威胁道。

“又或者是你自己跳下去！”

话音刚落，芭提娅从另一侧走来。谢应豪立即认出来：“你、你是KTV的‘公主’……”

“是，在那儿做过几天临时工，都是为了靠近你。后来在船厂，我救了阿吉；我还绑了颂帕的儿子，没想到却没杀成你……”

“原来是你朝我开的枪！”谢应豪吃惊，“你为什么针对我？”

“因为我是花豹。”

“别开玩笑了。”

芭提娅笑而不语。这下，连阿

吉都愣了：芭提娅是花豹？

泰语中的“花”，也有“女性”的含义，“豹”则是指身手凌厉，如豹子一样凶猛。

谢应豪见势不妙，立即开始谈判：“你要多少钱，阿吉，包括他妈妈，我都可以放过……”

芭提娅摇摇头：“不行，我接了单，必须完成任务。”

阿吉愣了：“难道那些人还另外筹钱，找了真的花豹来报复？”

芭提娅嘴角一斜，笑道：“有没有想过是我主动领的单？当你在KTV打我的旗号刺杀的时候，我就对你做的事很感兴趣了。”

阿吉不由得问道：“所以那天在暗巷，你是故意救的我？”

芭提娅说：“你想杀的人也是我的目标，而我想知道你背后的故事。”阿吉望着芭提娅，无言以对。谢应豪则叫道：“我给你一千万……两千万……多少都行。你别往前走了，再往前，我把她推下去！”说着，他就要将阿吉妈妈往前推。阿吉妈妈命悬一线，阿吉的心也悬在了喉咙眼，然而花豹出手如电，一把刀甩出，正中谢应豪的咽喉，然后她像旋风一样，一把拽住了阿吉妈妈的衣领。

“哐”的一声，轮椅入海，阿吉妈妈悬在空中，花豹将她拉了起来。谢应豪脚步踉踉跄跄地要逃走，当他走到阿吉身边时，虚弱的阿吉用手指点了一下他的胸口，谢应豪身体一歪，倒入海中……阿吉和妈妈激动地相拥。阿吉感激地对芭提娅说：“谢谢你，没有被谢应豪的钱打动。”

芭提娅却惨然一笑：“我父母就是被金融诈骗犯卷走了所有积蓄，又被黑帮高利贷逼得走投无路，最后双双跳了海——这就是芭提娅成为‘花豹’的原因。我看到了谢应豪的那封公开信，真是他自己送上门的，要怪只能怪他选择来到了泰越城……”

阿吉愣愣地听着，许久，他问道：“难道你还要回到泰越城，去对付那些黑帮吗？如果你愿意留下来，我们……”

芭提娅淡淡一笑：“花豹的使命还没有完成，或者说，我这样的人不配拥有平静的生活。阿吉，你好自为之吧，也许此时此刻，你已经拥有了最大的幸运。”

说着，芭提娅头也不回地走下渔排，消失在一片海雾之中……

（**发稿编辑**：丁娴瑶）

（**题图、插图**：谢　颖）

许地山较真

有一次，许地山在文中用了“雇工”一词，冰心在编稿的时候，在“雇”字旁边加了个“亻”。

见刊后，许地山给冰心写了厚厚的一封信，信中引经据典，洋洋洒洒地论证“雇”不用加“亻”。冰心还没顾得上回信，一星期后，许地山又寄来一封长信，补充了更多材料，来证明自己的观点。冰心只好回信：“我服了，你不用再找更多的材料了，我马上改过来就是。”至此，许地山才罢休。

“铜臭”的来历

东汉末年，有一个叫崔烈的纨绔子弟，花了五百串铜钱，买了一个司徒的官位。司徒、太尉和御史大夫并称“三公”，众人不服，纷纷在背后议论他。

崔烈就把自己的儿子崔钧找了过来，问别人是怎么议论自己的。

崔钧说：“论者嫌其铜臭。”意思就是说你一心为了钱，正事一点不做，身上充满了铜臭。从此“铜臭”一词便流传开来。

名医巧言答帝问

淮扬名医陈君佐对明太祖朱元璋说：“陛下可比神农，尝得百草。”意指当年曾因军中缺粮，朱元璋和将士们食野菜同甘共苦。

朱元璋让人拿醋给他喝，故意问：“这酒怎么样？”陈君佐回答：“折腹。”“折腹”意思是醋很酸，肚子受不了；“折腹”谐音“折福”，表示自己位卑受赏赐是折福。朱元璋又给他生牛皮吃，问：“这肉怎么样？”陈君佐回答：“难消。”就是说牛皮难消化，且皇恩浩荡难以消受。朱元璋命人给他戴上高帽子，陈君佐回答说：“敢戴不浅。”“敢戴”谐音“感戴”，即感恩戴德之意，朱元璋听了“哈哈”大笑。

谐音巧对真奇妙

据传，明代杨升庵考中状元后，在从水路返家的途中，遇上了一位武状元的船只。两舟并航，互不相让。武状元对杨升庵说："我有一联，你若能对上，我甘愿尾随其后：两舟并行，橹速不如帆快。"

谐音暗指三国时的鲁肃和西汉将军樊哙，含有"文不及武"之意。杨升庵的下联是："八音齐奏，笛清怎比箫和。"谐音暗指北宋武将狄青和西汉时的萧何，"武不及文"了。对仗严密工整，武状元听了，只好将船速放缓，让杨升庵先行。

陈寅恪"卖书"取暖

1948年冬，国民党政府的经济已经完全崩溃，许多人的生活都受到影响，正在清华任教的陈寅恪也不例外。北京的冬天异常寒冷，雪上加霜的是，陈寅恪的眼疾愈加严重，有双目失明的风险。

时任北大校长的胡适听说后，想给陈寅恪两千美元让其渡过难关。陈寅恪便用自己的藏书作为交换。在那一批书中，仅一部《圣彼得堡梵德大词典》的市价，就远远超过两千美元了。

李勣煮粥侍姊

唐英公李勣，官至仆射，他的姐姐病了，他亲自为她烧火煮粥，以致火苗烧了他的胡须。姐姐劝他说："家里又不是没有仆从来伺候我，你又何苦亲力亲为呢？"

他回答："我为姐姐煮粥不是因为没人可用，只是姐姐现在年纪大了，我也老了，即使想长久地为姐姐烧火煮粥，又怎么可能呢？"

钱金玉舍生取义

清道光年间，时任松江千总的钱金玉正在家中探亲，鸦片战争爆发后，他立刻返回吴淞口，带领军队守卫西炮台。东炮台失守后，枪弹炮弹全都落到西炮台。钱金玉奋勇指挥战斗，浴血奋战几个小时，左臂中了三弹，却毫不后退。他身边的士兵哭着说："您有老母亲在上，不能死。"钱金玉笑着说："哪里有享受国家俸禄却在国家有难时逃避的道理呢？希望你不要为我母亲担心。"不久，一颗枪弹飞来，击中了其左胸，他大喊"卖国贼害了国家"后壮烈牺牲。

（**供稿者**：田龙华，菊之雅，晨曦）

（**本栏插图**：孙小片）

扔愁帽

□ 刘建平

很久以前，在邯郸临洺关镇旁边的段庄村，住着一个穷苦青年，叫薛义。

这年除夕傍晚，薛义从外回家，路上碰见一个衣衫褴褛的乞丐，正在寒风中瑟瑟发抖。薛义看他可怜，走近说："若是无处可去，不如到我家喝一杯？"

乞丐高兴地点点头，随薛义回到了家。薛义端来两样素菜，一壶烫过的浊酒，两人吃喝了起来。乞丐只顾低头吃喝，看来真是饿坏了。

吃完饭，薛义说："你就在我家将就一夜吧，我出去一趟。"

乞丐问道："你干吗去？"

薛义指指头顶上的旧棉帽子，说："扔愁帽。你若是本地人，就知道咱们这有个风俗，除夕夜要把戴了大半年的帽子扔到路边，旧帽子拢成一堆，正月十六一块儿烧掉。老人说，这样做，往年的忧愁也就丢掉了。新年新帽，日子红火。"

乞丐说："知道这个风俗，你去吧。"

薛义看了看乞丐脑袋上四面漏风的破帽子，说："要不，你也一起去？我给你买顶新的戴。"

乞丐摇摇头，笑着说："我这顶帽子不扔，以后送给需要的人。"

薛义出门，走到一个荒僻的十字路口，摘下旧帽子，狠狠地摔在地上，随后准备回家。薛义出来得

晚，满地都是旧帽子，街头上冷冷清清。薛义一扭头，看到一个人在不远处，正弯下腰在地上捡帽子，那人起身的时候，街头大红灯笼散发的光照在他脸上，原来他是搬来村里没几年的财主钱大眼。钱大眼抱着一大摞帽子，放到了旁边的栲栳里头，又弯下了腰……

薛义不敢相信自己的眼睛，这人怎么捡起别人扔掉的愁帽了呢？对当地人来说，这是个忌讳啊！

按规矩，出门扔愁帽见到熟人不能说话，往回走时不能回头，也不能踩到别人扔掉的帽子上。薛义怀着满腹疑惑，一路小跑回了家。到了家门口，他伸出双手，对着自己的身子，从上到下使劲拍了几回。进了家门，又跪在神像跟前喃喃道：“旧年烦恼不再有。”

乞丐在一旁看着，说：“刚才是不是有人在捡帽子？”

薛义听了一愣，心说乞丐没出门，怎么会知道刚才的事儿？于是他说：“你怎么知道的？刚才我确实看见财主钱大眼正在捡帽子。”

乞丐笑了，说：“钱大眼是外地人，不信这里的风俗，他只信钱。正月初六一早，临洺关镇万发帽行门口见。”说罢，乞丐拜别出门。薛义挽留不得，目送乞丐消失在夜色中。

转眼过了“破五”，初六一大早，薛义来到临洺关镇，到处打听万发帽行。找了许久，在镇子另一头找到了帽行，果然看到乞丐等在门口。乞丐见薛义到了，带薛义绕到帽行后院。乞丐抽出墙壁上的一块砖，说：“往里看。”

薛义伸脖子凑近一看，只见有几个伙计正在院里处理帽子，一堆旧帽子堆积如山。两个人清洗，洗过的帽子晾到一边；晾干的帽子，又有两人正在抹染料，抹上染料的帽子稍稍晾晒，就跟新的一样了。

乞丐说：“这间帽行是钱大眼的。走吧，到店面看看去。”

薛义气得够呛，进了帽行，果然看到钱大眼。他头戴貂皮帽，正在柜台后面指挥两个伙计忙活，抬眼看见一个乞丐、一个穷乡亲。他正眼没瞧薛义，对着乞丐扇着手说：“你个要饭的，来帽行干什么？去去去！薛义，你大老远的，来买帽子？”

薛义拉着乞丐，指着帽架子，说：“钱大眼，这些都是愁帽子，你竟然敢捡回来重新卖，你赚的都是昧心钱呀！”

钱大眼除夕夜也看到了薛义，

但没想到薛义能看破自己的手段。看看店里没有其他客人，他对伙计一使眼色，伙计到门口把门板上了。

钱大眼冷笑着说："穷人家扔再多愁帽，也是穷人。我去捡捡帽子，稍作加工，就能卖个一年半载，银子'哗哗'流进来……我跟你俩交了底，你们不如留在我帽行当伙计，每年除夕出去捡帽子，一起赚钱，怎么样？这事儿谁都不能说，胆敢说出去半个字，别怪我下狠手。"

钱大眼本以为这俩穷人能同意，没想薛义严词拒绝了："我干不了你这种昧良心的事。"

这时，乞丐说道："既然钱大眼这么喜欢愁帽子，想必也喜欢忧愁的滋味。你虽然洗了帽子，但忧愁洗不掉。"说罢，乞丐摘下自己头上的破帽子，对着钱大眼一抛。破帽子飞到钱大眼头顶上方，快速旋转起来。帽行里所有帽子各自冒出一股黑气，蚁聚蜂攒般钻进了破帽子之中。

接着，破帽子停在半空，对准钱大眼的脑袋扣了下来。钱大眼看到帽子飞旋，早已傻了眼，等反应过来，他一边捂住脑袋东躲西藏，一边冲着伙计喊道："愣着干吗，赶紧抓住那个破帽子！"

两个伙计闻声而动，上前扑打半空的破帽子。破帽子在两个伙计的胳膊大腿中灵活穿梭，对着钱大眼紧追不舍。钱大眼一个不小心，破帽子对准他脑瓜子扑下来，貂皮帽被打飞在地，破帽子取而代之。钱大眼抓住破帽子使劲拽，结果那顶破帽子像金箍一样，箍在了他脑袋上，怎么也摘不下来。

一时间，钱大眼万种忧愁涌上心头：担心媳妇抛弃自己，担心孩子生病，担心下顿饭没着落，担心生意做不下去……钱大眼瞬间领略到了

人世间种种悲苦。他头疼欲裂，泪流满面，生无可恋。

薛义看到乞丐竟有这种本事，惊呆了。乞丐冷眼旁观，问道："钱大眼，忧愁的滋味怎么样？"

钱大眼醒过味来，他赶紧上前磕头如捣蒜："请问您是哪路神仙？万望再施神通，摘掉这顶愁帽吧！"

乞丐怒道："知道悔改了吗？"

钱大眼连忙说："知道知道，我马上烧掉所有帽子，明天就离开邯郸，再也不做这种生意了。"

乞丐点头，手指对着钱大眼头顶一弹，破帽子飞回去，重新落到了乞丐脑袋上。

钱大眼赶紧招呼伙计，把帽行中帽子全部装袋，随后背到后院去了。不一会儿，薛义闻到一股浓烈的烧焦味儿，那是钱大眼把所有帽子堆成一堆烧掉了。

过了会儿，薛义见钱大眼还不出来，说："钱大眼干吗去了，我去看看。"

乞丐拉住薛义，塞到他手里一个包裹，说："不用去看了，钱大眼已经从后门跑了，以后不会回来了。你为人正直心善，可以盘下这个帽行，好好做帽子生意，让这一带的人都能忘掉往年的愁苦。"

薛义重重地点头，他打开包裹一看，是一堆银子。抬头时，乞丐已经不见了。

薛义找到房东续租了帽行，全身心地做起了帽子生意。

后来，薛义到邯郸去进新帽子，路过帽子神庙，他瞻仰了帽子神真容，竟和那乞丐一模一样。他恍然大悟，原来当初惩治钱大眼、帮他做起帽行生意的，就是帽子神呀！

（发稿编辑：陶云韫）

（题图、插图：孙小片）

审虎

□ 安学斌

命丧虎口

民国二年的一天，东仁县的李大善人在新婚之夜死了，凶手嫌疑人是他刚娶的小妾虎妞。李大善人的老婆到县公署告状，要求小妾杀人偿命，事情一时闹得沸沸扬扬。

这地方新任的知事姓刘，是个革新派。他让人把李大善人的老婆和虎妞带上堂，当众审问。

原来，李大善人年过五旬，还没有子女，就想娶房小妾。一年前，他到佃户家催租，见虎妞长得俊俏，又是细腰大腚，便动了心。因为老理儿说，细腰大腚的女人能生养，生出的孩子好养活。

李大善人托媒婆带上重礼去说亲，没想到虎妞爹当场把聘礼扔了出去。虎妞爹是个猎手，说话像放枪，找到李大善人直截了当地说："我虽然是穷光蛋，可我闺女宁可臭在家里也不做小！"当时，李大善人脸色挺难看的，可嘴上没说啥。

半年以后，虎妞爹遇上了横事。他上县城卖兽皮，半路让土匪盯上了，因为不肯给钱，被土匪掳回了山寨。土匪头子"三江好"是个狠人，让人用马鞭抽得虎妞爹遍体鳞伤，又吩咐"花舌子"下山送信，让虎妞带足银子上山赎人。

虎妞抓瞎了。家里只有几张兽皮，不值几个钱，再说自个儿是个姑娘，上土匪窝那肯定没有好哇！

虎妞正急得打磨磨，李大善人

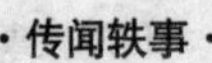

派人透话，只要虎妞上门恳求，他就愿意帮虎妞出头。虎妞实在没法子，心一横，上门求助李大善人，请他帮忙把爹赎回来。

虎妞的亲戚都担心李大善人使坏，谁知人家对虎妞十分关心呵护。他安慰虎妞说："都是乡里乡亲的，赎金先从我这儿拿，咋的也得把你爹的命保住。"第二天，李大善人派人带上赎金找"三江好"说和，傍晚就把虎妞爹赎了回来。

人是回来了，可那是抬回来的，十条命已经去了九条半。虎妞为救爹的命，又从李大善人那儿拿了许多银子，四处请大夫、抓好药。结果熬了不到仨月，虎妞爹油尽灯枯，捧着虎妞的脸摸了又摸，想说啥话却没说出来，就咽了气。

虎妞爹一死，李大善人就大包大揽地把丧事给办了，不但办得风风光光，还派丫鬟照料虎妞。亲戚们都知道李大善人出钱出力图的是啥，也都觉得他待虎妞够意思，虎妞该嫁。于是，这回媒人上门，带回来的是喜信——虎妞念及李大善人的好处，答应了。

纵虎之人

洞房夜，虎妞蒙着红盖头坐在床沿，忽然"啪"的一声响，门被撞开了。随后"呼啦啦"刮起一阵风，把她的盖头都掀了。就这时，她眼前忽地蹿来一头野兽，定睛细看，竟是一只老虎。老虎冲着李大善人就咬，虎妞当场就吓晕了。

虎妞可怜巴巴地说道："等我醒了，他们非说是我杀了自个儿男人。我男人为娶我花了那么多钱，帮着救我爹的命，我是心甘情愿给他做小的，我为啥要害他？"

刘知事听了，亲自带人去现场查验，果真在新房里找到了虎毛和虎爪印。刘知事又让仵作验尸，最后证实李大善人的确是被虎所伤。

回到县公署，刘知事当众宣判："被害人确系死于虎口，原告既然拿不出那老虎与被告有关的证据，对被告的指控当是无效。"

李大善人的老婆虽心有不甘，但也无话可说。堂上一阵唏嘘，虎妞就这样被放了。

虎妞回到家后，当天夜里，屋里就闯进两个蒙面汉子，上来扇了她一耳光不说，还掐住了她的脖颈。虎妞想喊救命，却挣脱不得。突然又有个男人冲进屋子，与那两个蒙面人扭打起来。可毕竟单打独斗，力量悬殊，男人很快落了下风。这时候，男人朝着窗外发出一声长长的呼哨，哪想院外立马传来一声尖厉的虎啸。两个蒙面人往屋外一瞧，顿时吓得腿软，一只老虎不知何时蹿进院，正朝着屋里喘大气呢！他俩立马跪地求饶，说是收了李大善人老婆的钱，才来给虎妞一点教训，并非真要取虎妞性命。

男人狠狠地回了他俩两个耳光，然后转身去看虎妞的伤情，没想到两个蒙面人趁男人不留神，撒丫子就跑出了屋……说时迟、那时快，十几个县公署的护卫兵冲进了虎妞家的院子，堵住了蒙面人的去路。只听刘知事持枪向屋内厉声警告道："纵虎行凶的疑犯，速速投案，否则绝不轻饶！"

随着一声虎啸，一只老虎慢慢地踱步出来。刘知事立刻下令朝虎爪开枪，"啪啪"一阵枪响，虎的两个前爪中弹，瘫卧在地。刘知事命人拿粗木压住虎头，把虎捆了起来。再看屋里，哪还有人影？虎妞和那个男人早已从后窗跑了。

其实，刘知事虽然认定李大善人是被老虎所伤，但他怀疑是有人纵虎伤人。他放虎妞回家，是放线钓鱼，为了把案子查个水落石出。

看着伤虎，刘知事思忖片刻，吩咐护卫兵道："张贴告示，说凶虎就擒，本官要择日公开审虎！"

审虎那天，县公署大堂里聚了不少看热闹的老百姓，围着虎笼指指点点。只见刘知事走到虎笼前，用手一指伤虎，喝问道："李家凶案现场的兽毛，可是你身上的？"话音刚落，趴着的老虎抬了抬头，又低下头去。刘知事又一指："李大善人被害一案，是你所为？"老虎又抬了抬头，再低下头……

这时，刘知事站起身来，高声道："本官当众质问，这孽畜业已点头承认，杀害李家主人一案确系孽畜所为。如此，本官判决孽畜伤人偿命，

大家说公不公平？”

“公平！”不少人回应道。

刘知事又说："孽畜该杀，可这虎浑身是宝，埋掉可惜。这样，本官决定行刑之后分割虎尸，公开竞卖，卖的钱留作办学之用。”

接着，在围观人群的应和声中，竞卖开始了。先卖虎皮，再卖虎肉，接着是老虎的心肝肺……众人纷纷报价，不一会儿，老虎一身的宝贝就都有了买主。刘知事看着堂上一片热闹，点头笑了。

就在大伙儿等着杀虎分尸的时候，刘知事却突然指着虎笼旁的小伙子喝道："给我拿下此人！”霎时间，小伙子被五花大绑起来。刘知事说道："你看是自个儿交代，还是我大刑伺候再说？”

见小伙子一言不发，刘知事胸有成竹地说道："虎乃猛兽，不常见于百姓家，李大善人却死于虎口，我便断定此虎是受了人的驱使。张榜审虎乃我故意为之，目的就是要引虎主露面。方才，你几次偷偷靠近虎笼，那虎却不急不躁，对你毫无凶意，反而十分亲近，不得不让人起疑。审虎时，我在手指上抹了猪油，故而我一指老虎，它便抬头来嗅，再低头时，就形似俯首认罪。凶虎既已认罪，我便顺理成章地张罗分尸竞卖。而你怕是按捺不住了，几轮竞卖都抢着出价……外加当日蒙面之徒把你的样貌说了个大概，今日我便断定你就是虎主，也是纵虎伤人的真凶！”

刘知事说完，见小伙子依然死咬牙关不发话，便怒道："敬酒不吃吃罚酒，那就成全你，动刑！”

虎案新判

“求老爷开恩啊！”眼见着小伙子被绑上了行刑架，人群里冲出个半大小子，跪在刘知事跟前边磕头边哀求，“老爷，我说、我替他说！”半大小子只顾磕头，帽子都掉了——竟是虎妞。

原来，小伙子叫林一虎，他爹和虎妞爹是拜把兄弟。几年前，哥俩打死了一只母虎，得了一只刚出生的小虎崽。林一虎平时把虎崽当玩伴，虎妞有时候到林家串门，也和虎崽一起玩。俩孩子相伴长大，到了情窦初开时，彼此心里都有那意思，愣是没捅破。后来，得知虎妞爹被“三江好”打得半死，林一虎便常去帮着照料，可他帮得了人，帮不了银子。尽管不情愿，还是咬牙答应让虎妞接了李大善人给的救命钱。再后来，虎妞为了报答李大

善人，要嫁过去做小，林一虎心里虽苦闷，但也说不了啥。

虎妞出嫁那天，林一虎眼看着心上人让个糟老头子娶走了，不由得心如刀绞，在酒馆里猛灌了自己一通，结果趴在桌上睡着了。等他迷迷糊糊醒来，就见“三江好”的管事先生，正和人在隔壁桌上喝酒。管事先生酒喝高了，嘴上没把门，向人吹嘘道：“姓李的想让虎妞乖乖做妾，又想报复她爹当初拒婚，就让我出主意。我就说，让他花银子请山寨里的人帮忙。我安排兄弟找碴儿，要了虎妞爹的半条命。至于为啥给人留口气，那是为了给姓李的留机会，让虎妞欠他的银子和情分，让虎妞对他感恩戴德，好让他早点抱上大胖儿子呀！”

林一虎在旁听得牙痒，决心闯洞房救虎妞，逼李大善人说出真相。晚上，林一虎带着老虎摸进李宅，接下来，洞房变公堂，他当着虎妞的面把李大善人逼婚害人的诡计问了个清清楚楚。虎妞明白过来，边哭边指着李大善人的鼻子想痛骂一顿，没想到气血攻心，她一口血涌出来，吐了李大善人一身。虎妞平日里喂虎，喜欢把肉藏起来，让老虎顺着她指的方向去找。这时，虎闻到血腥气，又见虎妞用手指着，便把李大善人当成了肉，“呼”的一下扑了上去……

虎妞讲完了，堂上众人鸦雀无声，都等着刘知事发话。刘知事想了想，有了主意：“大家都听见了，这真是恶人当道，欺人太甚！李家主人勾结土匪，害人谋色，死有余辜！林一虎侠义心肠，并无纵虎杀人之意，理当无罪！虎不知善恶，实属无辜，交由林一虎处置。以上判决，大家说公不公道？”

“公道！”众人异口同声地喊道。

（**发稿编辑**：丁娴瑶）

（**题图、插图**：孙小片）

跳的是啥舞

□ 刘学柱

最近，张老太刚从乡下搬到了城里，和儿子一起住。她发现，城里晚上比白天还热闹。

这天，张老太路过一个广场，看到一群人在跳广场舞。这些人虽然岁数都不小，可跳得很卖力，把张老太看得热血沸腾，心里痒痒的。有人见张老太感兴趣，就招呼她加入，还热心地教她跳，可张老太学了好半天，就是学不会。

张老太急了，干脆不跟人学了，自个儿踢脚蹬腿、晃脑袋摇屁股地跳了起来。还别说，居然有板有眼，姿态蹁跹！那些跳广场舞的人都惊呆了，他们纷纷停下来，看张老太跳。旁边的路人见了，也驻足观看。很快，张老太身边就围满了人，大家不时鼓掌叫绝。

有人问张老太跳的是什么舞、在哪儿学的。张老太笑道："这叫跳花船，我年轻时常跳呢！"大家便让张老太教他们跳，张老太一下子成了广场明星。有人拍下了张老太在广场上跳舞的视频，发到社交平台上，她一夜之间成了网红。

这晚，张老太正领着大家跳得起劲儿，又来了一个老太太，只见她径直走到队伍里，扭屁股甩头地跳起来。这又是一套"别致"的舞蹈，动作幅度更大，更加疯狂！大家都被老太太的舞蹈吸引了，纷纷撇下张老太，跟着老太太跳起来。

见风头被抢，张老太急得又是跺脚又是嘶喊，想把大家的目光吸引回来，可大家不为所动。无奈之下，她跑过去问那老太太："你是干吗的，这跳的是啥舞？"

老太太"嘻嘻"一笑，说："我嘛，以前是跳大神的……"原来，老太太见张老太跳花船跳成了网红，也想来试试当网红的感觉！

（发稿编辑：曹晴雯）

为啥不让喝酒

□ 耿文涛

大毛喜欢喝酒，有两个固定酒友，不过三人酒量都不高，每喝必醉。这天，大毛听说美食街新开了一家涮羊肉火锅店，他立马约了那两个酒友一起去尝尝鲜。

三人来到店里的一个小包间，不愧是新开的店，里面桌椅餐具干净整洁，一排绿植清新悦目。

大毛兴奋地拎来几瓶白酒，三人坐罢，点好锅底和配菜，准备畅饮一番。一会儿，锅底上桌，配菜到齐，三个人边聊天边涮菜，频频碰杯。不多时，几瓶白酒就见了底，三人也都坐不稳了。又吃了一阵后，大毛大着舌头喊服务员：“再给我们拿瓶白酒过来！”

服务员来到包间，先是愣了片刻，然后勉强笑道：“我看几位先生已经喝了不少啦，要不我给你们倒壶茶水？你们以茶代酒再聊会儿，还能醒醒酒呢！”

大毛不乐意：“我们是喝酒的，又不是喝水的！别说那么多废话，快去拿酒！”服务员面露难色地离开了。

不久，店老板来了，他扫视一圈后，笑着说：“非常感谢三位能来捧场，不过你们已经喝得不少了，今天就别再喝了，俗话说酒多伤身，你们说是不是？”

大毛眯着醉眼问：“你这个老板真奇怪，难道我们还会少你酒钱吗？你咋还怕我们喝酒啊！”

老板撇撇嘴，说：“其实酒我倒是不怕你们喝，只不过……”大毛红着脸嚷道：“只不过什么？”

老板用手指着桌子上面摆放着的吊兰，恼怒地叫道：“只不过你们喝多了酒，已经把我这三盆吊兰都给涮着吃了，如果再喝下去，恐怕旁边的那盆发财树也要遭殃啦！”

（发稿编辑：曹晴雯）

不懂女人心

□ 徐嘉青

小美去参加一个培训。培训结束前要拍集体照，主办方提前一天安排大家站位。

参加培训的人很多，工作人员忙活了半天，总算把每个人的位置给排好了。他大声说："请大家记着前后左右的人，明天照相的时候就按这个位置站，一定不要弄错了。"

大家已经被刚才的排位弄得烦透了，不约而同地答道："好，错不了！"

第二天，工作人员一说要出去拍照，大家就纷纷朝外边的台阶走去。等大家都站好后，工作人员站在前面一看，当即就皱起了眉头，说："各位，我再次声明，一定要按照昨天咱们排好的位置站，谁要是站错了，请抓紧时间调换过来！"

一听这话，大家纷纷嘟哝道："我站的就是昨天的位置呀！"

工作人员有些生气，说："跟昨天一样？昨天我明明是按大家的个子高矮给排好的，今天这么一站，咋相差那么多？难道你们一夜之间又长了个子？"

这番埋汰人的话语让参加培训的人也不悦起来，小美忍不住说："老师，你这样说话可不中听，我们都这般年纪了，咋还会长个儿？"

工作人员问："那你给我解释解释，昨天排好的，今天变化咋那么大？"

小美鼻子里"哼"了一声，不屑地说："你一个大老爷们儿，真是不懂女人心。到了正式拍照的时候，哪个女人不打扮得漂漂亮亮的，妆化好了，高跟鞋自然也穿上了。昨天跟今天有变化，那是因为昨天有人没穿高跟鞋！"

（发稿编辑：吕　佳）

看视频

□ 沈顺富

老张和小李在同一个办公室上班，关系挺不错的。

这天，老张刚进办公室，就见小李正对着手机出神。老张悄悄瞄了一眼，见小李在看视频，视频里有个女人的身影，穿得很是清凉。

见老张过来，小李回过神，马上关掉了手机屏幕。

老张微微一愣，他知道，小李的妻子很漂亮。最近，小李总说妻子晚上不着家，起了疑心，怀疑妻子出轨了。夫妻俩为这事，动不动就吵架。不过，他不能因为夫妻关系不和谐，就在上班时间看不雅视频啊！

“小李，刚才看啥呢？神秘兮兮的。”老张故意问道。

“呵呵，看会儿小视频呗。”小李尴尬地笑笑，老张没再多问。

过了段时间，领导让两人出差。晚上，老张下楼买夜宵，回到旅馆房间，发现小李捧着手机又在看视频。小李看得入了迷，老张回来他都不知道。

老张绕到小李背后，清楚地看到，视频上一个男的搂着一个女的，使劲吻着……

“咳咳！”听到老张的咳嗽声，小李手忙脚乱，关掉了手机屏幕。

老张心想，小李最近怎么了，难道是夫妻关系不好，才沉迷看这种视频？

老张忍不住问道：“你怎么最近老看这种视频？”

“我……这不是你想的那种视频。”小李否认。

都这样了还不承认，老张很生气，说：“那你说，你看的啥？”

小李脸涨得通红，叹口气，像是下了很大的决心，说：“是我家里的监控视频。”

（发稿编辑：陶云韫）

女儿的真爱

□ 徐扬辰

这天，德曼太太接到消息，女儿瑞卡乘坐的飞机迫降了。德曼太太急了，慌忙赶到安置乘客的酒店。没想到她刚进门，就被一个怪老头撞了。老头的假牙粘着口水，掉在了德曼太太的皮包上，他却连一句抱歉都没说，抓起假牙就跑。

不过，德曼太太可没心思和老头纠缠，她快步来到大厅，终于在人群中找到了瑞卡。瑞卡正和一个男人有说有笑，见到母亲，她止不住地兴奋："妈妈，这真是一次神奇的旅行！飞机有惊无险，我还遇到了真爱！"德曼太太听了，看了看站在瑞卡身边的男人，果然高大帅气，讨人喜欢。

瑞卡激动地说："妈妈，你知道吗，飞机迫降时，我们都感觉要完蛋了，幸好一个男乘客站了出来。他之前也是当机长的，就是他冲进驾驶室帮忙稳住了飞机……"

德曼太太笑眯眯地看着那位帅气男士，说道："这位先生想必就是你说的机长吧？瑞卡，我真高兴你能找到这样的伴侣。"

"不，妈妈，听我说完，"瑞卡摆摆手，"飞机稳稳地停在水面之后，有个律师说，他能替我们争取到最高额度的赔偿款。"德曼太太眼睛一亮：难道我要有个律师女婿了？

瑞卡继续说道："谁知西摩说他压根不在乎赔偿，毕竟他是市里排名前十的富豪！"德曼太太不由得笑开了花：帅气的女婿，还是个富豪，那再好不过了！

这时，瑞卡挽起那位帅气男士的手臂，说："这是杰克，西摩的儿子，我和西摩决定结婚啦！"

"西摩？西摩在哪儿？"

"我可怜的西摩，飞机迫降时，他的假牙被撞掉了，他刚去洗手间了呀……"

（**发稿编辑**：丁娴瑶）

（**本栏插图**：顾子易 小黑孩）

了不起的细节

王琦 故事会绿版编辑
Wang Qi Stories Editor

朋友和我说了一件令她惊奇的事：那天她在一家男装店为男友选衣服，有个中年男士也在挑选。忽然，她听到一个导购员问那位男士："您是牙医吗？"男士一愣，答道："我是……你是我的患者吗？"导购员笑了："我有时去治牙齿，但不是您的患者。我看到您右肩略微下斜，右边的腰部似乎也不太舒服，因为牙医常年站在患者的右侧，要向右扭转身体，经年累月就会这样；还有，您的指甲修剪得非常干净，这也是医生的习惯。"那位牙医听了，非常佩服。导购员说，她在这行工作多年，要为每位顾客挑选合适的衣服，于是会关注顾客的身体情况，时间长了就有些心得。朋友也和我说："这位导购员简直是服装店里的福尔摩斯呢！"

我由此想到了一个小故事——

爷爷和孙子一块儿去赶集，看见两个人赶着一群羊往前走，那两人一前一后，男人领着羊群在前面走，女人在后面赶。老羊倌对孙子说："看这两人的架势，就知道他们不是放羊的羊倌。"孙子想，爷爷连话都没跟人家搭上一句，怎么就知道人家不是羊倌呢？这样想着，他就走上前去问，果然，两人是做生意的夫妻俩，并不是放羊人，他们刚买下这群羊，要把羊群赶回家。

这下，孙子心服口服了，可他还是不知爷爷是如何一眼就辨别出来的。爷爷对孙子说："以前，我和村里的另外一个人专给村里放羊，我们两人都是跟在羊群后面照看着。羊群里有一只头羊，羊群就跟着那头羊走，根本不用人在前面领着。"

一件看似简单的事，认真去做、做得时间长了，就能成为行家。每个行当里都有这样的行家，他们对本行了如指掌，能从微小的细节处发现端倪，形成令人惊奇的洞见。而故事的好看之处，有时也在这样的细节里。

（插图：丁德武）

775 CONTENTS

扫二维码，可听全本故事。

2023 SEMIMONTHLY 5月下半月刊

开门八件事，扫码听故事。一本可读、可讲、可传、可听的全媒体杂志。

故事会

绿版·下半月刊

社　长、主　编　夏一鸣
副社长　张　凯
副主编　朱　虹　吕　佳
本期责任编辑　王　琦
电子邮箱　wangqi_8656@126.com
发稿编辑
朱　虹　赵媛佳　田　芳　彭元凯
美术编辑　郭瑾玮　王怡斐
红版编辑部电话　021-5320 4060
绿版编辑部电话　021-5320 4050
地址 上海市闵行区号景路159弄A座3楼
邮编　201101
主管、主办　上海文艺出版总社
出版单位　《故事会》编辑部
发行范围　公开

出版发行部

发行业务　021-5320 4165
发行经理　钮　颖
媒介合作　021-5320 4090
广告业务　021-5320 4161
新媒体广告　021-5320 4191

融媒体中心

《故事会》微博　@故事会
《故事会》微信　story63
故事中国网　www.storychina.cn
《故事会》网店
shop36332989.taobao.com

故事会公众号

故事会小程序

国外发行　中国图书贸易总公司
印刷　上海四维数字图文有限公司
发行　中国邮政集团公司报刊发行局总发行
国内代号　4—225　定价　8.00元

变成哪种植物

老师："假如可以变成一种植物，你们想变成什么？说说理由。别人说过的就不能再说了哦。"

小红："我想变成梅花，默默传递幽香。"

小强："我想变成松树，不怕风吹雨打。"

小明："我想变成小草。"

老师："嗯？为什么？"

小明："今天你踩在我头上，明天我长在你坟上……"

（阿　泽）

（本栏插图：包丰一）

报　酬

妈妈让儿子帮忙做家务，儿子提出每次要五块钱的报酬，妈妈摇摇头说："你小小年纪，别染上一身铜臭。"

两人讨价还价，最后商量好：每次儿子做完家务，妈妈都会给他用软件处理照片，有时把他变成蜘蛛侠，有时变成超人。儿子很喜欢，还拿来同学的照片让妈妈处理。

这天，妈妈听到儿子在打电话："想变成钢铁侠？可以呀，也是五块钱一张……"（皮皮鲁）

不要放弃

一个骨科医生给骨折的患者做手术。手术很快做完了，医生指着充气止血带对护士说："完了，放气吧。"

护士还没来得及动手，患者一听，大喊起来："不要放弃！不要放弃！我还年轻！"

（阳　光）

打个比方

丈夫和妻子坐在海滩上，丈夫拿下墨镜，饶有兴趣地看着周围穿泳装的女人。

妻子生气地说："你是结了婚的人，还看别的女人干什么？"

丈夫眼珠一转，说："亲爱的，打个比方，我并没有点菜，只是看看菜单。"

（珍珠贝）

妈妈真小气

早上刷牙时，儿子要用妈妈的牙膏，妈妈说："这是大人用的牙膏，你还小，就用宝宝牙膏好了。"

谁知儿子瞥了妈妈一眼，冷冷地说："妈妈你真小气，你天天用我的宝宝霜擦手，我说什么了吗？"

（离萧天）

报 答

一对年轻夫妻爱看古装剧，这天老公对老婆打趣说："亲爱的，以后我出门上班，你要说'恭送老公'，我下班回家你要说'臣妾叩见老公'。"

老婆不屑道："你想得美，天天让我给你请安，那你怎么报答我？"

老公皱着眉头想了半天，然后一本正经地说："朕保证今后只翻你一个人的牌子！"

（奶茶棒冰）

不能开杀戒

一个少年在寺门前从正月初一跪到了正月十五，实在熬不住了，问道："方丈，你为何不肯收我入寺？"

方丈说："老衲不能开杀戒，你改日再来吧。"

少年很疑惑："只是剃度出家而已，何来开杀戒之说？"

方丈双手合十："阿弥陀佛，正月剃头克舅舅。"

（丽 达）

·笑话·

装什么

一个挑着瓷罐的男人走在路上，挂在扁担上的瓷罐突然坠地而碎，可男人头也不回地继续朝前走。

路旁有人对他喊："喂，罐子碎了！"

男人淡淡地答道："既然碎了，回头看又有何用？"

路旁那人边扫地边生气地骂道："随地乱扔垃圾，还装什么装？"

（木　香）

宝贝女儿

小静在一所住宿制学校读书。这天，小静爸爸打寝室电话找她，小静的室友接了电话："喂，你好，请问找哪位？"

小静爸爸一时竟想不起自己女儿的名字，灵机一动说道："我找我的宝贝女儿。"

室友说："叔叔，这里全是宝贝女儿。"

（小脑斧）

感谢的方法

小李问哥们："有个女生帮了我的忙，我想感谢她，但不希望被她男友误会，我该怎么做？"

哥们想了半天，答道："给她送一面锦旗。"

（宇宙星）

好习惯

小雨刚上小学，这天她放学回到家，就一屁股坐在沙发上看起动画片来。

妈妈说："先把书包放下来吧。"

小雨听了，连忙背过手去护住书包："不行，老师说了，我们要养成好习惯，回到家放下书包就要写作业，所以，这书包我还不能放！"

（幽　蓝）

叫名字

老马在睡梦中喊了几声初恋女友的名字，老婆推醒他，警觉地问：“你在喊谁？”

老马忙掩饰：“我梦见自己当老师了，在叫学生回答问题。”

老婆问：“那你怎么总是叫同一个学生的名字？”

老马一愣，紧接着回答：“因为我是家教。”（与 非）

想吃点什么

一个食人族的族长乘飞机旅行，空姐询问他：“先生，您午餐想吃什么？牛排还是鸡排？”

族长摇摇头说：“都不要。”

空姐疑惑地说：“那您想吃什么？”

族长说：“请拿旅客名单来给我看看。”（小 熊）

老师的愿望

这天是老师生日，同学们买来蛋糕为老师庆祝。插好蜡烛，大家让老师许愿，老师开口道：“我最大的愿望是希望你们好好学习，按时交作业！”

不料，一个同学说：“老师，愿望说出来就不灵了。”

（丁 丁）

将心比心

小周准备结婚，女方家要十五万元的彩礼。

小周拿不出这么多钱，对准丈母娘说：“阿姨，咱们将心比心，以后你的两个儿子结婚，要是对方每家都向你要十五万，你拿不出来，怎么办？”

准丈母娘想了想，说：“这样的话，你的彩礼就提到三十万吧。”

（叶 子）

本栏目欢迎来稿。如有新鲜感、有精彩细节的笑话佳作尽快投寄给我们。来稿一经采用，即致稿费，最高稿费为一则100元。本期责任编辑电子信箱：wangqi_8656@126.com。

·新传说·

禁止拉开的窗帘

□杜 辉

聪聪是个机灵的小男孩。暑假的一天，他正在房间里看《名侦探柯南》，爸爸突然敲门进来，走到窗户跟前，双臂一伸，“哗”的一声，把窗帘给拉上了。

聪聪愣住了，不解地问：“老爸，大白天的，你拉窗帘干吗？把阳光都挡住了。”爸爸很干脆地说：“不光今天，以后每天都要拉上窗帘，未经我的允许，不准拉开！”

聪聪更惊讶了，缠着爸爸问：“那你总得告诉我为什么吧？”爸爸摸了摸聪聪的脑袋，说道：“保持点神秘感不好吗？要不，你猜一猜？”

爸爸越卖关子，聪聪的好奇心越强烈，刚好他的偶像是柯南，爸爸给他出了这样一个谜题，他不想破解才是怪事儿。

趁着爸爸不在家，聪聪偷偷把窗帘拉开一条缝，瞪圆眼睛往外面看。爸爸用窗帘把他和外面的世界隔开，究竟是想挡住窗外的什么东西呢？聪聪的视线里并没有别的，只有一栋暗沉沉的居民楼，这个小区位于城中村，两栋楼的间距很近，在自己家就可以透过窗户玻璃，把邻居的一举一动尽收眼底。

看来爸爸拉上窗帘的目的，是

不想让自己看到某位邻居的某种行为。是哪位邻居呢？是什么行为呢？不把这事搞个水落石出，聪聪连觉都睡不安稳。从这天起，他开始借着窗帘的缝隙，偷偷观察对楼的邻居们，想看看能不能发现什么可疑的情况。

和聪聪家窗户正对着的那家，住着一对中年夫妻，聪聪记得他家有个小男孩，年纪和自己差不多，两个孩子还隔着窗户打过招呼。不过现在小男孩好像不在家，聪聪能看到的只有两个大人，他们都戴着眼镜，正在各自埋头看书。

聪聪很快把目光挪走了，这两位叔叔阿姨肯定不是爸爸要防范的对象，爸爸一直嫌自己太闹腾，不肯坐下来安安静静看会儿书，恐怕恨不得让他把人家当榜样去效仿呢，哪可能害怕他们进入自己的视线？

聪聪的目光像探照灯一样，在对面的一扇扇窗户上逡巡着，他看到一个老人在阳台上浇花，看到一对母女在房间里嬉闹，看到一个女孩在给宠物狗剪毛……看过来看过去，也没什么不正常的呀，爸爸到底在担心什么呢？

就在聪聪有些沮丧地想收回目光时，他的注意力突然被左侧一个房间里的场景吸引了，客厅里有个胖胖的小男孩，正聚精会神地坐在茶几前看电视。奇怪的是，旁边还有一台落地电扇，正对着电视机吹着。

聪聪好生奇怪，这是什么意思？电扇不是应该对着人吹风吗？为什么对着电视机？还没等他想明白，那个小胖子似乎听到了什么动静，速度惊人地一跃而起，飞奔过去关掉电源。

半分钟后，房门被打开，家长走了进来，这时候小胖子早已规规矩矩地坐在书桌前，认认真真地写起了作业。家长显然有点不放心，环顾着四周，但一切都无迹可循了，电视屏幕已漆黑一片，电扇的叶片也停止了转动。即便他去摸一摸电视机的温度，也不会发现任何问题。

聪聪忍不住哈哈大笑，这小胖子太滑头了，当他的家长，真不是件省心的事儿。接下来聪聪又观察了几天，发现这小胖子的手段简直层出不穷，在家长眼皮子底下都能捣鬼，他把辞典中间掏空一块，把手机嵌进去，假装翻看辞典，其实在偷玩手机。如果聪聪不是亲眼所见，连他都发现不了这障眼法。

聪聪感觉自己已经找到答案了，肯定是爸爸看到了小胖子糊弄

家长的手段，生怕自己跟他学，这才拉上了窗帘。

这天下午，聪聪又想看看小胖子在干什么，刚把眼睛凑到窗帘缝隙处，突然惊讶地跳了起来，差点跌倒在地。视线里是一个披头散发的女鬼，正满脸是血地朝他扑过来。

聪聪好半天才缓过神来，壮着胆子又看了一眼，这才明白是怎么回事儿。原来在小胖子家的隔壁，住着一个小伙子，正在用投影仪看恐怖片。

聪聪观察了一段时间后发现，这小伙子还挺爱看恐怖片的，隔三岔五地会放一部看，由于投影的墙壁正对着自家的窗户，那种惊悚的效果确实挺刺激心脏。

可这么一来，又一种可能性出现了，聪聪心想，会不会是爸爸看到对面有人经常放恐怖片，生怕自己被吓到，所以拉上了窗帘？这个答案也算合情合理。那么到底哪个才是正确答案呢？还没等聪聪做出判断，第三种答案又浮出了水面。

对面还住着一对新婚夫妻，正处在最甜蜜的时期。这天傍晚，丈夫从背后搂住了妻子，妻子赶紧用手一指，丈夫会意地拉上了窗帘。

聪聪早就捂住了眼睛，嘴里嚷着：“不害羞，不害羞！”但他嚷着嚷着，突然就没声音了。他想到了第三种可能性，如果这对小夫妻以前也有过这种举动，正好被爸爸撞见了，他肯定会担心呀，这种儿童不宜的场面，哪能让自家孩子看见？所以才防患于未然，把窗帘给拉上了。

一个问题出现了三种答案，到底哪一个才是正确的？这可把聪聪难坏了，看来名侦探不是那么好当的。

就在聪聪一筹莫展之际，爸爸又走进了他的房间，“唰”的一声拉开窗帘，笑呵呵地说了句：“从今天开始，一切恢复正常！”

这下聪聪彻底蒙了，如坠

五里雾中，但他不愿意去问爸爸，更想靠自己去找出真相。于是，他凑到窗户跟前，开始了新一轮的观察。现在可以使用排除法了，那三个可疑对象中，谁的状态跟以前不一样了，谁就最有可能代表着正确答案。

可惜观察了几天后，聪聪无奈地发现，这些人跟以前没有任何区别，小胖子还在跟家长斗智斗勇，小伙子还是隔三岔五地看恐怖片，那对小夫妻还是甜蜜依旧。难道这三个答案里，根本就没有正确的？

聪聪终于不得不认输了，老老实实地去问爸爸。听完他的讲述，爸爸哑然失笑道："你这小脑袋瓜还挺好使的，可你也不想一想，我有事没事盯着别人家干吗？那会触及别人隐私的，非常不可取，这一点你以后也得改！"

聪聪更糊涂了："那你拉窗帘干吗？你不想让我看到的是什么？"

爸爸忍俊不禁："傻孩子，你的推理能力还不错，可惜一开始就把方向搞反了。我拉上窗帘，不是为了让你看不到别人，而是不想让别人看到你！"

"啊？"聪聪将嘴巴张得老大，好半天都合不拢，"为啥不想让别人看到我？我一个小孩子，有什么怕人看的？"

爸爸表情凝重起来，伸手往对面一指，说道："那两个戴眼镜的叔叔阿姨你看到了吧？他们的儿子不久前生病去世了。有一次我在小区里看见他俩盯着一个男孩，触景伤情，泪流满面，看得我都替他们难过。由此我想到了一件事，他们家的窗户，正对着你的房间，他们经常能看到你，你又和他们儿子的年纪差不多，这很容易让他们联想到去世的儿子，沉浸在悲伤的情绪里走不出来，所以我才想到了那个办法，只是为了避免他们看到你……"

聪聪感动之余，忍不住问："那为什么现在窗帘可以拉开了？"

爸爸微笑着说："因为他们在身边人的帮助下，已经渐渐走出了丧子之痛。而那个阿姨，又怀上小宝宝了！"

（发稿编辑：朱　虹）

（题图、插图：孙小片）

绿版编辑部电子邮箱：

朱　虹：zhong98305@sina.com

王　琦：wangqi_8656@126.com

赵媛佳：babyfuji@126.com

田　芳：greygrass527@126.com

彭元凯：abigstudio@163.com

赌客

□相裕亭

民国时，盐区有个赌客叫安虎，因玩豪赌而名声大噪。

有一年腊月，一个麻脸的陌生赌客找上门来，要跟安虎赌。安虎看那人两手空空，不屑一顾地问他：“赌什么？”赌客说：“我带的‘干货’，都在船上。”他自报家门，说他姓陈，大名麻六，盐河北乡人。安虎一听，顿时两眼放光！他知道此人来头不小。

当夜，双方各自只带一个随从上船。天快放亮时，陈麻六输掉了最后一摞钢洋，但他仍不肯罢休。安虎笑他：“你所带的钢洋都到我这里了，你还赌什么？”

陈麻六半天咬出了两个字：“闺女。”

“什么？”安虎似乎没听清对方说什么。

这时，他见陈麻六用赌局上赶钢洋的戒尺，轻点着桌面上摆好的谜面，说：“这一局，我若是再输了，家中两个尚未出阁的闺女，送一个给你。”

这回，安虎听明白了，对方要拿自家的闺女做赌注。已有家室、但尚无子嗣的安虎，脸上顿时露出了阴冷的微笑，他转过身来，单手捂住陈麻六设下的赌局，猎鹰一样的眼神在陈麻六那干瘪的脸上寻来望去。末了，安虎压低了嗓音，提醒陈麻六，说：“赌场无戏言！”

陈麻六说：“无戏言。”

安虎说：“好！”随即欲开谜面。

陈麻六却说：“且慢！”他又慢慢问安虎：“这一局，我若是赢了呢？”

安虎略顿一下，在他看来，对方是拿自家闺女做赌注，他也应该押上相应的赌注才算爷们。于是，安虎牙根一咬，说：“我家那尚未开怀的婆娘押给你。”

陈麻六沉思片刻，摇了摇头，说：“不，船上的银子都留下。”

安虎说：“好，一言为定。”陈麻六说：“一言为定。”

但最后陈麻六输了。安虎二话没说，当场双膝跪倒，直呼岳父大人在上。陈麻六只好答应许配一个闺女给安虎，但他临时附加了一个条件，让安虎必须明媒正娶。安虎答应了。接下来，双方签字画押：一朝结为夫妻，终身不得离弃，并将半个月后的腊月二十六定为大婚之日。

事过三日，双方经媒人说合，紧锣密鼓地开始筹办婚事。这天，一个从北乡来的盐贩子偷偷对安虎说了个秘密。原来，陈麻六有两个闺女，小女儿聪明健康；大女儿却瘫痪在床，只能坐着爬动，不能站着行走。平日里，吃喝拉撒，都需要人照顾。这陈麻六正是想把瘫痪的闺女嫁给安虎。安虎只觉晴天霹雳，被人算计了，半晌才回过神来：难怪陈麻六拿自家的亲闺女做赌注，原来他居心不良，想把一块烫手的“山芋”塞给自己呀！这个老东西！

安虎想悔掉这门婚事，可想到对方有字据在手，自己若是单方毁约，肯定是要吃官司的。再者，大婚的喜帖已经发至亲朋好友，怎么能在这个时候说退婚之事？一切只好按部就班，可安虎想到就这么被骗，也是心有不甘。

很快就到了迎娶新娘这天。安

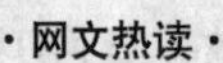

虎派了八抬大轿，额外还带来了几十个护轿的青壮年，浩浩荡荡地赶到了陈麻六家所在的村子。他们进村不进院，在离陈麻六家还有八丈的时候，停了下来，然后“哗啦”一下，铺开了一道映天红的红地毯，从街口的场院儿，一直铺展到陈麻六家的正厅。

一看这么大的阵势，围观的人群一下子沸腾了。陈麻六却顿时有了不好的预感，因为他还看到那些迎亲的壮汉个个虎背熊腰，人人手持一把红布缠绕的棍棒，列队站在红地毯两旁,时而还“呼呼”“哈哈”地狂呼乱喊！这分明来者不善。果然，等红地毯铺好，新郎官安虎远远地站在花轿前，请新娘子踏着红地毯走上花轿，说是讨个吉利，一生走鸿运。

陈麻六慌了阵脚：他那瘫痪的大闺女怎么可能办得到呀！而已经披金戴银、开脸待嫁的瘫痪新娘，听说对方要逼她走上花轿，一时间也乱了方寸，不知如何是好。陈家顿时乱成一团。

就在双方僵持不下时，陈麻六年方二八的小闺女挺身而出，她跪在爹娘跟前，含泪道：“儿愿意为爹娘分忧，替姐姐出嫁。”

看着陈家小闺女顶着红盖头款款地向自己走来，安虎心满意足地笑了。

原来，得知陈麻六的小九九后，安虎辗转反侧，终于想出了这招，反败为胜。

婚后，陈麻六家那聪明伶俐的小闺女，深受安虎宠爱。数年后，她将瘫痪的姐姐也一同接来随了安虎。那是后话，不提了。

（推荐者：鱼刺儿）

（发稿编辑：田　芳）

（题图、插图：孙小片）

神回复

◆ 如果我是骑马的，你可以叫我马夫；如果我是驾车的，你可以叫我车夫；如果我是管账的，那你应该叫我什么呢？

答：会计。

◆ 怎样才能跳过生孩子的步骤，拥有一个可爱的小孩呀？

答：让你爸妈再努力一下。

◆ 我在火车站买泡面，10块钱一桶，我问："泡面涨价了？"老板答："没涨价，我卖得贵。"

（推荐者：小苹果）

生活让你大开眼界

◆ 我家的狗小黑是个"狗才"。那天，我坐下来正准备吃汉堡，小黑忽然对着窗户外面大叫一声，好像陌生人进了院子似的。我出去看了一圈，没见到人，再回来的时候，发现小黑和汉堡都不见了……

◆ 刘大爷一心想要个孙子，无奈儿子不争气，生的是女儿。刘大爷那个郁闷啊，于是给女孩取名叫招弟；谁知老二又是女儿，取名再招；老三依旧是女儿，取名还招；老四仍然是个女儿，刘大爷跪在祖宗牌位前哭得昏天暗地，然后给老四取名——绝招……

◆ 我老爸已经两天不敢回家了。事情是这样的，前些天是爸妈结婚25周年纪念日，老爸送了老妈一枚戒指，老妈美得逢人就显摆。昨天早上，老妈去菜市场买了只鸡，瞅见鸡脚上有一个铜圈，拿下来一看，和老爸送的"戒指"一模一样。

（推荐者：枫　红）

·脱口秀·

甜到心里的话

◆ 别和我谈恋爱，虚伪，有本事和我结婚。

◆ 我的心里已是万山红遍层林尽染，这个干燥季节，思念是火，只要不经意想起你，就不可收拾。

◆ 一天有这么多时间，能不能空出一秒来想我一下？

◆ 想碰瓷，想这辈子就栽在你身上不爬起来。

◆ 我的房租到期了，可以去你心里住吗？

◆ 我可能缺席了你的过去，但希望你不要缺席我的未来。

◆ 我扛得动米袋子，也扛得动煤气罐，可就是扛不住想你。

◆ 知道你和星星的区别吗？星星点亮了夜的天空，而你点亮了我的心。

◆ 我想和你在一起，直到心电图上的小山变成大海。

◆ 你的名字只有两个字，虽构不成一句话，但已经装满了我的心。

◆ 于千万人之中，我也能一眼认出你，因为别人走在地上，而你走在我心上。

（推荐者：一　言）

就服我妈

◆ 妈妈说，就算吃醋也要装得跟喝了酱油似的，不能让别人瞧不起。

◆ 我六月过生日，妈妈五月过生日，小时候我就特别佩服妈妈，一个月就能把我生下来。

◆ 晚上吃饭，我剩了饭，我妈很生气地教育我：“从小就不把碗里的吃干净，长大了怎么要饭？”

◆ 18 岁那年，我离家出走，偶然在电线杆上看到了家人贴的寻人启事，泪水打湿我的眼眶，原来妈妈还是爱我的。我凑近一看，上面写着“打残有赏”。

◆ 我跟老妈说，想买个钱包，结果老妈说：“姑娘，你有多少钱放不下？存妈这儿！”

◆ 永远不要和妈妈吵架，当你吵赢的时候，只能挨打。

（推荐者：包子褶儿**）（本栏插图：**孙小片**）**

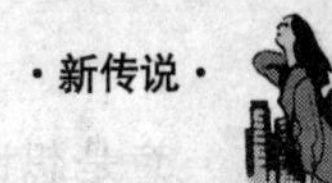

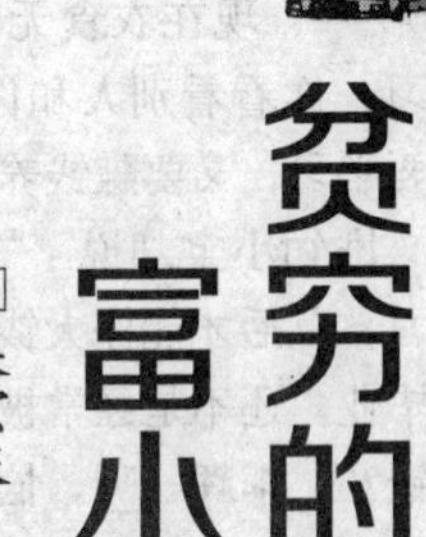

贫穷的富小孩

□吴宏庆

李辉是个搞摄影的，做梦都想拍出好作品扬名立万，只可惜运气差了点，一直没能如愿。

这天，县里西街举办文化节，李辉吃完晚饭就过去寻找素材了。集市上灯火辉煌，人头攒动，很是热闹。李辉一边走，一边拿相机拍着。突然，他看到两堵矮墙之下的角落里蹲着一个十岁左右的小孩，小孩面前摆着一块塑料布，上面只放着几样玩具，显然也在摆摊。

小孩穿着一件脏兮兮的棉袄，脸蛋冻得红彤彤的，一看就是穷苦人家的孩子。他心里一动，顺手拍了张相片，随后走过去，蹲下身问：“小老板，你怎么一个人在这儿？你爸妈呢？”

小孩看了看他，有些冷漠地撇过脸去没理他。李辉不甘心，又问：“你看大家都在指定摊位上做生意，你摆在这儿，不怕城管叔叔抓你吗？”

听到“抓”这个字，小孩明显有些胆怯了，四处张望着。李辉趁热打铁，说：“你是附近哪个村的？叫什么？”

小孩突然把塑料布的四个角抓起来，背在身上扭头就跑，很快消失在人群中了。李辉愣了半晌，把刚才拍的相片发在朋友圈，配文为“穷人的孩子早当家”。

等逛完集市回到家，看到儿子小宝正在玩手机，李辉气不打一处来，对他说了刚才的所见所闻，本意是想让小宝明白，你现在衣食无忧就该好好学习，你看看别人和你差不多大，既要学习，又要赚钱养家。

谁知小宝却说："你总说好好学习，以后才能挣大钱，可你是大学毕业，还不是经常被老妈骂挣不到钱？"李辉一听，恼羞成怒地打了小宝一巴掌。

听着儿子的哭泣声，李辉叹着气拿起了手机。一看朋友圈，他有点蒙了，原来那张相片下点赞已经过百，评论也有几十条，大多是在询问相片上那小孩的情况，还有很多人转发了。这是他之前任何一个作品都没达到的高度，他顿时兴奋起来，如果继续就这事深挖下去，对自己来说很可能是个难得的机会，毕竟他的朋友圈里是有很多领导的。

第二天一早，李辉就出门去了集市，可他转了一大圈，一直等到中午，那角落里的小孩也没来。他问了边上几个摊点的人，大家都对那小孩有印象，但不知道是谁。

到了晚上，李辉又去了集市。远远地，他就看到有个小孩正蹲在那个角落里卖玩具，他喜出望外，快步上前。可走近一看，李辉愣住了，他很确定，这不是昨天那个小孩。虽然两人年纪差不多大，而且这小孩衣着也很破旧，脸上也很脏，但一眼就看出不是同一个人。这是怎么回事？李辉试探着问："小老板，昨天在这里摆摊的是你哥哥还是弟弟？"

"你想干吗？"小孩挺机敏，身子后缩，瞪大眼睛警惕地问。

李辉赶紧解释说："哦，你别害怕，我就是想了解一下，你们是哪儿的人，叫什么名字？"

"你到底想干吗？"小孩还是这句话。

李辉担心吓到他，忙说自己是一片好心，想跟他们所在的村和学校沟通一下，帮忙解决他们的困难。小孩却莫名其妙地说了句："原来，你也想出名啊。"

李辉哭笑不得，心想现在这些小孩都是从哪儿学的，他耐着性子继续解释，只可惜小孩根本不听，摆着手说："你快走吧，不买东西就走开。"李辉无奈地看了眼摊子，见上面有个小毛绒玩具正好可以挂在电动车钥匙上，一问价钱，十块，就顺手买了下来，算是支持他了。临走前，他给小孩拍了张相片，又发在了朋友圈里。

这张相片不出所料再次在朋友圈里引起了轰动，大家都说一定要找到这两个孩子，资助他们。还有人说再苦也不能苦孩子，怎么县里一下子就出了两个穷苦孩子？不过，在这么多的评论中，也有一人发出了疑问：我也看到那个角落里有小孩在摆摊，但奇怪的是，我看到的是个女孩。

这么一来李辉有点蒙了，怎么一下子出了三个贫寒少年，而且都在同一个地方摆摊？恰好，李辉的微信好友中有一位是教育局领导，他看到后立即召集各乡镇小学的校长开会，李辉也在受邀请之列。会上，大家都很痛心，立誓要将那三个小孩找出来，缺什么给什么，绝不能让孩子受丁点委屈。

当天晚上，李辉等人分别在那个角落的四周等着小孩的到来。八点多，集市热闹起来了，有两个小孩走过来，把一块塑料布铺在那个角落的地上，然后从书包里拿出一些玩具放在上面，摆好后，一个留下，另一个走了。

李辉走了过去。那个耷拉着脑袋坐在地上的小孩似乎感觉到了什么，猛一抬头，看到了李辉，突然撒腿就跑，连摊也不顾了。李辉一把抓住他，说："你别害怕，我们不是坏人！"

那小孩也不说话，闷着头拼命挣扎着。突然，李辉感觉不对劲，小孩的挣扎状态怎么这么熟悉？他蹲下身子一瞅，差点把鼻子都气歪了，脱口而出："小宝，怎么是你？"

小宝满脸涨红，低下头来，眼睛的余光却不时看向边上。李辉顺着他的目光看过去，只见跟他一起来的那小孩正拿着手机在拍视频。那小孩发现自己已经暴露，撒腿就跑，但小孩怎么跑得过大人，一会儿就被人抓住了。李辉仔细一看，正是小宝的同学小强。

在集市管理处，小宝经不起李辉的逼问，坦白了。原来他偷看了李辉的朋友圈，发现那两张相片已经成了热点，认为那个角落有成为网红打卡点的潜质，于是就跟小强商量，模仿摆摊，录像为证，过一把网红瘾，只可惜还没开始，就已经结束了。

李辉又气又恼，但在外人面前又不好直接揍他，只好跟众人说对不起。有人说："小孩好奇心强可以理解，但别忘了我们来的目的。"

是啊，毕竟那三个孩子还没找到呢。大家能感觉得出来，他们挺敏感的，本来就不愿跟人交流，这会儿被小宝他们一闹，就更不愿露面了。李辉只得狠狠地瞪了小宝一眼，没想到小宝不以为然地说："爸，我虽然没见过他们，但可以肯定，他们也是假的。"

"什么意思？"李辉吃惊地问。

小宝指着李辉口袋里露出来的那只毛绒玩具，说："这东西你说是花十块钱从他手里买的，可你知道它的市价是多少吗？一千二百多块，日本品牌。"

"啥？"李辉一哆嗦，拿出了那只挂在电动车钥匙上的毛绒玩具，就这么一个小东西？小宝用手机扫了一下玩具上的二维码，果然，一千二百多块。

一个能买得起这么贵玩具的家庭会穷吗？一个能把贵玩具以十块钱价格卖出去的小孩会缺钱吗？一时间，大家面面相觑，似乎都想到了什么，但又不敢说。

直到几天后，这桩疑案才被破解。县二中有个小孩，家长是做直播卖货的，很赚钱。小孩觉得没有必要学习了，因为家长只有初中文化，还不是照样赚大钱？令人不解的是，家长居然也认同，鼓励他锻炼胆量，为长大后搞直播做铺垫。于是，这孩子就跟两个有着同样"志向"的同学策划了这件事，三人换上从垃圾箱捡来的衣服，轮流在集市上"实习"。

得知真相后，李辉思考了很久，终于决定跟小宝做一次开诚布公的交流："从今天起，爸爸保证不乱发火了，但你也要答应别再做直播发财的白日梦了。爸爸实在不愿看到你长大后连句话都说不清楚，只会喊'666，大哥赏个火箭'……"

"停停停！"小宝不屑一顾地说，"我不就是去网红点打个卡吗？谁跟你说，打个卡就得当网红的？我的梦想可是当科学家啊！"

（发稿编辑：朱 虹）

（题图、插图：陆小弟）

改规矩

□郑小亮

小曼是个直性子女孩，说话泼辣、办事麻利，但心眼儿很实。

这天，小曼要跟着男朋友大刚回老家见家长。出发前，大刚叮嘱道："我家非常传统，头一回上门，穿衣打扮要叫二老看着顺眼，脖子以下不能露出来，美甲的亮片儿最好掰下来，嘴巴别搞得红不像红、紫不像紫的，还有……"

小曼不耐烦地瞪了大刚一眼，大刚马上知趣消停了。

两人一路顺风顺水，到达了目的地。小曼刚从车里出来，震耳欲聋的花炮声及时响起，等烟消雾散，小曼便在大刚家人的夹道欢迎下进了屋。

满屋的喜庆铺天盖地，映得小曼红光满面，红桌红椅红板凳，红碗红筷红酒瓶，摆放得整整齐齐，一丝不苟。小曼忍不住暗笑，真是又土又酸。

一片欢声笑语后，堂屋里只留下小曼和大刚，其他人则为接下来的酒宴忙活开了。

堂屋里冷冷清清，厨房里热火朝天。小曼忍不住了，屁股一抬就往厨房里钻，大刚急忙拦她："你不能去，今天你是贵客！"可不等他说完，小曼早就没了影儿。

厨房收拾得很利落，鸡鸭鱼肉、时令鲜蔬堆成了小山，小曼眼睛一亮，正要出手帮忙，只听厨房里"哟"

声一片，大刚妈摆摆手道："我的乖乖，你怎么进来了，要不得啊，这烟熏火燎的！"

小曼毫不在意，大大方方地说了一句："不碍事，我老家也在农村，吃的也是灶火饭，要不我来帮忙烧火吧，这活儿我在行。"

小曼此言不虚，她烧火，大刚妈炒菜，配合得天衣无缝。当然，小曼的嘴也没闲着，跟大刚妈聊得十分投缘。

这一顿煎炸炖煮，花费了不少工夫，中午正点准时开席。在大刚家人和亲戚的簇拥下，小曼乐呵呵地坐上了贵宾座。酒宴共两桌，堂屋一桌、里屋一桌，大家陆续落座后，小曼东张西望地寻找，大刚妈呢？

大刚回道："我妈在里屋呢，今天是大日子，她不上桌。"

小曼愣住了，今天是她第一次登门，大刚妈不上桌是什么意思？

大刚解释道："我们这里有规矩，遇上特殊的大日子，女人不上堂屋的桌。"

小曼这才发现，这一桌别说大刚妈了，除了她，都是男的。小曼糊涂了："我不就是女的嘛，为什么能上桌吃饭？"

大刚支支吾吾道："你不一样，你是贵客。"见小曼还想说什么，大刚急了："唉，你别纠结了，我也不清楚怎么回事，反正这就是前传后教的规矩，我们这里一直这样，大家都习惯了。"

怎么会有这种奇怪的规矩？整个酒宴从喜气洋洋开始，到酒足饭饱结束，每个人都红光满面，唯独小曼开心不起来。

吃完饭，小曼闲不住，又跑到厨房帮大刚妈收拾残局。她想破脑壳也想不通，大刚妈满手老茧、满脸褶皱，一看就知道为这个家付出了太多，为何竟换不来一个上桌吃酒宴的资格？小曼开始为她打抱不平了，愤愤道："这规矩不行，应该作废，我得向老爷子提个建议。"

大刚妈急忙制止她："别，孩子爸古板得很，以前大刚坏了规矩，没少挨他爸的打骂。"

小曼来了兴趣，问道："怎么回事，除了女人不能上桌，还有哪些规矩？"

大刚妈像背家规一样，一一道来："规矩多着呢，比如小孩上桌吃饭只能坐桌角，坐正位要挨栗暴；比如小孩不能吃鱼籽，吃了鱼籽手会颤，将来读书握不住笔……"直说得小曼哭笑不得。

热闹了大半天后，小曼跟大刚便开车回城了，他们还得工作呢。关于大刚妈不上桌吃酒宴的事，也就不了了之。虽然小曼说要给老爷子提建议，也只是嘴上说说而已，性格直爽归直爽，但小曼还是有分寸的，现在她还不是人家儿媳妇，哪能喧宾夺主？

路上，小曼突然问了大刚一句："你们这地儿所谓的规矩，就没人站出来反对一下？"

大刚笑了："你怎么还惦记着这点事儿，等我们结婚了，又不在老家生活，管它干什么？"

小曼没好气地说："话不能这么说，我问你，我们结婚后，你老家办酒宴，我是不是也不能上桌？"

大刚被问得哑口无言，但听小曼话中有话，他有点急了："这规矩确实不妥，但这点旁枝末节的事，阻碍不了我们修成正果，对吧？"

小曼不是那么小心眼的人，大刚老家的规矩确实硌硬人，但阻碍不了他们修成爱情正果。没多久，二人水到渠成，拜天拜地拜高堂，夫妻对拜入洞房了。

虽说小两口不经常回老家，但逢年过节、双亲生日之类的特殊日子，还得动动步。如今去婆家，小曼身份不一样了，凡事都要瞻前顾后，把自己打造成乡亲眼里的好儿媳。

于是，小曼也随着婆婆，特殊日子不上桌吃饭，但她心里憋得慌啊，满桌的好菜如同嚼蜡，特别是公公，整天责怪婆婆这个不行那个不对，看得出，大刚的碎嘴子是典型的遗传。

小曼暗暗下定决心，这不合情理的规矩一定要改！怎么改？呵呵，机会来了。

一转眼，小曼和大刚的孩子开始咿呀学语了。说来也怪，小家伙

跟他爷爷特别亲昵，每次回老家，就要爷爷抱，爷爷更是抱住就不撒手，谁也夺不走。

就在这天的酒宴上，大刚爸左手抱住坐在大腿上的孙子，右手的筷子忙个不停。

小家伙嘴刁，喂别的不好使，就爱吃鲜嫩的鲫鱼籽。大刚爸为了方便，直接把一盘鲫鱼端到自己面前，小家伙吃得眯眯笑，爷爷喂得笑眯眯。冷不防小曼一巴掌朝小家伙扇来，虽说雷声大雨点小，但小家伙吓得哇哇直哭。

大刚爸见状一愣，还不等他发作，只听小曼吼了一句："小孩不能吃鱼籽，吃鱼籽手会颤，将来读书握不住笔！"

大刚爸一脸阴沉地说："糊弄鬼的，哪有这回事？你说的这些陈芝麻烂谷子，是过去怕小孩吃鱼卡喉咙，吓唬小孩的。"

小曼"哦"了一声，又接着说："对了，还有，小孩不能坐正位，这都快爬上桌了，还不得挨几栗暴？"

大刚爸瞪了小曼一眼："胡扯，这还是个嫩苗，挨几栗暴能受得了？"他咳了几声，说道，"说小孩不能坐正位，是教育小孩要尊老，正位要留着给长辈坐，这么大一张桌子，又不是坐不下，什么正位不正位的？"

小曼听到这儿，才话锋一转，说出了自己的目的："是啊，这么大一张桌子，还有空位，怎么就忍心叫婆婆在厨房里窝着吃饭？我来说说这破规矩的来由吧，过去，一般人家大多是男主外、女主内，家里来客人的时候，女性就要忙前忙后生火做饭，等忙活得差不多了，客人也吃饱喝足了，女主人根本没空上桌，久而久之，就传出所谓的女人不能上桌的规矩。正直为人可以当家风，尊老爱幼可以做规矩，至于其他不尊重人的规矩，还是算了吧。"

这一席话，说得大刚爸一愣一愣的，无言反驳。

这时候，他怀里的孙子止住了哭，开始咂吧起嘴儿来，明显没吃饱呢！大刚爸心里一急，脱口而出道："不管了，上桌就上桌吧，去把这条鱼热一热，孩子等着吃鱼籽呢……"

（发稿编辑：赵嫒佳）

（题图、插图：豆　薇）

长尾巴兔

□顾敬堂

安斌在一线城市打拼多年，凭借不服输的韧劲，终于在这里扎下根来，娶了个贤惠的妻子，生了个聪明可爱的儿子。

这天是周末，安斌带着妻子小慧和儿子龙龙到公园里玩。看到一群老头正围在一起下棋，龙龙表现出浓烈的兴趣，立刻钻进去看热闹。这一看就是一上午，他越看越带劲，偶尔还奶声奶气地给老头们“支招”，逗得老头们哈哈笑。安斌趁机教育儿子道：“观棋不语真君子，看别人下棋，乱说话是不礼貌的。”

老头们连说不碍事，有个老者甚至还招手道：“来，宝贝儿，爷爷教你下一盘。”

一开始，老者让了龙龙一马一炮，谁知龙龙天资聪颖，几局过后就杀得对方招架不住了。老者连连称奇，摆齐车马认真对战，这才将龙龙杀了个落花流水。龙龙输了棋，小嘴扁了起来，有要哭的意思，老者急忙抱起他哄道：“后生可畏呀，你刚学棋就这么厉害，再有个一年半载，我可不是你的对手啦！”

听了这话，龙龙破涕为笑，一口一个“爷爷”叫得亲热，约好下周还和老者对战，这才依依不舍地跟着爸妈回家了。

在路上，龙龙忽然扬起脸对安斌说道：“爸爸，我为什么没有自己的爷爷呀……”

小慧也扭过脸来：“对啊，安斌，你只说母亲很早就去世了，却

从来不提父亲，怎么回事嘛？”

安斌长长地叹了口气，给小慧使了个眼色，意思是避着点孩子：“回家和你说。”

孩子玩累了，刚到家就趴在床上睡着了。安斌和小慧来到客厅，他缓缓张口道：“以前一直没和你说，是怕你嫌弃我家风有问题。当年我和父亲决裂，就是因为一盘棋……”

安斌从小就没有关于母亲的记忆，父亲老安是名矿工，独自带着安斌生活，日子过得踉踉跄跄。生活的艰难让老安变得性情暴躁，安斌在父亲严厉的管教下，每天战战兢兢，一直到初中毕业，渐渐生出了反抗的念头。

这天，安斌正悄悄玩手机呢，老安在外面喝了点酒回来，非拉着他下棋不可。安斌无奈，只好敷衍着跟他下了起来。这天安斌照例输了两局棋，想趁早结束得了，谁知老安玩性正浓，斜着眼激将道：“这就认怂了？今天你要是能赢我一局两局，我就考虑给你买电脑！”

安斌瞬间来了动力，拍着胸脯说道：“以前让着你呢，真以为自己是棋圣了！我一边玩手机一边跟你下，照样刷你三局不开张！”

老安持红子先行一记当头炮，安斌边玩着手机边从容应对。老安神情越来越凝重，几十回合过后，老帅被安斌一记“闷宫”斩于马下。

老安不由分说摆上了第二局，安斌乘胜追击，又把老安杀得溃不成军。老安的脸色已经非常难看了，再次摆好棋局，两人都狠狠地将棋子往棋盘上摔，屋子里充满了火药味。安斌打定主意不再留手，险招迭出，步步狠辣，很快又把老安逼入了死角。老安盯着棋盘冥思苦想，始终找不到破解之法，不由怒从心头起，怒喝一声“去你妈的”，猛地掀翻棋盘，车马炮滚落一地。

安斌压抑多年的情绪瞬间到了临界点，他转身冲进厨房，拎着菜刀跑回来，对着棋盘歇斯底里一顿乱砍，指着老安一字一顿地说道：“这是我最后一次和你下棋！”

老安暴跳如雷，抄起茶杯砸到安斌头上：“兔崽子翅膀硬了，有能耐你砍我！”

安斌捂着头躲闪时，却发现门口站着两人，正是隔壁邻居和她女儿。安斌最近和邻居的女儿走得很近，邻居发现苗头后极力反对，刚才在隔壁听到父子二人的火药味越来越浓，便立刻拉来女儿，让她亲眼看看。

邻居冷笑着对女儿说道："兔子没尾巴——随根！这种家庭你还敢往前凑？"说完，她带着女儿转身离开了。

"啊啊啊！"安斌悲愤地怒吼一声，将菜刀猛地摔在地上，"从今以后，咱们恩断义绝，你我毫不相干！"

"你爱死哪去死哪去，有本事永远别回来！"

17岁的安斌冲出家门，和同学借了500块钱，一路半乞讨半流浪地来到了现在这个城市，尝尽了千辛万苦，终于走到了今天。一晃12年过去了，他从来没和父亲联系过。

听了安斌悲伤的往事，小慧心疼地抱住他："为什么不早点告诉我呢？憋在心里多苦呀。"

安斌自卑地说道："那句'兔子没尾巴，随根'像个魔咒，一直困扰着我。我怕你得知我的家庭状况，对我产生不好的联想。"

小慧轻轻拍着爱人的后背，调皮地说道："我能证明，你绝对有尾巴，而且是一只长尾巴兔子呢。你爸爸虽然性情暴躁，但也和当时的生存环境有关，我相信他还是爱你的。你应该回去看望一下老人家，也给龙龙树立一个孝顺的榜样！"

安斌沉默良久，终于缓缓地点了点头。

驱车千里，安斌和妻儿终于回到了阔别已久的家乡。一进矿区，安斌就傻眼了——从前那一排排平房和二层小土楼都被夷为平地，曾经热闹的街上半天见不到一个人。

好不容易遇到个拾荒的老头，安斌过去一问，老头摇着头说："沉陷区改造，多数人都迁到市里住楼房去啦！"

安斌如同被当头泼了盆冷水，愣在那儿半天没缓过神来。小慧安慰道："先去你家的旧址看看吧，然后再去街道打听打听，总能找到

的。”

汽车拐过一个弯，安斌有些不敢置信地看着前方。曾经连在一起的公房两边都被拆没了，只剩自家老房“衣不蔽体”地立在那里，一个佝偻的背影正在屋子前扫着地。安斌激动地下了车，慢慢走过去，喉头上下滚动着，迟疑着叫了声：“爸？”

白发苍苍的老安大张着嘴巴转过身来，颤抖着声音喊道：“儿子！”两行老泪瞬间沿着脸颊滚滚落下。

父子俩在破旧的老屋里抱头痛哭，好不容易才平静下来。见了聪明伶俐的龙龙，老安更是高兴得要命。他搓着手说道：“五年前我就在市里给你买好了新房，等你回来结婚用呢，没想到孙子都这么大了……走，咱不在这待着，去新房！”

到了新房，小慧给老安打下手，两人很快就整出了一大桌丰盛的菜肴。

喝得酒酣耳热，老安才断断续续地说了起来：“沉陷区改造的时候，我都给拆迁办的人跪下了，人家才破例保留了咱家的老房。我怕房子没了，你回来找不到家呀！唉，回来就好，回来就好啊……”他絮絮叨叨地说着，听得安斌眼中一热，连忙灌了口酒，这才压下心头的情绪，郑重地说道：“爸，当年是我太冲动，对不住您。”

老安一愣，拍了拍儿子的肩膀，笑着说道：“什么对不对得住的，咱父子俩不说这种见外的话！”

收拾完桌子，老安和龙龙兴致勃勃地下起了象棋。老安的脸笑得像个核桃，嘴里不停地夸奖道：“大孙子真厉害，爷爷都不是你的对手了！”

小慧小声和安斌调笑道：“下棋这件事还真是兔子没尾巴，随根。你们三代人都很厉害。”

安斌轻轻摇摇头：“龙龙将来怎么样不敢说，我根本不是老爹的对手。他在矿务局拿过好多年冠军呢。”

“那你当年怎么让老人家输急眼了？”

安斌犹豫了一下，还是说出了实话：“一个是我下棋时冷嘲热讽激怒了他；另一个嘛……我在手机象棋软件上按照特级大师的步骤走，后来被他发现了！”

“活该！”小慧嗔怪地点了安斌一指头，心情却舒展开来——就算真随根，这窝兔子都不算太坏。

（发稿编辑：赵嫒佳）

（题图、插图：陶　健）

·新传说·

炸药牵线

□莫炳生

上世纪八九十年代，长白山区千里煤田上，布满了大大小小的个体煤窑，因此也吸引了无数的打工者，宋三便是其中的一个。

宋三个头不高，还很瘦弱，因此房东田小静很是同情他。田小静是个寡妇，丈夫几年前在井下遇难了，她就利用自家住房邻街的便利，开了个小卖部，卖些烟酒糖茶、生活用品，主要服务对象就是那些下煤窑的矿工们。

宋三住在房东隔壁，下班时经常为田小静捎回些煤柴，田小静做点什么好吃的，也总是给宋三送去一些。一来二去，二人就都有了点走到一起的意思。可田小静心存顾虑，一是自己年龄比宋三大几岁，还带着一个孩子；二是宋三那小身板，能为她们娘俩遮风挡雨吗？于是她迟迟下不了决心。

前不久，宋三在井下干活时伤了腿，在家中休养，但他躺不住，有事没事总是拄着拐去小卖部帮田小静干点活。这天早上，他刚推开小卖部的门，就见屋里有一男一女。男的坐在炕沿上，看着炕上还在睡觉的孩子，女的在和田小静小声说话，只见田小静一边摇头一边说着“不行不行”。

谁知见宋三进来，一向温柔的田小静却忽然发了飙，骂道：“你怎么又来了？你已经欠了 110 元了，不拿现钱，就别想再赊走一分钱的东西！”宋三有些蒙，他从没在田小静这儿赊过账啊……但有外人在场，他不想和田小静起争执，就想等没人时再问怎么回事。于是，宋三一瘸一拐地回到了自己的屋子。

躺在炕上，宋三越想越不对劲。这两年来，他明的暗的不知帮了田小静多少次，怎么忽然间就欠了账呢？而且是110元，这可不是个小数。“110、110”，宋三反复念叨着，忽然就开了窍：难道田小静是让我去报警？再想想田小静的神态和那男人盯着炕上孩子的眼神，宋三意识到，田小静肯定是受到了什么胁迫，不能明说，所以用这种方式暗示自己。想到这，宋三顾不得腿上的疼痛，拄上拐急忙向井口奔去。

那时电话还没有普及，这一片儿只有井口有，而小煤井又大都建在山坡上，虽然离居住区不远，但宋三拖着一条瘸腿，费了好大的劲才到了井口。他原想找几个人帮忙，可那个时段，工人都入井了，一路上，他竟一个人都没见到。宋三无奈，只得先报警再说。匆忙中，他在办公室的墙上看到了一张新贴上去的通缉令，那上面的一男一女正是刚才在田小静家里看到的。宋三紧张得连详细内容都没看，直接向井长的办公室奔去。那时候，打电话需要通过交换台层层转接，好长时间才能向镇派出所报上案。宋三急中生智，想到一个主意，又去拿了些东西，赶紧往回走。

等宋三赶回家，正看到那男人抱着孩子走在前，那女的则拉着田小静，几人正要出门。见到宋三，田小静刚要说话，那女人便用力拉扯她一下，说：“快走吧，别耽误给孩子看病。”田小静欲言又止，只是深深看了宋三一眼，被女人拉着胳膊走了。

宋三想上去阻拦，可他瘸着一条腿，怎能抵得过两个健全人？再说他虽然报了警，但镇派出所到这里有十几公里的山路……眼见几个人就要走远，宋三急忙进屋，又拿了点东西就追了上去。

宋三跌跌撞撞地来到那两个人面前，用拐横着拦住去路，指着田小静说：“就这么走了？告诉你，欠我的钱今天必须还给我，否则别想离开半步！”

“刚才不是说你欠她钱吗，怎么这一转眼又变成她欠你钱了？你们到底是谁欠谁的？”那女人推开宋三的拐杖，说。

“咋的，你还想替她还啊？”

宋三重又把拐杖横过来。

走在前面的男人见状，转过身对女人说：“别和他废话，赶紧走。”

宋三嚷道：“你们可以走，她们娘俩必须留下！”

“嚯，我还不信这个邪了，你一个瘸子还能上了天咋的？看你能不能把人留下！”男人说着把怀中的孩子递给女人，接着夺下宋三的拐杖，向远处扔去，“我看你没有拐杖还怎么逞能！”

失去拐杖的宋三顺势扑到男人身上，一手薅住对方的衣领，一手扯开自己的衣襟，大喊道：“不想死就别动！”

看到宋三身上的东西，男人瞬间蔫了，哆哆嗦嗦地说：“兄弟，别冲动，别冲动，有话好说，有话好说，我们不带她们娘俩走，你先放开我。”

“放开你？不可能！”宋三一只手把男人的衣领抓得更紧，一只手牢牢握住连着炮线的电池。

见两人僵持不下，那女人把孩子放到地上，就想过来帮男人。宋三见状，把握着电池的左手举了举，吼道：“想一块儿死就过来！”

男人也惊恐地喊道：“别过来，他身上有炸药！”

女人吓蒙了，不敢向前，反而向后退了几步。

听说宋三身上有炸药，田小静也惊呆了。那些年矿山火工品管理不严，经常有人偷出去干些违法的事。没想到老实巴交的宋三也玩起了这些危险东西，她不由得为宋三捏了一把汗。

男人着急却脱不了身，想抢宋三手中的电池又怕宋三引爆炸药，急得大汗淋漓，不断哀求宋三放了

自己。宋三也是大汗淋漓，经过这一阵折腾，他受伤的腿疼得钻心，心里不断默念着警察快来吧，快来吧。但警察没来，连个过路的人也没有。也不知道过了多久，就在宋三快要坚持不住的时候，男人突然向宋三身后大喊："警察同志，快来救我，这人身上有炸药！"

听说警察到了，宋三很激动，却并未松开手，也不敢向后看，他害怕这是男人声东击西的计谋。直到真看见几名警察把他和男人远远围住，宋三才放下心来，但仍未放开手。

"把人放开，扔掉电池，举起双手！"警察用枪指着他，大声命令。

宋三照做了，同时和一直紧张着的男人一样，一下子瘫坐在地上。警察一拥而上，直接把宋三按住。宋三忽然喊："他是通缉犯！"警察一愣，急忙仔细察看，还真是，于是又按住那个男人，接着控制住了女人。

做完这些，警察仍对宋三不放心，命令他自己把胸前的炸药解下来。宋三老实照做，把两支炸药交到带头的警察手上。

那警察小心翼翼地捏捏油纸包着的炸药，觉得重量、硬度都不够，不由得狐疑地看着宋三。

宋三"扑哧"一声笑了，说道："这炸药，好吃着呢。"

那警察一愣，忙把包炸药的油纸撕开，只见每支里面竟都是一根火腿肠！

带头的警察和田小静都笑出了眼泪。宋三好奇地问道："今天你们出警怎么这么快？"

那警察说："昨天我们接到报案，有个井口的电缆被盗了，我们是来破盗窃案的，哪知刚上山就遇到了你们。"说完，他又指着那对男女说，"他们是刚上通缉令的人贩子。"

那对男女戴着手铐，沮丧地站在那儿。他俩是专门拐骗妇女儿童的人贩子，前两天暴露了身份，上了通缉令，便想着去外地避避风头，半路上到田小静的小卖部买东西，见只有她一个寡妇带个孩子，便起了再干一票的歹念，谁知竟被几根火腿肠绊在了这里！

听了前因后果，警察们很高兴，连夸宋三和田小静机智勇敢。田小静更高兴，通过这件事，她找到了一副可以为她遮风挡雨的臂膀。

（发稿编辑：赵嫒佳）

（题图、插图：佐　夫）

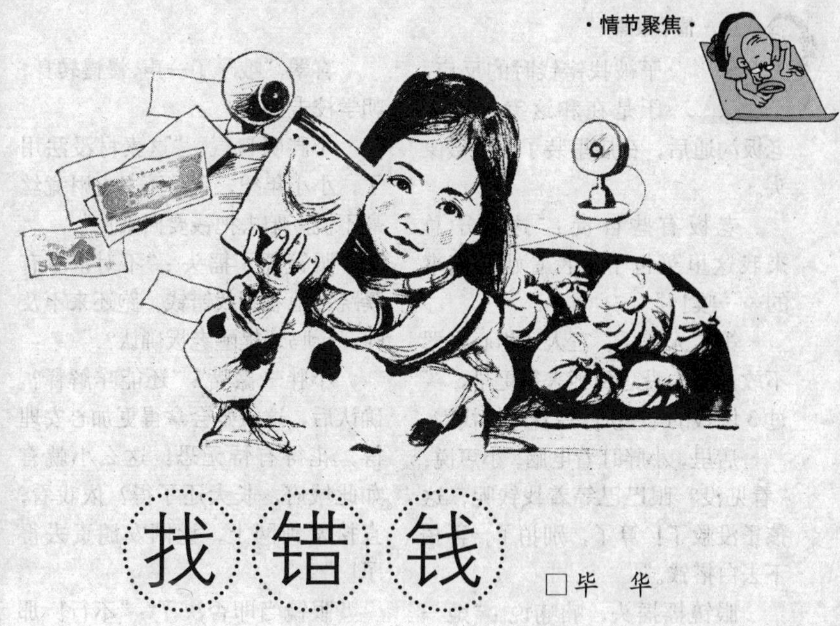

找错钱

□毕　华

这天早上，七岁的喜翠照常来到学校附近的包子铺，买了两个包子和一杯豆浆，总共 3 块钱。她把 10 块钱递给老板，等他找钱。她没注意到，包子铺里坐着两个年轻的男人，一个胖胖的，一个戴着眼镜，面前放着打开的笔记本电脑。

老板正在和别的客人说话，他拉开装零钱的抽屉，数了一沓零钱递给喜翠。喜翠一数，97 块！她愣了一下，转身飞快地跑向学校。

等她一离开，小胖和眼镜就盯着电脑屏幕，回放他们刚才拍到的画面。他们很确定，喜翠知道老板找错钱了，但她只是犹豫了一下，并没有主动把钱归还老板！

小胖有些失望："咱选错人了。"眼镜放大喜翠的表情，摇摇头说："她的眼神很干净，不像是不懂事的孩子啊。"

小胖递给老板 100 块钱："说好了损失算我们的。那几个隐藏镜头不要拆，明天我们继续拍，我倒要看看一个孩子能贪婪到什么程度，这也是个反面的素材。"

原来这两人是"拍客"，他们拍的正能量段子很受网友喜欢。这次他们想了个点子，想拍一个孩

子被找错钱时的反应，于是在和这家包子店老板沟通后，在店里装了几个摄像头。

老板有些自责："这孩子总来我这里买包子，我看她蛮懂事的……唉！"

第二天一早，三人还担心喜翠不敢来了，没想到她来得更早，买过3块钱的早餐后，等着老板找零。

店里，小胖盯着电脑，小声说："看见没？眼巴巴等着找钱呢，这孩子没救了！算了，别拍了，再拍下去白搭钱。"

眼镜摇摇头，喃喃说："她一直盯着老板的手，眼神里有期待，有兴奋，却没有心虚该有的紧张，这不合理啊，除非这孩子心理承受能力特别强！"

此时老板边跟客人打招呼，边把一沓零钱递给了喜翠。这次，喜翠没急着走，数了两遍钱。

眼镜激动地说："看，她没你想的那么糟糕！"两人紧盯着屏幕，等着看喜翠的反应，只见喜翠举起手里的钱说："叔叔，你确定没找错钱吗？"

老板一愣，伸手拿过喜翠的钱，数了一遍后递给她："没错，97块啊。"

喜翠"哦"了一声，慢慢转身，朝学校走去。

小胖叹口气："这素材没法用了，小小年纪，拿着不义之财竟丝毫不慌。咱去把钱要回来！"

眼镜摇了摇头："不对，事有蹊跷，她看到找错钱，跑还来不及呢，干吗还提醒老板确认？"

小胖一撇嘴："还能咋解释？确认后，这钱她会拿得更加心安理得，花得有恃无恐！这么小就有如此城府，长大还了得？依我看，直接发到网上，让网友谴责去得了！"

眼镜当即否决了："不行！那样会毁了她的。你仔细看，当老板确认无误后，她要是想占有，表情应该是如释重负，或高兴、或激动，相反，她很失望，咋解释？"

小胖一听，确实不太对劲，两人商议，明天再拍一次，让老板正常找零，看她究竟如何反应。

第三天，喜翠又来了，依旧是花了3块钱，递上10块钱。这次，老板数了几张票子递给喜翠。

在店里观察的两人都紧张了，只见喜翠一愣："叔叔，怎么是7块钱？"

小胖有些按捺不住，低声说："如此理直气壮，我真想给她一巴

写家风故事 品美好生活

第四届“笑传正能量”百姓故事大赛获奖名单

由上海东方宣传教育服务中心与《故事会》杂志社联合举办的“第四届‘笑传正能量’百姓故事大赛”，经评审委员会初审、复审和终审三轮评选，各奖项已经产生，现公布如下：

一等奖1名：空缺。

二等奖2名：《借球鞋》（司健安）；《意外的家训》（吴 嫡）。

三等奖5名：《禁止拉开的窗帘》（杜 辉）；《抽大头》（查老三）；《区长卸螺帽》（张功伟）；《玉酒盅》（方冠晴）；《贫穷的富小孩》（吴宏庆）。

优秀奖10名：《带老叔回家》（童树梅）；《蹲末》（胡斯庆）；《改规矩》（郑小亮）；《看家道》（杨 哲）；《遗嘱谜题》（谢天海）；《吐口唾沫是个钉》（忍者文身）；《拴马头》（吴 滨）；《十年真相》（潘成祥）；《一沓奖金》（康 倩）；《长尾巴兔》（顾敖堂）。

掌，贪婪真是不分年龄啊！”

眼镜按住他，说：“你看，她说这话的时候一脸喜悦，问话的时候眼神迎着老板，丝毫没有躲避的意思，太大胆了吧？你不觉得反常吗？”

老板说：“你花3块，给我10块，我找你7块，不对吗？”

喜翠眼睛一亮：“那我再买两个包子、一杯豆浆，你找我几块？”

老板不假思索地说：“我要找你4块啊。”

喜翠高兴得一拍巴掌：“终于对了！”说着，她从书包里掏出两沓钱，摆在笼屉盖上，“这97块是你前天找错的，这97块是你昨天找错的，我就等你会算数儿了再给你，进步真快！但你要找我这两天的14块钱哦。”

老板哭笑不得，只听喜翠接着说：“我妈妈说，做错事的孩子有两种教育办法：一种是在犯错前说明后果；一种是已经犯错，那就让他自己看到后果。我就想让叔叔自己看到后果。昨晚我就想好了，要是今天再错，我就批评你！还好叔叔没再错啦，值得表扬哦。”

眼镜激动得连拍大腿。小胖还有点蒙，喃喃自语：“这小脑袋瓜里，装的不是我们的世界啊。”

（发稿编辑：王 琦）

（题图：张恩卫）

各得其所

□叶凌云

分庭抗礼

战国时期，七国争雄，秦国地处边陲，国力不强，国君日夜苦思强国之道。当时百家争鸣，难分伯仲，国君在法家和墨家中犹豫不决。秦国人身强体壮，生性彪悍，既有野蛮之风，又有侠义之气。墨家崇尚见义勇为，坚持以大义引导任侠精神，但万一引导不成功，那国家就可能会乱，因此法家的严刑峻法也是一种治理方法。

秦国国君拿不定主意，同时任用了两个人当宰相，一个信奉法家，一个信奉墨家，左相法家负责制定朝廷的法令，右相墨家负责训练朝廷的军队。两人做得很出色，但彼此看不上眼，都希望能说服国君，在秦国只推行自己的理念。

这天，左相找到国君，声称墨家要造反，国君大惊，忙问怎么回事。

原来有个墨家弟子，听说有墨家在秦国为相，特来投奔，结果半路上遇到了一件不平事。一个富家公子买了一个年轻女子为奴，女子十分美貌，还带着一岁的孩童。富家公子只想要女子，不想要孩子，他从女子手中夺过孩子，直接摔死了。按法律，奴隶是主人的私有财

产，生杀予夺都由主人决定。但此举过于凶残，周围目睹的人都十分不平。那女子抱着孩子的尸体号哭，不肯离去，富家公子又让人将她绑上强行带走。

此时，那墨家弟子刚好路过，怒斥道："只有虎狼才会杀死同类的幼崽，人哪有这么干的？你杀其子而留其母，简直畜生不如！"那富家公子却说："你少管闲事，秦国乃是有法度的国家，不是你随便撒野的地方。"

墨家弟子一怒之下出手将那富家公子打倒，又将他几个手下都打趴下了，然后将那女子松绑，放她逃跑了。不一会儿，巡城的士兵赶到了，将墨家弟子抓了起来，将那女子也抓了回来。右相听到此事后，却反对将女子再交还给富家公子，也反对给墨家弟子判刑。

国君听了，十分为难，这事分明是富家公子合法不合情，墨家弟子合情不合法。他苦思良策，左相激动地说："大王，此事不能犹豫啊！秦国向来缺乏教化，本来人们对法度就不甚害怕，现在好不容易健全了法度，如果不依法执行，以后谁还会把法度当回事呢？"

国君点点头说："可那富家公子也确实太过分了，墨家弟子并未杀人，可否轻判？"

左相摇头道："如果此事没有闹得沸沸扬扬，或许可以，但现在全国百姓都看着，只要法度上有一点偏差，百姓就会认为法度是可以随意改变的。今后再想令行禁止，就没机会了！"

国君还在犹豫，左相着急地说："大王，您是想要当个好人，还是想要大秦一统天下？"国君全身一震，咬了咬牙，点头道："就按法度办吧！"

很快，右相赶到王宫求见，国君避而不见，只让人告诉他，法度之事由左相管理，请右相不要干扰。

右相知道国君已经做出决定，无法挽回，只得来到牢房，告诉墨家弟子："如按法度办理，你将被黥面发配，那女子也会还给主人。我提议出钱买下女子，但那富家公子死活不肯，说一定要让那女子生不如死。"

墨家弟子慨然道："墨家有训，义之所在，死不旋踵。我被黥面发配也就罢了，可惜连累了那个女子。早知如此，不如当街杀恶人。"

右相点点头，低声说了一番话，转身走了。夜半时分，墨家弟子用右相偷偷给他的钥匙打开牢门，打晕守卫，悄然遁走。

天灾人祸

第二天，官吏来报，富家公子半夜在家中被杀，凶手逃遁无踪。如此一来，那女子也成了无主之人，右相禀报国君，自己愿出钱买下。

左相得知，激动地指责右相："此事定与你脱不了干系！那墨家弟子如何逃狱，又如何知道富家公子的住处？"

右相不甘示弱："你是法家，凡事依法度，讲证据，你的证据呢？"左相气得浑身发抖，最后国君咳嗽一声道："此事到此为止吧。"

风波虽过，但右相知道国君对此事心知肚明，只是碍于自己功劳不小，不愿当面翻脸。从那之后，右相的权力被国君一点点削弱，大部分都转到了左相手里。右相也不在意，他给了那女子自由，让人把她送去了一个谁也不知道的地方。

左相多次建言国君直接罢免右相，但国君犹豫不决，觉得右相为秦国出力甚多，也很得人心，不宜处理太急。

没过多久，有个地方暴发了天灾，朝廷的赈灾粮食因为调度问题迟迟未到，官仓里也没有粮食。当地有个士族，家中存粮很多，趁乱高价卖米，米价堪比黄金。百姓实在买不起，只能求助官府协调，官府也无计可施，毕竟对方是士族，身份高贵。最后，百姓饿极暴动，冲进粮仓，打死了士族家的护卫及家人一百来人，将粮仓打开，熬粥活命。

过了几天，朝廷的赈灾粮和军队一起到了。他们将闹事的一千个百姓抓了起来，等候朝廷发落。国君得到消息后，赶紧找两个宰相商量，此事如何是好。

左相紧皱眉头道："此事确实为难，但法度不可废，否则凡是有灾之地，百姓都效仿此举，国家必乱！"

右相怒道："以你的法度，他们都得斩首！人都要饿死了，有粮不给吃，他们抢一口粮食活命，就要死？"

左相摇头道："若是只抢了粮，也不是死罪，可他们打死了一百来人！其中士族家人三十人，护卫七十人。若不斩首，何以服众？"见右相又要暴怒，左相摆摆手道："此事我倒是有个办法，只是难以实现。"

右相问他什么办法，连国君都赶紧凑上来听。毕竟是一千个百姓啊，若真全都人头落地，这维护法度的代价未免太沉重了。

左相道："那士族一家都已被打死，此事又发生在夜间，已没了人证。若说此事是一千百姓所为，当然可以；但若说是五百人，也可以；甚至说是一百人，也没人能反驳。"

国君眼睛一亮，这确实是个办法，杀一百个百姓，总比杀一千个要好得多啊！左相看了看右相说："只是一百个百姓杀死七十个护卫和三十个家人，未免说不过去。那些护卫都有兵器，训练有素，普通百姓哪里是对手呢？各地的士族肯定不信，定会闹事。所以需要右相去挑选百姓，你是武学高手，你看要从那些百姓中挑出多少人来，才能打败那一百人，就只杀那些罢了。"

国君看向右相，右相冷冷地看了左相一眼，哈哈大笑，随即起身而去。

舍生取义

右相来到关押百姓的地方，他们之前饿得太狠，一个个面黄肌瘦的。右相挨个看了一遍，闭着眼睛坐了很久，最后站起来说："从今天起，不管什么人问你们，你们就说那天晚上所有人都是我杀的，是我杀完人，放你们进去抢粮食的，懂了吗？"

百姓们都蒙了，但知道只有如此才能活命，都赶紧点头。不过，也有百姓拒绝道："大人是秦国主持正义公道的希望，大人还要在秦国试行墨家之道，怎能为我等草民而死？"

右相惨笑道："墨家并不迂腐，如果我还能做大事，也会权衡轻重的。可大王早已放弃墨家之道，之所以到现在还不赶我走，无非是他心怀善念，感激我的付出。若是再拖下去，左相早晚能说服大王。与

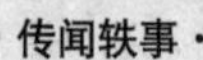

其让大王最后变成一个铁石心肠之人，我宁可让他保留这份善念。如今我已是无用之人，以此无用之身，做有用之事，正是我墨家最好的归宿！”

各地士族听到这番答复，自然不信，闹到朝廷。国君大惊，左相却像早就料到一般，淡然告诉国君，墨家想舍生取义，自己要维护法度，国君要独尊法家，强国称霸，只有这个办法，才是各得其所。

为了平息争议，左相下令，各地士族可选送护卫，总共一百人，各持木剑，在粮仓聚集。那日，右相脱去官袍，只穿麻衣布履，手持木剑，昂然走进院中，众人将木剑沾上白灰，将右相团团围住。

右相左挑右刺，横扫竖劈，不时击中多名护卫要害，被击中者立刻退出战团。很快，一百人只剩下五十人。此时，右相身手已变慢，也中了两剑，但他避开了要害，白灰只在胳膊和腿上留下了淡淡的痕迹，自然还能厮杀。

当护卫只剩三十人时，右相已疲累不堪，好几剑都与要害差之毫厘。那些士族也已看呆，他们从未见过如此勇武之人。然而，就在只剩二十人时，右相终于打不动了，他全身中剑，手中木剑也被打飞了。木剑自然不能杀死他，但他呆立原地，犹如死人一般。此时士族们躁动起来：“看，即使他如此勇武，也不可能一人杀尽百人，他在说谎！”

就在此时，有人大吼着冲进场内：“谁说是他一个人杀的？那晚还有我！”此人满身风尘，显然是从很远的地方赶来的，他的武功虽不如右相，但对付仅剩的二十个护卫，还是可以的。

右相呆呆地看着他，摇了摇头。当那二十人都被击中要害后，众人也认出来了，这正是当年那个杀人逃走的墨家弟子。

右相苦笑着说：“你这是何必呢？带着她好好过日子，多好！”墨家弟子笑了笑说：“我不来，你自己救不下这一千人啊。我已经有儿子了，不怕死！”

右相点点头，两人各自伸出一只手，紧紧相握，面对拥上来抓他们的士兵，齐声吼道：“义之所在，死不旋踵！”

几日后，夕阳古道上，国君和左相站在两座孤坟前，各持一杯酒，洒地长揖。在他们身后，是等待祭奠的上千百姓……

（发稿编辑：朱　虹）

（题图、插图：刘为民）

千金蟋蟀

□范大宇

清朝乾隆年间，全国盛行斗虫的游戏。什么叫斗虫？说白了，就是斗蟋蟀。

北京大栅栏“同仁堂”药铺的二公子乐驷驹，对经商不太感兴趣，对斗虫却非常着迷。因为这蟋蟀本身就是药，乐家药铺每年都要买进大量的蟋蟀，所以乐驷驹就有了得天独厚的挑选便利。每次购进的蟋蟀都是用麻袋装来的，打开麻袋，成千上万只蟋蟀全蹦了出来，怎么挑选？嘿，各行各业都有各自的门道，那同仁堂的伙计此时早已口含白酒，对着蹦出来的蟋蟀“噗”地一喷，那些活蹦乱跳的蟋蟀就立刻伸胳膊蹬腿，倒成一片。这时，乐驷驹再不慌不忙地进行挑选。

这天中午时分，乐驷驹正在午睡，伙计突然跑进来，说有人送来了一只宝贝儿。乐驷驹一听，睡意全无。他急急地走进前院，只见一个四十出头的男人，手里捧着个上等的蟋蟀罐子。乐驷驹拿眼一扫，就知道这是上等的澄浆罐，便点点头，让那人将东西亮出来。

男人轻轻地揭开罐子，乐驷驹凑上前一看，是只青麻头。这青麻头是蟋蟀里的好品种，可这只显得小了些。乐驷驹细细一看，不由惊叹起来，为什么？因为这青麻头一双眼睛冒出凶狠的光，爪锋紧紧下抓，恨不能将罐底抠出个洞来。蟋

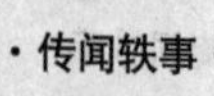

蟀在没有对手的情况下，现出这般好斗的状态，乐驷驹从来没有见过，不由得心头一喜，开口问："多少钱出手？"

那男人"嘿嘿"一笑，伸出右手一巴掌。乐驷驹也不还价，当即拿出五百两银子，一手交钱，一手收货。

乐驷驹手捧着那只蟋蟀，急急地赶往正南的天桥地界。干啥去？他要找金大牙斗蟋蟀。在玩蟋蟀这行，金大牙在天桥甚至全北京城都是拔头份的。他不只是养，主要还是赌。老规矩是三局定输赢，下的赌注要看双方的约定，也要看蟋蟀的成色。

乐驷驹来到金大牙的蟋蟀赌场，一拱手，说："金爷，来一场？"金大牙也不说话，立即捧出个蟋蟀罐子。

金大牙这次出手的是只白牙紫金大翅蟋蟀，这是不可多得的好蟋蟀，不仅天生个头大，而且能斗、善斗。

金大牙问："怎么个玩法？"

"您定！"

"那还是三局二胜。但我要求咱们连赌三天。头场一千，二场五千，三场一万。中途退场，三局全赔。如何？"

乐驷驹听了一怔，这种连赌三天的玩法，还从来没有过。但他决定挫挫金大牙的狂傲，于是点头应战。

一声锣响，赌局开张。霎时，人们将小小的蟋蟀罐围得水泄不通。罐子里，两只蟋蟀相互对视了几秒钟后，立即展开了厮杀。那青麻头像是打了鸡血，浑身有使不完的劲儿，一直主动出击，将那只白牙紫金逼得节节败退。哪等得了三局二胜，那青麻头一鼓作气，连胜二局。金大牙似乎早已料到这般结局，二话不说，奉送上一千两银子。

第二天再战，青麻头用了三局才胜了白牙紫金。金大牙咧咧嘴，又将五千两银子送上。这时，乐驷驹看到自己的青麻头有些疲倦了，知道这是连战的结果，也没当回事。回家后，他将吃食和水放入罐中，又特意将一只三尾母蟋蟀放入，以让青麻头不停地与之交尾，好激发它的斗志。

第三天，乐驷驹又来到天桥。他打开自己的罐子一看，顿时傻了，青麻头无精打采的。怎么回事？他想着，青麻头可能在养精蓄锐吧。

可是这次，青麻头根本没有招架还手之力，而那只白牙紫金却是劲头十足，步步紧逼。突然间，它一个冲刺到了青麻头的身边，一个发力，就将青麻头的牙紧紧地咬住了，然后猛地一抬头，牙往前上方一领一举，与此同时，四只抱爪一下子伸直支高了，前身则猛地向前上方一挺——乐驷驹心中暗暗叫苦，他知道，这是虫王才会使用的“举口”。当白牙紫金松开口时，青麻头急急地落荒而逃，浑身还一个劲儿地瑟瑟发抖呢。

得，输了。乐驷驹只能将前两天赢得的六千两银子如数奉还，还得倒赔四千两。

谁知几天后，那个卖给乐驷驹青麻头的男人又来了。这次，他亮出的也是一只白牙紫金大翅蟋蟀，再看它的状态，也是斗志昂扬。乐驷驹一喜，心想，我怎么也得争回面子呀，于是，掏出二千两银子，买下了这只蟋蟀。

乐驷驹再战金大牙，这次两只同族的白牙紫金比拼，乐驷驹信心满满。谁知到了第三天，乐驷驹的蟋蟀竟又像先前的青麻头一样，步步溃败。当乐驷驹将前两天赢来的钱如数吐出来、又倒赔上五千两银子时，别提多懊丧了。

他离开金大牙的赌场时，突然看到金大牙正与几个手下窃窃私语，表情诡异。

乐驷驹回家后细细琢磨，越琢磨越感到这两次的赌局蹊跷。我买的蟋蟀明明是好货，也能斗，怎么到第三天就全变了呢？他一边想着，一边从罐子里拿出那只白牙紫金蟋蟀，捧在手中盯着看。突然，他闻到了一股似有似无的甘草及麻黄碱的气味。他环顾四周，没人在身边，这屋里也不存放药材呀。乐驷驹突然意识到，这味道是蟋蟀身体里发出来的，

这么说，这蟋蟀被人灌服了含有兴奋作用的药材，而这兴奋作用只能在两天内有效！可是，蟋蟀怎么会吃中药呢？

乐驷驹百思不得其解，于是派出手下的伙计到处打听。半天后，有了结果，伙计们说，这些天京城各个蟋蟀赌场都发生了这等怪事。有人高价买下的蟋蟀，上了赌场，头两天都能斗，到了第三天，蟋蟀就像霜打的茄子，蔫了。

正在这时，那个卖蟋蟀的男人又来了。乐驷驹寻思，这男人仿佛算好了日子，知道我输了，需要再买新的蟋蟀一样。乐驷驹不动声色，又买下了这人的一只蟋蟀。但这人刚刚出门，乐驷驹便立即悄悄地跟了上去。

男人十分警觉，走几步，就回头看看，生怕有人跟踪。乐驷驹也躲躲闪闪，没让那人发现。

男人走出天桥后，就大步流星地直奔沙子口，最后在一排草屋前停下来，前后左右环顾了半天，才钻进了一间草屋里。乐驷驹透过草屋的缝隙，看到昏暗的烛光下，有十几个人坐在地上。让他吃惊的是，这些人个个都赤裸上身，这是为什么？猛地，乐驷驹又闻到了淡淡的甘草味道。

突然，乐驷驹感到浑身刺痒，一看，十几只花白的大蚊子正美滋滋地吸吮自己的血呢。这时，乐驷驹看到那男人正给那些人分发零碎银两，那些人齐声说："谢谢牛爷！"

被称为牛爷的男人提高嗓音说："干活吧！"于是那些人纷纷站起来，手里拿着纱网，开始在屋里到处捉东西。他们在捉什么呢？

乐驷驹的身上又被蚊子叮咬了许多个包。他猛然意识到：这些人光着上身，就是为了让蚊子叮咬！他们肯定是喝了含有兴奋成分的中药后，特意让蚊子叮咬，然后再捉住蚊子喂养蟋蟀。等蟋蟀吃下这些特别的蚊子后，体内就产生了兴奋作用。果然，他看到那个牛爷把收集到的蚊子拿到一只只罐子前，开始投喂。

一切都明白了。金大牙与牛爷正是用这种手法，坑害了众多玩蟋蟀的人，有的人甚至倾家荡产。

乐驷驹报了官，金大牙的家产被抄没，他与牛爷等一众人全被流放大西北，在半路上就死了。这事传到了乾隆爷那儿，皇帝下旨全国禁止玩蟋蟀，从此，蟋蟀的身价一落千丈。

（发稿编辑：王　琦）

（题图、插图：谢　颖）

别人捕鱼用网，“鱼神”却只用手中的一把二胡……

鱼神桑巴

□墨中白

梅村西南有个赵庄，村庄临湖。赵庄不足百户人家，家家会织网，人人善捕鱼。一个不大不小的湖，让赵庄人生活得十分滋润。

赵庄人捕鱼，也疼爱鱼，鱼儿产卵时不开网，捉到小鱼会自觉放回水里。

庄东的桑巴是唯一不用网捕鱼的人，每次下湖都是一人一船一桨，外带一木桶，可回来时却满桶鱼。桑巴用什么工具捕鱼、如何捕鱼，是个谜。

桑巴和母亲相依为命，每次捕到鱼拿到泗州城里卖钱换米盐，回家吃完，他才摇船下湖。有人曾劝他多下湖，捕鱼换得银子，娶个老婆。桑巴听了，只笑，不语。

在赵庄人眼里，桑巴除了会捕鱼外，就似个傻子。可桑巴不管乡邻怎么看，他还是独自摇船下湖捕鱼，更多时候，桑巴都坐在堤坝上拉着二胡。乐声随着湖水荡漾，时高扬，时低沉，时欢快，时轻柔，听着优美的二胡声，大家也会忘记手中的活儿。

有人说桑巴就是用这甜美的二胡声拉醉了湖里的鱼，鱼醉了，浮在水面上，任由桑巴捡拾；也有人讲，桑巴的二胡就是鱼钩，他每次下湖都带着二胡，捕鱼时，他把弦下到湖里……

赵庄人把桑巴捕鱼的过程传得

神乎其神，可许三佬却不信。他一直在女儿许言面前说，桑巴会拉二胡，也能捕鱼，可他就是一个不爱说话的闷葫芦。

许三佬这么说，因为他担心女儿喜欢桑巴。不愿意看到许言喜欢桑巴的还有赵闲，在赵闲眼里，赵庄能配得上许言的只有他自己。赵家的船又多又大，在整个赵庄，除了许三佬，没有人能和他相比。桑巴家的那是船吗？想到这儿，赵闲自信地笑了。

许三佬从内心里也感觉赵闲和许言般配，可女儿不喜欢这小子。他从女儿的眼神中，知道她喜欢桑巴，一听到那飘来的弦声，她整个人就如喝酒一样醉了，脸还红红的。

看着如花似玉的女儿，许三佬心烦起来。更让他心烦的还有一件事，知府得知赵庄湖里鱼儿鲜美，通知他送一船去。不是他舍不得，而是碰巧赶上鱼儿产卵期，自赵庄老祖宗吃上捕鱼这行饭那天，就形成鱼儿产卵时不准捕鱼这一规矩。

可不送鱼，知府那里也不好交代。赵闲知道这事后，主动提出帮他下湖捕鱼。许三佬内心虽然反感，但一想到，他姓赵，祖宗是不会怪罪他的，便没拦，任他去了。

赵闲找来几个心腹，起个大早，下湖了。

桑巴是从许言嘴里得知赵闲下湖捕鱼的，他不等许言把话说完，就摸过二胡，向湖边跑去。湖面上，赵闲的船在晨光的照映下，十分抢眼。桑巴抢先跑到湖堤上，面对阳光，一阵激愤的乐声从弦里飞出，在湖面上奔跑。许言不敢相信自己的眼睛，刚才还平静如镜的湖面，瞬间起了波浪。她看到几条长如扁担的蟒蛇在几头壮如公牛的铜头鱼的护卫下，劈波斩浪，向湖中大船冲去。

赵闲的船翻了。还好，他们都识水性，好歹保住了性命。

赵庄人骂，破祖上定的规矩，活该；犯鱼神的大怒，报应。没有人相信赵闲说的，他们看见了蟒蛇，是铜头鱼撞翻大船的。许三佬也不相信女儿看见的，宁愿相信赵庄人嘴里说的桑巴，也不高兴听女儿把桑巴夸得神了。

许三佬硬着头皮把赵闲捕鱼翻船的经过对知府说了，同时一再保证，等鱼儿开捕，一定给府衙送满满一大船活鱼来。知府也通情达理，没有怪罪许三佬。

从府衙出来，许三佬就开始盼夏天，盼早一天把鱼送去府衙。

一声响雷，雨来了。望着窗外的雨，许三佬乐了。大雨刚停，他就喊来家人，放船下湖，一个上午，就捕了满满一船活鱼。

许三佬亲自将鱼送到泗州城，看着知府脸上的笑，他的心底也乐开花。谁想到知府吃鱼后，夸香，还要。说再过十天，几个知府在泗州城相聚，他要送每位知府一船活鱼。

接到命令后，许三佬又乐又担心，既开心知府器重他，又担心几天之内捕不到那么多鱼。连赵闲也不高兴了，说知府那么贪，迟早把赵庄湖里的鱼吃完。可嘴上这么说，一想到漂亮的许言，赵闲还是愿意再帮许三佬。

三天过去了，赵闲他们共出动五条大船，可捕的鱼却连一个船底也没装满，赵闲急了，许三佬也坐不住了，他想让女儿去找桑巴帮忙。可许言不愿意去，她不想父亲把赵庄湖里的鱼都白白送给官府。她让桑巴阻止赵闲，不让他们捕鱼。

桑巴笑着让许言回去和他们说，他愿意帮助他们捕鱼。

许言纳闷极了，回家没有告诉父亲。可第二天桑巴却主动坐上赵闲的船，一同下湖的还有许三佬。

阳光如金子般洒在湖面上。桑巴说："鱼儿也该醒了，真忍心把这些精灵送给州官？"

许三佬没说话，赵闲却说："鱼儿本身就是一道菜，谁吃不是吃？"

桑巴也不拿正眼瞧他，说："鱼儿都来，你敢撒网吗？"说话时，他拿过二胡，瞬间，船上人就听到鱼儿摆尾声，再看如金的湖面，黑压压的全是鱼，它们排着整齐的鱼阵，围绕大船列队游行。

看着眼前的鱼儿，赵闲激动地拿起网。就在这时，他又看到两条蟒蛇，昂头高两米，眼如明灯，直直地盯着网，赵闲一动也不敢动。

一曲终了，列队的鱼儿渐渐散去，蟒蛇向桑巴点点头，慢慢没入湖水中。许三佬再一看，大船四周还有鱼儿游。

桑巴说："下网吧，这才是我们的鱼。"可船上所有的人都没有动，此时湖面上的金光更强了，直刺人眼。许三佬说："回吧。"

"不捕了？"赵闲问。

许三佬点点头，转脸望着桑巴，发现女儿说的都是真的，难道桑巴就是赵庄人嘴里传说的鱼神？

（推荐者：小　双）

（发稿编辑：朱　虹）

（题图：豆　薇）

·3分钟典藏故事·

看好芝麻

师父带领一众徒弟从山中采药归来，他命徒弟们将采来的药材归类整理，摊在苇席上晾晒。因为这次采来的药材种类很多，师父便让徒弟们每人看管一种药材。

对于珍贵的药材，师父自然安排比较信任的徒弟看管。轮到小徒弟时，所有的药材都分配完毕，于是，师父就让他去库房里把陈芝麻拿出来晾晒。见此，众人纷纷暗笑——晾晒陈芝麻也算是任务？小徒弟却没有表现出不快，恭敬地接受了任务。他把苇席放在阳光充足的地方，将陈芝麻均匀地摊在上面。此后整整一天的时间里，小徒弟都守在旁边，用耙子不时翻动芝麻，保证每一粒芝麻都能被晒到；他还用一根棍子来轰赶趁机偷食的鸟雀；师兄们从旁边走过时，他也会提醒他们注意脚下，不要踩到芝麻。看着小徒弟认真的样子，有人讥讽道：“真是拿着鸡毛当令箭，师父就是随便给你找点事情做，你还真把它当回事儿了？”小徒弟却说：“既然接受了这个任务，不管是大是小，我都要尽力把它做好。”

晚上，师父验收成果时，当即对小徒弟刮目相看，因为小徒弟表现得最出色，芝麻全都晒干晒透，而且没有丝毫损失。此后，师父发现了小徒弟身上更多的优点，也越来越信任小徒弟，于是将自己的医术倾囊相授。小徒弟最终成为当地有名的中医，他就是清代名医蔡玉珂。

其实，越是不起眼的如“看好芝麻”之类的小事，我们越要认真对待。如此才能建立起一个良好的声誉，当你建立了这种声誉，才能得到更多的机会以及获得成功的可能。

（作者：张君燕；推荐者：小　舞）

反对你未必是真拒绝你

隋炀帝大业十三年，李渊在太原起兵反隋。在公开反隋前，李渊早已经做足了准备工作，唯独缺少战马。

当时，战马最多的就是突厥，有两个突厥人看好了机会，都带着战马来了，一个是康鞘利，一个是哥舒翰。李渊很重视这笔生意，自己亲自带着随从去谈。

他们首先见了哥舒翰，对方很客气，对于李渊提出的价格也不反对。天色已晚，两个人约定下次再谈，哥舒翰好酒好肉招待李渊，并且把他们送出好远。

第二天，李渊带着随从去和康鞘利谈，康鞘利因为一两银子都要争吵好久。最终，两方分歧颇多，索性下次再谈，康鞘利说李渊小气，气呼呼地不款待他们，也不送他们。

回去的路上，随从说："这个康鞘利太没有礼貌了，看样子根本不想做生意，还是哥舒翰诚心和咱们做生意。"

李渊笑了笑说："恰恰相反。哥舒翰的战马应该是已有买家了，他和我们没有利益关系，也不急迫，因此才对我们礼遇有加；而康鞘利对我们充满了期待，因此心中急迫，那才是真实流露。"

果然，哥舒翰把战马卖给了别人，康鞘利把战马卖给了李渊。生活中，反对你的人，未必是真拒绝你；而那些面带微笑、全程配合你的人，才可能是在礼貌地拒绝。

（**作者**：任万杰；**推荐者**：安　安）

被制止的生意

他曾经在一家小工厂做厂长助理，这家厂很小，生意却非常好。

一次，他接到一个订单，简单核算后，觉得利润非常大，于是赶紧报给老板。谁知，老板竟然制止了这笔生意，因为不同意订单上谈好的价格。他一下子紧张起来，难道是核算错误？他又仔细地核算一遍，确定利润已经到了极致。

"问题就出在这里。"面对他的疑问，老板笑着说，"我们都知道，不赚钱的生意不能做，但赚太多钱的生意也不能做。因为在你赚太多钱的同时，别人就不能赚钱，甚至还会亏本。这样的生意怎么可能长久呢？你的上游和下游都无法支撑了，那么，你也就生存不下去了。"

他突然明白老板的工厂那么小却长盛不衰的原因了。其实，不管是合作伙伴还是竞争对手，大家都是一个整体，如果只想着自己独得利益，也许能一时兴盛，却注定无法长久。

（**作者**：乔凯凯；**推荐者**：唐晓棠）

（**本栏插图**：陆小弟）

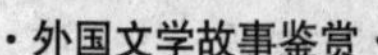

杰弗里·阿切尔（1940— ），英国政治家，小说家。

勿喝生水

理查德是个成功的英国建筑商，最近他在谈一个大项目，在俄罗斯修建一条输油管道。他打算完成这个项目后，就舒舒服服地退休，享受有钱又有闲的神仙日子。

这天，理查德乘飞机到圣彼得堡，和俄方能源部长进行最后的磋商，双方同意三个星期后签订合同。部长叮嘱他不要喝本地生水，因为圣彼得堡的水出了问题，不少人因为喝生水受到感染，得病死去。

理查德想起来，酒店浴室的盥洗台上放着一张卡片，上面写着“勿喝生水”，盥洗台和床头柜、书桌上都各摆着两瓶矿泉水，看来酒店的管理者对此很重视。但理查德太忙了，没时间仔细阅读相关的报道。

回到伦敦，理查德决定直接回家。路上他打电话给秘书，让她帮自己预约明早和律师会面。妻子莫林不在家，理查德舒服地洗了个澡。后来，电话响了，他走到妻子的写字桌边接电话，秘书报告说一切安排妥当，理查德随手打开抽屉，抓起一张纸，记下和律师见面的具体时间。

忽然他发现纸背后有字，其实这是一封信，是一个叫西蒙德的律师写给莫林的，内容是确认他们下次见面的具体时间，并说到时将详细讨论莫林提出的问题。

理查德马上给自己的律师打电

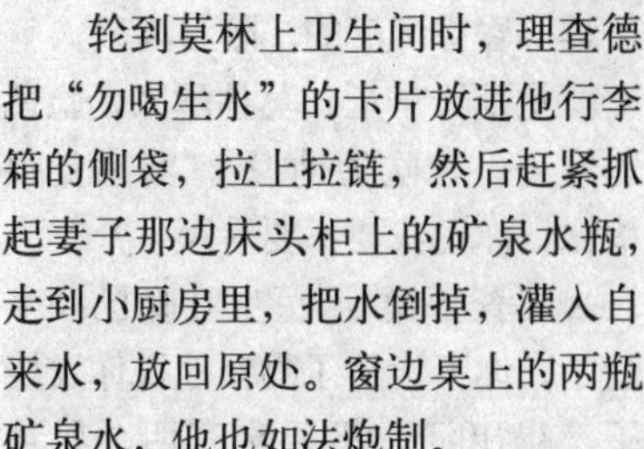

话，得知西蒙德是一个有名的打离婚官司的律师，他大吃一惊。原来，理查德和秘书有染，这事恐怕已经被妻子发现，而她竟不动声色地去找离婚律师了。理查德的律师建议他最好以静制动，假装什么也不知道，看莫林怎么出招。

接下来的几天，理查德密切关注妻子的动静，但看不出任何异常。只是有天吃晚餐时，她对理查德的圣彼得堡之行显示出少见的兴趣，说想跟他一起去那里看看。

理查德没有马上表态同意，他打电话咨询律师，律师说："肯定是西蒙德建议她跟着去见证签约，以示她对你事业的支持，到时候好平分财产。"

"那我跟她说不要去了，她去不合适。"

律师说："那样他们又可以说你是个无情的男人，一旦事业成功，就把她排除在外，经常让秘书陪同出国……"

理查德无奈，最后只得和妻子在签约前三天飞到圣彼得堡，住在上次那家五星级酒店。刚打开房间门，理查德便说自己急着上厕所，冲进浴室，关上门，把盥洗台上"勿喝生水"的卡片塞到兜里，接着拧开两瓶矿泉水，把水倒掉，灌入自来水，又把盖子重新拧紧，放回原来的地方。

轮到莫林上卫生间时，理查德把"勿喝生水"的卡片放进他行李箱的侧袋，拉上拉链，然后赶紧抓起妻子那边床头柜上的矿泉水瓶，走到小厨房里，把水倒掉，灌入自来水，放回原处。窗边桌上的两瓶矿泉水，他也如法炮制。

莫林从浴室出来时，理查德正给能源部长打电话，告知对方自己和妻子已经抵达。部长说签约仪式在周一上午十点举行，那天九点他会到酒店接理查德，并祝理查德和夫人周末游玩愉快。

接下来，理查德想方设法让莫林只喝他动过手脚的"矿泉水"，在出门参观游玩时，他也带着从酒店房间拿的"矿泉水"，而面对莫林递过来的水，他推辞说自己不渴，只是吃饭时在餐馆点一瓶可乐。

周六下午，莫林说她感觉很不舒服，理查德搀扶着妻子，急忙打车回到酒店。一回到房间，莫林就冲进浴室，不断干呕。

在两人出门期间，服务员已经更新了房里的矿泉水，理查德把妻子床头柜上的那瓶换成自来水，倒上一杯，让妻子吃了两粒阿司匹林。

他在门把手上挂上"请勿打扰"

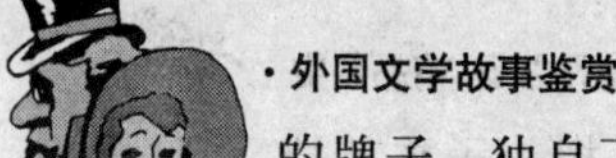

的牌子，独自下楼享用晚餐，回来时，看到妻子睡得昏昏沉沉的，暗自高兴。

星期天早上，莫林醒来，脸色非常差，她吃力地说："我感觉很糟糕，你说我要不要看医生？"

理查德说："医生昨晚已经来过了，你不记得了吗？他说你发烧了，得出汗。不要吃东西，尽量多喝水。"说完，他帮她支起身子，又给她喝了一大杯"矿泉水"。

这天，理查德一直守在妻子身边。晚上，能源部长打来电话，询问理查德和妻子是否度过了一个愉快的周末。理查德说妻子发烧了，恐怕无法出席签约仪式，但他本人一切安好。部长松口气，挂了电话。

没多久，酒店经理打来电话，礼貌地询问理查德，要不要医生过来检查夫人的病况。

"不用啦，"理查德说，"她只是有点中暑，正在恢复，我想她明天就会好起来。"

临睡前，理查德看到莫林脸色死白，布满斑点，气若游丝。他把她床头柜上的那瓶水倒掉，然后把"勿喝生水"的卡片拿出来，重新摆到盥洗台上。做完这些，他才脱衣上床，安然睡去。

星期一，能源部长按时到达酒店，却不见理查德的身影。他让前台给理查德的房间打电话，没有人接。部长又等了十分钟，急得像热锅上的蚂蚁，最后他叫来酒店经理，一起上楼拍门，但是没人应答，只有"请勿打扰"的牌子在门把手上晃荡。

"把门打开！"部长气急败坏地吼道，经理遵命掏出钥匙开门，两人快步朝双人床走去，看到理查德和妻子并排躺在床上，了无生气。

一位医生赶过来，在仔细检查两人后，他轻声说："西伯利亚病。女士肯定是在夜间去世的，先生过世还不到一个小时。初步判断，女士可能喝了太多本地水而得病，先生肯定是被她传染了。很多乡下人不知道，西伯利亚病毒具有传染性。"

"可是我昨晚还给他打电话，问他要不要医生。"酒店经理反对说，"他说没有必要，妻子正在恢复，明天肯定能好。"

"那真是太不幸了，"医生说，"要是他说需要就好了，抢救他妻子是晚了一点儿，但要救活他，我还是很有把握的。"

（编译者：欧阳耀地）

（发稿编辑：王　琦）

（题图：佐　夫）

阴差阳错，两个狐精和一对夫妻纠葛不清；恩怨情仇，兽性与人性哪个终占上风……

这对狐狸不简单

□查老三

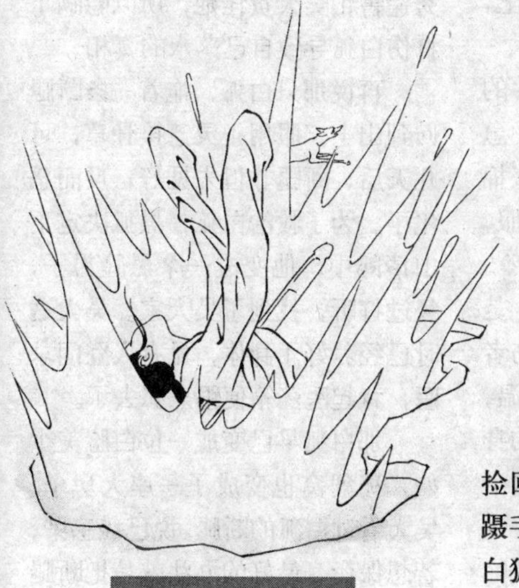

结仇

很久以前，长白山上有一对成了精的狐狸，公狐狸是只黑狐，母狐狸是只白狐。寒冬腊月的一天，白狐起了个大早，下山去给黑狐捕鱼吃。

白狐来到一个冰窟前，不一会儿，竟捉到了一条探出水面的鱼。白狐想再捉一条，一起叼回去让黑狐吃个饱，就把捉到的鱼放到身旁的冰面上。

这时，有个叫秀莲的女人起早来冰窟挑水，发现了白狐，还有白狐身旁那条冻僵了的鱼。她想把鱼捡回家给丈夫吃，于是，屏住呼吸，蹑手蹑脚来到冰窟前，挥起扁担向白狐打去。扁担落在白狐腿上，只听“嘎巴”一声，白狐疼得哀嚎一声，扭屁股冲秀莲放出一股狐骚气，拖着断腿跑了。

秀莲被狐骚味熏得泪流不止，眼前一片模糊，脚下一滑掉进了冰窟。虽然河水只淹到胸口，但她身上的棉衣湿透了，再加上冰面太光滑，无论如何，她都无法爬出冰窟。

秀莲的丈夫名叫吴大，是个郎中，见媳妇出去挑水好一会儿了还没回来做饭，就一路寻到了冰窟前。见秀莲冻得已经说不出话了，他忙去拉，谁知一不小心，竟然也滑进了冰窟里，最后他拼尽全力，把秀莲推了出来。可秀莲的手脚已经冻僵了，连站都站不稳，一下子摔倒在冰面上，湿衣服很快和冰面冻在了一起。

过了一会儿，有个叫王小牛的单身汉来挑水，看到吴大夫妇，急忙施救。他先救出吴大，又取来棉被和剪刀，剪开秀莲身上的衣服，用棉被把她包上抱回了家。

救治冻昏的人最好的方法，是把人放在温度不高的地方，将伤者搂在怀里，让其借助别人的体温，慢慢缓过来。只有这样，伤者的身体才不会落下伤残。王小牛用这个方法救了秀莲。吴大的冻伤虽然比秀莲轻，但也如同大病一场。事后，秀莲害怕吴大责怪她，所以隐瞒了打伤白狐导致自己落水的真相。

再说那只白狐，拖着一条断腿回到山上，服用了灵芝接骨草，可几天后，断腿非但未见好，反而恶化了。为了救治白狐，黑狐决定下山请郎中，他变成一个黑脸男子，经过打听，找到了吴大家。吴大这时已经养好了身体，见有人登门求医，背起医药箱便跟黑狐去了。

那白狐早已变成一位白脸美少妇，狐狸窝也变成了一座大房子。吴大看过白狐的断腿，说已经感染，若想保命，最好的办法就是把断腿锯掉。

黑狐问吴大：“若一定要锯腿，那能把我的好腿锯下来给媳妇接上吗？”

见吴大疑惑不解，黑狐解释说，媳妇对自己太好了，他不忍心媳妇少一条腿。吴大被感动了，决定拼尽全力，保住白狐的腿。他先将白狐伤处的瘀血和脓水全部吸出来，再做了消炎处理，然后接上断骨，打上固定的夹板，嘱咐白狐，一定要按时服用他配制的接骨药。

此后，吴大每隔两天便来给白狐换一次外敷药。经过百天的细心治疗，白狐的腿终于治好了。黑狐拿出一棵千年老山参感谢吴大，没想到吴大却说："我不要重谢，只求你们能帮我一个忙。"

换 妻

原来，自从获救后，秀莲只要做点好吃的，就会把夫妻俩的救命恩人王小牛叫到家里吃喝。吴大经常出诊不在家，再加上王小牛救秀莲时用的方法，让吴大心生芥蒂，总担心被戴了绿帽子，因此想让黑狐和他演一出换媳妇的假戏来试探二人。如果王小牛对此事毫不在意，就说明他和秀莲是清白的；反之，那就不言自明了。

黑狐对吴大说："这办法是不错，可你想过没有，万一验出二人有奸情，你当如何处置？"

吴大说："那我就一纸休书休了她！"

黑狐说："若是这样，岂不是成全了二人？"

吴大说："王小牛对我有救命之恩，就算成全了他，也比不明不白戴顶绿帽子强，最起码我不闹心了。"黑狐见吴大态度坚决，决定帮他这个忙。

吴大从山上一回到家，就让秀莲做几个菜，说是有人来做客。

天近中午，黑狐和白狐如约而至。白狐一见秀莲，顿时大惊失色，趁机将黑狐拉到一旁，说出了真相。黑狐说："这仇必须报！眼下就是个好机会，我们干脆来个将计就计，一会儿我就对吴大说，我看中他媳妇了，换妻的事可以假戏真做。你比秀莲漂亮，再加上吴大本来就怀疑媳妇，我相信这事一说准成。等我带走秀莲，你随便找个借口脱身，让他赔了夫人又折兵！"白狐点头称妙。

等吴大找来王小牛回到家，黑狐悄悄对吴大说，自己想假戏真做。吴大不敢相信地说："兄弟切不可说笑，你那么爱你娘子，怎么可能舍得与我相换？"

黑狐故作轻佻地说："男人嘛，有哪个不是看别人家的媳妇好？"见黑狐不像开玩笑，吴大心想：与其和秀莲继续别别扭扭地过下去，倒不如换个媳妇重新开始，于是就答应了。

酒至半酣时，黑狐瞅着一直忙着劈柴烧炕、没有上桌吃饭的秀莲，装模作样地对吴大说："你家媳妇真是个能干的女人呀！"

吴大心领神会，嘴一撇说："能干有啥用？却不及你家娘子生得俊秀。"

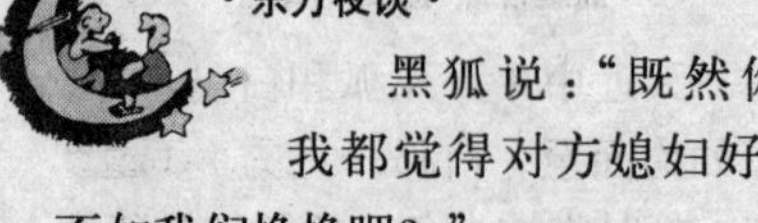

黑狐说："既然你我都觉得对方媳妇好，不如我们换换吧？"

"换就换，有何不妥！"吴大说。

都是事先说好的事儿，不过是在王小牛和秀莲面前演个过场戏。王小牛起初还以为二人喝了点酒在开玩笑呢，等看到黑狐真的要带走秀莲时，他生气地拂袖而去。

吴大一见王小牛这反应，就认定二人必有奸情，于是因换妻而生的内疚感也烟消云散了。那时，女人的命运全掌握在丈夫手里，根本不敢反抗。秀莲只好跟着黑狐走了，白狐看着他们离开的背影，假装生气地对吴大说："好一个假戏真唱！罢罢罢！往后我就一心一意跟你过了。只是有些值钱的嫁妆，还在原来的家里，我想取回来。"

吴大说："咱俩现在已经是一家人了，我陪你去。"

见甩不开吴大，白狐只好答应了，可没走多远，白狐就说腿疼走不动了。吴大只好背着白狐爬山，累得上气不接下气。到了狐狸窝，黑狐问白狐："你咋把他带来了？"

白狐说："不用怕，你看他累得那个样子，跟个废人有什么两样？"说完，她走到秀莲跟前，摇身变成了白狐。

复　仇

秀莲吓了一大跳，很快认出了白狐。

白狐重新变回人形，从角落里找出一根绳索，对秀莲说："你无缘无故打断了我一条腿，今天我要让你拿命偿还！这是我在树林里解的套子，我要用它勒死你！"

秀莲说："我当时只是想打跑你，弄条鲜鱼给男人吃，没想到下手重了。我既然做了恶事，受惩罚也是应该，不劳烦你动手，我自己找棵歪脖树吊死！"秀莲之所以这么说，一是觉得打伤白狐的确有错，

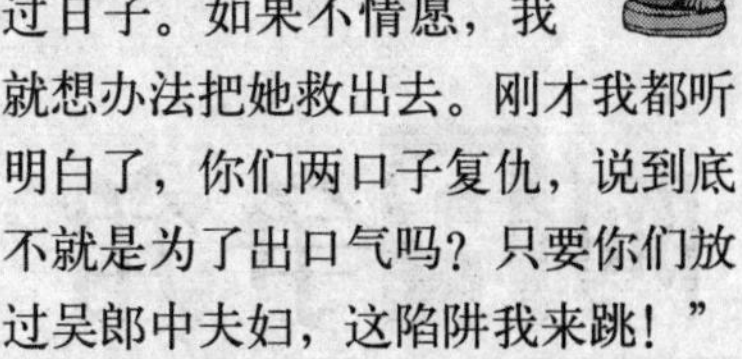

二是因为吴大换妻，令她伤透了心，也不想活了。

谁知白狐听了秀莲的话，竟然改变了主意，不想让秀莲那么痛痛快快地死了，说不远处有个猎人挖的陷阱，想让秀莲跳进去，在里面慢慢地困死。如果碰巧有猎物落入陷阱，那就更好玩了！不得不说，这太恶毒了。

秀莲被白狐带到距离陷阱不远处时，突然看到吴大也跟来了，以为他是来看热闹的，又气又恨地对他说：“为了让你安心看书行医，家里家外的活儿我从不让你沾手，可到头来还是没暖热你的心呀！”

吴大被说红了脸，踌躇了一下后，竟突然跑到白狐跟前，说他愿意替媳妇接受惩罚。

白狐说：“没想到你这种见异思迁的人，也有像爷们的时候。你如果不怕死，那就替她跳吧！”

吴大听后，迈开大步，就向陷阱走去。突然从一棵大树后面跑出一个人，上前一把拉住了吴大。吴大回头一看，竟是王小牛！

白狐和黑狐更是惊讶不已。黑狐问王小牛：“你怎么会在这儿？”

王小牛说：“你和吴郎中换媳妇后，我在家里越想越放心不下秀莲，就顺着脚印找来了，想看看秀莲是不是心甘情愿地跟你过日子。如果不情愿，我就想办法把她救出去。刚才我都听明白了，你们两口子复仇，说到底不就是为了出口气吗？只要你们放过吴郎中夫妇，这陷阱我来跳！”

黑狐十分不解地问王小牛：“你为啥要这么做？吴大死了，你不正好可以娶秀莲吗？”

王小牛说：“秀莲对我好，是为了报答我的救命之恩，我和她之间清清白白！我之所以要替吴郎中，是因为他医术高明，能为乡亲们看病！而我上无父母下无妻儿，这世上有没有我反正都一样。”

白狐呆住了，等她醒过神来，一把丢掉绳索，对秀莲说：“当你说出打伤我的原因时，我的心一下就软了，因为你和我太像了！可我实在又不甘心就这么算了，所以想赌一把，看看生死面前你们怎么选择，没想到你甘愿接受惩罚，吴大和王小牛的做法也让我很感动……咱们的恩仇从此一笔勾销了！”白狐说完，就和黑狐变回原形，肩并肩向山林深处跑去，留下吴大三人愣在原地，目送一黑一白两个影子越来越远，直至消失不见……

（发稿编辑：田　芳）

（题图、插图：刘为民）

·阿P系列幽默故事·

阿P争角

□刘振涛

阿P和老婆小兰去某景区游玩，发现文武殿前围着一大群人，上前一打听，原来是景区工作人员正在游客中招募临时演员，皇帝和锦衣卫名额已招满，目前还缺一名太监，要是被选中，演完将获赠汉服一套。

小兰目不转睛地盯着那套汉服，露出艳羡的目光。阿P看在眼里，拍着胸脯说："小菜一碟！不就是演太监吗？难不倒我！当年要不是我爹使劲拦着，差两百分我就考上电影学院了。"

阿P四处观察一番，看到招募主管正指挥化妆师为穿上龙袍的"皇上"简单化妆。阿P思考片刻，挤进人群，对主管打了个揖："主管大人慧眼识珠，为我天下百姓谋得明君，文武百官幸甚，百姓幸甚，咱家更是幸甚……"

主管顿时愣住了，这公鸭嗓，这演技，太像太监了！主管毫不吝惜地夸赞了阿P，不过，他又面露难色，说阿P就来迟了那么一点点。这时，一个老头边穿太监服边走过来，那样子简直是穿越来的真太监！

小兰也被镇住了："老公，不行咱撤吧，别下不来台……"

这话却激起了阿P的斗志："认怂？今天这太监我演定了！"老头戏服都上身了，也不甘示弱。主管一见，连忙调和，提议阿P和老头都扮作太监，自由发挥，谁更受游客欢迎，谁就胜出！

文武殿的固定戏码是皇帝出宫

巡游，终点是东头的荷花亭。老头还在嘀咕，太监就只是扯着嗓子喊“起轿”“落轿”，跟着走一圈，有啥好比的？阿P心中窃喜，他早有计策，在小兰耳边交代一番后，跟化妆师去装扮了。

一行人浩浩荡荡，前后四个锦衣卫，头盔插雁翎的是头儿，阿P和老头陪护皇帝两侧。刚才在后台比画“石头剪刀布”，老头胜出，开头的词儿归他。随着老头尖细的一声“起——轿——”，队伍走下大殿。

阿P没等他尾音落下，立马高喊：“皇上出宫，体察民情，有冤喊冤，无冤回避！”

小兰有些紧张地走出人群，双手把一张报纸举过头顶：“皇上，民女有冤……”

“大胆刁妇，你可知惊驾之罪？来人，把这刁妇拖走！”老头反应很快，一嗓子打断小兰，同时，两个锦衣卫上来就把小兰拖走了。

这是阿P特意给自己加的戏，只要小兰拦轿鸣冤，他就可以表现自己的文采，出口成章，让老头无地自容，知难而退！

此刻阿P却傻眼了，这老头太缺德了，不让人把话说完就拖走了？阿P定了定心神，小声问老头：“您贵姓？”老头抱了抱拳：“免贵，姓阮。”

阿P回礼：“小可阿P。”说完，他转头对皇上一揖，说道：“皇上，锦衣卫乃陛下贴身护卫，何时让一个太监发号施令了？阮公公有架空皇上之意，望陛下下旨，定其死罪。”

阿P的大呼小叫，把游客都吸引过来了，纷纷举起手机拍摄。皇上刚要说话，却见老阮冲他瞪眼，吓得一缩脖，挥了挥手：“听他的，都听他的，他是我老丈人。”

啥？一家子来演啊？老阮在一边得意扬扬：“没辙了吧？我上头有人，你奈我何？”

阿P一呆，忙问身边的锦衣卫头儿：“兄弟，你跟他们没关系吧？”

锦衣卫头儿一撇嘴：“我不认识他们，这几个锦衣卫都是我工友，看着好玩就来凑个热闹。”

阿P眼珠一转：“我叫阿P，主管说让咱自由发挥，如果你帮兄弟一把，晚上我请哥几个撸串儿。”锦衣卫头儿眉开眼笑，立马答应，还小声嘱咐了其他几人，听阿P的！

阿P有了底气，加戏不行，咱就斗法：“阮公公——软公公，您伺候嫔妃娘娘们可真有本事，听小太监说，您没有脊梁，软乎得很，从来没直过腰？还听说您膝盖更软，娘娘们咳嗽一声，您就跪下了，那两条腿哟，两个小太监一宿都没给您捋直溜，是吗，软公公？”

老阮一愣，看周围的人都举着手机拍他，不好发作，不得不拱了拱手：“阿公公过誉了，咱家只不过尽到本职罢了，哪里比得上阿公公？为了进宫不惜抛妻弃子，学了一路狗叫才讨得盘缠来京，现在那些狗都带着阿公公的口音呢！”

两人你一言我一语，谁也不输谁，阿P慌了，这老头有两把刷子啊！此时，游客鼓掌叫好，好多人都开起了直播，这两人针锋相对、惟妙惟肖的表演，简直比电影还好看呢。

阿P见离荷花亭已不远，巡游快要结束了，他急得抓耳挠腮，突然看见身边一个游客举着一个拍立得相机，顿时来了主意。他跟那名游客耳语了几句，游客很是兴奋地答应了，对着老阮来了张特写，并把打印出来的照片举过头顶，大喊：“报！十万火急，密探来报！”

这一喊引来众人目光，阿P忙接过照片，装模作样和老阮对照一下，大惊失色道：“皇上，大事不好，密探从外邦传来急报，有细作潜伏我朝多年，意图刺杀皇上，起兵谋反，这是密探传来的细作画像！”

皇上接过照片，被逗乐了，这阿P可真能作啊，啥招都使，他只能接茬：“有此等事？阮公公是外邦细作……”

话还没完，阿P立马高喊：“皇上说阮公公是奸细，来人啊，把此贼拿下！”

皇上一愣：“我还没说完呢……”却见锦衣卫一拥而上，按住老阮。

阿P根本不给老阮说话的机会，立刻对游客喊道：“按我朝律例，谋权篡位乃死罪，助外邦入侵、扰乱朝纲更是死罪。画像在此，证据确凿，大伙儿说，是不是请皇上下旨杀了这个假太监？”

游客就等着事闹大了才好看，听见阿P这么说，都举着拳头高呼：“请皇上下旨杀了这个狗贼！”呼声此起彼伏，老阮已经吓傻了，回过神来，才知道阿P竟然这样把自己给踢出局了，他气得胡子直抖。

皇上也没法镇定了：“细作，是该杀，但……”

阿P仍不给他机会：“皇上下旨，此贼该杀，来人，推出午门斩首示众！”阿P一个眼色，几个锦衣卫互相看了一眼，二话不说架走了老阮。

皇上缓过劲来：“我啥时下旨……”

阿P得意扬扬：“皇上金口玉言，刚刚说细作该杀，难道皇上出尔反尔，不想顺应民意？水可载舟亦可覆舟，请皇上三思！”

皇上被噎住了，又听阿P小声说：“你在家受气，那是戏外，戏里你可是皇上，九五之尊，你不想整一下老丈人，出口气？”皇上一听，乐了，冲阿P竖起大拇指。

此时正好到了目的地，阿P端起架子，高喊一声：“落——轿——”演出结束，游客们意犹未尽地散去。

景区主管从荷花亭里跑出来，握住阿P的手：“厉害呀，你一人居然把我们演员都给干倒了！”

阿P喜不自禁，看来太监这个角色没跑了，刚要谦虚两句，猛地反应过来，问：“你们的演员？啥意思？就我是外人？”

主管点头：“是，他们都是固定演员。”

这时，阮公公也走过来，夸赞阿P演技好，阿P才明白过来，他们这些固定班底平时演皇帝出游，没啥新意。后来景区人员研究决定，从游客中挑一位爱演戏、脑瓜灵活的演员即兴表演，其他演员倾力配合，没想到阿P不简单，连阮公公和皇帝故意装翁婿的难题，都给破解了。

小兰也拿到了心爱的汉服，正乐呵呵地刷手机，忽然惊呼道：“老公快看，你出名啦！”

阿P一看，自己饰演太监的视频如此火爆，评论如潮，不由得脱口而出：“没考上电影学院，咱也成了野生影帝，你老公没吹牛吧？”说完，他吹起了口哨……

（发稿编辑：王　琦）

（题图、插图：顾子易）

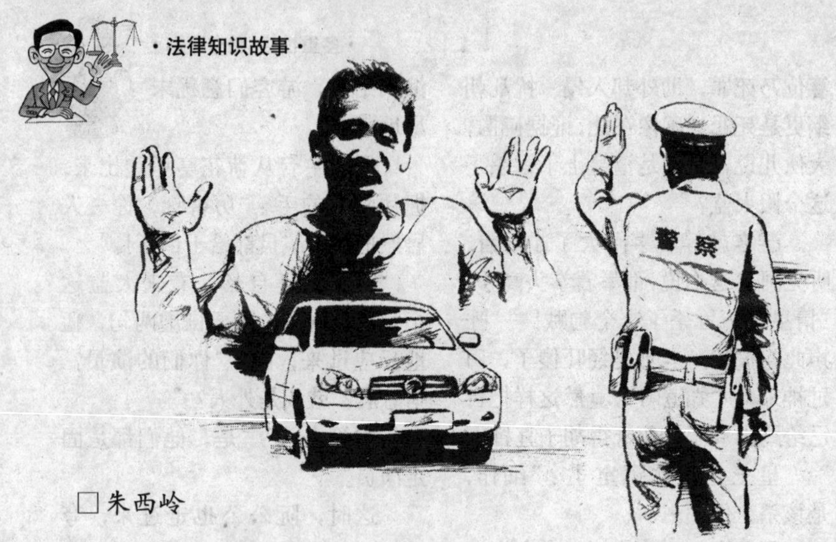

□朱西岭

有驾照开车也犯法

五一假期来临前，赵某接到美国朋友约翰逊的电话，对方想来赵某所在的城市旅游，请赵某为他做导游。赵某欣然答应，毕竟约翰逊是他留学美国期间最好的朋友。

很快，约翰逊顺利抵达赵某所在的城市，赵某便带着他去游玩各处名胜古迹。因为是假期，街上人头攒动，无论是打车还是挤公交车，都很不方便。约翰逊提出能否自驾游，赵某叹了口气说："不行啊！我现在开不了车。"原来，赵某的驾驶证过期了，还没来得及换证，要是自驾游的话，必须找个司机开车。眼下放假了，大家都趁机出门转转，找谁开车呢？

第二天，赵某正为司机的事发愁呢，约翰逊操着生硬的汉语说："不用——发愁，我可以——开车的，我有——驾照！"说完，他从随身携带的手提包里，拿出一个小本本在赵某眼前晃了晃。

约翰逊的驾照是美国的，上面全是英文，这样的驾照交警认识吗？赵某不由得犹豫起来。约翰逊见赵某犹豫不决，自信满满地开了口："不用——担心，美国——驾照——在中国——可以用，因为中国驾照——在美国的很多州——可以用。”

前段时间，赵某曾听同事说过，美国的驾照在中国好像不能直接用。为了保险起见，赵某劝约翰逊不要驾车。约翰逊不仅不当一回事，反而笑嘻嘻地又从包里拿出一本驾照，递给赵某说：“美国驾照不行，这本驾照——总行了吧？国际驾照，在很多国家——都可以用，来中国之前才办的。”

赵某笑了，没想到这个约翰逊还真不简单，知道做事留一手。国际驾照在很多国家可以通用，这个他听说过，有了这本国际驾照，自驾游应该就可以畅通无阻了。但他是个比较谨慎的人，想拿手机上网查查，国际驾照是不是可以通用。

约翰逊一把夺过赵某的手机，轻蔑地说：“你这样——胆小？中国是——国际社会的重要成员，国际驾照一定可以用，不用——查了！”

赵某见约翰逊自信满满，又不想让他轻视，也就不再坚持。

于是，两人开车上了路。约翰逊喜欢开车听音乐，而且声音开得很大。嘈杂的音乐声引起了交警的注意，在一个路口，车子被拦了下来。交警看了约翰逊的国际驾照，将他定性为无证驾驶，不仅要罚款，还要拘留。

赵某听到处罚结果之后，吓了一跳，问交警怎么回事。交警拿着国际驾照对他们说：“国际驾照在中国不能直接使用，而且无法申请国内的驾照，持国际驾照开车属于无证驾驶，违反了交通安全法。”

赵某傻眼了，为了减轻处罚，他拿出约翰逊的美国驾照，并进行解释。因为不懂法规，又是初犯，且认错态度较好，约翰逊被罚款2000元，免予拘留。

律师点评：

这个故事涉及了一个法律问题，即仅仅持有国际驾照的人不能在中国直接开车。

根据法律规定，中国目前不承认国际驾照。如要驾驶，首先要换中国驾驶证，而换证必须要办理相关手续。换证时要考交通法规及其相关知识，还要有中国护照、居民身份证或暂住证明等。

故事中的约翰逊仅凭他持有国际驾照或美国驾照，显然是不能直接开车的。

（发稿编辑：朱　虹）

（题图：张恩卫）

·中篇故事·

一人一刀，杀人过千，炼成神刀千人斩；一文一武，将军丞相，助纣为虐一场空。人心自有公道，百姓怒可屠龙。

千人斩屠龙

□吴 嫡

1.不败将军

乱世时期，有个南阳王谋反攻占了京城，逼先帝退位禅让，然后迅速让先帝“病逝”。先帝的儿子在京城陷落前已失踪了，南阳王就成了新皇。没人敢反抗，除了郭胜。郭胜是最后一个坚持抵抗的将军，襄阳城也是忠于先帝的最后一座孤城。

叛军已经围攻襄阳城十天十夜了，但城中士气依然高涨，因为城中有大将郭胜。郭胜被先帝封为常胜将军，领兵打仗从未败过。

新皇担心迟迟拿不下这座孤城，会让其他有二心的人蠢蠢欲动。他找来自己的心腹——新上任的宰相和大将军，商量对策。这两人一文一武，帮他从南阳一点点谋划，终于成功夺取了皇位。

皇帝愤愤地说：“这个皇位本来就应该是朕的，父皇当年偏心，把皇位给了懦弱无能的老大！他不敢加税，不敢得罪大臣，成天说什么民贵君轻，毫无帝王之气。现在朕登基，天下都臣服，唯有郭胜顽固不化！两位爱卿有何办法？”

宰相和将军面面相觑，能想的办法都想过了，无奈郭胜实在太厉害，几十万大军围着襄阳城打，就是打不进去。士兵们私下里都说，郭胜永远不败！宰相倒还轻松，毕竟他是文官，主要责任在将军。将军心虚地说："臣已尽全力围攻，相信很快就能取胜。"

皇帝很不满意："三天前你就是这么说的！"宰相幸灾乐祸地一笑，将军心里暗骂老狐狸，只得低头不语。皇帝咬着牙下旨："谁能拿下襄阳，抓住郭胜，赏黄金千两，官封三品！"

旨意公布，天下震动，却无人敢出头。这时，一个侍卫揭了榜！这个侍卫名叫万全，只是皇宫的低等侍卫，见他揭榜，侍卫头领站出来呵斥："你小子想升官发财想疯了？这榜也敢揭，不怕掉脑袋吗？"万全却认真地说："我敢揭榜，自有道理，当官发财虽好，但还有对陛下的忠心！"

皇帝十分高兴，让万全上殿面君。万全对皇帝说："陛下，微臣当侍卫之前，曾在郭胜帐下当过亲兵，我俩又是同乡，如今我愿意亲入襄阳，为陛下说服郭胜，让他向陛下投降。"

皇帝看看宰相和将军："二位爱卿以为如何？"将军说："郭胜十分顽固，未必能降。"宰相沉吟道："如果郭胜不降，你怎么办？"万全咬咬牙："如果郭胜执意不降，我也能助陛下破城！"

皇帝十分吃惊："此话当真？"万全说："我作战英勇，郭胜却没有给我升官，我才托门路进宫来当侍卫。就在陛下登基前几天，我还因为当值喝酒被先帝打了军棍，关在大理寺。要不是陛下登基，我还没这么快被放出来呢。我愿意为陛下效忠！"

皇帝哈哈大笑："好，你要真能办成，朕说话算话！不过，你有何办法助朕破城呢？"万全神秘地说："陛下可知道，郭胜常胜不败的秘密？"

皇帝看看宰相和将军，三人都不知道。万全说："这个秘密知道的人极少，我是在郭胜一次喝醉后偶然得知的。郭胜的佩刀是件神物，据说只要有此刀在，他就能常胜不败。"

皇帝半信半疑，但想到郭胜神奇的战绩，确实也难以解释。将军问："你是说，你将他的刀偷出来？"万全摇摇头说："郭胜军帐防守严密，偷刀出来肯定做不到。不过，把刀偷藏起来，让人一时找不到，或是想办法毁掉，却是可行的。我

听郭胜说过，神刀畏火。郭胜没了神刀，陛下大军攻打襄阳城，易如反掌！”

皇帝大喜：“天下初定，朕不便御驾亲征，二位爱卿可与万全同往襄阳。再有十日，城不破，你们就不要回来了！”

这话虽说得平淡，却让人打了个寒战。三人简单准备了一下，向襄阳城飞奔而去，一路上计议一番，约定了各种情况下的暗号。万全也随身携带了赦免郭胜的诏书，以及大量的金银珠宝。

到了襄阳城下，将军让军队暂停攻击，万全到城门外求见郭胜。郭胜也很谨慎，并不开城门，而是放下一个大筐来，把万全吊上城墙。

故人相见，郭胜自然知道万全是来干什么的。他收下财宝，设宴款待万全。酒过三巡后，郭胜叫来几个副将：“将这些财宝给将士们分发一下吧，按战功和伤情定多少，但每个人都要分到。”

万全不解地看着郭胜，郭胜苦笑道：“他们跟我这么多年，该拿的。我是不会投降的，但他们还有家人要照顾。”万全顿时紧张起来，郭胜笑了：“你送钱给我，我不会伤害你，你只是个信使。我很久没回过家乡了，晚上秉烛夜谈，给我讲讲家乡的事吧。”

2. 刀毁城破

当晚，郭胜和万全聊到很晚。熄灯安寝后，郭胜鼾声响起。万全又等了一会儿，蹑手蹑脚地起来，郭胜的佩刀就挂在墙上，万全轻轻拿下来。他没想过刺杀郭胜，因为郭胜这样的高手，即使睡梦中有刀斧近身，也会有自然反应。就算能刺杀郭胜，屋外那么多士兵，自己也难逃一死。

万全把刀放在通红的炉火上，精钢打造的刀身慢慢变红。随后，万全走出屋子，兵士果然上前盘问，万全说要解手。他身上什么都没带，兵士自然没有难为他。他偷偷溜到高处，点燃一间草屋，然后藏匿起来。

很快，士兵们就发现城头起火并扑灭了，在连天的战火中，这根本不算事。但他们不知道这把火的真实目的。城外的宰相和将军看见火光，立刻召集全体兵马，开始疯狂地攻城。

火光照耀，杀声震天。两边正疯狂鏖战时，让人震惊的一幕出现了。郭胜站在城头，披头散发，没有穿盔甲，紧握着一把已经弯曲的刀，双手冒着青烟，他却浑然不觉，只是绝望地看着城下的叛军。攻守双方都停住了，愣愣地看着他。郭胜举刀过顶，大喊："天要亡我，乃借鼠辈之手！神刀已毁，将士犯不上给我陪葬。下面的人听着，你们只要发誓不伤害襄阳城中军民，我这就投降！"

宰相和将军喜出望外，连忙高喊："郭将军放心，我们发誓，襄阳城中皆为一国子民，岂会伤害！"他们也担心郭胜拼死抵抗，过了十天，就算拿下襄阳，他们俩也必受惩罚。

郭胜横刀自刎，在所有人的惊叫声中，从城墙上摔落下来。襄阳城门大开，万全也从隐蔽处走出来，偷偷地溜出了襄阳城。

皇帝大喜，重赏了宰相和将军，也给了万全千两黄金，并要给万全升三品官。万全却跪下说："微臣只会当侍卫，仍愿意给陛下当侍卫。"

皇帝哈哈大笑："你看着老实，其实也不傻啊。当朕的侍卫，虽然不像当官风光，却更有实权！"宰相却道："只是侍卫头领也不过四品而已，委屈万全了。"他看出万全即将得宠，这侍卫头领是必须要结交的。将军一眼就看穿了宰相的心思，立刻说："贴身保护陛下，何等荣耀，万大人忠心啊！"

就这样，万全当上了侍卫头领，那些原本看不起他的人，他毫不客气地都找茬收拾了。皇帝宠信他，对这些事也不在乎。大伙都知道万全是怎么上位的，私下里都骂他背主求荣。

宰相和将军都想和他交好，却不敢太明显，毕竟和侍卫头领结交要谨慎，皇帝会起疑心的。倒是万全毫不在乎，左右逢源，今天到这家喝顿酒，明天去那家吃顿饭。

皇帝反而夸奖他胸怀坦荡："你们三个都是朕的心腹，难道朕连你们都信不过？"

这天，万全路过将军府，闻见一股异香，也不客气，推门就进。将军哈哈大笑："万兄，正要差人去请你呢！刚有人送我两副熊掌，厨师正在收拾，赶紧坐下，喝两杯！"两人推杯换盏，聊些闲话。

万全说："最近都城流传最多的就是行刑的刽子手了，都说是个疯子，也不知真假。"将军愣了一下："什么疯子，我怎么没听说？"万全惊讶地说："人们都在说，有个疯疯癫癫的刽子手，杀人时蒙着脸，还一定要犯人盯着刀看，听得人心里发毛。"

将军不自然地一笑："经常杀人的人，多少都有点毛病。只要他能把犯人一刀两断，谁管他那么多呢？"

万全醉酒离开后，将军沉着脸叫来自己的心腹："去，告诉屠夫换个住处，别让人发现了。"

没过多久，又有一批囚犯要处决，百姓们自然是要看热闹的，尤其是那个引人注目的刽子手。刽子手戴面罩本来不是新鲜事，前朝就有，他们不是怕死人，而是怕活人，怕死者家属记仇。但到了本朝，刽子手基本都不戴面罩了，除了此人。

这个刽子手还有一个怪癖，行刑时，他会把刀伸到犯人面前，告诉犯人："记住这把刀，你就是死在这把刀下的。"若有犯人闭上眼不看，他还威胁对方："如果你不看一眼，我保证一会儿你会死得很痛苦。"

这天，他照例又是这一套流程，一刀砍掉犯人脑袋后，刽子手们陆续退场，他却从一道狭窄的小巷挤出来，上了一辆马车，绝尘而去。到了一个小院处，一个戴着面罩的人下车进了屋子。

当天晚上，一个黑影偷偷潜入小院，当主人惊醒时，脖子上已经架了一把刀。主人吓得大喊："好汉饶命，我有几两银子，愿意献给好汉！"黑衣人恶狠狠地说："别废话，是谁让你去当刽子手的？那一套杀人流程，是谁让你做的？"

主人赶紧喊冤："我不是刽子手，我只是收了人的钱，偶尔坐一次马车而已。"黑衣人恍然大悟："那个刽子手上车之前，你已经在车里了？"主人连连点头："我也戴着跟他一样的面罩，等到了我家，我下车，他不下车，至于马车把他拉到哪里去，我就不知道了。他们是什么人，我也不知道，我是个光棍，只是图几两银子罢了，哪会问那么多？”

3. 千斩神刀

第二天，在将军府里，将军和一个面无表情的人面对面坐着。将军说：“屠夫，你不能再露面了，已经有人追到了替身家里，看来终究还是有人盯上了。”屠夫看着将军：“这么说，我不能再杀人了？”他的声音十分不满，像是一条恶狗被人抢走了骨头一样。

将军欣赏地看着他：“像你这种以杀人为乐的，还真少见。放心，我不会让你失望的。”屠夫松了口气：“我从小就杀小动物，当屠夫也不是为了挣钱，就是喜欢杀生。后来我发现，杀什么也不如杀人过瘾，因此我才跑到军营里当兵。法令官，别人都不愿意干，我愿意，否则以我战场上杀敌的表现，又怎会只当一个区区的法令官？”

将军哈哈大笑：“郭胜死后，他的人马被我收编，一个个都打发到苦寒之地，唯独留下了你，就是因为我发现你有这独特的爱好。你放心，郭胜让你杀人，我会让你杀得更痛快！”

屠夫皱眉道：“自从郭胜炼成千人斩后，他就不再轻易杀人了。犯了军法的也大多是打军棍了事。我下手重了，打死一个，他竟然还要治我罪！”

将军承诺道：“放心，即使我炼成千人斩，也保证让你有人杀。将来我要带着神刀去开疆扩土，建功立业，你还愁没有人杀？所有俘虏都交给你！”

屠夫挑了挑眉毛，表示很高兴：“不过眼下怎么办？到目前为止，连死囚加上行军法，也不过才杀了五百多人，距离千人还早着呢。被人盯上了，又不能上法场，如何是好？”

将军皱着眉头说：“这的确是个问题，不过你放心，我总能解决的。”

与此同时，宰相也在和自己的心腹——黑衣人密谈。宰相捻着胡须问：“可查清了吗？”黑衣人摇摇头说：“他们偷梁换柱，没能找到那人的住处，不过……”

宰相看着他：“有话尽管说。”黑衣人吸了一口气说：“那天去法场盯人，我意外地发现万全也在人群中，他盯着那个刽子手，脸色奇怪，应该是有所发现。”

当天晚上，宰相宴请万全。万全笑道：“大人怎么想起来请我喝酒啊？莫非也得了什么珍馐美味？”宰相笑了笑：“万大人什么美味没吃过？昨天我得了一副金丝软甲，我一介文官没有大用。万大人保护皇上，责任重大，危险重重，最该使用才是。”

万全眼睛一亮，当侍卫说白了就是替皇上挡刀，有件软甲护身，自然是再好不过。他很高兴：“大人厚赐，感激不尽。我是个粗人，大人有什么吩咐，尽管直说。”

宰相屏退众人：“我也不绕弯子了，那个忽然失踪的刽子手，万大人认识？”万全喝了口酒，然后笑了：“原来是这事。不瞒大人，虽然没看见脸，但我对这人的动作举止太熟悉了，一眼就认出来了。”

万全又喝了口酒说：“他也曾是郭胜的亲兵，作战勇猛。后来他被提升为法令官，俘虏和犯了军法的士兵都由他监刑。他从来都是亲自动手，而且杀人前要让人盯着他那把刀看。大家都觉得他不正常，但郭胜很看重他，他那把刀最后归了郭胜，也就是那把神刀。所以京城一传出有个不正常的刽子手，我就猜到会是他，去现场看了一下。”

宰相又问：“万大人，当初你在陛下面前道破郭胜有神刀的事，还说出神刀怕火，这是何等秘密，郭胜怎会对一个亲兵透露？恐怕你对这神刀的了解，不仅限于此吧？你对陛下，也没全说实话吧？”

万全愣住了，他看着宰相深邃狠辣的眼神，知道难以糊弄过去，犹豫再三，叹了口气说：“好吧，我告诉你，郭胜的刀被称为‘千人斩’，又叫‘千斩神刀’，其炼制的秘密，就是用一把精钢打造的刀，斩杀一千人。”

宰相震惊地说：“用一把刀杀一千人，即使在战场上，也很难办到吧。不过征战久了，也不是不可能。”

万全摇摇头说："真那样简单，神刀早就遍地都是了。这秘法是郭胜从古书中获得的，有两点是最难的：一是用刀之人不能换，从第一人到一千人，必须是同一人持刀；二是死在刀下之人，必须对此刀充满怨恨和恐惧。你想，在战场上斩杀的人，连反应都来不及，怎会看清是什么刀？就算两人对战，对方盯着的也是敌人，谁会一直盯着一把刀，而对刀产生恐惧和怨恨？"

宰相恍然大悟："原来如此，所以只有行刑时，才有这样的机会！行刑人蒙上面，逼着将死之人看着刀，将死之人看不到人，自然就把怨恨和恐惧放在了刀上！"他忽然话锋一转，"可这个秘密，万大人究竟是从何而知的呢？"

万全盯着自己的酒杯说："你可知我为何要当郭胜的亲兵？又为何会帮着你们破襄阳城？荣华富贵我当然想要，可那不是真正的原因。"

宰相眼光一闪："你和郭胜有仇？"

万全苦笑着说："那本古书，是郭胜从一个教书先生手里得到的。当年他还不是大将军，只是个地方上的守将而已。他喜好文雅之事，和当地文人交往颇多。教书先生有很多古书，两人经常喝酒时探讨书中之事。忽然有一天，教书先生死在了树林里，据说是死在强盗刀下。可当时在树上掏鸟窝的我，却看得清清楚楚，他是死在郭胜的刀下。"

宰相叹息着问："你是那先生的亲人？"

万全摇摇头说："如果我是先生的亲人，郭胜又岂会不认识？岂会在我去当亲兵时毫无防备？我只是先生众多学生中的一个，郭胜当然不会注意。我父母早亡，先生对我一直十分照顾，我心中视先生如父，此仇岂能不报？先生的古书，我都看过。先生死后，我查看过，那本记载着千斩神刀的书不见了。"

宰相问："你怀疑郭胜的神刀，就是按书上的方法炼的千人斩？"

万全点点头说："后来的几年，郭胜忽然对剿匪兴趣大增。他把当地的匪帮剿灭得干干净净，还跑到自己的守区之外去剿匪，这事宰相大人该有印象吧。"

4. 利益联盟

宰相低头沉吟，当初，郭胜作为地方守将，就是因为剿匪功绩卓著，官职才越来越高的。万全笑了笑说："他要求军队尽量活捉那些匪徒，然后又一个个斩首。他对外称是为了震慑匪帮，其实是为了炼刀。因为剿匪的功劳，他的官职越来越高，管辖的区域也越来越大，后来光靠剿匪不够了，他就主动去打边境的敌人，抓回来斩首。终于，他炼成了千斩神刀，从那之后，他百战百胜，一直升到了大将军。”

宰相忽然问：“你既然当上了他的亲兵，为何不干脆刺杀了他？”

万全嘿嘿一笑：“谈何容易，大人你是文官，不知习武之人即使睡梦中也能对近身的危险做出反应。我功夫和他相差太远，一击不中，就再也没机会了。其实我尝试过，虽然没有败露，但他也起了疑心，干脆就把我调到京城，打发走了。我本以为此生复仇无望，想不到陛下登基，我当然不想错过这个机会，因此才主动请缨，报仇的同时还能换来荣华富贵，何其痛快。”

宰相呵呵笑了：“原来背后还有如此曲折。万老弟放心，你既然直言相告，从此你我就是兄弟，为兄定不会让你吃亏！”

万全松了口气：“这当中确实对陛下有所隐瞒，罪名可大可小。老兄愿意帮我，我感激不尽。”两人举杯共饮，关系一下就亲近了。

宰相也不再隐瞒：“我让人调查过，郭胜自杀后，大部分官兵都被遣散了，只有几个愿意投诚的，那个法令官就是其中之一。投诚的人都归大将军调配，从种种迹象看，大将军正是想通过那个法令官，再炼制另一把千斩神刀！”

万全叹气道：“我也想到了。将军最近频频率领都城军队出城剿匪，还反复上书陛下，希望在边境挑起战争，估计就是想获取更多俘虏。靠刑场上的人，时间会拖得很长，也容易暴露，他等不起了。”

宰相冷笑道：“为一己私欲，滥杀无辜，不顾国家安危。京城附近哪有什么匪帮，他带兵出城，只抓到几个毛贼，却把贼人所在全村都算作匪帮，用来斩杀。起初我不知道千斩神刀的事，只以为他生性残暴，想杀良冒功。现在看来，他是想早日炼成神刀。这种败类，他如果真的战无不胜了，别说我，只怕连陛下他都不放在眼里了！”

宰相激动得身体发抖，但万全却从他眼里看到了恐惧。万全知道，千斩神刀炼成，将军大权在握，会不会危及陛下不好说，但一向与其不和的宰相，只怕下场不妙。而宰相也清楚，万全知道千斩神刀的内幕，这事一旦让将军知道了，他必然会想办法灭口，因此自己和万全是一根绳上的蚂蚱。

万全缓缓开口："千斩神刀这事，陛下就算相信，也不足以扳倒将军。毕竟有个百战百胜的将军，对他称霸有好处；杀良冒功的事，陛下也不会在乎。想扳倒将军，只有真正危及到陛下，才行。"

宰相眼睛一亮："本来是没办法的事，但有了万老弟，却有办法了。我们先得准备一本古书，这本书只有老弟见过，你找人仿造一本就是了。"

万全点点头说："要做旧一点，看上去像真正的古书才行。然后把封底撕掉，就显得更加破旧古老了。"

第二天，将军出门剿匪。而就在当晚，宰相求见皇帝。宰相掏出一本古书来，递给皇帝。书很薄，里面记载了一些稀奇古怪的事，其中最后一页上写的，正是"千斩神刀"。书看上去很旧，后面的封底都没了。

皇帝看完之后，沉吟道："此书从何而来？"宰相低声说："是郭胜死后，查抄郭胜家产时所得。当时场面混乱，又只是一本旧书，并未引起关注。"皇帝皱皱眉，这样一本旧书确实不值得关注："那此时怎么又拿出来了？"

宰相说："这本书臣看过，当时只觉得很荒唐，但最近种种古怪迹象，让臣又想起了这本书。为此，臣特意找了几个当年在郭胜军中当兵的，而他们的描述与书中记载极其吻合。"宰相把将军杀平民冒充匪帮，在府里动不动就对犯错家奴处以斩刑等事说了一遍，这些都是真事，宰相把证据收集得很详细。

皇帝想了想说："万全不也是郭胜亲兵吗？找他来问问。"一声召唤，万全从屋外进来。听完皇帝问话后，他回忆说："虽未见过此书，但宰相大人所说，与郭胜当年所为十分吻合。郭胜并不是一开始

就有神刀的，是后来有一天，忽然就把身上的佩剑换成了佩刀。他喝醉酒所说的神刀一事，也是在这之后。在那以后，军营里就很少再斩杀俘虏了，都用来跟敌军交换了。”

皇帝皱着眉想了半天，才缓缓说：“这么说，最近大将军四处剿匪，确实是为了炼刀。他身为将军，想炼一把神刀，倒也合情合理，只是……”宰相立刻接道：“只是他为何要瞒着陛下？他有了神刀，百战百胜，也该为陛下开疆拓土，何须隐瞒？陛下刚登基，本应稳定为主，他让边境守军四处挑衅，只是为了获取俘虏。可他神刀未成，如果边境溃败，他如何保证陛下安全？可见只是为一己私利！”

皇帝面色一沉，命令万全：“你去传旨，让将军立刻进宫！”过了一会儿，万全回来了：“将军府说将军出城剿匪去了，这次出去得比较远，一时半会儿赶不回来。”

皇帝的面色更阴沉了，他准备回宫仔细想想。宰相和万全跟着出殿。刚走几步，一个黑影从暗处蹿出来，抬手就是三支袖箭，射向皇帝，然后一剑刺过来。

仓促之间，万全只来得及挥刀打落三支袖箭，后面那一剑却难挡了。他大吼一声，刺向刺客，只求能围魏救赵，逼退刺客。谁料到，剑刺到皇帝身上的一瞬间，竟然寸寸断裂！那刺客一愣神间，万全的刀已经到了，他仓皇闪避，脸上的蒙面黑布被刀挑落了。这下，万全和宰相也愣了，那刺客赶紧举手捂脸，仓皇而逃。其他侍卫也被惊动了，纷纷冲过来保护皇帝。一番混乱后，刺客竟然不知所终。

5. 将军伏诛

皇帝既惊恐又狂怒，先是下令所有侍卫，包括万全，每人痛打三十板子。后来还是宰相说情，要是把侍卫们都打瘸了，再来刺客怎么办？皇帝这才暂且记下这顿板子。万全战战兢兢地把断剑拿起来看，断剑的茬口崭新，就像刚被巨大的力量震断了一样。万全求助地看着宰相，宰相大声说：“陛下乃真龙天子！上天护佑，岂是凡间凶器能伤害的？这定是上天在危急时刻，劈断了利剑，保佑陛下安然无恙！”

皇帝看着断剑，越想越觉得丞相说得有道理，忍不住哈哈大笑起来，侍卫们都松了口气。皇帝笑到一半忽然停住了，冷冷地说：“朕刚派人去宣将军，刺客就随即而来。他不是剿匪去了吗？反应倒是真快！万全，你再去宣旨，将军不管身在何处，明日必须进宫，兵权马上交给副将！同时让京城守卫加强戒备，让各地军队做好准备，直接听从朕的命令！”

第二天，将军没有进宫；第三天，消息传来，将军谋反了。皇帝狂怒之下，命令宰相下旨，围剿将军。将军出门剿匪，只带了几千人马，而光京城里的军队就有十万，没等其他军队赶到，京城军队已经剿灭了叛军，将军也死在了乱军之中。人们都很奇怪，将军这是疯了吗，只带着几千人就敢谋反？难道他以为自己像郭胜一样百战百胜吗？

将军死后，将军府被宰相查抄，他杀良冒功、残杀家奴等罪证都被坐实了。但屠夫却不知所终，他拿着的千斩神刀自然也下落不明。宰相向皇帝汇报后，皇帝皱皱眉，让他一定要找到那个屠夫，宰相连连答应。

当晚，宰相府的密室里摆了一桌宴席。万全并不在场，眼下正是敏感时期，他不能来。宰相宴请的是那个黑衣人，这是他豢养多年的心腹死士。此次除掉将军，全靠他的功夫。虽然那把剑已经提前砸出裂纹，若不是他内力强劲，想一抖而碎也不容易；若不是他轻功了得，就算万全提前调开了一个方向的侍卫，他也很难逃走。

酒过三巡，宰相拿出一箱黄金，说：“你的表现很好，美中不足的就是和万全没配合好，掉了面罩。为了安全起见，你先远走他乡躲一下吧。”黑衣人收起黄金，刚走了几步，忽然腹痛如刀绞，他回过头看着宰相，宰相遗憾地摇头道：“别怪我，谁让你露出脸了呢？只有你死了，我才安全。”

黑衣人挣扎着扑向宰相，但这

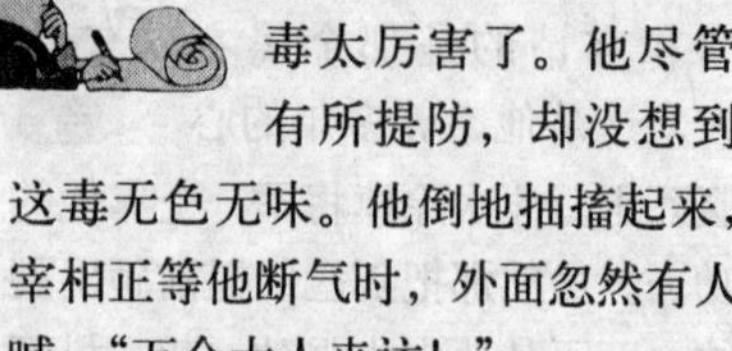

毒太厉害了。他尽管有所提防，却没想到这毒无色无味。他倒地抽搐起来，宰相正等他断气时，外面忽然有人喊："万全大人来访！"

宰相皱了皱眉，这个万全真是沉不住气，说好了这些天不要来往的。皇帝多疑，将军活着时，万全两边都要好，不引人注意；现在就剩自己了，再过从甚密，皇帝会怎么想？不过人已经到了，他也不能拒之门外。这黑衣人的尸体，自己不想让别人知道，正好让万全帮着处理掉。反正这场刺杀是他俩共同安排的，理应同甘共苦。

万全带着一大堆侍卫，进门就大笑："宰相大人，兄弟们十分感激你在皇帝面前替我们美言，要是那三十大板打下来，我们非得骨断筋折不可。兄弟们都嚷嚷着让我带着来感谢大人，大人平叛立了大功，我们也想讨杯好酒喝！"

宰相微微一笑，这万全倒也不傻，他大张旗鼓地带这么多人来，反倒是避嫌了。宰相立刻安排管家设宴招待侍卫们，同时对万全使了个眼色："兄弟们且吃喝着，万大人请进屋一趟。"

万全笑嘻嘻地跟着宰相进了屋，再进密室，看见地上已死去的黑衣人，他倒没有意外："这是个人才，可惜了。"宰相说："你想办法把他处理掉，不能总在密室里放着。"万全点点头，走出密室，来到门口，往外看了一眼，忽然大叫起来："屠夫？你怎么在这里？"

众侍卫一起回头，只见一个中年汉子正在大门口，听见喊叫声，拔腿就往外跑。众侍卫岂是吃干饭的，一拥而上，将那人按倒在地。宰相吃了一惊："他就是屠夫？怎么会在我家里出现？"

万全看着宰相说："是啊，怎么会在你家里出现呢？"宰相听着语气不对，心里忽然一惊。万全忽然一把抓住宰相，大吼一声："你敢杀人灭口！你敢行刺皇上！来人，把他抓起来！"

宰相顿觉脑中"嗡"的一声，知道自己中计了。他大喊："府兵何在？"宰相府是有府兵的，不比侍卫少。双方对峙起来，谁也不敢动手。宰相恶狠狠地看着万全："你想陷害我，独掌大权吗？凭你一个侍卫头儿，还敢如此妄想？"

正在此时，外面高喊："陛下驾到！"一队禁军冲进来包围了宰相府。皇帝随后进来，看着宰相说："想不到，你和将军一样，都想当皇帝啊，你也不想想，你们配吗？"

宰相吓得魂不附体："陛下，臣绝无谋反之心啊！陛下莫听小人谗言！"皇帝冷冷地说："我问你，你私藏千人斩，是何居心？"

宰相一头雾水："陛下，屠夫失踪，将军死于乱军中，身边并无佩刀，臣也不知道千人斩下落，何来私藏之说？"皇帝冷笑道："将军若无千人斩，岂敢以几千人就谋反？就算他以为行刺朕败露，也只会逃亡，岂敢造反？"

宰相跪在地上，连连磕头："陛下，他身边确实没有佩刀啊！"皇帝看了一眼被按在地上的屠夫："万全说看到屠夫进了你的府门，朕本来还有疑惑。现在他在你家里被抓住了，你还有什么话说？屠夫，你老实交代，朕可以饶你不死！"

屠夫毫无惧色，直愣愣地看着皇帝说："陛下，我不怕死，但如果你能饶我不死，能不能让我继续杀人？"皇帝哈哈大笑道："果然疯癫，朕喜欢。以后你就当朕的御用行刑官，现在快实话实说！"

屠夫平静地说："我替郭胜炼过千人斩，也替将军炼过千人斩。可惜将军的千人斩，刚砍了九百人，就听说陛下要夺他兵权。他心太急，杀了一百个百姓充数，仓促之间，那些百姓哪里能做到怨恨和恐惧那把刀？千人斩炼不成，自然也就打了败仗。宰相从将军身上得到佩刀，又在抄家时把我抓过来，让我给他继续炼这把千人斩。宰相答应我，以后还让我杀人。不过还没开始，我也没见到刀呢。"

皇帝冷冷地看着宰相："你还有什么话说？"宰相绝望地看着屠夫："你为什么要陷害我？我从未见过你！"屠夫淡淡地说："我只喜欢杀人，荣华富贵对我来说没有意义，我为什么要陷害你？"

皇帝连连点头："不错，他这种人，没必要说假话。其实你不说，朕也知道，你私藏千人斩，不过是为了刺杀朕罢了。"

宰相惊讶地抬起头："陛下在说什么？我为何要刺杀陛下？何况私藏千人斩和刺杀陛下有什么关系？"

皇帝冷冷地说："我问你，你那天拿来给朕的那本书，为什么少了一页？"宰相更是惊奇："没少啊，千人斩是最后一页了，封底本来就没有啊！"

皇帝冷笑道："你把封底和最后一页都撕掉了，这一招确实高明，因为没有封底了，没人知道其实少了一页。可是你看看！"皇帝递过

来一本书，居然是一本完整的古书！

6. 屠龙之刀

宰相颤抖着手拿起书，翻到最后，发现在千人斩那页后面，真的还有一页！上面写着："千人斩"又名"屠龙刀"，凡有帝王之气，凡兵不可夺命者，以屠龙刀刺之，伤者必死。

短短几行字，让宰相心胆俱裂，他醒悟过来，疯狂大喊："这本书是万全伪造的，他骗我说撕掉封底显得更古旧，他一定同时伪造了两本书！"万全大吼起来："你血口喷人，我根本没见过这本书，什么千人斩，也还是在陛下那里第一次听你说的。我之前根本就不知道，郭胜的神刀叫什么千人斩！"

皇帝皱眉道："你不用拉扯万全，这书是在朕的藏书阁里翻出来的。这种古书本来就不是孤本，藏书阁里有一本有什么奇怪的？因为千人斩失踪，万全又看见屠夫在你府中，才提醒朕，你拿来的那本古书好像不完整。朕让人去藏书阁翻查，果然找到一本完整的。"

宰相什么也顾不上了，大吼道："陛下，你被万全骗了！什么真龙天子上天护佑，什么凡间凶器不可伤，都是编出来骗你的！陛下现在随便拿把刀刺一下自己，一定会受伤的！"

皇帝脸色顿时铁青，怒道："来人，把这个疯子给朕抓进大牢去！严刑拷打，逼问他千人斩的下落！"宰相狂吼着："陛下上当了！上当了！刺客是我派的……"

万全赶紧上前说："陛下，臣刚才发现他行踪诡秘，偷偷跟进密室，看见那天的刺客确实已经死在密室里了。看来他本想一箭双雕，既逼将军造反，又刺杀陛下。若是将军和陛下都没了，他自然就当上新皇帝了。可陛下乃真龙天子，有上天护佑，刺客失手了，他这才想到要炼成千人斩来刺杀陛下！"

宰相被万全这番天衣无缝的说辞给惊呆了，全身瘫软。皇帝脸色铁青道："万全，你亲自拷问他，如果他铁了心不说出千人斩的下落，就让屠夫砍了他的脑袋！"

宰相没能熬住万全的严刑拷打，没几天就被折磨死了。千人斩下落不明，皇帝感觉自己的安全受到威胁。万全献上了自己的金丝软甲，请皇帝贴身穿着："陛下，千人斩虽然能破真龙天子之气，但未必能刺透金丝软甲。"皇帝很高兴："果然还是你最忠心，你贴身保护朕，以后宰相也好，将军也好，只要你愿意，朕都可以让你做！”

几天后，好消息传来，万全在宰相家中不懈地搜索，终于在密室的地板下找到了那把千人斩！皇帝大喜，命人架起火炉，将千人斩扔进火炉里。眼看着那刀扭曲变形，皇帝哈哈大笑：“自此以后，再也没有人能刺杀朕了！”

因为害怕千人斩，皇帝已经好久没出宫了，他开始想念宫外的美女了。宫里嫔妃虽好，却不如民女有味道，当上皇帝后，他经常微服出宫去干这事。现在没有危险了，他让万全带上两个侍卫，随他出宫。

很快，皇帝盯上了一个卖花的女孩，尾随着来到女孩的家里，然后一挥手，侍卫们心领神会，守住屋门，皇帝淫笑着走进屋子。

这时，面色苍白的屠夫从路口走过来，那两个侍卫认识他：“你怎么来这儿了？”身后的万全趁他们分心，手起刀落，悄无声息地杀掉了两人，屠夫把他们塞进旁边的柴垛里，然后和万全一起走进屋里。皇帝正在和女孩撕扯着，见他们进来，十分恼怒：“你们进来干什么？”

屠夫举起刀，架在皇帝的脖子上，万全点点头说：“他穿着金丝软甲呢，直接砍头就行了。”皇帝吓傻了：“你们，你们要干什么？”

万全淡淡地说：“此事说来话长。郭胜将军有两个心腹：一个是我，一个是屠夫。屠夫其实并不疯癫，只是当监刑官久了，我们给他起了绰号。后来我立功当了侍卫，不在郭将军身边了。你带着手下谋反，害死先皇，自己登基。郭将军知道凭襄阳一座孤城，早晚是要被攻破的，他又没有什么神刀，怎么可能赢呢？”

皇帝忽然瞪大了眼睛：“没有神刀？”

万全点点头说：“神刀是郭将

军编出来的。这个主意他一定想了好久。你攻陷京城之前，他就偷偷派人找到我，让我喝酒闹事，被关进牢里，等你登基后，才会相信我恨先帝，相信我主动请缨去劝降他。我烧了一把刀，他拿着刀在城墙上演戏，然后自杀。因为这把不存在的神刀，我获得了你的信任，屠夫获得了将军的信任。我借宰相的手杀了将军，再借你的手杀了宰相。你别难过，宰相说的都是真的，什么古书，都是我伪造的。我造了两本，撕了一本给宰相，在藏书阁里给你留了一本完整的。”

皇帝浑身发抖：“你当侍卫，有的是机会刺杀朕，为什么到今天才下手？”

万全笑了笑说：“你是老虎，将军是狼，宰相是狐狸，对国家来说都不是好东西。你若先死，他俩必定作乱，国家就完了。所以一定得先由你杀了他们俩，你才能死。何况你不出宫，杀死你之后，我俩也跑不了啊。虽然郭将军吩咐过，为了国家不能怕死，但如果有逃生的机会，总是好的，对吧？”

皇帝灵光一闪：“郭胜是爱国的。我还没儿子，我是最后的皇族血脉，我死了，人人争皇位，国家必乱。郭胜不在乎吗？”

万全冷笑道：“郭胜在襄阳城头自尽，换襄阳百姓平安，固然是珍爱百姓，但其实他更怕乱军伤了藏在襄阳城中的先帝皇子。他身有玉牒，我又是首席侍卫，你今日伏诛，明日新皇就登基。”

皇帝绝望地嘶吼：“朕是真龙天子，有上天护佑，没有屠龙刀杀不了我！”

万全哈哈大笑：“屠龙刀就在百姓心里。先帝良善，百姓信服；你暴虐昏庸，也配称龙？”

话音未落，屠夫鄙视地一笑，刀光一闪，皇帝的头颅已经飞上了半空……

（发稿编辑：朱　虹）

（题图、插图：杨宏富）

2023年5月(上)动感地带答案

神探夏洛克：正常情况下即便看错了车，没有匹配的车钥匙也打不开车，此人可以打开别人的车，肯定是偷车贼。

疯狂QA：烧完整根是1小时，所以同时点两头就是半小时烧完。可以同时点燃第一根的两端和第二根的一端，半小时后第一根烧完的同时，点燃第二根的另一端，第二根的半根烧完的时间就是15分钟。

故事会微信号:story63,欢迎添加故事会微信,参与互动!

·神探夏洛克·

血迹追凶

一天,警方在森林公路中段截获了一辆走私微型冲锋枪的卡车。经过一场激烈的搏斗,四名嫌疑犯中的三名当场被擒获,而首犯巴尔肯被警方的手枪击中腿肚,逃入密林深处。警方沿着点点血迹仔细搜捕,突然,从不远处传来一声沉闷的猎枪射击声和一阵忽隐忽现的动物奔跑声。看来,这只动物已经受了伤。果然,当警方追赶到一个较宽敞的三岔路口时,一行血迹竟变成了两行近似交叉的血迹,左右分道而去。显然,逃犯和动物不在同一道上逃命。

应该从哪一条道追捕逃犯呢?警方向夏洛克求助,很快就做出了正确的判断。

超级视觉

这是一个奇妙的立方体,仔细看,它的每一个面,似乎都延伸至了意想不到的位置,你看出来了吗?

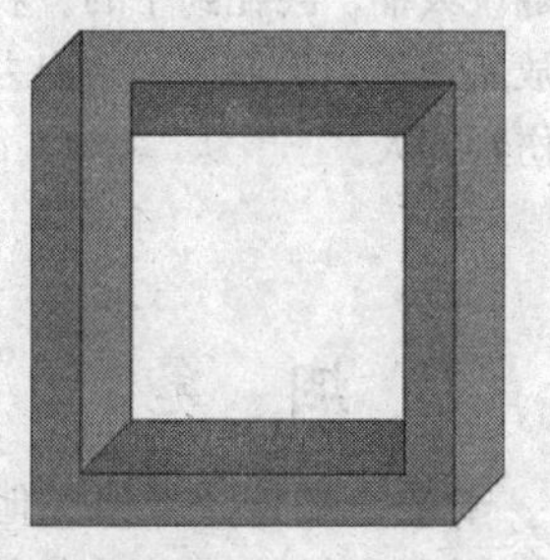

思维风暴

8个数字8,怎么组合相加才能等于1000?

想知道答案吗?

1. 您可直接扫描下面二维码。

2. 购买2023年6月上《故事会》。

动感地带,与您不见不散!上期答案见本期P80。

·细节·

本期话题："顿悟"的时刻

18岁前的新衣

阿巧在步行街开了一家服装店，专卖童装和女装。这天，店里来了一个女子，戴着一顶漂亮的遮阳帽。女子说："小女孩身高1米1，偏瘦型的连衣裙，有吗？""有。"阿巧领着女子看刚到的新款。女子挑了一件，又说："1米2的新款，在哪儿？"阿巧原以为女子给家里两个孩子买衣服，谁知女子竟然一口气买了10件！尺寸每件都不同，越来越大。

付款时，阿巧随口说了一句："你给孩子买这么多衣服啊。"女子笑笑说："我要走了，这是给孩子18岁前买的新衣服。"说完，女子摘下帽子，阿巧看到了女子的光头，心里"咯噔"一下：癌症病人化疗时，因为掉头发，常常剃光头……

（陶崇银）

装针头的瓶子

有天，我收拾屋子，看到隐蔽的角落里放着一个瓶子，上面醒目地贴着张标签"装针头的瓶子"，那是母亲的字迹。

我好奇地打开一看，里面全是用过的针头。因为我身体弱，夏天经常中暑，后来得知可以用针扎指头，便准备了好些一次性针头，每次中暑就请母亲帮我扎。

看着这熟悉的针头，我惊呼："妈，这些针头怎么还留着？"母亲说："这可不能乱扔，万一有人去翻垃圾桶，会扎到手的。我把针头放瓶子里，集多了再拿出去，免得伤到别人。"

（李艳萍）

烟　鬼

老李是个烟鬼，老伴说他，他还理直气壮地说"嘴上一支烟，快活赛神仙"。

这天，老李的徒弟小王带着媳妇来看望他，老李和往常一样，随手把烟递给小王，哪知小王却连连拒绝，老李虽然纳闷，但也没多想，就独自点烟，开始享受“赛神仙”的快活。不料，小王的媳妇突然起身走向窗边，而小王也大惊失色地跟在媳妇身后，还迅速打开了窗。老李见状，立马掐灭了香烟。

待小王夫妇走后，老伴问老李刚才怎么不抽烟了，老李笑着说：“看来小王的媳妇有喜了，闻不得烟味。”老伴惊讶道：“她也没说呀，你怎么知道的？”老李苦笑：“因为小王原来也是个烟鬼呀。”

（金桂芳）

治口吃

刚子带着女儿一起生活，是单亲家庭，本来就够辛苦了，可最近他又发现一件头疼的事：女儿的口吃越来越严重了。

刚子决定抽出半天时间带女儿去医院。临出发前刚子问：“你说话为啥不能一个字一个字地说清楚啊？”女儿说：“我，我心里急，一急就，就……”刚子说：“你急啥呢？你慢慢说啊，又没有人跟你抢！”女儿说：“我要是说，说慢了，你听不到一半就，就，就走了，我心里急，急……”

刚子如遭电击，猛地一踩油门，打起方向盘，女儿问：“我们要去，去哪儿？”刚子说：“带你去游乐场，或者咱们去看电影！”女儿高兴地拍起手来。

（梅星明）

没吓着吧

商场里，几步外的一个陌生老头忽然对着李丽喊：“爸在这儿呢。”李丽没理他。谁知老头快步走到李丽近前：“没吓着吧，女儿？”说着，他还伸头向李丽背后看。李丽很不悦，正想发火，一位穿着和李丽同款上衣的大姐赶过来，满脸歉意地说：“姑娘，实在不好意思，这是我父亲，他有间歇性失忆症。我刚刚离开一会儿，他可能把你当成我了。对了，我父亲以前每次问我有没有吓着，肯定都是有什么事儿发生。”

李丽猛然想起，刚刚老头喊她时，好像有个男人与她擦肩而过。李丽拿下自己的双肩包一看，一个没被彻底割开的口子赫然入目。

（张连春）

（本栏插图：孙小片）

今年喝谁带的酒

□张　弯

季老师是个退休教师，照理说应该很受周围人尊敬，但偏偏大家都说他"势利眼"。究其缘由，便是每年春节时，他的三个女婿拜年带礼品这事。

季老师家的二女婿是城里人，在政府部门工作，给局里一把手开车。他的人际关系与活动能力可想而知；而大女婿和小女婿都是普通的农民。

正月初二这天，三个女婿都赶在中饭前到季老师家拜年。季老师有意无意地将他们带来的礼品按次序摆在客厅的方桌上。作为主打礼品，独立包装的酒清晰地映入每个人的眼帘。二女婿的酒最好，两瓶某粮液；大女婿次之，某某贡八年；而小女婿就尴尬了，某某贡五年，以价格计算，只值二女婿的十分之一。

坐桌开饭时，季老师朝礼品桌上瞄了一眼说："大过年的，难得聚到一块儿，咱们喝个尽兴。来，我们喝老二的某粮液！"

大女婿随即站起身说："今天我来斟酒，感谢二妹夫托人打招呼，帮我们两口子在城东菜场租到个主门通道边的摊位。这开业大半年了，生意好得不行啊！"

"一家人就是要相互帮衬！"季老师接了话，又对做瓦匠的小女婿道，"老小啊，你在工地里风吹日晒的也不是个事，老二你也帮他看看，能不能换个轻松点的活做。”小女婿被点了名，虽然心里不适，还是红着脸举杯：“请二姐夫留个心，有合适的事，也照应一下我。”

冬去春回，眨眼又到正月初二。老二还是某粮液，小女婿却升级成某某窖藏，超越了原地踏步的大女婿。席上坐定，季老师依然取了二女婿的酒，斟酒的则成了小女婿：“谢谢二姐夫帮忙！我那小装潢公司开张以来，业务一直没断过，前不久又接了两个工程！”

这样的酒又喝了几个年头，奇怪的是，从某一年开始，季老师再未动过二女婿的某粮液。

斗转星移，又是一个正月初二，季老师家只来了二姑娘和孩子，不见二女婿人影。二姑娘带的酒也换成与大女婿一样的某某贡八年，而小女婿的装潢业务做得风生水起，拜年酒也升级成了某粮液。原来，二女婿单位的局长去年底被双规了，二女婿作为亲近随从人员，今天去检察机关接受调查。

季老师望着礼品桌上的酒，低声说：“你们想喝什么酒就自己开，我这胸口像有东西堵着，不想喝。”这氛围里，一家人草草吃过中饭便散了。

第二年，初二的团聚时间，一家人都到齐了。小女婿带了某粮液，大女婿和二女婿带了某某贡八年。季老师一改去年蔫头耷脑的样子，菜未上桌，便拎出二女婿的某某贡八年：“今年喝老二的酒，我要多喝两杯。”

大家有些蒙，季老师又说：“老二啊，今天我喝这酒，比喝你之前的某粮液更踏实。你丢了那开车的工作，如今自己跑网约车，跑来的每一分钱都干净，这酒呢，每一滴我喝着都香。”

其实，季老师早就知道有不少人背后说他势利眼，他动情地擦擦眼角：“早些年，我把你们的酒摆在一块儿，是希望自家人不必藏着掖着，家境是怎样就怎样，条件差点的争口气，日子过得好的帮衬一把差的。后来你们都稳定了，反倒是老二那工作让我的心悬了起来。有一次他说漏嘴，说那酒是领导让他从单位车后备厢里拿的，能从公款走账报销，我……”

季老师有些哽咽，他不再唠叨，和女婿们一起举杯。大家都觉得，今年这酒，比以往任何一年的都更香更醇……

（发稿编辑：赵嫒佳）

（题图：孙小片）

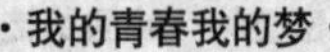

黄铜风铃

□上海市晋元高级中学附属学校
陈怡霏

一股顽皮的清风吹过，“叮咚——”卷起了地上的树叶，穿进了古朴的院子里，青瓦屋檐下的风铃随风而响，发出了清脆悠长的铃声。用金丝线穿着的铃尾在风中摇曳，敲击着中间的圆片，四角尖尖、雕刻着精致花纹的铃身，在阳光下闪烁着淡雅美丽的光泽。

那是一只黄铜风铃。从林佳记事起，这只风铃就一直挂在家门前的屋檐下。小小的孩子总是渴望长大，她十分喜欢跟风铃比高，她使劲地蹦啊，跳啊，可就是够不到那挂得高高的风铃。红绳扎着的小辫儿跟着一甩一甩的，扫过她气鼓鼓的脸颊。

“小傻瓜，别跳了，你够不到的。”靠在旁边椅上的奶奶忽然说了一句。

林佳不好意思地停了下来，一转头就对上了奶奶含着笑意的眼睛。奶奶看了看孙女，半晌又望向了那只黄铜风铃。

林佳的奶奶是个雕刻师，年轻的时候她的技术可是镇上数一数二的。经她之手的作品无不栩栩如生、精妙绝伦：活灵活现的动物，器具上细致精美的纹样……这都得益于她的父亲，也就是林佳的太爷爷，他是当时镇上最厉害的工匠。

奶奶真的非常喜欢雕刻，她的房间里总是会传出一些细碎的声音："嘭嘭……"是锤子敲打木头的声音；"沙沙……"是铁片在木头上划过的声音……每当这时，门缝边总会悄悄探出一个小脑袋。

林佳会悄悄地溜进房间，在角落偷偷歪着头看，看着一块木头或是金属在奶奶的手里慢慢有了雏形，然后变成了一只只可爱的小动物，或是一个个鲜活的小人。

奶奶比书里的女娲娘娘还厉害，林佳想，女娲娘娘只会造人，可奶奶什么都会造哩！

忽然有一天，奶奶唤林佳过去，递给她一块木头和一枚铁片："要不要试试？要用这铁片在木头上雕刻哦。"

林佳又高兴又惊讶地接过来，学着奶奶的动作，轻轻地在木头上面划了一下，可木头上只留下了一道极浅淡的痕迹。她又用力了一点，可痕迹仍然不深。她有点急了，狠狠划了一下，却用力过猛划到了手指，鲜红的血珠瞬间沁了出来。

奶奶连忙心疼地为她包扎了伤口，本不想让她继续做了，林佳却小声说道："教教我吧，我想学这个……"

于是，奶奶握住了林佳的小手，奶奶手背上青色的血管清晰可见，长年握着工具的手十分粗糙，手心布满了老茧，看起来十分瘦弱却好像有无穷的力量。"不能划得太轻，也不能用力过猛，要像这样……"奶奶一边讲着，一边带林佳雕琢着。

没一会儿工夫，美丽的花纹便展现在眼前。林佳的心顿时雀跃起来。

从那之后，高高的屋檐下多了一个小小的身影，林佳坐在凳子上，手握着工具，笨拙地在木头上刻刻画画。头顶上悬挂的黄铜风铃随风而响，从草长莺飞响到烈日当头，响到丹桂飘香，又响到了白雪皑皑时，响了一天又一天，一年又一年。

林佳原本稚嫩的双手也变得有力了，笨拙的她在指导下逐渐游刃有余了起来。奶奶就这样耐心地、慢慢地将雕刻的技艺传授给了她。林佳也慢慢地长高、长大了，从原来懵懂的小女孩变成了沉稳的大姑娘。

然而后来，奶奶病倒了，再也无法继续雕刻了，终日只能躺在床上。林佳也像病了一样，再没拿起

过工具。她依旧坐在那屋檐下，风铃的响声依然清脆，她却像人偶一样呆呆地坐着，一动不动。

临终前，奶奶想再看一眼那个黄铜风铃。林佳站在屋檐下，她已不是当年那个无论如何都够不到风铃的小女孩了。她轻轻地取下风铃，放在奶奶干枯的手中。

奶奶如同抚摸珍宝一样抚摸着它，突然开口说道："其实这风铃是我的父亲……也就是你太爷爷送给我的……这是他一生中的最后一件作品……佳佳，我知道这门手艺会渐渐被人们遗忘，但我还是希望……你能把它传承下去……好吗？"

"嗯！一定会的。"不知何时，林佳已泪流满面，紧紧握住了奶奶已无力气的双手。

多年后，年事已高的林佳独自坐在院子里，子女们都去大城市工作拼搏了，只剩她一人还留在这小镇里。她坐在椅子上，手中还在不断忙活着，心中一阵惆怅。

"林婆婆，你在做什么呀？这个看起来好漂亮呀！"清脆的童声突然响起。

林佳怔了怔，转头看去，原来是邻家的一个小男孩，正好奇地看向自己手中的雕件。

林佳又想起了那一天，第一次做雕刻的那一天，她永不会忘却的那一天，她也像这样……林佳不禁笑了："我在做雕刻啊，你想看看吗？要不要试一试？"

男孩兴奋地点点头。

这时，一阵风恰好吹了过来，吹响了屋檐下的黄铜风铃，"叮咚——"看着男孩小小的身影，林佳忽然有种想落泪的感觉。

（本文系"我的青春我的梦"第三届中小学生故事会征文获奖作品选登）

（指导老师：王雪华）

（发稿编辑：朱　虹）

（题图、插图：孙小片）

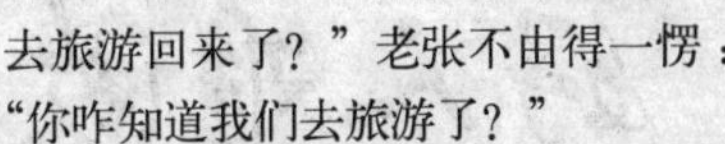

好邻居

□滕建军

老张退休后，一直想和老伴出去旅游，可因为担心他那缸宝贝金鱼没人喂，一直没能成行。最近，老张网购了一款自动金鱼喂食机，只要通上电，就可以每天定时定量帮人喂鱼。经过一段时间实验，他发现效果非常好，只要在机器食盒里放入足够的鱼粮，即便出门一个月也没问题，这下他可以放心地去旅游了。出发这天，老张最后又检查了一遍鱼缸的循环打氧和自动喂食装置，确保全都运转正常。

可临出门时，老张突然又想起了什么，进屋把餐厅的一个小灯打开。老伴问他这是干什么，他神秘兮兮地小声说："这样可以防贼，万一有小偷来小区踩点，看到屋里有灯光，就不会进来了。"做完这一切，老张终于可以放心地和老伴去旅游了。

他们在外面高高兴兴地玩了七八天才回家。刚进小区，正好碰到他们单元的楼长老王。老王笑呵呵地跟他们打招呼："出去旅游回来了？"老张不由得一愣："你咋知道我们去旅游了？"

老王晃了晃手机说："天天看你们在朋友圈里发照片显摆，还能不知道？"接着又用嗔怪的语气责备道："不过你们两口子也太粗心了，走的时候连灯都忘了关，还好我晚上下楼遛弯的时候看到了，帮你们关了。"老张听了有点蒙："你又没有我们家钥匙，怎么帮我们关灯？"

老王得意地一笑："我有咱单元电表箱的钥匙呀！我一看你们出去旅游了，家里却亮着灯，这肯定是走得急忘关了，于是就把你们家的总电闸拉下来了。"

老张只觉脑袋"嗡"的一声，连忙拔腿就往家跑，打开门一看，他的宝贝金鱼果然都翻了白肚皮……

（发稿编辑：田　芳）

好人难做

□黄 胜

这天中午，理发店老板阿毛正和老婆在店里吃饭，忽然一个蓬头垢面的老乞丐进来讨钱。阿毛摸摸口袋，发现兜内空空，又打开抽屉翻找，里面却只有几张百元大钞。老婆怕他穷大方，悄声提醒说："现在生意难做，今天的房租还没挣够呢。要钱的都是职业乞丐，你别惯着他。"

阿毛说："我知道。给他几块钱咱也穷不了，能帮一把就帮一把吧。"

找了半天，终于找出了一个一元硬币，阿毛递给乞丐说："不好意思啊，就一块钱，你可别嫌少。"乞丐接过钱，深鞠一躬，说："谢谢，好人有好报！"说罢，转身往外走去。

阿毛被他这一大礼行得有些不好意思，他说："等一下。你头发这么长，这是多久没理发了啊？来，我给你理个发吧。"乞丐忙往后一躲，嗫嚅道："我、我……太脏……"

阿毛无所谓地说："没事。我干的就是这个活儿，来，你坐下啊。"说着，阿毛就把乞丐拉到椅子前，围上围布，麻利地理起发来。

乞丐眼里渐渐湿润了："好人……真是好人啊……"后来，阿毛老婆还去找了一件八成新的衣服让乞丐换上。乞丐浑身上下焕然一新地出了门。

又过了几天，一早，阿毛刚打开店门，一个人突然倒进店里，他吓了一跳，仔细一看，正是前几天来过的乞丐，他赶紧把人扶起来。乞丐虚弱地哀求道："有吃的吗？快给我口吃的吧，我、我都快饿死了！"

阿毛一怔："经济不好，连你这一行也这么不好做了吗？"

乞丐委屈地哭了起来："自从上次你给我理了发、换了新衣服，人家都说我是骗子！这几天，别说钱了，连饭我都讨不到了……"

（发稿编辑：田 芳）

比排场

□赵功强

德根叔是个好面子的人。这天，他给傻儿子办婚宴，按全村每家全到的标准，摆了三十八桌。村民们来随礼吃酒席时发现，餐桌上除了常规的鸡鸭鱼肉外，还摆上了大虾、螃蟹等以前在婚宴上没见过的好东西，连酒也上了一个档次。

打那以后，德根叔家的婚宴排场成了村里人津津乐道的话题，德根叔得意极了。

过了一阵子，村西马二家的儿子考上了大学，也要办酒席。到了这天，德根叔一家去吃酒席，正要随礼，只听马二对大伙说，他家今天不收礼金，他就图个高兴！吃饭时，德根叔一数，也是三十八桌。菜和酒，也跟自家上次的一模一样。乡亲们边吃边夸，马二的酒席有排场。这让德根叔有点失落。

德根叔的傻儿子见父亲闷闷不乐，便劝道："爹，咱家的酒席排场好歹也算第二呀。"德根叔心里这才舒服了点。

没过多久，村会计的女儿考上了公务员，也要办酒席。当天，德根叔很紧张，他不知道自家的第二还保不保得住，怕自己去了心里别扭，就让傻儿子去了。

下午，傻儿子回来了，一进门就说："爹，咱家现在只能排第三了。村会计家也不收礼金，桌数和酒菜也跟咱家的一模一样。"

德根叔不服气地说："谁说的？村会计和马二家并列第一，咱家还是第二！"儿子摇摇头说："不能并列，乡亲们都说他家最有排场，我也这么觉得。"

德根叔好奇地问："为啥？"

傻儿子答道："村会计的闺女帮忙上菜，她爸说什么公仆在给大家服务。你想，在他家吃酒席，既不用花钱，还有仆人伺候，多气派呀！"

（发稿编辑：朱　虹）

进门先敲门

□ 马凤文

小张是个新入职的公务员。一天，办公室主任拿出一份文件，让小张去找主管吴科长签字。

小张来到吴科长办公室门口，发现门是虚掩着的，他想都没想，大大咧咧地推门而入。吴科长正在电脑上打麻将，见有人突然进来，吓得赶紧把显示器关了，抬头一看是新来的小张，气得一拍桌子："不知道进门先敲门吗？你懂不懂规矩？"

小张紧张得话都说不利索了："吴，吴科长，麻烦您，您签个字……"吴科长一脸不悦，白了小张一眼，签完字，把文件甩在桌上。

从此以后，小张吸取了教训，只要是找吴科长签字，一定要敲门，未经允许绝不能进去。

这天，主任又让小张找吴科长签字。小张走到门口，轻轻敲了三下门，可是吴科长并没有回应。小张只好加重力度再敲，只听吴科长没好气地回了声："进来！"

小张推门进去，见有个漂亮的女人坐在沙发上。他不敢多看，毕恭毕敬地把文件递过去："吴科长，麻烦您签个字。"

吴科长没好气地说："记住，下次有事先打电话！"小张连连点头，转身退了出去。

一个星期后，小张又要找吴科长签字。这次他不敢大意，先拿起电话小心翼翼地拨了过去，可好久都没有人接。难道吴科长不在办公室？小张还要再打，这时主任慌慌张张地进来，问道："小张，是你给吴科长打的电话？"

小张点点头，只见主任一副恨铁不成钢的表情，说："你怎么一点也不开窍呢？这个时间吴科长正在睡午觉，你一个电话打过去，吴科长被铃声惊醒，血压飙升，突然就中风了！"

（发稿编辑：王　琦）

我有办法

□汪小弟

大韩买了辆新车，老婆和女儿把他当成了专职司机，俩人不论去哪儿，都让他接送。渐渐地，大韩有些烦了。女儿还好，大韩不答应顶多噘个嘴；老婆就不行了，大韩不答应就使着性子闹，大韩只得忍气吞声。

这天傍晚，大韩正和女儿在家看电视，老婆打电话来了："老公，快来'春风发廊'接我，我刚做完头发。"

大韩一听来了气，"春风发廊"离家不到五百米，他气鼓鼓地说："就几步路，你不会走回来呀？"不料老婆吼道："你少废话，快开车来接我！"

大韩只得无奈地起身拿车钥匙，不料，女儿上前拉住他说："爸，你别去接，让我妈自己走回来。"大韩气呼呼地说："不去，你妈要闹翻天了！"女儿夺过老韩的手机，说了句"我有办法"，就回拨了过去："妈，我爸喝酒了，要是路上被警察逮着咋办？"

"喝酒了？谁让他喝的？"大韩老婆火冒三丈地挂了电话。

大韩听了，担心地说："一会儿你妈回来知道我骗她，肯定饶不了我！"女儿又说了句"我有办法"，然后从柜子里拿出半瓶酒："爸，喝上两口，免得等会儿露馅。"大韩冲女儿竖了下大拇指，随后接过酒瓶灌了几口。

不一会儿，老婆怒气冲冲地回来了，一进门就闻到大韩身上一股酒味，便指着他吼道："谁让你喝酒的？你胆子肥了……"

老婆发了一通火，然后进了卧室。这时，女儿笑嘻嘻地趴在大韩耳边低声说："爸，以后让你接送我，你可要答应噢！要不然，可别怪我和老妈说漏嘴哦……"

（发稿编辑：朱　虹）

有哥真好

□一味凉

小贾在职校读书，哥哥大强很疼她，隔三岔五来学校看她，给她送好吃的。若有人敢欺负小贾，他必定让那人肠子都悔青。闺密小依和小冰感叹“有哥真好”，小贾得意极了：“他就我这一个妹妹呀。”

后来，经过小依有意无意的撮合，大强和小依的姐姐结了婚。这天小贾去校外面试，回来时遇到大雨，打电话让大强来接。大强迟迟不到，小贾只得自己想办法，好不容易回到宿舍楼，却碰上大强送小依回来。敢情他是去接小依了！

事后，小贾向小冰抱怨：“真是有了妻妹，忘了亲妹。”小依则向小冰炫耀：“小贾以前老压着我，现在总算能出这口恶气了。”

毕业后小冰去了外地，小贾和小依留在了家乡。有一天，小冰突然回到家乡，约两个闺密见面。见小冰一身名牌，珠光宝气，小贾和小依都很意外。小冰笑道：“这些都是我哥送的。”小贾不信，小冰是独生女，连堂哥都没有，哪来的哥哥？

小冰一脸得意：“我当了网络主播，这些都是粉丝哥哥送的，榜一大哥送得最多。”她虽然相貌平平，但嗓子好，直播时美颜一开，立马成了人美歌甜的人气主播。

送走小冰后，两人心里酸溜溜的，当年小冰一直被她俩压一头，谁知现在却……这时候，有人打电话来，说大强夫妻吵起来了，两人忙赶去大强家里。小依姐姐正指着大强骂，说他被网上的狐狸精迷住了，送了好几十万元给人家，还当上了那个主播的榜一大哥。

小贾和小依拿起大强的手机一看，顿时愣住了：“这、这不是小冰吗？”

（发稿编辑：赵嫒佳）

便衣警察

□胶年儿

大伟丢了工作，眼看着就要弹尽粮绝，只得倒腾盗版光碟谋生。这天，他接到一个顾客的电话，约在工人街的凉亭见面，那里偏僻，适合交易盗版光碟。

作为新人，大伟警惕性非常高，提前十分钟到达工人街，见周围除了零星的几个行人，只有一对青年男女坐在凉亭里闲聊，这才放下心来，走向凉亭。

不一会儿，顾客来了，两人正要交易，大伟下意识地抬眼看了一圈，却发现凉亭周围有好几个人在往他这边看，而且他们分散在凉亭四周的不同角落，身影不停躲闪着。

大伟立马心慌起来："完了，咱俩被便衣盯上了！"顾客也惊慌起来，立马想跑，大伟一把拉住了他："这周围都是警察，咱俩跑不了！只能争取个宽大处理，在便衣来抓之前自首吧！"

伴着顾客的一声叹息，大伟抄起电话报警自首。放下电话，他嘴唇直哆嗦："警察让咱俩原地不动，他们立马就来！"于是两人不由自主地蹲在了地上，等待被抓捕。

很快，七八个人从凉亭四周的不同方向朝他们走来，大伟的心跳到了嗓子眼，可没想到这几个人碰了头后，却毫不搭理大伟，而是转身要走。

大伟莫名其妙，喊住其中一个人："便衣同志，刚才是我打的电话……"

那人一脸疑惑："什么便衣？"

大伟战战兢兢地回答："你们不是藏在角落里侦察的吗？"

那人哈哈大笑："我们哪是便衣呀？是我们家唯一的妹妹相亲，约在前面的亭子见面，我们在暗中观察呢！"

大伟欲哭无泪，愣愣地看着已经空无一人的亭子。这时候，不远处传来了警笛声……

（发稿编辑：赵嫒佳）

农夫的马

□胡 英 编译

吉米和弟弟都爱好打猎。每个周日早上，两人都会各自带上一打最爱喝的啤酒，去郊外打猎。这天，他们来到最近经常打猎的地方，苦等几个小时，连个鸟的影子也看不到。喝完啤酒，他们便决定换个地方试试。

于是，兄弟俩踉踉跄跄地来到一座旧农舍前，只见农舍旁边有一片田野，有很多鹅，要是能打几只就好了。他们想要在这里打猎，就得先征得农夫的同意才行。于是两人玩起了石头剪刀布，谁输了谁就去问农夫。

吉米输了，于是他让弟弟在原地等着，自己走进农舍去找农夫。吉米告诉农夫，自己想买下几只鹅打猎。农夫想了想，说："没问题，不过你得帮我个忙。"他叹了口气，痛苦地说："我心爱的马病得很重，前些天我请兽医来看过，他说没救了，只能安乐死，我一直下不了这个决心。今天早上我看它不行了，兽医正好进城去了。既然你要打猎，就替我送它上路吧，我自己实在下不了手。"吉米一口答应了。于是，农夫带他走进马厩指认了那匹马，然后自己转身回了农舍。

吉米找到弟弟，弟弟一脸期待地问："农夫怎么说？"吉米很兴奋，想跟他年轻天真的弟弟开个玩笑，便答道："那个老家伙不准我们在他田里打猎，我要给他点颜色瞧瞧。"

"你要干什么，吉米？"弟弟问。

吉米回答："我要干掉他的一匹马。"说完，他径直走进马厩，瞄准那匹病马，"砰"的一声，击中了目标。"砰！砰！"突然，吉米又听到两声枪响，还没等反应过来，就听弟弟尖叫道："咱们赶紧跑吧，吉米！我刚刚也干掉了两匹！"

（发稿编辑：田　芳）

（本栏插图：小黑孩　顾子易）

春季增刊 故事会 2023

CONTENTS —STORIES— SEMIMONTHLY

一本可读、可讲、可传、可听的全媒体杂志。

春季增刊

社 长、主 编 夏一鸣

副社长 张 凯

副主编 朱 虹 吕 佳

本期责任编辑 吕 佳

电子邮箱 lujia411@126.com

发稿编辑

丁娴瑶 陶云韫 曹晴雯 孟文玉

美术编辑 王怡斐 郭瑾玮

红版编辑部电话 021-5320 4059

绿版编辑部电话 021-5320 4052

地址 上海市闵行区号景路 159 弄 A 座 3 楼

邮编 201101

主管、主办 上海文艺出版总社

出版单位 《故事会》编辑部

发行范围 公开

出版发行部

发行业务 021-5320 4165

发行经理 钮 颖

媒介合作 021-5320 4090

广告业务 021-5320 4161

新媒体广告 021-5320 4191

融媒体中心

《故事会》微博 @故事会

《故事会》微信 story63

故事中国网 www.storychina.cn

《故事会》网店

shop36332989.taobao.com

故事会公众号　　故事会小程序

国外发行 中国图书贸易总公司

印刷 浙江广育爱多印务有限公司

发行 中国邮政集团公司报刊发行局总发行

国内代号 4-225 定价 8.00 元

·绝对笑话·

爆笑家庭

（本栏插图：小黑孩）

@一冬白雪　哥哥和妹妹一起在院中玩，一只受伤的鸽子掉落在院子里。它的翅膀上有一个很大的伤口，扑腾了半天也没能飞起来。妹妹说："好可怜的鸽子！"说着，她连忙去找药棉。

学医的哥哥见了，一转身跑进房间，去书架上找书。妹妹高兴地想：等哥哥找到怎么救治的书，可怜的鸽子就得救了！

很快，哥哥兴冲冲地拿着一本书跑了出来，说："终于找到了，这本《厨艺大全》的第 28 页有一篇《如何制作烤乳鸽》！"

@流浪月球　人迹罕至的非洲丛林中，两个探险家正在聊天。

探险家甲说："我厌倦了都市生活。我想看到太阳从地平线上升起，听到鸟儿展翅飞翔的声音，我还想在人迹未至的沙滩上留下脚印……所以我离开家园，开始探险，你呢，为什么开始探险？"

探险家乙沉默了一会儿，说："我离开家，是因为我的妻子开始学小提琴了。"

@小城事故多　孩子问："妈妈，你知道涌泉穴在哪吗？"

妈妈说："不就是在脚底心吗？"

孩子说："那么古人说的'涌泉相报'，就是踹他一脚的意思吗？"

@零零久　一个青年鼓足勇气，打算向他所喜欢的姑娘求婚，但他不知如何开口。最后，他结结巴巴地对姑娘说："你、你不介意帮、帮我用掉我的薪水吧？"

姑娘轻快地答道："好啊，我很乐意。"

青年补充道："我、我的意思是、是永久……"

姑娘一听，肯定地说："噢，那用不着多久的呀！"

囧人囧事

@山河无恙 员工：领导，我不舒服，上午请个假。

领导：要紧吗？不用打针的话，吃点药到公司坚持坚持……

员工：恐怕要去医院打针，估计得花一上午时间。

领导：那你下午来了，我可要查针眼啊！

@一觉睡回小时候 老板娘把小李叫进办公室，说："听说我每次提前离开公司，你也跟我前后脚，提前就走了？"

小李据理力争，说他只是出去办事。

老板娘说："不管你是不是去办事，以后不许这样，影响不好，弄得我好像和你偷情一样！"

@兰花花 小美毕业于河南一所高校。有一次，同事和小美聊天，问小美："上大学时你谈过恋爱吗？"

小美说："大二的时候处过一个对象。"

同事接着问："是河南的吗？"

小美惊讶地回答："当然是和男的啦！"

@冲鸭 自习课上，小明觉得很无聊，就问同桌："有一个坏消息和一个好消息，你想先听哪个？"

同桌说："坏的。"

小明说："坏消息就是没有那个好消息。"

同桌问："那好消息呢？"

小明笑道："好消息就是没有那个坏消息。"

@吃瓜爱好者 一个顾客叫了一份比萨外卖，收到后发现，外卖盒里只有一张光秃秃的面饼，上面什么东西也没有，于是他立马向客服投诉。

客服回复道："非常抱歉，我们查明原因后一定给您满意的答复！"

几分钟后，顾客又打来电话，对客服说："不好意思啊，不用查了，原来是我开盒子时开反了，看到的是比萨的饼底……"

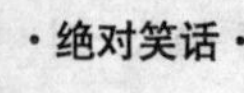

趣闻天下

@送你一颗星 胖妹去一家网红餐厅吃饭，人有点多，胖妹找了个地方坐着等。

半小时过去了，胖妹问服务员：“这么久了，咋还没轮到我呢？”

服务员惊讶道：“啊？你还没吃？”

胖妹点点头，服务员不好意思地说：“对不起，我以为你吃饱了撑着了，在这儿歇歇脚呢。”

@行走的表情包 菜市场里，小刘对菜摊老板说：“给我没腿的、一条腿的、两条腿的、四条腿的，各来一样！”

老板也是见多识广的人，给小刘挑了一条鱼、一只蘑菇、一只鸭子和一只兔子。

小刘看到老板摊上的鸡腿不错，随口说道：“再给我来五条腿吧！”

哪知老板从盆里捞起一只螃蟹，“啪啪啪”地扳下三条脚，然后把螃蟹递了过去：“给，五条腿的！”

@金满门 前阵子，阿达爱上了一个姑娘，他忍着痛，把姑娘的名字文在了手臂上。

这天，阿达问朋友：“文身能洗掉吗？”朋友笑着说：“当初看你文了‘虾儿’两个字在身上，我们就纳闷，现在反悔了吧？”

阿达说：“唉，吃了没文化的亏，今天才知道她名字叫‘遐迩’！”

@听雨客舟 有个人匆匆忙忙跑进餐馆，对服务员说：“大战即将开始！给我来份沙拉、烤鱼排和罗宋汤！”侍者吃了一惊，想问他什么，但见他着急的神色，只好赶紧上菜。

那人迅速吃完，说：“距离大战爆发只有五分钟了！你快去拿一杯咖啡和一盒香烟过来，让我仔仔细细告诉你！”服务员飞速取来咖啡和香烟，然后坐在旁边，等候最新消息的发布。

那人一口气喝完咖啡，然后点上烟，深深地吸了一口，说：“大战真的要爆发了——看我，我一分钱都没有！”

妙语如珠

@人间别久　一个小男孩牵着一头驴路过酒吧，正好一群醉醺醺的水手走了出来。一个水手叫住小男孩，故作惊讶地说："小孩，带你弟弟出来玩，怎么还用绳子套在他脖子上呢？"

小男孩若无其事地答道："还不是因为他不听话，非要去当水手！"

@蜡笔小萌　课堂上，老师见小明在偷偷喝奶茶，便叫他起来回答问题："在《乌鸦喝水》这篇课文中，乌鸦想喝瓶子里的水，它为什么要衔石子？"

小明被问住了，他一眼瞥到课桌抽屉里的奶茶，灵机一动，说："因为它没有吸管呗！"

@猫哥哥　小李去店里买东西，老板有事要走开一会儿，就让小李在店堂里等一等，说可以跟他养的鹦鹉玩，会有惊喜的。

老板走后，小李看着鹦鹉，鹦鹉也看着他。就在小李想究竟是什么惊喜时，鹦鹉突然开口问："哥们，会说话不？"

@偷心者　威廉警长把三个犯罪嫌疑人带到目击证人面前，让证人辨认口音。警长让每个嫌疑人都对证人说一句同样的话："把所有的钱交出来，我手里有枪。"

第一个嫌疑人和第二个嫌疑人都按照警长的要求说了。轮到第三个嫌疑人时，他脱口而出："我当时不是这么说的！"

@叮咚爱蛋糕　一个喜欢文身的壮汉把自己的名字文在了左臂上，名字是花体字，非常漂亮。这天，壮汉穿着无袖上衣外出，一位老绅士拍了拍他，指着他左臂上的名字，说："非常漂亮的名字。"壮汉笑着说："多谢夸奖。"

老绅士又看了看壮汉的右臂，好奇地问道："可是，你的另一只手臂叫什么名字？"

本栏欢迎来稿，读者、作者可将有新鲜感、有精彩细节的笑话佳作投寄给我们。来稿一经采用，最高稿费为一则100元。本期责任编辑电子信箱：lujia411@126.com。

一场大梦

□雨童先生

风和日丽的一天，一条竹叶青蛇趴在草地上晒着太阳。它高昂脑袋，姿态优雅，浑似一截碧绿剔透的翡翠。竹叶青沐浴在温暖的阳光里，并没有意识到危险来临。

樵夫张三发现了这条蛇。他两眼冒光，仿佛那不是蛇，而是一锭白花花的银子。御酒坊的胡老板曾贴出告示欲收购各种毒蛇，其中尤以竹叶青价最高，值十两纹银。

张三听说，竹叶青泡酒，可医各类顽症，至于到底能治什么病，他不清楚，也不在乎，他只在乎这条蛇能给他赚来十两纹银。有了这十两纹银，他就可以继续去喝花酒、掷骰子了。张三好赌，好色。他本是员外之后，可惜不到三年就败光了祖上所有家产，还把个如花似玉的老婆输给了人家做侧室。这几年，他只能靠打柴维持生计。

张三捉了蛇，也就没心思打柴了，火燎屁股似的直奔御酒坊，找胡老板换银子。胡老板尖嘴猴腮，长着一对贼溜溜的耗子眼。他用火钳夹着蛇的七寸，上上下下仔仔细细地打量了一番，心想，果然是条好蛇，嘴上却故意叹了几声。

“太瘦了，成色不大行啊！”说罢，胡老板伸出五根手指，道，“五两纹银，只能给这个价。”

“咋才五两啊，告示上不是说十两吗？”张三有些恼。

胡老板冷笑一声："若不愿成交，这蛇你自己带走便是，回去还可以熬碗蛇汤呢！"张三瞅了瞅蛇，又瞧了瞧胡老板，立马堆出笑脸："得嘞，五两就五两，也不枉我积一份功德。"胡老板收了蛇，命账房称了五两银子给张三，顺嘴揶揄了一句："你小子能积什么功德？论功德也该记在这条蛇身上，好歹让你白赚了五两纹银啊！"

张三接过银子，觍着脸，千恩万谢地退了出去。胡老板将竹叶青塞进一只西洋琉璃瓶中，再灌入一斤上等佳酿。只见那通体幽绿的蛇在酒中时沉时浮，挣扎半晌，最终蜷曲成盘，纹丝不动了。

当晚，胡老板便将蛇酒用锦缎包裹、楠木盒盛装，亲自送到宋县令的府邸。宋县令笑眯眯地捧着酒瓶把玩半晌，啧啧称叹，连肥硕的脑门也跟着烁烁放光。宋县令一高兴，胡老板就领到了一笔丰厚的赏金，足有一百两纹银。胡老板连连哈腰，千恩万谢地退了出去。

当夜，宋县令修书一封，准备密呈巡抚徐大人。信中称自己花费千金购得一瓶名贵蛇酒，特敬献抚台大人。为此，宋县令特地将楠木盒换下，替以纯金八宝盒。这盒子本是县里巨富马员外的传家宝，只因他儿子犯了事，马员外不得不忍痛割爱，拿这纯金八宝盒换回儿子一条命。次日，宋县令命几个心腹衙役，将礼物和密信送到抚台大人府上。他来年调任肥缺就指望这瓶"千金"蛇酒了。

徐大人草草地扫了一眼宋县令派人送来的密信，冷冷地笑了一声。不过，等他将重重锦缎包裹的礼物打开时，整个人都呆住了：黄灿灿的纯金八宝盒打造得无比精致，光鸽卵大的各色宝石就足足镶嵌了八枚。徐大人激动得心肝乱颤，他重新拿起宋县令的书信，顿觉春风拂面，无比受用。

徐大人对蛇酒兴趣不大，但他听说京城严阁老患有风湿，觉得这蛇酒献给他老人家最合适。问题是，怎么送才算妥当呢？琢磨了一夜，徐大人心头一亮。不久前，他收到一块顶级和田玉，严阁老晚年向佛，不如将这和田玉打造成一尊空心佛，刚好将酒瓶置于玉佛腹中。如此天衣无缝，岂不绝配？

几日后，一队快马奉命从徐府出发，奔往京城。徐抚台也修了一封书信，信中称这瓶竹叶青药酒乃花费万金从一位老神医处购得，可治各种疑难杂症，自己特地派人远送京城孝敬阁老。很快，严阁老

看到了玉佛和它腹中的蛇酒——琉璃剔透，药酒清莹，绿蛇蜷曲，酒瓶与整尊玉佛浑然一体。他赞不绝口："不错，这小子还算用心啊！"

严阁老心想，皇上近日龙体欠安，何不借花献佛，将这万金购得的蛇酒敬献上去？只是万岁爷信奉道教，这玉佛是献不得了。他愁了一夜，忽然灵光一现。若是命人在这琉璃瓶上刻老子的《道德经》，岂不正投万岁爷口味？

只是严阁老万没想到，数日后，他儿子贪墨国库的事东窗事发。皇帝一怒之下，命人抄了严府。那瓶蛇酒因为在工匠那里尚未完工，幸免被抄。受命的工匠见严府被抄，生怕被牵连，连夜雇了一辆马车逃离了京城，那瓶药酒也被他一并带在身上。

工匠无处可去，只能回乡暂避风头。这日，马车刚入县界，就在一片树林里被山贼团团围住。工匠为了保命，乖乖地将随身细软全都奉上，自然，也连同那瓶蛇酒。

说来也巧，为首的山贼正是樵夫张三。原来那日，他在胡老板处领了钱，转头就去了花柳巷喝酒，还结识了一位同来寻欢的江洋大盗。两人相谈甚欢，借着酒劲，张三竟同江洋大盗拜了把子，还进山做了绿林好汉。几个月来，张三凭着心狠手辣，居然成了远近闻名的山大王，那江洋大盗反倒成了他的副手。

此时，张三举着琉璃瓶左看右看，啧啧叹道："这玩意儿是好东西！"

山上湿气重，张三正闹"老寒腿"，见了这瓶蛇酒，他只当是老天爷的赏赐，当下便迫不及待拔了瓶塞，对着瓶口就吹了起来。众喽啰环立四周，见老大纵情痛饮，也都馋得咂起嘴来。

突然，张三浑身一颤，哀号一声，仰面栽倒。等众人将他扶起，他却捂着嘴巴抽搐不止。这时，不知是谁惊叫一声："蛇！"众人闻声望去，只见一条绿蛇"刺溜"一下，滑入路边草丛，眨眼不见踪影。待众人反应过来时，张三已经口吐白沫，一命呜呼了。

等到嘈杂人声彻底消失，竹叶青才停了下来。它趴在一块草皮上，向着阳光，高昂脑袋，姿态优雅，浑似一截碧绿剔透的翡翠。只不过，它晕晕乎乎，感觉像是做了一场大梦。

（发稿编辑：丁娴瑶）

（题图：陆小弟）

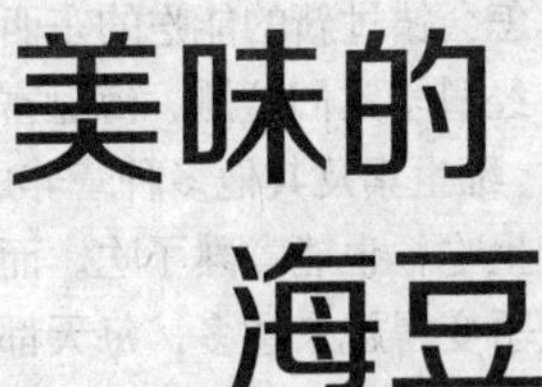

美味的海豆

□[美]梅根·哈特
邓　笛　译

杰茜十二岁的时候，有一天，她站在海边，脚泡在海水里，脚指头陷在沙子里，任由海水在她的脚踝上打旋。她大胆地往海水深处走了几步，突然感到有什么东西撞到了她的胫骨。当海浪退去时，她看到沙滩上有一个奇怪的东西。

这是第一颗海豆，长方形，有弹性，与杰茜的拳头一样大，上面有漩涡般的条纹颜色，看上去很光滑，像涂了一层浮油，亮闪闪的。

杰茜弯下腰，把它捡了起来。接着，又有一个浪头扑上岸，更多的海豆被带上岸。几分钟后，海滩上就有了数百颗闪闪发光的海豆。

人们开始收集这些海豆。后来，有了第一个吃海豆的人。

杰茜经常听祖母讲从前和吃有关的事，祖母说起真正的火腿汉堡、牛排、鸡块时，眉飞色舞，陶醉在幸福之中。杰茜，甚至连她的父母，都没吃过祖母描述的那些东西。瘟疫、干旱、冰川融化和海平面上升，已经让人们不再拥有饲养禽畜的能力，就连水果和蔬菜也已经不能生长了。只有海洋里的鱼类数量还在增长，然而由于海洋污染，这些鱼毒性太大，无法食用。现在最常见的食材是在水箱中培育的藻类植物，它们被加工成各种各样的食品，名称也叫火腿汉堡、牛排、鸡块，但与杰茜的祖母所说的，完全

不是一回事。

人们的食物太单一了，怎会错过新的能吃的东西呢？

经科学家们检测，海豆富含蛋白质、维生素及其他多种营养成分，既能生吃，也能煮熟了吃。而且海豆似乎变得越来越多，每天都有大量的海豆被海水冲到沙滩上，世界各地都是如此，不管来自哪片海洋，海豆都没有什么区别。

很快，海滩被政府管制起来，随之而来的是许多收集和加工海豆的公司。每天，一辆又一辆卡车满载着海豆，从各地海滩运往各个食品加工厂。当然了，这些公司和工厂必须获得政府许可，任何私自收集和加工海豆的人都会受到法律的严惩。

杰茜一直保留着她发现的第一颗海豆，已经有五年了，世界发生了很大的变化。她把这颗海豆放在一只小盒子里，有时会拿出来看看，回忆自己还是个孩子时在海边嬉戏的乐趣。她多想再到海边玩耍呀，可这已经不可能了，政府对海滩的管制越来越严，怎么可能由着她在海边擅自活动呢？

不过，杰茜通过了工厂招考，成了一名海豆采集员。她非常激动，尽管她仍然没有机会在海里畅游，但她终于可以再次把脚指头踩进沙子里、泡在海水里了。

杰茜接受了工厂的培训，学会了如何使用吊舱耙和吊篮采集海豆。休息时，她被允许吃一些海豆，工厂还会在节日时发给员工一些海豆作为福利，但是海豆不能买卖，这是有严格规定的。

采集海豆的工作并不难，等海豆被潮水冲上岸，杰茜和同事们就把海豆收进篮子里，然后带到分类台，根据大小和质量进行分类。八小时轮班，午餐时可以休息一次，另有两次短一些的休息时间，每次休息可以吃两颗海豆。然而对杰茜来说，这份工作的诱惑力仅在于她能够把脚踩在海水里。

有次休息，同事卡拉问杰茜："你从来不吃海豆，为什么？"

杰茜也不知道为什么，每次她都把工厂发的海豆带回家给父母和奶奶吃。她摇摇头，说："也许是天生的吧，我甚至从来没有尝过海豆。"

"我永远吃不够！"卡拉边说边咬了一口海豆，满足地说，"太好吃了，你真没口福！"

这天上班，杰茜的篮子满了，当她准备走向分拣台时，一排浪打过来，海水在她的脚踝上打转。水

退了，她的脚，连同小腿肚子，陷进了沙子里。杰茜有一种奇怪的感觉，刚刚好像有人拉了自己一下。

这时，又有一排浪高高地涌上来，几乎把杰茜掀倒。踉跄中，她扔掉了篮子，等她伸手去抓篮子，却发觉手被什么东西抓住了。

杰茜没有尖叫。她看到抓住自己的是一个类似于手的东西，有手指，有鳞片，还有银蓝色的蹼。这只手使劲拉着她，她温驯地朝着它牵引的方向游，自己为什么一点儿也不害怕呢?

这是一条美人鱼。

杰茜儿时在海滩玩时，常常想遇到一条美人鱼。现在美人鱼就在面前，露出了锋利的锯齿状牙齿，一双没有瞳孔的黑眼睛向杰茜眨了眨。与童话故事不同，这条美人鱼没有乳房，也就是说，它不是哺乳动物。杰茜又好奇又兴奋，但也担心自己是否会被淹死。

美人鱼放开了杰茜的手。它在水中扭动，露出了背鳍。它的腰部以下逐渐变细，看上去像一条尾巴。美人鱼围着杰茜转了一圈，然后紧握着带蹼的双手，整个身体都绷紧了，紧接着，它身下的一个小洞里弹出了一颗海豆。美人鱼用手抓住了那颗海豆，咧嘴一笑，把它塞到杰茜手里，然后，它游走了。

后来，同事们把杰茜从水中拖了出来，救了她。他们用毯子把她裹起来，拿走了她攥在拳头里的海豆，但没有人问她看到了什么。

杰茜在家休息了两天，又回去工作了。每天，她还是和同事们一起在海滩上收集海豆，一起休息。

“你真的不想吃吗？”卡拉在一次休息时又问杰茜，“你知道，这些海豆拯救了世界。科学家们做过研究，如果没有海豆，我们的情况可能会很糟糕。”

杰茜想到美人鱼，她已经知道海豆是从哪里来的了，她说：“海豆是粪便，是美人鱼排出的粪便。”

“你这人真有意思！”卡拉说着，在一颗海豆上咬了一口。

“我不是在开玩笑。”

卡拉看着杰茜，然后耸耸肩，说：“那又怎样？很好吃。”

时间在流逝，据杰茜所知，没有人像她一样了解海豆的真相。她仍喜欢把脚踩在海水里，希望有一天，她还能找到借口在海里游泳、潜水，但再也没有大浪把她卷走，也没有美人鱼来牵她的手了。

（发稿编辑：曹晴雯）

（题图：陆小弟）

·网文热读·

“千年”之恋

□王　芬

初　遇

皇城戒备森严，他身为侍卫，披甲执枪守护宫门。

已是严冬时节，北风猎猎，夹杂着大片雪花在天地间狂舞。他昨晚没有休息好，今天又起得早，这么直杵杵地站着，眼皮有些沉重，开始忍不住地往下耷拉。就在这时，雪景深处，一个红色的窈窕身影映入他的眼帘。他不禁精神一振，睁开了昏昏欲睡的双眼，目不转睛地盯着那个由远至近的身影。

随着身影的走近，他看清了来人的面容。这是一个清秀的少女，清丽脱俗的面庞上却笼罩着一层愁苦的阴霾。红衣少女轻移莲步走到他跟前，他才猛然记起了自己的身份和职责，急忙把手中的长枪往少女身前一挡：“来者何人？皇城重地，不许擅入！”

少女扭转头，眼中含泪，怒目而视：“家父为奸臣所害，我要面圣告御状！”

少女悲戚的面容让他心头一疼，他一时不知该怎么反应，只是愣愣地看着少女。

“此人是刺客，杀了！”从他身后传来一声冰冷的怒喝。他来不及反应，只见眼前枪影一闪，少

女已被刺中胸口，缓缓倒在雪地中，殷红的血从她的红衣下漫延开去……

他想上前扶起她，问她的芳名，问她来自何处……可是身后有人不断催促："快进皇城护驾！快！"

他只好恋恋不舍地对着她深深看了几眼，然后转身跟着大家一起冲进皇城……

重逢

五光十色的霓虹灯把夜晚的上海滩装点得格外魅惑。他是黑社会头目杜老大身边的一个小马仔，今天，他跟在老大身后一起走进了新仙林歌舞厅。

对头的帮派已经在这里摆好了酒宴，杜老大气势不凡地落座。他和其他跟班在杜老大的身后呈扇形排开站立。他们早已经准备好了，今天必有一场恶战。

就在他默默盘算着待会儿怎么动手时，一个似曾相识的身影从他眼前晃过。

他惊讶地一抬眼：是她！

她穿着高开衩的翠绿色旗袍，配着时髦的螺旋卷发和红艳艳的嘴唇，浑身上下都散发着女性的动人风情。她是新仙林的一名舞女，只见她款款地走到对头老大的身旁，嫣然一笑。对头老大一手搂着她的纤纤细腰，把她揽进了怀里。

双方在谈些什么，他已经完全听不进去了，他的眼里、心里全都是她。待会儿能和她说得上话吗？应该说些什么呢？就在他胡思乱想的时候，枪声响了，桌子掀了，他醒悟过来，这是双方谈崩了。

对方有几个人挥舞着斧头冲着他砍过来，他仓皇地抵挡了几下，就被一斧子砍在了脖子上，心有不甘地瘫倒在地上。

躺在地上，他还能看见她被对头老大扯着手腕往二楼逃跑。

"怎么扯得那么用力？可别摔着了……"他暗暗担心，却看到她一边跑一边不时回过头来看着他。"她是注意到我了吗？"他也朝她望过去，两人的眼神撞上了。她的脸上忽然泛起一阵潮红，扭过头跑进了二楼的包厢，再也看不见了。

她真的注意到我了！想到这里，他心中不禁一阵狂喜，面带笑意合上了眼睑……

留言

此时已是夏季，幽静的林荫小道上，有一名身穿白色连衣裙的少女坐在石椅上看书。

他是一名刚毕业的大学生，在求职过程中四处碰壁，让他产生了报复社会的念头。他从口袋中掏出小刀时，认出了这个寻觅已久的身影，正是她！终于又见面了！

他匆匆把小刀往口袋里一塞，掏出随身携带的面巾纸，抽出一张来，快速在纸上写了两行字，落款是自己的姓名和电话号码，然后，他把纸巾攥在了手心里。

接下来的一幕就如同他昨晚在脑海里练习过多遍的情形一样，他悄无声息地从身后靠近了她，一手捂住了少女的嘴，一手高高地扬起刀子，准确无误地刺中了少女的心脏。她挣扎着用双手去掰他捂在自己嘴上的那只手，却感觉有什么东西从他手上塞进了她的手心里。她有些惊讶，但是很快也认出他来了。她轻轻地握住他传过来的纸巾，假装失去意识地昏迷过去。

“杀人啦！”小路那头，两个行人看到这一幕，惊叫着跑来。

他丢下她，仓皇逃窜而去……

婚 礼

三年后，他和她结婚。婚礼上播放着他们共同出镜的片段，从古代的皇城、民国的歌舞厅到现代都市中的林荫小路……

他牵着她的手，站在众多宾客面前深情表白：“我们是两个不起眼的龙套演员，这份职业并没有给我们带来想象中的名与利，可是给我们带来了对方，这就已经让我们此生无憾了。我们是真正的穿越时空的爱恋……”

大厅里响起了潮水般祝福的掌声，两个新人相视而笑。他们演绎过不同时空里的生离死别，现在要紧紧抓住这同一片时空里的平凡美好。

（发稿编辑：吕　佳）

（题图、插图：陆小弟）

围观心里话

◆ 一直觉得自己性格挺好的，直到遇到了和自己一样的人——我真想一脚踹死他。

◆ 大家要好好赚钱，因为年纪越大，越没人能原谅你的穷。

◆ 成年人的告别都是悄无声息的，就像我在外地打工，男朋友在老家结婚了，我都不知道。

◆ 你知道流星为什么飞得这么快吗？因为它根本不想知道你的愿望。

◆ 一个团队里要有的几种人：镇山的虎、远见的鹰、善战的狼……很荣幸，我也是其中一员，我是替罪的羊！

◆ 我安慰人的能力基本就是，朋友说："我好难受，好痛苦，好伤心！"我回："别难受，别痛苦，别伤心！"

◆ 我的消费观：可以买贵的，不能买贵了；不还价可以，不包邮不行。

（推荐者：叮当猫）

恋爱与婚姻的区别

◆ 女："好冷。"
男："那就抱抱！"
——这是初恋。

◆ 女："好冷。"
男："走，给你买衣服去！"
——这是热恋。

◆ 女："好冷。"
男："谁叫你穿这么少，一会儿回家添衣服！"
——这是已婚。

◆ 女："好冷。"
男："你傻不傻呀，穿这么少。"
——这是结婚七年。

◆ 女："好冷。"
男："活该，咋不冻死你呢！"
——这是外面有人了。

（推荐者：大橘为重）

·脱口秀·

信不信由你

◆ 如果你持续大喊八年七个月零六天，所产生的声能可以加热一杯咖啡。

◆ 眨眼也是一种锻炼，你每眨一次眼，就会燃烧二卡路里。

◆ 我们的眼睛从出生就那么大，我们的鼻子和耳朵从未停止生长。

◆ 鲨鱼是唯一会眨眼的鱼。

◆ 鳄鱼不能伸出它的舌头。

◆ 猫能发出一百多种声音，狗只能发出大约十种声音。

◆ 唐老鸭的漫画在芬兰被禁，因为它不穿裤子。

◆ 蚂蚁可以举起相当于自身重量四百倍的东西，可以拉动自身重量一千七百倍的东西。

◆ 北极熊是左撇子。

◆ 跳蚤可以跳过它身体长度的三百五十倍那么远的距离，相当于一个人跳过整个足球场。

◆ 蟑螂没有头可以活九天，然后才会被饿死。

（推荐者：艾　岚）

滑稽一箩筐

◆ 朋友圈，国内最大的商品展销中心和拍照P图技术交流平台。

◆ 酒精是一种很强力的溶剂，它能溶解婚姻、家庭和事业。

◆ 告诉大家一个上网多年悟出的诀窍：网页里那个“下载”图标越大，就越不是你要找的下载链接。

◆ 办公室里放茶叶的大多数是甲方，放酒的大多数是乙方。

◆ 热恋时，情侣们常感叹上辈子积了什么德；结婚后，夫妻们常怀疑上辈子造了什么孽。

◆ 教导主任训话：“我们学校，是你们成人、成才、成功的地方，不是你们成双成对成家的地方！”

◆ 每次看到情侣在树上刻下的名字，我都忍不住沉思：为什么有那么多人带着刀子去约会？

◆ 据我观察，有些人收到礼物，内心的第一反应不是惊喜，而是盘算着该怎么报答。

◆ 身边的年轻人，天天都在说自己为情所困。我就不一样了，我就是困。　（推荐者：悠　悠）（本栏插图：陆小弟）

一罐蜂蜜

□徐嘉青

豫北的渠阳镇有一片湿地，因为靠近黄河，人家都说是从黄河里渗过来的水。湿地方圆数十里，栖息着不少鸟类。刘大洪是这一片的护鸟员，平日里闲着没事儿就转悠，遇见单个儿用弹弓打鸟的，上前去制止；要是遇见拎着土枪或是成伙儿的，就直接给当地派出所打电话。

且说这天，本不是刘大洪的班儿，他骑车去镇子上买东西，回家路上，一辆汽车响着喇叭从他旁边驶过。刘大洪下意识地扭头一看，不由得愣住了，透过车窗，他看到车里有个人手中正抓着一把土枪！

车上的人是要去打鸟？刘大洪想了想，就跟着车子行驶的方向往湿地赶去。到了湿地附近，刘大洪看到那辆汽车停在路边，但车上的人已经不见了踪影。刘大洪把自行车停好，正琢磨着怎么去找人，忽然听到“砰”的一声响，就见一群鸟“扑啦啦”地飞向了天空。他知道，这一枪是试探用的，看看鸟儿都待在哪儿，这帮人果然是来打鸟的。于是，刘大洪悄悄地掏出手机，拨打了派出所的电话。

派出所距离这儿并不太远，但赶过来也得二十多分钟，刘大洪心里暗道：但愿鸟儿不入网、不中枪，民警们快点赶过来。

刘大洪没想到，这帮人是打鸟老手，民警还没过来，他们就有了收获。只听一个哑嗓子喊道：“嘿，今儿个就是顺，才多大一会儿，咱就弄了七八只大鸨！”

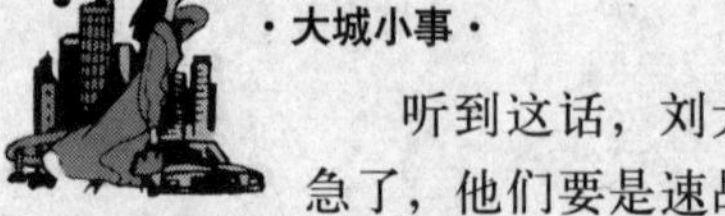

听到这话，刘大洪急了，他们要是速战速决，上车跑了，民警来了上哪抓他们呀？怎么办，刘大洪急得脑门上见了汗，突然，他有了主意。他把自行车从旁边推出来，然后从袋子里把刚买的一罐蜂蜜拿出来，朝着车把上一磕，罐子破了，蜂蜜溅得四下都是，那辆汽车上也粘了不少。紧接着，他就大声叫嚷道："这是谁的车？会不会停啊，害得我差点就撞上！"

那几个人听到刘大洪的话，也吃了一惊，连忙把手里的东西丢在旁边的草丛里，飞快地从里面钻了出来。等到了跟前，哑嗓子就问："老哥，你这是咋了？"

刘大洪没好气地说："还咋了，谁让你把车停在这儿？这路我走了那么多回，一辆车也没遇见过，也就没留心，等快撞上我才发现，就赶紧刹车，车倒是没撞上，我的一罐蜂蜜可没了呢！"

哑嗓子"嘿嘿"一笑，说："我还以为啥事儿呢，不就是一罐蜂蜜嘛，也值不了几个钱！"

刘大洪"哼"了一声，道："你说得轻巧！在你们有钱人眼里，当然不算个啥了。"

哑嗓子有些不耐烦地说："好了好了，你说多少钱买的吧，我给你钱不就得了？"

刘大洪伸出一个巴掌，冲着哑嗓子晃了晃。哑嗓子二话不说，从口袋里拿出一张五十元的钞票递了过去。刘大洪把眼睛一翻，说："老弟，你这可是埋汰人啊！"

哑嗓子一愣："不是五十吗？"

刘大洪说："啥五十呀？五百！"

哑嗓子像是被针刺了一般，说："五百？你这是讹人呀！"

刘大洪说："讹人？我讹啥人？我买来就是这个价，要不你到镇上去问问，看是不是这个价。"

一个同伙拉了拉哑嗓子的衣袖，冲着他挤了挤眼。哑嗓子摇摇头，对刘大洪说："要不这样吧，你跟我说在哪家店买的，我一会儿到店里把钱付了。你要是今天有空，下午就去店里拿；没空，明天去拿也中。"

刘大洪说："老弟，我也不想让你为难，可我家里老娘着急要用蜂蜜呢，等不得。"

哑嗓子眉毛向上挑了挑，额头上的青筋也露了出来，他咬着牙压低声音说："老哥，你这样做可不地道！"说完，他把手一招，几个同伙围了上来。

刘大洪大声问："你们想干啥？"

其中一人阴阴一笑，说："干啥？我看你是活腻味了，今儿个就让你看看马王爷是不是三只眼！"

几个人刚准备动手，哑嗓子在后面说："慢着！多一事不如少一事，把人捆起来嘴堵上放到草丛里，咱该干啥还干啥！"

有个小个子就准备到车上拿绳子，可刚到车边，他惊叫道："你们快看，这是啥？"

哑嗓子和其他几个人一听，忙转过头去看车子，不知道啥时候车身上竟然爬满了蜜蜂。小个子一副为难的样子，看着哑嗓子说："哥，这车门可没法开！"

哑嗓子也犯了难，现在这情况，车门肯定是不敢开的，要是招惹了这些蜜蜂，它们可不管你是谁，上来就是一顿猛蜇。眼下怎么办？把人放了吧，这家伙为一罐蜂蜜还会纠缠不清；不放吧，又没绳子捆绑，更为难的是弄了那么多的野物，不开车门，咋往车上放？

正当他们为难的时候，刘大洪说话了："我有招儿能赶走蜜蜂。"

哑嗓子不相信。刘大洪说："实不相瞒，家里养了多年的蜜蜂，也就是这几年才不养了。蜜蜂啥脾性，我心里清清亮亮的。"

哑嗓子冲着同伙一摆手，说："把老哥放了。"

刘大洪揉了揉酸痛的手，冲着哑嗓子说："我帮你们把蜜蜂赶走，有些话你们可得给我说透亮。"

哑嗓子问："你想让我说啥？"

刘大洪说："你们来这儿到底干啥？"

哑嗓子身子一震，但他很快就恢复了常态，说："来这儿玩玩。"

刘大洪说："玩玩？怕是来打野味的吧？"

哑嗓子一愣，故作漫不经心地

说："既然老哥说到这儿，我也不藏着掖着了，的确是这样。"

刘大洪假装惊喜地问："那我问问，你们打着野味了吗？"

哑嗓子顿时警觉起来："你问这干啥？"

刘大洪故意涎着脸说："搁以前，这野味忒好打，也让打，可现在不行了，我这心里老不得劲儿了。你要是打着了，给我一只半只的，我也好解解馋，蜂蜜的事儿嘛，咱就不说了，咋样？"

哑嗓子一听，似乎松了口气，痛快地说："行，一会儿给你两只大鸨。"

刘大洪心里暗暗地骂道：这帮挨千刀的，才这么一会儿，还真打着了，看一会儿警察来了不狠狠地治你们！

刘大洪装着高兴的样子，来到汽车跟前，把掉在地上的装蜂蜜的罐子拾起来，绕过车子到了一块空地。他把外衣脱下来，放到地上摊平，把剩下的蜂蜜均匀地抹到了衣服上。不多一会儿，有蜜蜂飞了过来，渐渐地，蜜蜂越来越多，再看车身上的蜜蜂，变得越来越少了。

等车身上的蜜蜂差不多飞净了，刘大洪这才转过身，擦了一把脸上的汗，说："这蜂蜜不掺假，不然的话，绝对不能引来那么多蜜蜂。"说到这儿，他像是想起什么，"我还搭进去一件外套，怎么也得多给我只野味吧？"

哑嗓子一笑，冲着那小个子招了招手，说："弄仨大鸨来！"

不多大一会儿，小个子提来了三只大鸨，递给刘大洪。刘大洪接过来，说："谢谢了。"然后，他冲着哑嗓子"嘿嘿"一笑，说："老弟，有人来找你们谈话了。"

哑嗓子奇怪地问："谁？"

正在这时，后面有人接话道："我！"

接话的不是别人，正是派出所的所长，所长身后还跟着好几个身穿警服的民警。

原来，刘大洪故意把蜂蜜弄到哑嗓子他们的车上，借着跟他们纠缠，好拖延时间，最后总算等到了民警们，将这几个偷猎者抓住。

（发稿编辑：吕　佳）

（题图、插图：陶　健）

红版编辑部各编辑邮箱：

吕　佳：lujia411@126.com

丁娴瑶：dingxianyao@126.com

陶云韫：taoyunyun1101@163.com

曹晴雯：caoqingwen0228@126.com

孟文玉：yuwenmeng@126.com

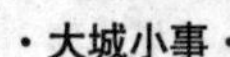

·大城小事·

喝雨水的流浪狗

□封宇平

这天，宠物医院的微信群里，有人发了求助信息："在1路公交车站，发现一条流浪狗。"有视频佐证：现在正在下雨，狗狗抬起头，接雨水喝解渴。

张伟是宠物医院的实习医生，他看到信息，向主管胡医生申请："我能去那个公交站一趟吗？"说着，他把视频点开，给胡医生看，"是一条温顺的中型犬，我看看有没有办法把它带回来。"

胡医生点头同意。张伟在脑子里预演了一下流程，带上狗绳、麻醉针，骑着电动车就往1路公交车站赶去。

张伟的车刚到站台，却见有一个姑娘挡在狗前面。站台旁停着一辆面包车，几个拿着套网的男人正和姑娘对峙。这些男人自称是城管局打狗队的。姑娘着急地恳求道："别带它走，我已经联系人来带走它了！"

张伟马上停好电动车，上前表明身份："你们好，我是宠物医院的，接到市民求助信息，过来要收容这条狗。"

打狗队的带头大哥蛮横地说："我们才是收容流浪动物的正规军，你们民营的宠物医院算啥？"

张伟知道，要和这些人讲道理，很难，便冲那条流浪狗一歪头。流浪狗会意了，扭头钻过绿化带的灌木丛，朝小巷逃了过去。

打狗队的人见状，启动了面包车，向狗逃跑的方向追去。

围观者里有个老头摇摇头："最近打狗队一直在抓狗。听说外地要办狗肉节，这些狗，凶多吉少。"

见姑娘急得要哭，张伟安慰道："狗在1路站台坚守，肯定有原因。据我观察，狗会在主人突然消失的地方守候，盼望主人来此地接它。知道日本的'忠犬八公'吧？它就是守在电车车站的。"

果然没多久，那条狗迂回奔突，悄悄回到了1路车的站台边。姑娘破涕为笑，张伟也赶紧拿起狗绳示意。那狗乖乖地过来，伸着脖子，让张伟把绳拴到它的项圈上。显然，这狗对拴绳才能出去的习惯记忆深刻。张伟注意到，狗项圈上有个名牌，刻着狗的名字：小白。

张伟对姑娘道谢后，牵着狗回去了。

宠物医院对流浪动物的收容，有一套标准流程：除虫、洗澡、消毒、打防疫针，发布寻狗启事。无人认领，就为小狗寻找下一任主人。宠物医院会定期在购物中心门口举行领养活动，为狗狗和新主人见面创造机会。

在为小白打完防疫针后，张伟带它去了医院商店的狗粮区，让它自己选择。小白选择了最贵的那种，张伟心里有数了：小白的原主人对它很好，不愿意亏待它。

张伟和胡医生说："小白并不是导盲犬。主人突然离开，它却没跟上去，会是什么情形呢？"

胡医生想了想，说："除了导盲，还有一种可能。"

张伟好奇地问："是什么呀？"

胡医生说："自闭症。有些患自闭症的孩子能自己乘坐公交车，具备一定的社会活动能力。可他们不习惯和他人交流，会随身带一条狗，帮助他出门、回家。"

一般情况下，孩子不会丢下自己的狗朋友。如果孩子当天出了事，家长也会返回站台，寻找狗狗，毕竟没了狗狗的陪伴，孩子一定会闹腾得家里鸡犬不宁。

张伟正在思考小白为什么会和主人走散，一辆轿车在医院门口匆匆停下，车上下来一个中年男人。他奔跑着进来，着急地喊道："有人吗？这里有条狗受伤了。"

张伟奔过去一看，那条狗大量失血，血泡直往伤口外冒。

胡医生快速诊断，说："必须马上手术，不过，我们得先找到输血的供体！”他端详了一下受伤的狗，说：“这条狗和那个小白是同一品种，就用小白的血。”

张伟把小白从笼子里抱出来，有些心疼：它和主人失散多日，现在又要为其他狗输血，真可怜。张伟把小白绑上手术台，惊讶地发现，它主动和受伤的狗打招呼，显得对受伤的同类非常同情。

为防止小白乱动，胡医生一边抚摸它，一边和它说话。暗红的血液通过管道，输入受伤狗的体内。受伤狗的呼吸慢慢平稳下来。

手术结束后，张伟问送狗来的男人：“这狗怎么会受伤的？”

男人解释：“当时我在开车，看到这条狗，我想避让，一个少年却突然冲到马路上来了。你说，我是撞人还是撞狗？来不及多想啊！”

张伟心里一动，问：“那个少年呢？他为啥要跑到马路上来？”

男人说：“那个少年的家长说，孩子是自闭症。前不久，因为叔叔大意，养的狗丢了，少年每天在家哭闹！”说完，男人掏出一张寻狗启事，说是少年家长塞给他的。

张伟眼睛一亮：照片上，狗的项圈上写着名字：小白！寻狗启事上有电话，张伟激动地说：“这张启事给我吧，谢谢！”他想，这下就能找到小白真正的主人啦！

张伟打了寻狗启事上的电话，对方听说小白在医院，很激动，说第二天就带孩子来牵狗回家。

可是，意想不到的事情再次发生：当晚，小白出逃了。它用爪子从外侧打开了笼子，又从医院的侧面小窗口钻出去了。

宠物医院不安排夜班，等张伟和胡医生发现小白出逃，已是次日早上。张伟料定，小白又回到了公交车站，它还记挂着小主人呢。他们赶到1路公交车站，却发现车站上没有狗。他们又回到医院，查看监控，发现小白在医院门外被打狗队捉去了！

就在张伟不知如何是好的时候，那个自闭症少年和家长赶到了宠物医院。

家长告诉了张伟，这到底是怎么一回事：几天前，少年和小白要去参加专门为自闭症儿童设计的训练课。在车站等车时，少年的叔叔开车来找他，说少年爷爷病危，要马上去医院。叔叔把少年叫上车，却忘了小白。当时，小白正在帮小主人看公交车来的方向，没注意到小主人被叔叔叫上了车。爷爷当天病故，一家人赶往老家料理后事。小白返回家，没见到小主人，只好回到公交车站，等了好几天。少年从老家回来后，在街头偶遇和小白很像的狗，误以为是小白，冲上马路，差点出了车祸。

现在，少年来了，小白却已出逃，再次错过和小主人重逢的机会，还被打狗队抓了去……

张伟提议："我们马上去找打狗队！我们可以证明，小白有主人，不是流浪狗，他们无权收容。"

商量之后，胡医生在微信群发布了招募志愿者的启事。很快，几个志愿者开车赶到。家长和少年一辆车，加上张伟的电动车，一个小小车队朝打狗队所在地赶去。

运狗车是大型车，不灵活，开得不快，很快就被几辆小车追上了。

志愿者掏出喇叭，对着前面的运狗车喊："快点停车！"

司机却置若罔闻。眼看运狗车就要驶上高速，无法截停，只听一阵电动车的马达声响起，张伟独自骑电动车加速追赶。他豁了出去，一个甩尾，横向拦住了运行中的运狗车。"砰"的一声巨响，运狗车紧急刹车不及，竟碾上了张伟的电动车！

胡医生紧张地飞奔下车，他不想看到为了救一条狗，牺牲一个人。

这时，人们发出惊叹：只见张伟从车底爬出来，他站起身，拍拍灰尘。原来他运气好，没有被车轮碾到。张伟对司机歪头示意："出车祸了，下来理赔！"

自闭症少年也从车里下来，摸着运狗车的车厢，大声叫着小白的名字。

张伟喊道："快把狗还给孩子！"

少年的妈妈将寻狗启事递给司机，说："这条狗有项圈，项圈上有名字的。"司机悻悻地打开车门，让少年认狗。

张伟身上有不少摔伤和擦伤，但他没觉得疼。

曾经喝雨水解渴的小白，总算见到了自己的小主人。它舔舐着少年的手心和脸庞，少年流泪了，这么多天没有见到自己的狗狗，该是多么想念和牵挂啊！

张伟看着少年与狗，眼睛也潮湿起来。

（发稿编辑：陶云韫）

（题图：豆　薇）

两个旅行包

□刘学柱

裘宏文工作很忙，除了本职工作，他还经常下乡扶贫。尽管如此，最近裘氏家族要修家谱，让裘宏文负责裘氏家族中一个片区的资料采集和编纂工作，他仍然十分卖力。原因很简单：裘宏文有一个儿子，几年前，孩子刚学会走路时就被人拐走了，他十分内疚。现在家族要修家谱，裘宏文便想把儿子的名字编入其中，让儿子有个根。

这次，裘宏文利用长假，跋涉千余里，来到大别山深处的一个裘家庄寻根追源，采集资料。这儿的裘氏人家是裘氏家族的一个重要根脉，裘宏文来了几天，收获很大，得到了一本编于清朝乾隆年间的家谱，里面记载了裘氏家族的根系和脉络。裘宏文希望能把这本家谱带走，等修家谱一事结束，再物归原主。这支裘氏族亲将这家谱看得比生命还重，叮嘱裘宏文一定要好好保管。裘宏文信誓旦旦，将家谱放进自己的手提旅行包里，告辞而去。

裘宏文乘火车来到一个中转站，下车时饥肠辘辘，他便走进站里的一家快餐店。快餐店人很多，他好不容易找了个地方坐下来吃饭。这时，有个人挤到了裘宏文的身边用餐，裘宏文便往旁边让了让，好让他坐扎实。

那人匆匆忙忙地吃完就走了。等裘宏文吃完，拎起放在凳子上的手提旅行包，他感觉不对劲儿，打开包一看，傻眼了，里面裘氏家谱

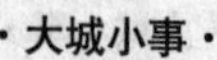

不见了！再一看，这个旅行包的样式和颜色都跟自己的一样，却不是自己的那一个。裘宏文立刻想到刚才吃饭那人：他莫不是见自己的包鼓鼓囊囊的，以为装着钱财，故意调了包？

裘宏文赶紧拎起旅行包，到车站里找人，可始终不见那人的身影。有个好心人听了裘宏文的描述，对他说："你要找的那人早乘车走了。"裘宏文一跺脚，叫道："是啊，这人要是有心调包，还会等着我来抓他吗？"

裘宏文脑袋"嗡嗡"的，一心想着裘氏家谱。于是，他根据那个好心人说的方向，坐上了一班列车。

上车后，裘宏文打开窗户透透气，思绪渐渐清晰起来。他明白，现在想要找人，简直是大海捞针！这会儿，他打算借着窗外的光线，翻开旅行包看看里面有没有什么线索。他一手拎着包的提手，一手在包里翻，只见里面有一本旧书。还没来得及细看，车厢里有个小孩突然"哇"地大哭起来，惊得他手一抖，旅行包掉出了窗外。

裘宏文慨叹一声，只好作罢。突然，他想，自己怎么忘了报警呢？那人要是故意换掉了旅行包，可就是犯罪行为。如果能让警察帮着找，就容易多了。于是，等列车在下一个站点停下，他就下了车。

裘宏文赶忙报警，说了情况。他恳切地说："我会画画，可以把那人的相貌画出来。其实我包里没什么值钱的东西，那本裘氏家谱，对我们裘家来说是无价之宝，但对别人而言并不值钱。警察同志，你们无论如何也要帮我找回家谱啊！"说完，他就根据印象画出了那人的素描画像。

根据素描画像，警察很快就认出，这个人是马家强。

裘宏文一惊，问："这人在公安局有备案？他难道是个惯犯？"

警察摇了摇头，说："不，马家强是个很有爱心的志愿者，一直致力于寻

找拐卖儿童。你别担心，不出意外的话，他肯定在你俩拿错包的地方等你呢！”

裘宏文将信将疑，但他明白警察的意思：这个叫马家强的人，应该是不小心拿错了包。他立即乘车返回那家快餐店。果然，他远远地就看到马家强拎着一个旅行包，在快餐店门前踱来踱去。

说起来，裘宏文这么来回折腾，时间已经过去了十几个小时，现在他看到马家强在这里等自己，又感动又惭愧，连忙上前说：“你在这儿等很久了吧！”

马家强一眼认出了裘宏文是之前那人，他不好意思地说：“我得向你道歉，是我毛手毛脚拿错了旅行包。包里的裘氏家谱一定很贵重，害得你到处找我……”说着，他将手里的旅行包交给了裘宏文。

裘宏文接过旅行包，打开一看，裘氏家谱完好无损地躺在包里。裘宏文激动不已，泪花在眼里闪动。

过了一会儿，马家强问裘宏文：“我的包呢？”

裘宏文支支吾吾，试探着说：“那个……你的包里好像没什么贵重的东西，就一本旧书，要不然我给你买个新包好吗？”

马家强摆了摆手，说：“那书里夹了几张旧照片，十分珍贵呢！”

裘宏文低下头，坦白道：“真对不住，我之前在火车上，一不小心把你的旅行包弄丢了，掉到了车窗外，现在我也不知道它在哪里……”

说完这话，裘宏文本想抬头看看马家强的反应，刚抬头，就见不远处停着一辆警车，警车边站着两个警察，两人正交谈着，时不时向这边看一眼。裘宏文一下子来了精神，他对马家强说道：“我们去请警察帮忙找找！”

没等马家强回答，裘宏文已大步过去，将两个警察请来了。警察像早知道他们之间发生的事似的，不等裘宏文介绍情况，其中一人就说：“你俩的包换过来了吗？包里的东西都完好无损吧？”裘宏文狐疑地看着那警察，警察会心一笑，又说：“你报警那边的同志给我们这儿打了电话，我们就看准了时间过来，在一边等你们自己解决问题，万一有什么事，我们再出面……”

裘宏文一脸着急地说：“警察同志，我还真有事向你们求助！”接着，他就把丢包的事说了。

两个警察听后，都皱起了眉头，其中一个说：“这事还真有点麻烦！”一会儿，他又问：“那旧书和里面的照片有什么特别之处吗？”

裘宏文看向马家强，马家强这才说：“我其实是一个志愿者，平时会关注拐卖儿童的信息，想着尽自己的一分力量，帮他们寻亲。旧书里的那几张照片，就是被拐儿童的照片。想要帮这些孩子找到家人，还得靠这些照片呢！”

裘宏文一听到“拐卖儿童”这四个字，不由自主地重复了一句：“拐卖儿童？”

接下来，马家强又细细说了起来。最近，他在一处偏僻山区发现了一个被贩卖过两次的男孩。几年前，男孩被人拐走，卖给了一对山区夫妻，谁知没过一年，这对夫妻先后亡故，男孩又被卖给了远在千里之外的另一个庄户人家。几年过去，男孩的模样已有很大变化，再加上这几年过的都是苦日子，人也完全没了往日的风采，就算是他亲生父母都难再认出他了。马家强费了好些功夫，打听到男孩第一次被卖的那户人家，便过去了解情况，竟意外得到一张男孩的旧照片。照片上，男孩是刚被拐卖时的模样，马家强想，如果将这张照片放在网上，他的父母肯定能认出来，这样就可以让男孩早日与家人团圆了。

裘宏文听了那些照片的来历，泪水奔涌而出，他终于明白马家强为什么说它们“十分珍贵”了。他懊悔地说：“都怪我，是我太不小心了！其实我也有一个儿子被人拐卖了，至今没有找到。我对修家谱这么用心，很大程度上是想将儿子编入家谱，让裘家子子孙孙知道我有这么个儿子……”

可是，现在要找到那个旅行包，谈何容易？裘宏文根本说不清旅行包是在哪儿掉出窗外的。就在这时，他接到一个电话，是他的扶贫对象老方打来的。

老方说：“我亲戚在田里捡到了一个手提旅行包，里面有几张照片。我看过你儿子小时候的照片，感觉其中有一张很像他，就赶紧来问问你。要真是你儿子的照片，或许可以找到一些他被拐的线索。”

裘宏文大喜过望，立马就要和马家强赶过去。两个警察对视一眼，一人开口道：“上警车，我们一起去看看。”

不久，裘宏文终于又见到了那个手提旅行包。他拿着老方说的那张照片，激动得号啕大哭：“裘冉冉，我的儿子！”

（发稿编辑：曹晴雯）

（题图、插图：张恩卫）

放生鱼

□徐凤清

太清河经过治理，水越来越清，也吸引了众多来放生的女人。其中有个叫桂娣的，放生最积极。她说："放生能带来好运！"她组织了许多老姐妹，十天一小放，一月一大放，成了河边一道风景线。

她们虔诚放生，许多钓鱼人却趁机来钓。桂娣性子泼辣，见着钓鱼人，就拎起钓竿往河里扔。桂娣再厉害，还是遇上了一个难对付的男人：他叫阿青，是个单身汉，他不用钓竿，而是跑到河里张丝网，一网就能把桂娣她们放生的鱼弄走一大半，大家都喊他"死脱阿青"。"死脱"是江南方言，不是咒人去死，是指做事特别精灵的人。

这天，桂娣她们前脚刚放生完，后脚鱼就被阿青的丝网兜了起来。阿青一面起网，一面故意朝桂娣她们眨眨眼睛，炫耀他弄鱼的本领。

桂娣怒气填胸，朝阿青怒吼："死脱阿青，你娶不到女人，就是弄鱼杀生遭了报应。快收网，我给你找个女人成家……"

谁知阿青摇头，说："张张网喝喝酒，神仙过的日子，成什么家！"

不久，又到了桂娣她们放生的日子。阿青张满了一竹篓鱼，一直站在水里不起来，直到桂娣她们放生结束走远，他才拎着丝网，背了鱼篓大摇大摆上岸。他沿着河岸没跑出十几步，桂娣她们不知从什么地方蹿出来，牢牢拦住去路。桂娣喊："丝网没收，鱼放回河里！"

原来，桂娣她们隐蔽在一旁等

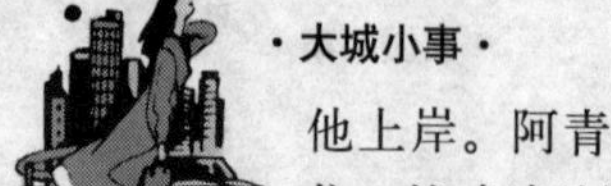

他上岸。阿青被紧紧围住，笑嘻嘻地说："各位大姐，我张网为的是救你们的放生鱼，万万不能没收！"

桂娣哭笑不得："你脸皮比山墙还厚啊？你怎么救鱼了？"

阿青解释："你想想，那些钓鱼的，把你们的鱼钓回家，红烧、白煮，一条活不了。而我弄到的鱼，都装在水桶里，条条鲜活乱跳，不是救下了你们的放生鱼？"

桂娣追问："快说，这些活鱼被你拿到哪里去了？"

阿青笑嘻嘻地告诉她："不瞒桂娣姐，我拿到菜场，卖给鱼贩子，再让你们买回来放生。"

"啊！"桂娣她们愤怒地叫喊起来。

阿青还是嬉皮笑脸地说："各位大姐，省得我跑趟菜场，活鱼现在就卖给你们，半价优惠……"

桂娣气得差点晕过去，她号召老姐妹一拥而上。阿青猛地一缩身子，泥鳅一样滑出包围圈，"扑通"一声跳进河里。

其他人打退堂鼓了，说："放生白放了，下回不来了吧。"

桂娣一擦眼睛，斩钉截铁回答："要想好运来，放生不能半途而废，让我再想想办法！"

很快，又到了放生的日子。阿青站在河里张丝网，可这回网网落空，他感到十分蹊跷。他耐住性子，一网一网继续张，只网上来几条小鱼。时间一长，他腰酸背痛，上岸脱下沉重的橡皮防水裤，坐下摸出根烟，点上歇口气。正当他有滋有味吸着烟的时候，突然感到眼前扑过来一群人影，猛睁开眼睛，发现桂娣她们来了。她们人人举着根长长的竹竿，这是要群殴自己啊？

好汉不吃眼前亏，阿青一扔烟头蹦起来，又想往河里跳，立刻被十几根竹竿死死拦住。不让跳，他就沿着河岸跑，跑了几十步，却没人追上来。阿青回头一瞧，不由得大吃一惊，桂娣她们把竹竿伸到河里，七手八脚把丝网挑出了水面。

这个办法，是桂娣想的。今天放生唱空城计，叫阿青网不到鱼，逼他上岸歇口气。她们预先躲在绿化带内，时机一到跳出来，先吓跑阿青，再趁机捞网，这招真是绝了！

阿青立刻奔回来，跳到河里，把丝网从竹竿上扯下来，抹抹脸上的水，朝岸上喊："想弄我阿青白相，也不掂掂自己几斤几两！"

情急中，十几根竹竿朝阿青"噼啪"落下，一时间水花飞溅。阿青左躲右闪，干脆抱着丝网一个猛子，扎到水底，看不见人影了。

桂娣朝河里大喊："阿青，快起来，今天逃不脱了！"

许久，水面翻起一个大浪花，阿青果然憋不住冒了出来。可他身上缠着被他拖到河底的丝网，伸长脖子拼命挣脱。起先，桂娣她们看了十分解气，没过多长时间，她们感到不对劲，只见阿青手脚动不了，慢慢沉了下去。桂娣大喊："不要吓人，快起来啊！"

钓鱼的赶来，一看河里水花没有了，都说阿青被丝网缠住，起不来了。桂娣她们感到事态严重，求钓鱼的下去救人，有人打了120。好在河水不深，很快，阿青被人捞了起来，丝网把他缠得死死的，他脸色铁青，像是没有了气。

放生放死了人，呆若木鸡的桂娣她们被警察带到了派出所。

警察严肃地告诉她们，要不是她们用竹竿追打阿青，他不会跳到河里被丝网缠死。如今出了人命，她们都要承担责任。

桂娣颤着嗓子问："警察同志，这个责任怎么担？"

警察说，除了经济赔偿，谁出的主意，查实后要承担刑事责任。

桂娣"哇"的一声哭出来，这主意是她出的。原想放生会带来好运，想不到放出一场泼天横祸。其他几个老姐妹也跟着一起哭。就在派出所内哭声一片的时候，突然跑进来一个浑身湿淋淋的男人，正是阿青！他手里拎着丝网，进门笑着喊："桂娣姐，我在车上做了个梦，阎王爷不收，我赶紧过来了……"

原来，阿青被抬上120，开到半路颠出一肚子水，被颠醒了。他惦记着那张丝网，趁车子遇上红灯跳下来，要紧去拿。有钓鱼人告诉他，桂娣她们被带到派出所，所以阿青急忙赶来了。既然没死人，派出所教育一番后就放了桂娣她们。

阿青过了趟鬼门关，想通了，把那张丝网烧了。桂娣经历了这番惊吓，再也没去太清河放过生……

（发稿编辑：陶云韫）

（题图：豆 薇）

您手中有没有得意之作？本刊辟有二十多个原创性栏目，如新传说、我的故事和中篇故事等；您读到或听到什么有趣事可以和大家一起分享吗？3分钟典藏故事、外国文学故事鉴赏和脱口秀等都是本刊推荐性栏目。热忱欢迎来稿，可从邮局寄发，也可从网上传递。邮寄地址：上海市闵行区号景路159弄A座308室，邮编：201101；如为电子邮件，本期责任编辑信箱：lujia411@126.com。

一串钥匙

□黄宣林

这天中午，外卖小哥来到新梅小区77号楼门口，正要按响402室的门铃，发现大铁门的锁上挂着一串钥匙。又是哪个"冒失鬼"忘了拔？小哥把钥匙轻轻一转，门开了，他飞奔上楼。

402室住的正是楼组长，她五十出头，穿着得体，举止利落，显得精明能干。她接过小哥递来的餐品时，发现他的中指上套了一串钥匙，其中有一把特别眼熟——是77号楼里12户人家、家家都有的大门钥匙。她突然想起，今天送外卖的没按门铃就上来了，是不是就是用这把钥匙自己开门进来的？钥匙落在外人手里，那怎么行！

这么一想，楼组长以迅雷不及掩耳之势夺下那串钥匙，然后转身进屋，把手里的餐品往桌上一放。接着她举着钥匙，严肃地盘问道："你怎么会有我们楼的大门钥匙？"没想到外卖小哥也是反应敏捷，他迅速拿起手机，镜头对准了楼组长，说："喏，现在钥匙在你手上，如果你们77号其余11户人家发生失窃事件，你就是第一嫌疑人！"说着，他还拍了照。

这位楼组长万万没想到外卖小哥会倒打一耙，她急忙像丢烫手山芋一样，又把钥匙扔了回去。小哥接过钥匙对她说："我还要送订单，没时间和你耗，总之谁家丢了东西，我手机里的照片就是证据。"说着，他转身要走。

这话分明是在威胁！刚刚照片被他拍了去，现在钥匙又在他手上，这下自己是有口难辩！楼组长一急，脱口问道："你知道我是谁吗？"不料，外卖小哥像是做足了功课："你才当了两个月的楼组长，有啥好稀奇的，还指望我怕你？"说着，他扬了扬钥匙，三步并作两步地下了楼。楼组长呢，愣在原地，气得七窍冒烟：要命，这家伙究竟是哪路神仙，这么嚣张？

楼组长也不是软脚蟹，她翻出送货单，找到外卖小哥所在的单位电话，投诉他窃取新梅小区77号楼的大门钥匙，欲图谋不轨。电话那头的负责人说，现在是送餐高峰时段，等外卖员下午回到单位，他会核实情况，并做出相应处理。

这几句话轻描淡写、不痛不痒，听得楼组长更来气了。她想想不甘心，索性中饭也不吃了，挨家挨户地去调查是谁家丢了钥匙。一来显示她楼组长处处维护群众利益；二来，万一有失窃的事，她也算尽到责任了。

可惜，楼组长楼上楼下问了一圈，还是没破案。她回到家，看看外卖食品都冷了，也没了胃口，干脆拿下楼去倒掉。正当她倒好垃圾往回走时，远远望见一个人在77号门口的信箱前"鬼鬼祟祟"。这不就是刚才那个外卖小哥嘛！楼组长悄悄走近，猫腰躲在一辆车后面细细观察。呵，这家伙老聪明的，为了弄清是谁家的钥匙，竟想到用信箱钥匙来探路——那串钥匙上刚巧有一把小的，一看就是信箱钥匙。这会儿，外卖小哥已经成功地打开了601室的信箱！

不好，看来601室的黄伯伯家要进贼了！眼见外卖小哥从信箱上拔下钥匙就往楼上冲，楼组长立马要追上去，但她突然想到什么，脚下步伐犹豫了……

奇怪，外卖小哥用钥匙打开了601的信箱，说明那串钥匙就是601室的，但是刚刚自己也去601室问过黄伯伯，他不但口口声声说自己没丢钥匙，而且还摸出一串钥匙来做证。老爷子为啥要骗我？亏我还背他去过医院呢！

说起来，601室的黄伯伯和楼组长的确是有些交情的。大概是两个多月前，她刚搬来77号，那时候还不是楼组长。那天，她出去买东西，看到黄伯伯在小区门口走着，不知怎么，他突然腿一软没站稳，摔了。"楼组长"赶紧过去帮忙，她搀扶起黄伯伯，问道："黄伯伯，你怎么样，医院就在对面，我带你去。你手掌都擦破出血啦，身上可千万别有暗伤呀！”

这时，有个外卖小哥经过，他二话不说，跑到黄伯伯身边一弯腰，说：“老伯伯，我背你！”没想到“楼组长”比他更爽气，她身子一侧，屁股一撅，把小哥硬生生弹出去半米远。动作是“生猛”了点，但话听起来还是热心的：“没事，小伙子，你去送外卖吧！我懂的，干你们这种活儿都是争分夺秒的，你就不要在这里耽误工夫了，当心扣工钱！”还没等外卖小哥说话，“楼组长”已经把老人背了起来，一步一挪地往马路对面的医院走去。

所幸黄伯伯没啥大碍，检查完毕，“楼组长”又把他送回了家。黄伯伯这才知道这位热心人就是自己楼里402室的邻居。黄伯伯快80岁了，儿子在外地，去年老伴过世，现在孤身独居。老年人还真离不开邻居帮忙，他听闻原来的楼组长搬走了，于是便提名让402室的热心人来接任楼组长一职。楼里的邻居们听了黄伯伯亲身经历的事，也没人有异议。

照道理，黄伯伯对自己应该是十分信任的，那钥匙的事情，他为啥有所隐瞒呢？楼组长实在好奇，决定上楼问个究竟。

到了六楼，就见黄伯伯开了门，热情地把外卖小哥迎进了屋。这两人到底啥关系？怎么还进屋了？楼组长把耳朵贴在门板上，全神贯注地听屋里的动静。正在此时，有人在背后拍了拍她的肩膀。她吓了一跳，正要回头发作，就听那人问道：“你在这里做啥？”

来人是个中年男人，陌生面孔。楼组长定了定神，反问道：“你又是谁？我是这里的楼组长，我怎么没见过你？”

“楼组长？402室的？”男人打量了一下楼组长，说道，“那么先前的投诉电话就是你打的吧？对了，那个外卖员说找到了钥匙的失主，自己来归还了。喏，为了处理你的投诉，慎重起见，我就过来一趟问问情况。你现在这是……”

正在这时，听到动静的黄伯伯开门，和外卖小哥一起走了出来。小哥见了中年男人就喊道：“领导，您怎么亲自来了？”

中年男人看看小哥，又看看黄伯伯，问道：“怎么，钥匙是这家的？”小哥点点头，说：“对，我已经还给老人家了。”中年男人与黄伯伯对视了一眼，笑了。就听黄伯伯说：“启明，你们单位的小伙子好啊，做了好事，我让他进来喝杯茶他都没喝！”中年男人说：“姑父，这都是我们应该做的，以后您的钥匙要放好才是，真被‘有心人’捡了去就危险啦！”

听着三个人的闲聊，楼组长好不容易才把其中的关系理顺：中年男人不仅是外卖小哥单位的领导，还是黄伯伯的亲戚！

“哟，那真是大水冲了龙王庙，误会一场了。”楼组长打着圆场，“我刚才是怕黄伯伯出事，特地跟上来看看情况，现在钥匙物归原主，皆大欢喜啦！”说着，她就准备走了，中年男人却叫住她：“楼组长，上一次你带我姑父去医院看病的事，我还没‘谢谢’你呢！”他说“谢谢”二字时，咬字更重，听得楼组长心里一个“咯噔”……

原来，黄伯伯摔倒那天，楼组长故意把老人带去了街对面的私立医院。黄伯伯其实就是擦破点皮，没想到医院安排了核磁共振、CT、B超……一整套检查，再加配了一大袋药，总共花费三万多。黄伯伯见了账单，虽然肉疼，但是想到人家医院兴许也是负责任，就没再计较。当时，费用是楼组长代付的。黄伯伯回了家，就打电话给侄子启明，让他教自己怎么用手机转账，好尽快把钱还给人家。侄子留了个心眼，问了事情的来龙去脉，却越听越觉得不对劲。后来侄子还去打听了情况，才晓得那家私立医院有猫腻，和很多“医托”都有联系，402室的那位“好心人”八成也是吃回扣的“医托”！

苦于没有实质性的证据，侄子只好劝黄伯伯以后要“防着点人家”。就这样，黄伯伯再看到楼组长，就像防贼一样，半句都不愿多啰嗦了。今天中午，他下去拿报纸，为了图方便，把家里房门留着没关，等拿完报纸上来，他直接进了屋，根本没发现自己把钥匙忘在楼下大门上了。后来楼组长来问事，他是“一旦被蛇咬，十年怕井绳”，冲着人家直摇手，还拿老伴生前用的钥匙敷衍了一下。

此时此刻，楼组长听对方话里有话，不免心虚，加快脚步想溜。哪料到了楼梯口一脚踏空，人像坐滑梯一样滑了下去，后背骨在楼梯上像滚搓衣板似的滚了八格，痛得她“哇哇”叫。

外卖小哥和中年男人赶紧上前问她伤得如何，要是严重，就送她去小区附近那家私立医院看急诊。楼组长一听，也不叫痛了，皱着眉头连连喊道：“不去，那家医院是专门骗钞票的呀！”

楼组长挣扎着要自己站起来，没想到随着她身子一动，一块肥皂从她的裤子口袋里掉了出来。黄伯伯一看，肥皂上印着几把钥匙的印子，看着很眼熟：“咦，这好像是我家的钥匙？”说着，他摸出自己的房门钥匙一比对，还真是一模一样。

楼组长一看，倒吸一口凉气，刚刚好不容易站起来一些，又一屁股摔了下去……

谁也没想到，这位向来做事得体、热心助人的楼组长，会在刚才短短的几分钟内接连出了洋相：她不但是一个欺骗老实人、一心拿回扣的“医托”，还曾是一名惯偷！

今天，她从外卖小哥手中夺过那串钥匙时，就临时起意：趁自己进屋放餐品的时候，熟练地把那串钥匙在肥皂上滚了一遍，留下了齿印，打算找锁匠按样子配钥匙，好方便日后作案。她也想好了，一旦案发，她就把“锅”甩给外卖小哥，毕竟她可是楼组长，而对方才是值得怀疑的“外人”！只是千算万算也没算到，外卖小哥会从一开始就防了她一手。

外卖小哥难道未卜先知？不，因为这位小哥就是当日在路边想背黄伯伯去医院的小伙子。当时他戴着头盔，楼组长没有看清他的脸，而他却记住了“热心”的楼组长。后来，他又听领导说起住在新梅小区77号的姑父被楼里的楼组长坑骗的事，碰巧今天又接到77号402室的外卖订单。当他看到那位楼组长便恍然大悟，这才有所警惕。

这会儿，楼组长心知自己“穿帮”了，又摔得走不动路，整个人“蔫”得说不出话。外卖小哥将她背到楼下，安置在电瓶车后座，然后问道：“你说，我是把你送医院，还是送派出所啊？”

楼组长像从梦中惊醒一般，哀号道：“送哪儿，都是要了我的命嘛！”

（发稿编辑：丁娴瑶）

（题图、插图：张恩卫）

东野圭吾(1958—),日本畅销书作家。代表作有《白夜行》《暗恋》《嫌疑人X的献身》等,多部作品被搬上荧屏。本篇根据其作品《请勿弃物》改编。

致命的陋习

杀妻计划

斋藤在妻子昌枝的洋服公司工作,平时开的白色沃尔沃也是昌枝的……后来,他还用昌枝的钱为情人春美租了公寓,时不时找个借口去公寓过夜。最近,一直忙于工作的昌枝终于知道了春美的存在,就提出了离婚。

周末,斋藤和春美打完高尔夫回来,车从御殿场驶入东名高速。突然,斋藤说起了离婚的事情,春美一边听,一边从包里拿出一罐咖啡,习惯性地用纸巾擦了擦,然后打开,喝了一口,皱眉道:“你离婚,我当然是高兴的,可你是过错方,就这样离婚,你太太的财产,可就一点都弄不到啦!”

“她可能已经在着手准备离婚了,在那之前,我得想个法子。”斋藤把着方向盘,另一只手朝副驾座方向一伸,从春美手上抢过罐装咖啡,一口喝光,然后斜眼瞧着春美,“你也会帮忙吧?”

春美犹豫了一下:“只要我力所能及,做什么都行。”斋藤看了一眼春美,笑了笑,把空咖啡罐轻快地丢到窗外:“说话算话哦!”

晚上,两人在公寓亲热后,斋藤说出了杀妻的想法。春美又惊又怕,她不想杀人,但更不愿意和斋

藤分手，加上她听说斋藤已经想好了妙计，这才勉强同意。

原来，斋藤和昌枝下周六会扮演一对恩爱夫妻，去位于山中湖的别墅参加一年一次的朋友聚会。到时候，春美则乘坐电车，离开东京，在傍晚前到达别墅。

春美不解地问："开车不行吗？"斋藤说："不行，开车太惹眼，万一被人注意到就麻烦了。听好，你一到别墅，就悄悄地躲到沃尔沃的后备厢里。钥匙我事先会给你，还会帮你把别墅的后门打开。"春美有些抗拒："好像被关起来似的，要是出不来怎么办？"

"放心，有我在。傍晚过后，我会陪太太出去购物，当然这只是借口。一进入无人的深山，我就杀掉她。我会找个地方把她的尸体藏起来，然后等我打开后备厢，你爬出来换上她的衣服，再戴上眼镜和帽子。你和她身量差不多，乍一看想必不会被认出来。你装扮好后，负责开车带我返回聚会的别墅。那时旁边的院子里应该开始了露天烧烤餐会，你就把车停在那前面。"

春美担心穿帮，斋藤解释说："不用担心。说是亲密朋友，也就一年见一次，那时外面天色也暗了，你又坐在车上，没人看得那么清楚。"春美又问："然后呢？"

斋藤说："我一个人下车，你开车回到藏尸之处。到时候，我会说'我太太'有东西忘买了。"

得知要独自回到尸体旁边，春美差点哭出来，斋藤耐着性子哄道："你稍微忍耐一下，就当是为了我，拜托。一到那里，你就把衣服、眼镜什么的重新穿戴到尸体身上，然后再躲进后备厢。"

斋藤说，按计划他会发现妻子迟迟未归，然后他搭上朋友的车去寻找，并引导车前往藏尸之处。等发现尸体，斋藤会拜托一道去的朋友去找警察。把人支走后，他就将沃尔沃开到附近的车站，让春美坐电车回东京。随后，斋藤回到现场，跟朋友说，因为要联系亲戚，所以刚才是去找公共电话了。

"如此一来，"春美舔了舔嘴唇，"事情就变成昌枝独自去买东西，路上遇害，而那时你正和朋友们一起享受露天烧烤，有不在场证明。"斋藤点点头，笑着摸了摸春美的头发。春美突然想：那万一警察怀疑到我怎么办？

情人危机

斋藤说："知道你我关系的只

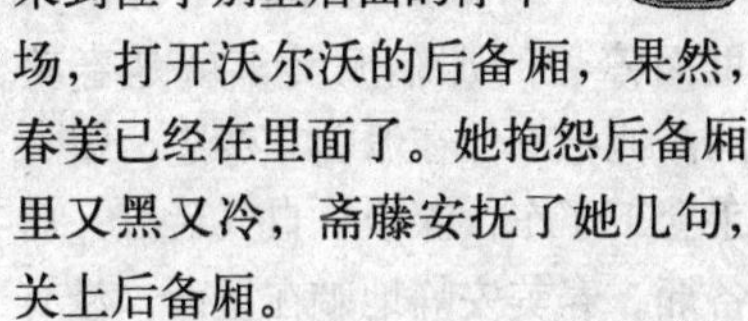

有我太太，她又心高气傲，想必还没有到处宣扬。所以她死了，不会有人怀疑到你。不过杀掉她之后，我们最好暂时不要见面。”

见春美还是不放心，斋藤沉吟道：“那就替你也制造一个不在场证明——我先给你工作的酒吧打电话,就说找你。你的同事肯定会说，你今天休息。接着你自己也打电话给同事，记住要装出从家里打电话的口气。你说刚才接到一个奇怪男人的电话，不知店里接到没有。同事自然会说接到了，然后你就顺势抱怨几句骚扰电话的事。这样，你同事就会相信你是在家里，不在场证明不就有了？”

就这样，聚会的日子很快就到了。周六中午，斋藤和昌枝开着沃尔沃从东京出发，下午六点多就抵达了山中湖别墅。昌枝一下车就去和朋友们寒暄，留下斋藤一个人搬运行李。他赶紧打电话联系春美，得知她就在别墅附近，他很满意。

于是，斋藤按计划给春美工作的酒吧打了“骚扰电话”，然后他通知春美：“该你了。记住，打完电话，你就躲进后备厢。”挂断电话后，斋藤发现烧烤餐会已经准备就绪，大家正聚在一起聊天，昌枝依然是话题的中心。他瞄了眼手表，对昌枝说要去买酒，而后来到位于别墅后面的停车场，打开沃尔沃的后备厢，果然，春美已经在里面了。她抱怨后备厢里又黑又冷，斋藤安抚了她几句，关上后备厢。

等了约一分钟，斋藤坐上车发动了引擎，从别墅前经过时，他还不忘向朋友们挥手示意。不久，车开进荒无人烟的森林，斋藤停下车，戴上手套下车，深吸一口气后，打开后备厢。春美坐起来，怯生生地四下张望，问道：“结束了？”她的意思是杀死昌枝了没有。

斋藤冷笑着说：“还没有，现在开始。”春美蒙了：“现在开始？”斋藤点点头：“对，现在开始。”说着，他的双手掐上了春美的脖子……原来，情人春美才是斋藤真正要杀的人。他心中暗想：真是个蠢女人！我不过跟她玩玩，她却认真了，死活不肯分手，真是找死！昌枝那种富二代女强人有那么容易被杀吗？

次日晚上，斋藤和昌枝回到家。昌枝一进屋就躺在沙发上不愿动了，斋藤勤快地搬运完行李，又说要去把寄放在朋友家的狗接回来——其实他是要去处理春美的尸体，尸体还在后备厢放着。昌枝从不搬运行李，自然没发现不妥。

斋藤把车开进春美公寓的地下停车场，最里面停着的那辆派美车就是春美的。他把车停在派美车旁边，戴上手套下了车，深吸一口气后打开后备厢。春美安静地躺在里面，没有散发出可怕的异味，看来后备厢里确实很冷。

斋藤从春美的包里摸出车钥匙，打开车，顺利地把尸体转移到后排座椅上，并将车钥匙放回包里。确认没有任何疏忽后，他锁上车门，迅速坐进沃尔沃，气势十足地发动了引擎。他心想，最大的麻烦解决了，接下来只要诚恳地下跪认错，昌枝一定会原谅自己的。

意外之证

春美的尸体是在星期一被发现的。警方调查后，得知那辆派美车从周五晚上起就一直停在那里，但无法确定尸体是什么时候被放进车的。春美的同事向警方提到骚扰电话的事，警方因此怀疑春美之死可能与她身边的男人有关。

案发的第四天，警察找到了斋藤。因为以前朋友称赞春美的洋服时，她说漏了嘴，透露是一个从事洋服相关工作的客人送的。经调查，符合条件的只有斋藤。

斋藤听到春美和酒吧的名字后，故作惊讶："是她呀！我在酒吧跟她聊过一两次，但我们的关系也仅限于此。"刑警又问："那么上周六到周日，你在哪里？"

看来这就是警方掌握的春美的死亡时间段了，斋藤胸有成竹地一笑："不在场证明吗？我周六去了山中湖的别墅，一直和朋友们在一起，周日晚上才回东京。"他心想：虽然我曾以买酒的理由离开过，可是春美打给酒吧的电话，会让同事以为她当时还在东京，这也正好可以洗脱我的嫌疑。

谁知没过几天，警察再次找到斋藤："据参加聚会的人说，你并不是一直都和大家在一起。周六，六点半左右，你开车去买酒，大概三四十分钟后才回来？"斋藤耸了耸肩："那又如何？难道那个被杀的春美恰好也在附近？"

其中一名警察点点头，拿出一个证物袋，说："我们在别墅的停车场找到了这个空咖啡罐，上面有你和春美的指纹和唾液残留……"

斋藤顿时瞪大了眼睛，想：那天在车上，春美的确喝过咖啡，后来被自己抢过来喝光了。至于罐子，记得明明随手扔到窗外了呀，怎么会出现在别墅的停车场？

另一名警察说道："据调查，春美向酒吧请假的日子也是你在外过夜的日子，而且她拥有的饰物中，有不少是你购买的，我们已经查到了购买记录。你和春美的关系应该不是如你所说的那么简单吧？还有，你平时开的那辆白色沃尔沃，后备厢最近刚刚被打扫过，这些巧合，你要怎么解释？"

斋藤是无话可说了，但是那个该死的咖啡罐是怎么回事？

斋藤自然不知道，咖啡罐还有另一个故事：那天，空咖啡罐被斋藤随手扔出车窗，不巧弹伤了路边一位女士的左眼。女士报了警，但是接线员对这类车窗抛物导致的事故，明显流露出漫不经心的态度，这让女士很失望。她将空咖啡罐用袋子装好，收了起来，打算另想办法。后来女士的未婚夫得知了此事，又听说肇事的是一辆白色沃尔沃，而且是从御殿场驶上东名高速，很可能是从富士五湖开过来的。这位未婚夫是摄影记者，平时就经常去富士五湖附近拍摄素材，于是，他便决定去碰碰运气。

斋藤和昌枝去山中湖别墅的那个周六，摄影记者恰好也在那一带拍摄。这些日子，他一直在寻找线索，但没什么收获。正当他打算放弃时，他看到了一辆从高级别墅区驶出的白色沃尔沃……

车速很快，摄影记者没能拍下照片，他不死心，又溜进那栋别墅的停车场寻找线索，还是一无所获。不仅如此，他装在背包侧袋里的咖啡罐不小心掉了出来，不知滚到哪里去了。

那就这样结束吧，反正未婚妻已经说过让他把罐子扔了，说一看见就心烦……

（改编：白云红叶）

（发稿编辑：丁娴瑶）

（题图、插图：佐　夫）

横山东侧的山腰里有两块石头，一块叫守望石，一块叫忏悔石。守望石像一个卧倒的老人，那渴盼的眼神和微翘的胡子都清晰可见；忏悔石也是一个人形，他双膝跪地，怀里抱着一块小石头，极像一只小猫。关于这两块石头，当地流传着一个十分感人的故事……

苦等成石

□忍者文身

很久以前，横山北面的村子里有一位老汉叫石守望，由于他办事实在，为人随和，大家都叫他“石头老汉”。

有一天，石头老汉在横山的山坳里挖耗子洞，一锹挖出个土坨子，用脚一踹，露出个酱紫色的瓷器。他原以为是个元宝罐，就赶紧用手抹去上面的泥土，却发现是一只有个指肚大豁口的斗笠碗。碗底极粗糙，外壁却很精致，上面有古人拿弓箭狩猎的图画。石头老汉叹一声“受穷的命”，就想把碗摔在地上听响儿，忽又想起家中的“大侠”正缺一个吃饭的家什，就把它带回了家。

“大侠”是石头老汉养的一只猫，因它拿耗子的功夫十分了得，故取此名。平日里，石头老汉喝酒，把一些花生米、咸菜条儿之类的随手一扔，大侠就像闪电一样扑过去，稳稳地接到嘴里。现在有了这只碗，大侠就不用在家里面“耍杂技”了。

这天清早，太阳暖洋洋的，石头老汉就把猫碗端到门前院子里，边晒太阳边看大侠吃食。

这时，有个从南方来的收破烂儿的赶着驴车经过。他冲院子里喊了一句：“老哥，有破烂儿吗？”

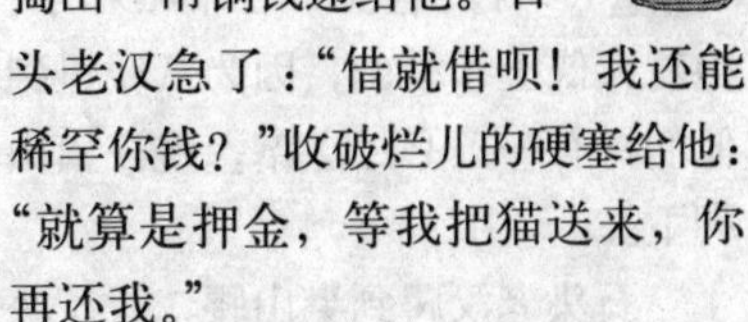

“有啊！”石头老汉开玩笑道，“我这老家伙不是破烂儿吗？”

那收破烂儿的一听乐了，索性将毛驴拴到大门口的树上，老熟人似的走进了院子里。石头老汉递过一个草墩子，还掏出了旱烟袋。收破烂儿的拿出自己的长杆烟袋，边装烟边问：“老哥家中几口人啊？”

石头老汉拍拍自己，又指指大侠，说：“喏，都在这儿。”

收破烂儿的笑着看了一眼大侠，突然，他的眼神定住了——定在了那只碗上。

石头老汉没在意，随口问：“老弟是哪里人？”

收破烂儿的心不在焉地说：“这……这猫真不赖呀！”

石头老汉得意地说：“它叫大侠，逮耗子可厉害啦！”

收破烂儿的说：“要不卖给我吧，我家的耗子可贼了。”

石头老汉把头摇得像个拨浪鼓：“不行，给座金山我也不卖！”

收破烂儿的沉默了一会儿，又说：“把它借给我两天行不行？等我家耗子抓光了，立马给你送来。”

“借？”

“老哥放心，我就在滦州城里租房住，经常来这一带收破烂儿，难道还会蒙你一只猫？”石头老汉还在犹豫，收破烂儿的便掏出一吊铜钱递给他。石头老汉急了：“借就借呗！我还能稀罕你钱？”收破烂儿的硬塞给他：“就算是押金，等我把猫送来，你再还我。”

就这样，收破烂儿的把大侠抱走了。临走，他拾起那只猫碗，说：“这只破碗也捎着，省得它认生。”

石头老汉只顾嘱咐：“你可要好好待它呀！”

“差不了！”收破烂儿的连声应着，把猫和碗放在一个竹篓里，盖好，赶上车就走了。

石头老汉少了大侠，一时心里怪不是滋味的，他呆呆地站在门口。正恍惚间，大侠像从天上掉下来一样，扑到他脚前。石头老汉不敢相信，蹲下身子用手一摸——毛茸茸、热乎乎的，是真的！他又惊又喜，却也禁不住埋怨道：“这外地人咋这么粗心，大侠丢了也不晓得！”

石头老汉猜，那收破烂儿的发觉后一定会回来找的，便在家里等他。可是，两天过去了，都不见那人来。石头老汉越发不安，心想，我怎么好白白落了人家一吊钱呢！

从此，石头老汉吃饭不香了，睡觉也不踏实了，感觉就像偷了别人东西一样。他拗劲儿上来了：我

就不信等不来他！于是，石头老汉带上干粮和水，抱着大侠上了横山，因为从城里到他们村有一条必经之路，就在横山脚下。

石头老汉爬到半山腰，找了块平地，遥望南方，一眼就看到了滦州的北城门，还有像蚂蚁一样出入的人。凡是有赶驴车的出城门，石头老汉就死盯着，心中祈祷是那收破烂儿的。结果，有的奔了东，有的奔了西，偶尔有奔北边来的，石头老汉就像兔子一样往山下蹿，截住那车一看，都不是他要找的人。赶驴车的骂他“发神经”，他也不在乎，回到半山腰上继续守望。

没过几天，石头老汉的干粮吃光了，水也喝干了，他就在山上找野果充饥，让大侠在草丛里逮蚂蚱吃。他曾想过进城去寻那收破烂儿的，可又担心自己一把年纪，进了城眼花缭乱，辨不清东西南北，于是就在这里死等。

村里的乡亲们知道后，纷纷上山劝石头老汉。大家不忍心告诉石头老汉那收破烂儿的骗了他，只劝他回家等。石头老汉不肯，说：“拿了别人的钱，我在家里睡不踏实！”

乡亲们见劝不了石头老汉，就派了几个精明强干的人去城里寻那收破烂儿的。几天后，终于在城里一个偏僻的出租屋内找到了他。

那收破烂儿的之所以没离开滦州城，是因为他找行家看了，那只斗笠碗还值不了一吊钱呢！他还得像从前一样收破烂儿，过穷日子。那天，他以借猫的名义骗到了那只碗，一出村口，他就把碗揣到怀里，把猫扔了。他一直没再去横山以北收破烂儿，是怕石头老汉向他要猫。他没想到，石头老汉为了等他去取猫，已在横山上苦守一个多月了！

等几个乡亲带着那收破烂儿的找到石头老汉时，石头老汉已气绝身亡。但他身体没有倒下，双眼也未曾合上，像雕像一样直直地注视着远方，手里还抱着他心爱的大侠。

那收破烂儿的上前轻轻接过大侠，“扑通”一声，双膝跪地，说：“老哥，我来取猫了！”

石头老汉的身体轰然倒地，瞬间化作了石头。那收破烂儿的放声痛哭，惊得山石飞滚，扰得滦水停流，直至声嘶力竭，泣血而亡。最后，他与那只猫一起也化作了石头。

当地人为了纪念他们，分别称这两块石头为“守望石”和“忏悔石”。

（发稿编辑：曹晴雯）

（题图：谢　颖）

叠内务

□春之晓晓

1998年，我报名入伍，成了一名军人。

副班长叫王海涛，是我老乡，比我早入伍一年。部队分工明确，副班长的职责是抓好卫生管理，干不好这个活，那他就是不合格。

部队里，被子都称作“内务”。军人口里的“叠内务”，就是叠被子。连队每周都要检查一次内务卫生，检查评比后有流动红旗，这无疑是每个副班长最想得到的东西。

王海涛也一样，他想留住流动红旗，可我们班的几名新兵，内务都是老大难。尤其是我，叠出来的被子像一个大面包，咋也叠不出形儿来。哪像别人的被子，都是刀切的豆腐块一般，横平竖直。

其实我已经很努力了，每天早晨都比别人早起，在地上铺好报纸，把被子放在报纸上，从那边踩到这边，再从这边踩到那边，为的就是把棉花踩实，再折起来掐直角线，可怎么也叠不成豆腐块。

王海涛鼓励我：“你摸我的被子，折痕里的棉花都快掐没了。只要功夫深，铁杵磨成针！”我特意摸摸王海涛的被子，还真是，折痕的地方几乎没有棉花了，一捋就是一条直线。

因为我的内务太差，我们班从没得过流动红旗，我很内疚。于是我打起了其他主意。我听老兵说，以前有人为了让被子好叠，会在被套里加一层帆布。帆布质地硬，

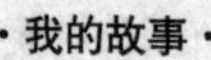

便于折叠，容易留痕迹，算是一种绝妙的方式。可加了帆布的被子会变硬，睡觉不贴身，这种方法被上级取缔了。如果查到，要给处分的。

我的内务怎么也达不到理想效果，自然想起了这一招。可是，万一露馅了，肯定没好果子吃，怎么办呢？

那天是星期天，连队组织外出购物。我转了一圈，看看还没到集合的时间，便独自进了一家卖日杂用品的小超市。

这家小超市里有卖一种非常薄的帆布。我不由得眼前一亮，如果把这种帆布衬在被子里，一定摸不出来，还能解决问题，何乐而不为？我便偷偷买了一块帆布，塞进了怀里。

当天下午回到连队，我把被子给拆了，拿到服务社去洗，暗自嘱托阿姨："帮我把帆布衬在里面。"阿姨朝我笑："这小子，厚帆布不让用，衬个薄的！"

还别说，被子拿回来后，真是好叠多了。三折过后，简单一掐就成形，棱是棱、角是角。这回，我的被子终于成了标杆，还被连长表扬了一次。这周，王海涛外出参加集训，不在班里，我们班拿到了流动红旗。

待到王海涛集训回来，不由得笑道："我不在，流动红旗来了，真是不可思议。看来是我工作没做到位呀！"他用手仔细一摸我的被子，脸色变了，怀疑地问道："你这被子里面加'料'了？"

我吞吞吐吐地坦白道："只是一层薄布，算不得什么！"我指指寝室门上插的流动红旗，说："这样我们才能留住它呀！"

王海涛一听，急了，一把摊开我的被子，三下两下扯开拉链，想把里面衬的帆布拿出

来。

我也急了，不知道哪来的勇气，上去一把夺过被子，吼道："扯我的被子，你有病啊？"

王海涛一时被惊到了，不过他很快就平静下来了，语重心长地对我说："你这样做的确违反了规定，万一被查出来，你知道被处分的后果有多严重？"

我说："可是你是副班长，主抓内务卫生，你不在的时候我们班得了流动红旗，你一回来流动红旗反而流走了，叫别人怎么看你？我的内务是不好，可就加了一层薄薄的布，别人看不出来！"

"我来帮你，总会好的。"王海涛说着，还是把我被子里的帆布拽了出来。

他帮我找了一块大理石板，叫我以后每天用它来压被子，把棉花压压实……

每到周末，王海涛都陪我一起练习叠被子。终于有一天，我的被子叠成了刀切的豆腐块，可以在战友面前挺直腰杆了，流动红旗也常常挂到我们班的门上了。

经过这件事，我和王海涛成了最要好的战友。他在部队当了三年兵，而我赶上了兵役制度改革，两年就退伍了。

我们是老乡，家离得近，退伍后也一直保持联系。

有一年八一建军节，咱们小聚，我和王海涛都有点喝多了。我不无感激地说："当年要不是你帮我，我的内务还真是个大问题！有时候，我真佩服你那么较真。"

王海涛说："小事一桩，别放在心上。"

"这怎么是小事呢？你让我明白了，做人做事都不能投机取巧，不能欺上瞒下，要扎扎实实，努力地一步步做……"我借着酒劲，说出了当年要说的话。

王海涛笑了，摆摆手，说："其实……我没你想的那么好，我的内务也要反省。"

"你反省啥，难道你也加了帆布？"我不相信地问。

王海涛不好意思地笑笑："其实我刚入伍时，也被内务难倒过。我那时候呀，甚至用剪刀把被芯给剪断，方便折叠……后来，我意识到这么做不对，还是自己硬生生练出了一手叠好内务的本事。"

啊！我一拳擂向了王海涛："好你个小子！"

（**发稿编辑**：陶云韫）

（**题图、插图**：陶　健）

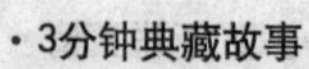

用心敲门

有一天，一个姑娘敲开了农业大学一位退休教授的门，她向教授讨教什么样的树叶适合作画。可是，还没等她说完，教授就委婉地回绝了她。

一个星期后，姑娘又来了。教授见又是她，神色有些不悦。教授的老伴很客气，倒了一杯水给姑娘。姑娘用手语回了个“谢谢”。

教授很是惊异：“你会手语？”

原来，第一次登门时，细心的姑娘发现教授的老伴只是冲她微笑，不说一句话。她多方打听后得知，教授的老伴早年因病失聪了。姑娘便立刻去书店，买了一本教手语的书，苦练一番后，二次登门。

教授明白了眼前这个姑娘的良苦用心，破例和她谈了很久。有了教授的指导，姑娘很快找到适合树叶画的野生剑麻叶，再运用教授传授的特殊技术进行抽湿，最后得到一张薄如蝉翼的树叶。经过干燥处理后，树叶没有出现破裂，反而呈现出一定韧性。

姑娘开始了她的叶画创作。人物、山水、鸟兽，一片片树叶呈现出栩栩如生、充满灵性的图画，令人赞叹。姑娘为叶画成功申请了专利，叶画还走出国门，得到了广泛的赞誉。

人人都渴望成功，跨越最初那道艰难的门槛，少不了借助别人的肩膀。一颗温暖而真诚的心，足以敲开所有坚硬的门。

（作者：青青子衿；**推荐者**：梦　晓）

跳蚤的启示

古时候，有一个经营布匹生意的商人，他脑子灵活，人也勤快，生意越做越大，赚了不少钱。商人并没有就此满足，他觉得自己应该扩大经营范围，搞一搞别的生意。

这天，有个朋友告诉商人，因为边境打仗，现在战马非常紧俏，价格不断推高。商人听后十分心动，但他以前从没有贩过马，担心会有风险。

一连好几天，商人都想着贩马的事，犹豫不决。于是，他去求见了一位大师。大师听完商人的困惑，对他说："我先给你讲一个故事吧。一只跳蚤本来寄生在狗身上，活得挺好。有一天，这条狗身边走过一只山羊，跳蚤闻到了山羊身上的膻味，馋得够呛，便立即跳到了山羊的身上，希望可以过上更好的生活。万万没想到，它小小的身躯根本穿不透山羊厚厚的羊毛，不但叮不到山羊，还被闷得无法喘气，没过几天就饿死了。"

商人听完，若有所悟。大师笑了，对商人说："你想贩马，那你熟悉马的脾性吗？有销路吗？运输有保证吗？有些东西再好，并不适合你，就要懂得放弃。"

(作者：程　刚；推荐者：潘　达)

教授的『浪漫』

周培源教授是我国著名的物理学家。抗战时期，周培源随清华南迁，在西南联合大学任教。和战争中的所有家庭一样，周培源一家生活拮据，整天为柴米油盐算计。

当时，周培源一家人居住在昆明西山区，距离西南联大有几十里路。交通非常不便，没有公路，不通汽车，自行车也买不到。为了保证上课不迟到，周培源每次都要凌晨五点钟起床。

一天早晨，周培源兴冲冲地拉着妻子跑出屋。到了院子外，妻子愣住了：那儿拴着一匹油亮健硕的大马。周培源得意地说："这匹马名叫华龙，是我买回来的。"

妻子问："买马做什么？"

周培源拍了拍马背："骑呀！这回我有座驾了！"

周培源买马的消息一下子在西南联大传开了，老师和学生纷纷来看"华龙"，物理系主任饶毓泰更是戏称周培源为"周大将军"。

自此，周培源每天骑马出去，先送两个女儿上学，再去西南联大上课，时常还带着妻子一起策马郊游。

在动荡的时局中，整天研究力学的周培源，用这样另类的"浪漫"方式来对抗生活中的困苦，一时传为美谈。

(作者：姜炳炎；推荐者：文　文)

(本栏插图：佐　夫)

古怪的睡姿

□任宏伟

刘秃子是个混混儿，好吃懒做，没钱了就想办法跟朋友马大牙合伙，赚点不义之财。

这晚，马大牙叫刘秃子到家里喝酒。酒后，两人就一起睡下了。半夜，马大牙被尿憋醒，竟然发现刘秃子以“金鸡独立”的姿势站在地上睡觉。他赶紧摇醒刘秃子：“没想到你还有这种本事！”

刘秃子撒谎说，他小时候犯了错，他爸罚他单腿站在地上不准睡觉。时间一长，他就练出了这种本事。其实，刘秃子是最近才发现自己是单腿站着睡觉的，为啥会这样，他也搞不明白。

有一天，刘秃子半夜醒来，发现自己竟然变成了天鹅！他很害怕，如果不能变回人形，以后怎么出门？除了担心外，他还很疑惑，自己到底是人还是天鹅？

刘秃子急得在屋里转来转去，一直转到早晨六点钟，突然，他身体抽搐了几下，就晕了过去。当他醒来时，又变回了人形。刘秃子却高兴不起来，他想，万一自己哪天白天出门后突然变成天鹅，会不会被当成怪物抓走？就算只在晚上变成天鹅他也受不了，以后怎么结婚生子呢？出于担心，刘秃子只好连

续一周都待在家里，观察自己。

刘秃子发现，自己只会在半夜变成天鹅，于是他才敢偶尔出个门。不过就算是出门，他也格外谨慎。

这晚，刘秃子正在树林里转悠，突然，草丛里蹿出一条蛇盯着他看。他不敢动，正不知该咋办，头顶的大树上传来一个姑娘的声音："小蛇，快走，否则我就不客气了。"

那蛇听了姑娘的话，赶紧逃了。姑娘从树上跳下来，落到刘秃子身边。姑娘很美，刘秃子看呆了，过了片刻才说："谢谢小妹，救我一命。"

姑娘说："大哥，不必客气，我救你是应该的。其实我们是同类，你刚进树林，我就闻到你身上有一股咱们同类才有的气味。"说完，姑娘突然倒地，抽搐了几下后，竟然变成了天鹅。接着，又经过倒地、抽搐后，姑娘变回了人形。

通过聊天，刘秃子得知，姑娘叫白玉娇，自幼生活在一个神奇的族群里，族人们不仅身体可以在人和天鹅之间自由切换，而且还会一些小法术。她因不想给族长当第十八房小妾而逃了出来，浪迹天涯。

刘秃子见天色不早，就问白玉娇晚上住哪儿。白玉娇说，如果刘秃子愿意，她想去他家住，毕竟他家肯定比野外舒服、安全。刘秃子又惊又喜，将白玉娇带回了家。

到家后，刘秃子长长地叹了口气。白玉娇问他怎么了，刘秃子说，他已经站着睡觉一个多月了，他不想每夜都变成天鹅。于是白玉娇教了刘秃子几句"变身咒"，还说只要默念咒语三遍，身体就可以自由切换了。

刘秃子试了试，果然如此。两人又聊了一会儿，彼此情投意合，便同床共枕了……

第二天起床后，白玉娇去做饭，刘秃子犯起了愁：多了口人，以后他靠什么赚钱？如果还像以前一样去赚不义之财，白玉娇会不会离开？这时，响起了敲门声，刘秃子从猫眼往外看，发现是马大牙。他走到白玉娇身边，问："我的哥们儿来了，你让不让他进来？"

"我以后都不走了，我们的事迟早都得让人知道，去开门吧。"

刘秃子开了门，马大牙进屋后，看了一眼白玉娇。刘秃子向白玉娇介绍道："这是马大牙。"

马大牙觉得两人关系不一般，就对白玉娇说："嫂子好！"

白玉娇笑道："马兄弟好，你先坐会儿，等嫂子做好饭一起吃。"

很快，三人就开吃了。饭后，马大牙向刘秃子使了个眼色，暗示他到外面说话。刘秃子和白玉娇打了声招呼，就出了门。

两人走到一棵树下，马大牙用羡慕的口气问刘秃子是怎么把白玉娇“骗”到手的。刘秃子编了个理由，说他和白玉娇是网友，聊了一阵后，白玉娇就来找他了。

马大牙信了。见四下无人，他压低声音说，自己已踩好了点，让刘秃子今晚跟他去偷狗。刘秃子犹豫了，不过他又想，只要瞒着白玉娇，问题应该不大，就答应了。两人商量一番后，马大牙就走了。

刘秃子刚到家，白玉娇就满脸怒色地瞪着他。刘秃子问白玉娇为啥生气，白玉娇说：“你今晚要是去偷狗，我现在就走！”刘秃子一怔，暗想，看来白玉娇的确会法术，自己和马大牙在外面的谈话，她竟然全知道。刘秃子忙说，他这就给马大牙打电话，说不去了。

谁知白玉娇竟让刘秃子给马大牙打电话绝交！一边是哥们儿，一边是心上人，刘秃子犹豫了半天，才咬牙给马大牙打了电话。

马大牙一听刘秃子要和自己绝交，大骂刘秃子重色轻友，不是东西。刘秃子也不还嘴，挂了电话。

断了来钱的路子，刘秃子决定去当快递小哥。适应几天后，他就习惯了。有了正当工作，家里还有个知冷知热的人，他感觉很幸福。

这天，刘秃子送完快递回家，发现饭菜在锅里热着，白玉娇却不见了。过了好一会儿，白玉娇才回来。他问白玉娇去哪儿了，白玉娇说天天闷在家里没意思，她就去了那片树林，变成天鹅飞了一会儿。

后来，白玉娇就经常出去。可这天，一直到晚上八点还不见白玉娇回来，刘秃子急忙到树林里去找。

刘秃子转了半天，突然，听到一片草丛里传来白玉娇的声音。他走过去，看到一只受伤的天鹅，惊道：“玉娇，你这是怎么了？”

白玉娇说：“今天我变成天鹅飞去了一个大湖，谁知被蹲守在湖边的马大牙一弹弓打中受了伤。我强忍疼痛飞回这里，藏在草丛中，才保住命。”

刘秃子想先把白玉娇抱回家养伤，再去找马大牙算账。白玉娇却说，她伤得太重，已经没有能力再变回人形了，她等在这里，为的是和刘秃子告个别。刘秃子听了变得激动起来，这时，白玉娇口中念了几句咒语，刘秃子就睡着了。等他再醒来，白玉娇早已不知去向。

刘秃子不死心，他想变成天鹅，哪怕飞遍千山万水也要把白玉娇找到。可当他要念“变身咒”时，却怎么也想不起咒语是什么了。看来，白玉娇为了防止他不死心，抹去了他脑中关于咒语的记忆。

刘秃子恨透了马大牙，当晚他就带着一根棍子去了马大牙家。马大牙一头雾水，刘秃子抡起棍子就朝马大牙的头上打去。马大牙侧身一躲，一伸手把棍子夺走了，气愤地说：“你疯了吗，无缘无故为啥打我？”

刘秃子说：“我打不过你，但可以告你偷猎天鹅！”

马大牙吓得脸色大变。原来，每年都有一群天鹅飞到城外一个大湖里嬉戏，马大牙就去偷猎，然后高价卖给饭店。刘秃子虽然也和马大牙干些偷鸡摸狗的事，但他知道天鹅是受保护动物，这事他没敢干。

此时，马大牙家的冰箱里还冻着几只野天鹅呢。刘秃子举起手机要报警，马大牙慌了，他心一横，决定杀人灭口。他抡起棍子正准备打刘秃子，怪事发生了，他仿佛被施了定身法一样，怎么都动不了。

刘秃子打完报警电话，很快就来了两个警察。警察进门后，马大牙竟然又能动了，不过他不敢当着警察的面行凶。警察从冰箱里搜出了野天鹅，马大牙被押上了警车。

刘秃子回到家，思来想去，他觉得刚才马大牙突然动不了，一定是白玉娇在暗中保护自己。

半夜，刘秃子梦到了白玉娇。白玉娇告诉他，他其实就是人，他能变成天鹅，是白玉娇施了法术。白玉娇之所以这么做，就是要离间他和马大牙的关系，以达到让他亲手把马大牙送进监狱的目的。

白玉娇其实是一只得道的天鹅，她得知马大牙多次伤害自己的同类，非常气愤，打算报复他。通过观察，她觉得刘秃子和马大牙虽是一伙儿的，但良心未泯，她便想了个办法，让刘秃子改过自新，将功补过……

刘秃子希望白玉娇能回到自己身边，白玉娇却说，两人不是同类，如果刘秃子坚持走正路，两年后自会遇上有缘人，否则下场会和马大牙一样。

等刘秃子醒来，他幡然悔悟，从此再没干过坏事。两年后，他和一个姑娘相亲成功，结婚了……

（发稿编辑：曹晴雯）

（题图：张恩卫）

军粮斗

□侯晓琪

军情紧急

抗战时期，小柳河畔有个柳河镇。这天，镇里闯进十几个日本兵，领头的是个叫吉泽的。几天前，日军情报部门偶然侦察到了柳河游击队的行踪，于是急令四周日军围堵。因为军情紧急，集结匆忙，粮食供应出现短缺，搞得负责后勤的吉泽焦头烂额。

得知镇中有个诚正粮行，吉泽忙率兵赶来。最近粮价飞涨，店门口挂着一个牌子，上写："粮价早晚不同，现时现价为定。"吉泽长出一口气：不管怎么说，总算有粮了。想着，他上前敲开了门。

不多会儿，出来个三十多岁的男子，自称姓何，是粮行掌柜。因为听说要打仗，其他人都疏散了，这里只剩他和两个伙计。

在何掌柜的引导下，吉泽在粮库转了圈后，满意地点点头，用学到的中国话说："从现在开始，你们这里加工好的粮食就全由皇军征收了。放心，会按价付钱的。不仅如此，这几天粮行还要加大收购。"

"现在人心惶惶，根本没人卖粮啊！"何掌柜低声下气地说。吉泽一笑："皇军会源源不断地送来的。关键是你们粮行后院那几台水磨石磨，要全力开动，保证及时磨粮成粉，懂吗？"

何掌柜听罢不言语了：日本人送来的，无非是从别处抢来的吧。

吉泽见状也轻哼了一声：现在

随战线拉长，日军有陷入泥淖之势。抢粮是日军战地补给的主要方式，但对大的市镇，还是有区别的。像眼前这家粮行，直接抢的话，消息传出去，吓得别处商家不敢再做生意，一来有损日军名声；二来日军所到之处人尽逃散，筹粮难度就会大大增加。倒不如以合作姿态，诱使对方服务于己。反正所谓的付钱，不过是给几张日军一文不值的军票罢了。

这么想着，吉泽把脸一板，故意用中国话对部下吼道："还站着干什么？诚正粮行已成了皇军的合作商，安全起见，必须设岗。没我的命令，任何人不得随意出入！"

何掌柜一听，脸都白了，明白这是将他们当苦力拘禁起来了！吉泽则"哼"了一声，开始对粮行物资进行查点。

除了粮，粮行还有两架骡车——太好了，运输难题也有着落了。吉泽兴奋地盘算着：这次作战范围广，可能要拖延很久。在上面抽调的运粮车到来前，绝不能将骡车累垮。这样的话，一架骡车运粮时，另一架最好休整以待。

为防部下不恤畜力，他特意掏出一面小太阳旗，插在骡车的车辕上，告诫部下说："我会跟守卡的士兵说，见旗才放行。这面旗帜就是通行证。好了，还愣着干什么？快叫粮行的中国人来装车，然后你们赶紧给附近的部队送去！"

粮食加工

吉泽高效专业的行动赢得了广泛赞誉。第二天，有所耳闻的上司就决定，在后勤尚未全然恢复前，各路行动的日军由吉泽统一负责粮食供应与调配。

诚正粮行热闹起来了，不时有日军将从别处抢来的粮食送来。何掌柜带伙计整天连轴转，才能勉强完成吉泽下达的粮食加工任务。

这天，何掌柜壮起胆，向吉泽委婉地抱怨道："因为人力推磨，伙计累得不行了。每天运粮的骡子也扛不住，有些'肚结'，就是消化不良，拉不下屎，该歇歇了。"

"什么，骡子病了？"吉泽惊叫道，"有没有办法？"

见吉泽凶神恶煞的样子，何掌柜只好说："可以喂点硫黄水试试。"正说着，店前传来一阵喧嚣，是有部队扫荡了一群猪，奉命赶来，交由吉泽宰杀分配。

"喂，能不能搞到硫黄？"吉泽高兴地迎上去。

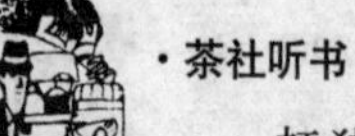

赶猪的士兵搞清原委，爽快回应："驻地附近就有个药房，长官需要的话，我马上就派人送来。"

接着，何掌柜愣愣地看着那些猪很快被宰杀分割。等一片片热腾腾的猪肉随骡车被运走，何掌柜似乎想到什么，一边指挥伙计打扫狼藉的地面，一边收集起了猪尿脬和猪鬃。

这些中国人，难道要把尿脬当气球吹？吉泽面带鄙夷，但转念一想，猪鬃是制造枪炮刷具的原料，按规定是要上交的战备物资。

吉泽正要阻止，何掌柜好像已预感到了什么，凑过来讨好地说："鬃毛可以绑成刷，清理石磨缝里的面粉。"吉泽想了想，挥手让他走了：就让他先用着，等战斗结束，正好以私藏战备物资罪治他。哈哈，这下连军票都省了。

吉泽正暗喜，有人送来了一大袋硫黄，还带来了一个不妙的消息：送达前线的面袋打开后，只有上面是白面，下面都是劣质的麦麸，惹得很多军人颇有微词。

吉泽叫过何掌柜，将硫黄丢过去，怒吼道："怎么会这样？"何掌柜小心解释："这几年战火加饥荒，现在又青黄不接，所以我们供应的面粉，都是'上粉下麸'，一点不敢浪费。"

"无耻的奸商！"吉泽恼了，"重新分装！皇军只吃上等白面，懂吗？"于是，何掌柜带着伙计忙了个通宵，等第二天早上，吉泽前来查看，他们已将面粉和麸皮筛开，雪白的面粉盛满了升斗斛盆。

吉泽这才点头："嗯，就这样，必须我过目验收才行。为了不误军机，第二天要送的，前一天天黑前必须提前称好装袋，放进粮库随时备运，懂吗？"

斗上一场

战事进展不顺，柳河游击队仗着地理优势与日军展开了周旋。由于水土不服，日军中开始有痢疾流行的趋势。军医想尽办法，甚至对水源进行严格的消毒管控，仍束手无策。

这天，吉泽亲自送粮，却遭到一位部队长的训斥："有人反映面粉有股臊味。战地条件艰苦，有吃的就不错了，这也就算了，可很多人都说吃不饱，怎么回事？"

吉泽忙回答："每天送来的军粮都按人数经过了严格的计算，每袋二十五公斤，不会错的。送多了怕积压，影响部队行动。也许，由此产生了误会。”

“是二十五公斤？”部队长强压怒气说，“那就有必要验验了！”

有人从骡车上提过一袋面粉，当众过秤，只有二十公斤多点。

吉泽傻了，不解地盯着粮袋。见布袋缝中隐隐有根黑线头，他小心揪出，细一瞧，竟是一根猪鬃！

“对不起，我马上补送！”他灰溜溜地从部队长帐篷钻出后，气急败坏地跳上了骡车，“快，我要宰了那个奸商！”

回到粮行，吉泽带人直奔何掌柜与伙计平时待着的粮库，里面却没人，只在库柱上找到一张纸条，凑近看，是何掌柜涂的几句歪词：“我等本小民，乱世苦煎熬；可恨村里猪，被尔把家抄。尿脬盛硫黄，猪鬃把袋扫；你骂我奸商，我恨你强盗。”

“混蛋！”莫名其妙之余，吉泽伸手将纸撕下，不知怎么就触动了粮库修建时安好的防盗机关，只听“呼”的一声，整个粮库门窗全部自动关上了。

接着，从梁上飞下一股粉尘，久久不散。黑暗中，吉泽随众人本能地卧倒，他还高声提醒道：“不要打火！穿军靴的也别动，小心靴底铁掌与青石地面擦出火星！”这显然是圈套，如果上面撒下的是面粉，贸然打火照明，在密闭空间内，很可能引发粉尘爆炸。与此同时，他拼命大喊：“来人！”

外面的士兵不知就里全赶来了，七手八脚地撬开门窗，透够了风，将众人救出后才发现梁上落下的全是细灰而已。因为盛在猪尿脬中，机关一动，尿脬被绳子一扯，一翻转，细灰便撒了下来。

“搜！”吉泽恨得咬牙切齿，可找来找去，非但不见对方踪影，连那辆备用的骡车也不见了。再

一看，刚回来的骡车上，那面太阳旗不知什么时候也被拔走了。糟糕，何掌柜他们刚才肯定趁乱拔下太阳旗插在备用骡车上逃了。

“上当了，追！”

等吉泽带人赶到镇口，守卡士兵果然说：“是有辆满载面粉的骡车，上面有三个中国人。因为看到车上插着阁下作为通行信物的旗，就让过去了。”

“笨蛋！他们要是把面粉送给敌军了呢？”

吉泽正对小兵发脾气，前面突然来了一队人马，个个狼狈不堪，领头的正是那个脾气暴躁的部队长。看见吉泽，部队长上来就是一巴掌：“好不容易围住的猎物跑了，都是因为你！”

原来，部队长的部队在山林间把守设伏，游击队突围时，两军交手。日军这些天因为拉肚子，吃不饱，士气低迷，战意不足，竟被对方轻易冲破了防线。

想到自己肯定会受到军法处置，吉泽急火攻心，“嗷”地大叫一声，昏死过去了。

与此同时，沿小路疾驰的骡车上，何掌柜愤愤地骂道：“呵，他不骂我‘奸商’，我还想不起这些缺德的法子呢！”

原来，平时做生意，为增加分量，有些奸商会将灌满水的猪尿脬扎紧，埋在面斗内。一夜工夫，胀得快要炸的尿脬受到压力，就会瘪成两层皮，里面的水则都渗到面粉里。这样，二十斤面粉可吸进大约一斤水。更可怕的是，水里还加了刺激肠胃蠕动的硫黄。吃了这样的面粉，想不拉肚子都难。

而面粉装袋后，何掌柜他们又连夜将布口袋放平，用猪鬃扎成的大刷子使劲在袋上刷，就将细小的面粉颗粒隔着口袋又刷了出来。这样神不知鬼不觉，二十五公斤的量就又少许多。军粮不够分量，日军当然就挨饿了。

何掌柜家在乡下，父母替人养猪。那天他见鬼子宰的猪身上，全打有熟悉的标记，顿时明白家里遭难了。他心一横，决定拼命跟吉泽斗上一场。

“掌柜的，现在怎么办？”伙计问。

“不赶走日本人，我们堂堂正正的生意也做不成。”望着满车省下的面粉，何掌柜一挥手，“走，去找游击队！”

（发稿编辑：丁娴瑶）

（题图、插图：谢　颖）

品水

□李婷婷

明代万历年间，苏州知府邱文孺辞官回黄石老家，买下了一处宅院养老。

这一日，乡绅李成登门拜访，送了一盒新茶作为见面礼。邱知府瞥了一眼，摆了摆手，微微一笑，道：“明前的西湖龙井，太过靡费，老夫受之有愧啊！”

李成没想到邱知府这么识货，钦佩地说：“久闻邱公善品茗，果然慧眼识珠。宝剑配英雄，您就收下吧！”

邱知府再三感谢后便收下了，当即吩咐下人烧水沏茶，与李成品茗。茶香氤氲，回味袅袅，李成赞不绝口，邱知府则说：“茶是好茶，只是可惜了。”

见李成一脸狐疑，邱知府说道：“李兄有所不知，好茶需要好水来配。此地饮水多为井水、江河水，但泡茶以甘泉水为上，尤其是无锡惠山泉水，方能与这明前龙井相得益彰啊！”

李成笑道：“这有何难。我有几艘船每月来往江南运送丝绸，待路过无锡，装上几坛泉水便是。”

邱知府摇头：“路途遥远，花费甚巨，不值当的。”李成却胸有成竹：“不妨，去时顺水，返程顺风，我定会把这惠山甘泉给您运到府上。”

送走李成，邱知府不由得心生感慨：专程运水，谈何容易！当年在苏州，惠山泉泡茶再寻常不过，

而现在品上一杯却难于上青天。

过了半月，李成居然真的登门送水。小厮们把装满水的坛子搬进屋内，李成指着坛子说："绝对正宗的无锡惠山泉，请邱公赏鉴。"他说罢就要揭下盖上封泥，邱知府伸手拦住，说道："太贵重了，老朽不敢私藏。不如这样，本月十五，李兄出面，邀上至交好友，我备好茶点干果，我们在园中赏月品茶，如何？"

李成欣然答应，向至交好友广撒请帖，帖名"品水会"。一时间，黄石城中的乡绅名士无不以受邀参加"品水会"为荣。

李成家中住着个叫韩平的秀才，是他的远房外甥，借住在这里准备乡试。听到品水会的消息，便跟舅父恳求也想要参加。李成不耐烦道："受邀的不是品茗高手，就是本地名士，你只是个秀才，又对茶道一窍不通，凑什么热闹？"

韩平继续恳求："我虽只是秀才，安知我数月后不能高中？我虽不大通茶道，但品水盛会实在是难得。只请舅父给外甥一个机会，长一长见识，也是我将来考场挥毫的底气。"

看在亲戚的面子上，李成答应了，但他再三叮嘱韩平切勿多言，以免招惹是非。

品水会开宴当晚，皓月当空，邱府上名士云集。邱知府命仆人抬上水坛，当众揭开封泥，将泉水倒入壶中煮沸，冲泡明前龙井。顿时，茶香四溢，闻之让人精神一振，五脏六腑说不出的熨帖。

邱知府亲自将茶端给客人。当来到李成面前，邱知府说道："非李兄之力，怎能有今日盛会！"众人也连忙向李成道谢。李成连称不敢，拱手说："诸位都是爱茶之人，邱公尤精此道，万望今日指点一二，就是李某莫大的福分了。”

邱知府端坐堂中，呷了一口，赞道：“惠山泉水，名不虚传。”一时间，厅中尽是碗盖碰撞之声，接着响起连番赞叹声。更有几位诗名在外的名士，当场作诗，交给伶人演唱，丝竹声声，清音袅袅。

那韩秀才在末座，既不作诗又不品水，只顾左顾右盼，然后便抬手将整碗茶一饮而尽。李成看在眼里，有些恼火：果然是不懂茶道的粗鄙小子，这样好茶好水，他如牛饮驴饮一般。李成再偷眼看了一下邱知府，只见他正和旁人谈得兴起，桌上茶碗还微微冒着热气。

那日后，邱知府的品水会成为当地的一段佳话，只是不知为何，李成再想去拜访邱知府时，对方却总是托词不见。这天，韩平向李成辞行去赶考，李成语重心长地对外甥说：“此去乡试，若是得中，言谈举止一定要清雅些。别像品水会上那样，粗鲁惹人生厌了。”

韩平想了想，笑道：“舅父莫不是以为，邱知府疏远您是因为讨厌我？”

李成双手一摊：“我思前想后，没有其他礼数不周之处啊！”

韩平说道：“舅父有所不知，我虽然粗鄙不懂茶道，但我这样的小人物，邱知府怎么会理会我呢？他疏远您的真正原因，不在于礼数，而是在于那坛子水！那水只是普通的江水，不是惠山泉。邱知府以为您欺哄他，故而疏远了您。”

李成大惊：“不可能！那水是我亲手从无锡惠山泉装坛，千里迢迢运过来的！再说，你又怎么知道这水是否惠山泉呢？”

韩平叹气：“我虽不懂茶也不懂水，但我懂察言观色。舅父，那晚您可看到邱知府饮茶的样子吗？”

李成细细回想，说道：“好像只喝了一口，然后就一直和别人在谈话。”

“这就是了。若真是惠山泉水，邱知府怎会只喝一口？我知舅父为人，不会作假，想来是船工嫌重，先偷偷把水倒了，待到这边的码头，才重新装入江水。舅父如若不信，可找船工一问便知。”

李成去找船工问询，才知那人早已托病回乡找不到了，而韩平赴考后，果然得中举人。

（发稿编辑：孟文玉）

（题图、插图：刘为民）

好运泉

□[英] J.K.罗琳

好运泉在魔法园林里的一座高山上，周围高墙耸立，受到强大的魔法保护。每年，在白昼最长的那一天的日出和日落之间，仅有一个不幸的人有机会来到好运泉边，在泉中洗浴，得到永久的好运。

话说那天，天亮之前就有成百上千的人来到园林的墙外。这些人中，有会魔法的，也有不会魔法的，他们都希望自己能成为那个进入园林的幸运儿。

有三个女巫，各自带着沉甸甸的忧伤，在人群外聚到一起，一边等候日出，一边诉说痛苦。

第一个女巫叫阿莎，她身患绝症，无法医治。她希望好运泉能消除她的症状，赐她幸福长寿。第二个女巫叫艾尔蒂达，她的家、金子和魔杖都被一个邪恶的魔法师夺走了。她希望好运泉能把她从贫穷和软弱中解救出来。第三个女巫叫阿玛塔，她被深爱的男人抛弃了，觉得伤痛永远无法愈合。她希望好运泉能够缓解她的痛苦和思念。

三个女巫互相同情，她们决定，如果好运降临到自己头上，一定要结伴去好运泉。

第一抹阳光照亮了天空，园林墙壁上裂开一条缝。每个人都拼命往前挤，想要进入墙内，得到好运泉赐福。园林里的藤蔓透过裂缝伸出来，在人群里弯弯曲曲地延伸，缠住了阿莎。阿莎抓住艾尔蒂达的手腕，艾尔蒂达又紧紧抓住阿玛塔

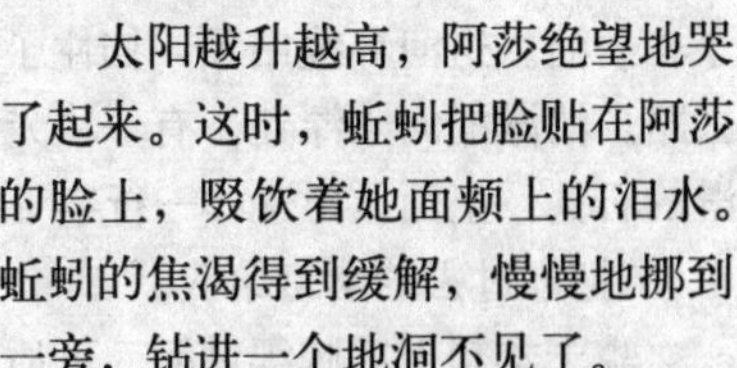

的长袍，可阿玛塔被一个可怜骑士的盔甲绊住了。藤蔓拉扯着三个女巫穿过墙上的裂缝，那个骑士也跟着一起进了园林。剩下的人发出了愤怒的喊叫，不过随着园林的围墙再次闭合，人群又安静下来。

阿莎和艾尔蒂达很生阿玛塔的气，她竟然不小心把那个骑士也带了进来。“只有一个人能在好运泉里洗浴！要在我们中间挑一个人已经够难的了，现在又加了一个！”

骑士这时才发现她们是女巫，而他不会魔法，也没有格斗和舞剑的高超技艺。他认为自己肯定比不过三个女巫，到不了好运泉，于是宣称打算退出，回到围墙外面去。

阿玛塔听了非常生气，她责骂道：“懦弱！拔出你的剑来，帮助我们到达目的地！”

于是，三个女巫和可怜骑士走进了魔法园林。他们一路畅通无阻，来到了好运泉所在的山脚下。然而，一条巨大的白色蚯蚓盘绕在这里，它双目失明，身体臃肿。四人走近时，蚯蚓将一张肮脏的脸转向他们，说出了下面这句话：

“向我证明你的痛苦。”

骑士拔出宝剑，想杀死这个妖怪，可剑刃折断了。艾尔蒂达朝蚯蚓丢石头，阿莎和阿玛塔念了各种咒语去制服或迷惑它，可都毫无作用：蚯蚓就是不肯让他们通过。

太阳越升越高，阿莎绝望地哭了起来。这时，蚯蚓把脸贴在阿莎的脸上，啜饮着她面颊上的泪水。蚯蚓的焦渴得到缓解，慢慢地挪到一旁，钻进一个地洞不见了。

三个女巫和骑士继续往山上爬，他们本以为中午前肯定能赶到好运泉。然而，等爬到半山腰时，他们看到面前的地上刻着一行字：

“把你的劳动果实给我。”

骑士拿出仅有的一枚硬币，放在山坡的草地上，硬币却滚落不见了。四人继续往上爬，尽管他们又走了好几个小时，却一步也没有前进。山顶还是那样遥远，他们面前的地上仍然刻着那一行字。

太阳掠过头顶，开始向远处的地平线滑落，他们都感到灰心丧气。艾尔蒂达走得相对更快、更卖力，她还催促大家像自己一样，尽管她也一步都没前进。“勇气，朋友们，不要放弃！”她一边喊，一边擦去额头上的汗水。

亮晶晶的汗水落在地上，那一行挡住他们的字消失了，他们又能继续上山了。四人以最快的速度往山顶赶，终于看见了好运泉，它像

水晶一样在树木花草之间闪烁。

可没等到达泉边，他们先遇到了一条河。这河环绕山顶，挡住了去路。清澈的河水深处，有一块光滑的石头，上面显出这样一行字：“把你过去的财富给我。”

骑士本想坐盾牌漂过河，可盾牌沉入了水中；三个女巫则想从河上一跃而过，可河流不让她们通过。太阳在天空中越落越低了，四人开始思索石头上那句话的意思。阿玛塔第一个明白过来，她拔出魔杖，从脑海里抽出她和她那消失的情人一起度过的所有快乐时光，把它们丢进了河。激流把这些记忆带走了，河里出现了几块踏脚石，四人终于能过河去山顶了。

好运泉在他们面前闪闪发亮，周围是从未见过的奇花异草。现在，应该决定让谁洗浴了。

就在他们做出决定前，阿莎昏倒了。这一路太辛苦，她已经奄奄一息。其他三人想把她抬到好运泉旁，可阿莎浑身剧痛，恳求他们不要碰自己。

这时，艾尔蒂达赶紧去采她认为有效的草药，把它们放在骑士的水葫芦里调匀，喂进阿莎的嘴里。阿莎立刻站了起来，她所有的症状都消失了。“我痊愈了！”她大声说，“我不需要好运泉了——让艾尔蒂达洗浴吧！”

艾尔蒂达正忙着采更多的草药，她说：“既然我能治愈这种疾病，我就能挣到很多金子！让阿玛塔洗浴吧！”

阿玛塔摇了摇头。河水冲走了她对恋人的所有思念，她这才发现，他是多么冷酷无情，能够摆脱他实在是一种幸福。她对骑士说：“善良的先生，你去洗浴吧，作为对你侠义行为的报偿！”

于是，在夕阳最后的几道余晖下，骑士走上前，在好运泉里洗了澡。他很惊讶，自己竟成了万里挑一的幸运儿。

等骑士从泉水里走出来，他扑倒在阿玛塔脚下——他觉得阿玛塔是他见过的最善良美丽的女人，他想请求得到她的芳心。阿玛塔非常高兴，意识到自己遇见了一个值得以心相许的男人。

三个女巫和骑士手挽手，一起朝山下走去。

四人幸福地活了很久，可他们谁也不知道，也从未怀疑过，其实好运泉的泉水一点魔法也没有。

（发稿编辑：曹晴雯）

（题图：豆　薇）

看似平凡的男人身上，隐藏着一个惊天秘密，能为他带来源源不断的财富。战火四起，人心险恶，秘密终究到了守不住的那一天……

人形鳖宝

□刘建平

1.狼子野心

南京城往西，挨着长江边不远处，有一个僻静的小村落。村里相邻而建着两个讲究的院落：任不穷和儿子任小林住一个院，任不穷的义子李麒麟住另一个院。他们的日子一直过得不赖，因为任不穷身上养着一样东西，能带来无穷财富。时值上世纪30年代末，日本已发动侵华战争，北边、东边战火不断，倒是这里，还处于暂时的宁静中。

这晚，任不穷睡下不久，突然听见门外响起一阵急促的敲门声。

"咚咚咚，咚咚咚……"

任不穷惊醒了，他一边慢慢披衣起床往外走，一边提气问道："谁啊？这大半夜的。"

打开大门，外面站着一个身材瘦弱、獐头鼠目的年轻人，头戴毡帽，肩挎步枪。见到任不穷，他连忙笑着说："叔，是我，王旁。"

王旁原来和他们同村，跟任小林、李麒麟一起长大。日本人打到上海时，他跟着日本人当了汉奸，为虎作伥、无恶不作，把自己的爹妈活活气死后，索性长期在上海住下了。今天不知道怎么回事，他大老远地跑回南京乡下来了。

任不穷冷冷地"哼"一声，

说："你来我这里干什么？"

王旁环顾四周，悄声说："日本人打到南京城了，见钱就抢，见人就杀。整座城被抢掠一空，到处都是死人，长江水都被染红了。现在日本人正要顺着长江往西，猛追国民政府。恐怕用不了多长时间，中国就让日本人全占了！"

任不穷听完暗吃一惊，没想到日本人这么残忍下作，更没想到日本人这么快就打到南京了，两个月前听说还在上海呢。不巧的是，头几天，他刚让任小林和李麒麟去南京办事。这兵荒马乱的，俩孩子要是遭了日本人毒手怎么办？真不该让他俩出去！王旁今夜突然过来，莫非得了他俩的消息？于是任不穷疑惑地问："你来这里，不是就为告诉我这句话吧？"

王旁"嘿嘿"笑了笑，回道："您老人家一定担心小林和麒麟这俩孩子。我今天来，就是要您老放宽心，他俩正在日本驻南京特别行动宪兵队里喝茶呢。因为他俩运气好，在江边要被枪毙时碰到了我，哈哈！不过呢，要把他俩领回来，需要您老亲自去趟南京。"

任不穷知道日本人奸猾，要是王旁在日本人跟前真有面子，还用自己亲自跑一趟吗？既然要求自己去，必是有所图谋。难道是手臂上的……不可能啊，在这世上，恐怕只有自己知道这个秘密。任小林、李麒麟虽然知道一点儿，但自己也反复叮嘱过，所以他们口风极严。唉，不管怎么着，先把两个孩子救回来要紧。

王旁看任不穷没吭声，知道他答应了，赶忙说："叔，前门路口就是我的汽车，请吧。"

汽车驶入南京城时，东方已经发白。任不穷看到窗外到处都是破损的建筑，偶有一队日本兵闪过，心中不禁一阵发酸。

汽车"吱呀"一声停住，下车后，王旁领着任不穷穿过一个大院，走进一间清静、宽敞的屋子。屋子尽头一张茶几后，跪坐着一个中年日本人。王旁冲日本人哈腰说道："龟田少佐，人给您带来了。"

龟田一摆手，王旁出去，关上了屋门。龟田对任不穷说："听说你有观宝的特异功能？那么，请你说说，南京地区哪里还有大宝藏？"

任不穷虽早有防备，但还是吃惊不小，日本人怎么会知道自己的本事？他赶忙否认："听不懂你说什么，我是来领我家两个儿子的。"

龟田"噌"地站起来，几步走

到任不穷跟前，一把抓住任不穷的左臂，撩起他的袖管，指着小臂上的鼓包，问："那你给我解释一下，这是什么？解释不通，你就不用再跟你的孩子见面了。"

任不穷明白了，看来日本人对"鳖宝"了解得非常清楚。两个孩子的性命不能开玩笑，他便如实答道："不错，是鳖宝，能让人'看见'隐藏的宝物。"

龟田大笑着说："你先看看，我这一室之中，何处藏有宝物？"

人在屋檐下，不得不低头。任不穷勉强承应，集中精神，上下左右看了一遍，说道："靠北柜子上第二层有金条三根，靠南书桌抽屉里有戒指一枚，西墙角地下埋有铜钱一吊。其他没有了。"

龟田听闻大喜，拊掌说道："果然神奇！日后请你为大日本天皇效力，助我们找到中国地底下的所有宝贝！"

任不穷一听，一时间气血翻涌，眼前一黑，昏倒在地。

龟田叫进王旁，赞叹道："今日大开眼界，鳖宝果有其事。雍仁亲王眼界高远，让我辈折服。你能帮我找到他，是大功一件，日后自有你的好处。过来，我跟你说……"

龟田附耳对王旁说了一番话。王旁面露笑容，说："您放心！别的好处不敢说，但您答应我的事儿，一定要成全啊！"

龟田微微一笑，说："请放心。"

2.精血供宝

任不穷醒来后，发现自己躺在自家床上，任小林、李麒麟正焦急地守在床头。

两个人一看父亲醒来，面露喜色，都凑了过来。

任不穷气息微弱、面白如纸，喝了一口水，嗓音嘶哑地问道："咱们是怎么回来的，日本人和王旁说什么没有？"

任小林回答："城里城外都是日本人，没法走，是王旁送我们回来的，没说什么。"

任不穷点点头，想了想，又叹了口气，说道："经过这次折腾，我知道自己没几天了。时光如梭，一晃就是十年啊，也该告诉你们关于鳖宝的往事了。"

任小林、李麒麟自然知道十年意味着什么，不禁面露悲戚，听父亲缓缓讲起过往。

二十多年前，任不穷和李麒麟的父亲李有道是拜把子兄弟。他俩仗着过硬的水性，常常到长江水底摸鳖，一天至少能摸上来十多只，挑了担子到集市上，边宰边卖，生意十分红火。就这样日复一日，年复一年，抓过宰过的鳖不下万千只。

一天，两人又在江里交替下潜。轮到李有道，他一个猛子下去，过了许久不见上来。突然，几百米外露出一颗脑袋，兴奋地大喊任不穷的名字。任不穷看李有道仿佛拉着一个大家伙，一口气游过去，追上了李有道，只见他果然拉着一只笸箩一般大的老鳖。任不穷拉住老鳖另一边的两只鳍，两个人一起使劲，要控制住它。老鳖力大惊人，带着

两人沉沉浮浮，游了五十多里地，始终甩不掉这两个人。最后，它力气耗尽，由着两个人把它拖上了岸。任不穷和李有道把老鳖拉了回去，高兴得无以言表。这只鳖能顶平日里百十只鳖，两人可以休息几天不用下江了。

集市上杀鳖那天，远近许多人都来看热闹。如往常一样，两个人把老鳖翻了个，老鳖便伸直了脑袋要翻身，这时李有道手起刀落，鳖头“扑通”一声落地，鳖腔子内一股鲜血喷溅，掉出一个荔枝大小的肉丸子来。任不穷和李有道从没见过，拿在太阳底下瞧了半天，不知道是什么东西，正要扔给狗吃，一个前清老秀才从人群里走出来喝止住了，把他俩拉到一旁，说道：“这是好东西，扔不得。俗话说：牛有牛黄，狗有狗宝，鳖也有鳖宝。要说前两样已经很珍贵了，但跟鳖宝比，简直不值一提。现在你们手中拿的，正是传说中的鳖宝。”

两个人不解珍贵在何处，就向老秀才请教，老秀才说：“我曾在古书上见过相关记载。此物可以养在人体之中，吸食人血，报以感应，人能看到宝气。只是有一点，以精血滋养鳖宝，人的寿数将大大受损，活上十年也十分难得。今日，这鳖

宝让你们遇上，是古往今来少有的造化，只是利与弊都关系重大，需要好好权衡。”

任不穷和李有道当即草草处理了老鳖肉，收摊回家。两人思来想去，觉得以寿数换财富，这个险值得一冒。世道动荡，阎王让你三更死，你定活不到天明。如能借鳖宝之力，快意十年，这辈子也不算白过。

两人商定，鳖宝先让李有道保管。他用匕首划开手臂，将鳖宝种入体内。鳖宝一见鲜血，“突突”颤动几下，流出的鲜血顿时倒流聚拢，眨眼间皮肉愈合，光滑如故，不见半点伤口，种鳖宝处只微微出现一个鼓包。

李有道再抬头时，双眼精光闪烁。他往门外一站，一眼望去，整条大街能看到尽头，地上几处隐隐有宝气上冲。李有道拿着铲子到那几处挖了挖，就有零星铜钱、银锞子挖出来。任不穷跟在后面见识了，两人乐不可支，击掌庆贺。从此，他俩每天拿了铲子出去，李有道说挖哪儿，两个人就挖哪儿，收获颇丰，日子立马滋润起来。

有钱后，他俩跑了二百里地，挪到南京城西郊一处安静地方住下，相邻盖了两座大院。

一转眼十年过去，这一年，李有道身体迅速衰竭。临终前，他对任不穷说：“这十年衣食无忧，我也没什么遗憾了。现在，这鳖宝就给你吧。”

任不穷想了想，说：“鳖宝虽好，但眼见着你这样走了，不能再与我续兄弟之情，有再多的财富又有何用。麒麟年幼，我会好好替你照顾他的。”

李有道点点头，便去世了。

任不穷种了鳖宝，继续到处寻宝挖宝，给两家积累了成箱累柜的金银财物。十年弹指一挥，如今两家孩子都二十岁了，任不穷走到了生命的尽头。

3.传宝人选

任不穷说罢，闭上眼睛，陷入了沉思。

任小林和李麒麟从头到尾默默听着，不说一句话，面无表情。

任不穷睁开眼睛望着李麒麟，说：“麒麟，你怎么不说话？鳖宝是你父亲发现的，现在物归原主，你接回本属于你家的宝贝吧。”

李麒麟口吻坚决地说：“义父，我已经想好了。我父亲当年说过，我成年之后，可以自由选择，那么我现在的选择是，不接鳖宝。”

任小林问道："你要给我？"

李麒麟说："以我们两家现有的财产，增一分不多，减一分不少，完全可以无忧无虑地生活，没必要再受累寻宝了。小林，你若是愿意，这鳖宝，还是不要种进身体的好。"

任小林说："那么好的宝贝不就浪费了？我不怕死，我要鳖宝。"

任不穷说："既如此，鳖宝就留给小林。"他顿了顿，说："还有一件事，你们必须记着。日本人已经知道了我们家有鳖宝，想利用我们的鳖宝挖走地下宝藏。你们千万不要学王旁，不要被日本人利用，当了千古罪人。"

任不穷交代完，心中再无牵挂，没挺过三天，就去世了。

任小林、李麒麟大哭一场，之后，他俩跪到床前，抓住任不穷露在被子外那只枯瘦如柴、颜色灰黑的左臂。左臂上只有那个鹅卵大包充满血色、醒目扎眼，自任不穷断气后一直在剧烈颤抖，随时可能爆开一般。

任小林取来匕首，在鼓包上轻轻一划，割开了皮肤。皮破之处，刹那间跳出来一个两寸高的小人儿，小人儿头戴黄帽，身着蓝袍，系红色腰带，穿黑色小靴，衣履皆十分精巧。再看面目手足，娇嫩异常，如果放大了，跟一个三五岁的娃娃差不多。这小人儿离了任不穷的手臂，脸上现出焦灼模样，嘴里"咿呀、咿呀"直叫，攀着任不穷的手来回奔跑、跳跃。

任小林、李麒麟紧张地用手护着，不让小人儿往别处跑走。

任小林咬牙冲自己的左臂上一划，划破了肉皮，往小人儿跟前一挡。小人儿眼前见血，咧嘴一笑，上前扒开肉皮，探头钻了进去，一时肉皮闭合，完好如初，手臂上突出一个梭子大小的包来。任小林双目

顿现精光，家中所藏一览无余。

任小林心中大为震撼，只听得门“吱呀”一声开了，王旁走了进来，大声说道：“恭喜啊恭喜，小林，如今接替父业，有了看宝异能。”

李麒麟冷冰冰地说道：“我义父刚刚弃世，全家都在戴孝悲痛，何喜可贺？何况你投靠了日本人，道不同不相为谋，你走吧。”

任小林却微微一笑，说：“麒麟，如果没有王旁，恐怕咱俩现在已经被日本人杀头，抛尸江底喂了王八。不管怎么着，他也是咱俩的救命恩人，不能这么冷脸相待。来来来，王旁，请坐，请坐。”

王旁说：“哎呀呀，我叔去世，我本是流着泪来的，但看到鳖宝有了新人接替，心中又替他高兴，竟忘了今天本为吊旧贺新而来。不小心疏忽了，该死该死！”

王旁对着任不穷尸体拜了几拜，然后起身往外走了。

李麒麟头都没抬，任小林却跟着出去，故意大声说：“这就走啊，我送送你。”

两个人走到大街的拐角，王旁对任小林说：“小林，这几天，我一直按照龟田命令，在暗处盯着李麒麟。好在李麒麟这人是个傻帽，不肯种鳖宝。真是傻人有傻福，他若要争，我只能就地崩了他，以保证你顺利种下鳖宝。现在，鳖宝就在你的体内，不要忘了你在狱中答应皇军的话。你父亲下葬后，咱们俩就进城去见龟田。”

任小林苦笑道：“一定，一定。”

狱中的情景，任小林当然记得——

在南京城，王旁救了他们兄弟两个人，他们被送到了龟田那里关押起来。王旁觉得李麒麟太冷峻，不好沟通，就天天对着任小林唠叨，转达龟田的要求。他说，只要任小林肯为日本人服务，一是可以保证不去他们家一带烧杀抢掠，二是保证获得巨大回报。任小林对王旁知道鳖宝的事儿感到万分惊讶，问他：“你怎么会知道鳖宝？”

王旁笑着说：“你们任家、李家十几年前突然搬家来到村里盖房，如同鹤立鸡群，谁不羡慕，谁不想知道你们家怎么会这么有钱？我从小跟你俩玩，也注意到李麒麟父亲、你父亲，平日不出门，一出门必有好东西带回来。后来，我悄悄跟着看了几次，果然是在四处挖宝。他俩之间的对话，我也听得清清楚楚。你父亲奇怪龟田怎么知道你家鳖宝的事，实话对你说，就是

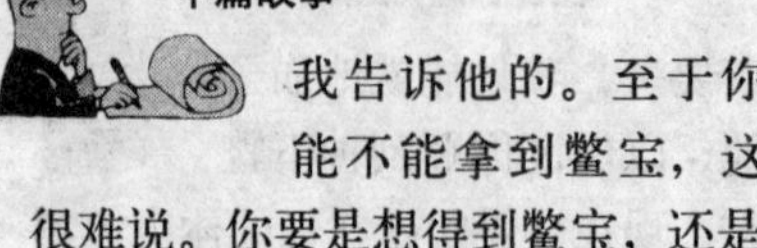

我告诉他的。至于你能不能拿到鳖宝，这很难说。你要是想得到鳖宝，还是好好想想跟日本人合作的事儿吧。”

任小林心里骂王旁是个卑鄙小人，可在威逼利诱、软硬兼施之下，他想了许久，同意了为日本人服务。但他提出一点要求，就是不能让父亲和李麒麟知道，否则他们肯定饶不了自己。王旁答应了，于是连夜接来病恹恹的任不穷，让他领回了任小林和李麒麟。谁知道任不穷经过这一场惊吓后，那么快就去世了。

埋葬了任不穷后，任小林悄悄随王旁去了日本驻南京特别行动宪兵队面见龟田。

4.疯狂掘宝

龟田对任小林的到来感到非常高兴，即刻带着任小林、王旁来到了紫金山一带。那里是一片古代大墓，在日本兵的监督之下，几百名中国人正在那里挖掘，看起来已经挖了很长时间了。

龟田说：“南京作为中国的六朝古都，曾经有四十多位皇帝在这里君临天下，其中有三十五位皇帝死后葬在南京附近。雍仁亲王为我提供了南京皇陵的清单，以及古籍上所载的大概位置。可惜挖掘了很长时间，所获甚少，进展很是缓慢。”

王旁说：“龟田少佐，现在有了鳖宝助力，只朝着有宝的地方挖去，进度马上就会大不相同了。”

龟田说：“是的。任小林，按照亲王部署，要首先对南京地区进行地毯式挖掘，但凡有宝的地方，务必挖开，把财富拿走。不仅仅以皇陵为主，平民墓也要，哪怕是一枚戒指、一枚铜钱，也不能放过。现在，请你施展神力，助皇军成就大功。”

任小林没办法，闷声闷气地答应一个“好”字，然后就按照要求，寸寸土地，一一查看。

就这样，从紫金山、富春山到幕府山，大部分三国两晋南北朝时期的皇陵被陆续发掘。而平民百姓的墓葬，只要其中有东西，哪怕是骨骸上的一颗金牙，也会被挖开撬走，弄得尸骨狼藉、惨不忍睹。没多长时间，日本人从地下挖出来的金银、铜器、瓷器、漆器等等堆积成山，火车、轮船、飞机、马车等运力都追赶不上，只能超载运输，以致轮船沉海、飞机起落架压垮的情况也有发生。

就这样，中国的宝藏源源不断地被运送到了日本国内。

不久后的一天，龟田到挖掘现

场找到任小林，说："今天，我带你去见一个人。"

任小林上了龟田的汽车，驶回日本驻南京特别行动宪兵队。仍是当日任不穷见龟田的屋子，龟田原先跪坐的地方踞坐着一个身着西装、戴着眼镜、面容清瘦的中年人，不时地咳嗽着。他正是日本裕仁天皇的弟弟，雍仁亲王秩父宫，南京财富掠夺"金百合"计划的执行者。

龟田恭敬地行了日本军礼，奏报道："亲王殿下，中国的鳖宝给您带来了。这段时间，他作用发挥巨大，成效出乎意料，具体情况在给您的报告中都已奏明了。"

秩父宫微微一笑，用手绢擦了擦嘴，说道："好。"他转向任小林说："你就是任小林？听说你对天皇忠心耿耿，我心甚慰。你过来，让我看看你的胳膊。"

任小林上前几步，伸出了左臂。秩父宫看着梭子大小的鼓包，感慨地说道："前因天皇命令紧迫，我亲自前往大墓督导，不想肺部竟染上怪病，实在惭愧。若早知道你的存在，早日找到你该有多好。"

任小林知道秩父宫更多是对鳖宝有兴趣，而非对自己。果然，秩父宫抬头对任小林说："你一定奇怪我怎么知道中国的鳖宝吧。南京各大图书馆古籍书被运走时，我也是经手的。我查阅了很多善本，查看中国大型墓葬的位置，不想查到了不少条关于鳖宝的记载。开始，我对此持怀疑态度，只让龟田少佐试着找找罢了，不想真是难为他，竟然找到了，一试之下，非同凡响。现在我对鳖宝也是深信不疑的了。"

秩父宫咳了一阵，又问道："任小林，你可以试着描述一下这些年来鳖宝大小、形状的变化吗？"

任小林倒也不慌，回答道：

“我知道不全，多数还是从父亲口中听说。二十年前，我父亲的朋友刚从老鳖身上取到鳖宝，它只是一颗荔枝大小的肉丸，手臂鼓包并不明显。十年前，我父亲种入鳖宝时，鳖宝已似婴孩拳头大小，其上分出肉芽，仿佛人形，不过，无眉无眼无嘴无鼻，手臂上肉包鼓如鹅蛋。到我种鳖宝时，它成了一个两寸高的小人儿，小人儿戴黄帽、着蓝袍、系红带、穿黑靴，眼耳口鼻惟妙惟肖，嘴上会咿呀发声，脚下能自如跳跃，跟小娃娃一模一样，植入手臂后鼓如梭子，就是现在的模样。”

秩父宫点点头，又道：“你再试着说说观宝能力的变化。”

任小林想了想，回答道：“听我父亲说，我父亲的朋友看宝，眼睛只能感受到宝气从地中冒出，直冲天际，便可知道地中有宝，但是什么宝贝，埋藏深浅，一概不知，只有挖出来才能知道。到我父亲时，观宝能力已变得不一样了，凡地下宝藏，是金是银，是深是浅，已能看得十分清楚。现在我看时，地下宝物亮如白昼，如在眼前，仿佛伸手可触，集中意念，宝物虽远，也能微微颤动。”

秩父宫听了展颜一笑，说道：“你说得不错！鳖宝不会徒噬人血，理应个头越长越大、能力越来越强，这与中国的典籍记载差别不大。你可知道，将来鳖宝会如何变化吗？”

任小林不禁愕然，自己只知道过去，但从未听说将来会怎样，也从未想过将来会怎样。

秩父宫看任小林一脸茫然，将眼光转向远处，说道：“你不知道也属正常，将来你会知道的。”

任小林听后，心中有些不安，听秩父宫的意思，他似乎知道将来会变成什么样子，将来到底会变成什么样子呢……

任小林想问，又怕冲犯秩父宫，一时间十分犹豫。

这时，秩父宫转头对龟田说：“近来，东京传来消息，松本信广、保坂三郎、西冈秀雄将分别带领一个‘学术旅行队’来江浙一带，名为考察文物，实际上是要利用考古技术，与我们争长短，以期在天皇跟前邀功。别处暂时管不了，江浙一带，你和任小林定要加紧工作，争取在他们到来之前，完成挖掘，不要给他们留下任何希望！”

龟田“哈依”了一声，再次立正敬礼，表示一定全力完成任务。

接着，龟田将任小林再次送回了挖掘工地。

5.另有隐情

任小林长期不回家，引起李麒麟的警觉。城里又传出历代皇陵大都被毁、平民百姓墓地也有很多被盗挖的消息，李麒麟觉察出了蹊跷。

这天，任小林终于回来了，李麒麟在前厅拦住了他。

任小林有气无力地说：“我太累了，我得赶紧睡觉。”

李麒麟问：“你干什么去了？”

任小林回答说：“没干什么，近处已经没了财物，我到远处寻宝去了，不好总是回来，回来就觉得累。喏，你看我带回来的东西，值得吧？”

李麒麟懒得看他背回来的东西，说道：“这些东西恐怕都是从坟墓中扒出来的吧！”

任小林有所触动，仍嘴硬说道：“我能干那些勾当？伯父、父亲当年挖宝，绝不去碰死人的东西，我这也是遵循传统，从那无人无主的野地里挖宝罢了。”

李麒麟问：“你既然遵守父亲遗训，那日本人几个月之间挖光了大半个南京城的皇陵和平民坟墓，又是借了谁的力？日本人怎么找得那么快、那么准呢？你给说说。”

任小林想继续分辩，却说不出话来。

李麒麟摇摇头，接着说：“你看你，脸色苍白、眼圈发黑，成什么样子了！明显是用眼过度，鳖宝消耗精血过多所致。这样下去，别说十年，恐怕一年都活不了！”

任小林听了也暗暗吃惊，日本人毫不顾惜自己，只是一味要求加紧进度，自己多次请假回家都被不允许。这次能回来，也是因为自己身体实在撑不下去，昏倒在地上几次，日本人才同意让他回家休息几天。自从有了鳖宝，都在为他人做嫁衣裳，人生哪还有半点儿乐

趣……

李麒麟说："日本人如此残暴无度，必然不会有好下场。你要是替日本人做事，咱们家脸不但丢光，恐怕也不会有什么好结果。"

任小林在椅子上坐下，斜靠在靠背上，不由得叹口气，说道："我知道，日本人抢完了金银珠宝和图书古籍，抢无可抢之后，就把目光转向了地下，要把地下的东西全都挖走。我的确是被日本人利用，去给他们探宝，来加快完成他们的什么计划。我心中自然痛恨日本人，又恨自己不敢舍了性命去跟他们拼，只能这么苟且活着为他们卖命。但我自有我的办法，凡日本人提供的清单罗列不清的，还有平民坟墓，能说没有宝物就说没有，保护一点儿是一点儿，虽然挽回有限，但也只能如此了。"

李麒麟听了任小林的肺腑之言，又气愤又心疼，转而安慰说："你能心存愧意，便跟王旁是两路人。你说不敢跟日本人拼命，你就算拼了命又有什么意义呢？日本人到时候将鳖宝移植到别人身上，继续为他们效命，可能造成的破坏更大了。"

任小林说："我现在等于失去了自由，全都是因为身有这鳖宝造成的。麒麟，我现在不想再留着它了！"

说着，任小林撸开了袖子，只见那梭子大的鼓包离开接种的位置，已经接近了肩膀。任小林说："这段时期我的确劳累过度，鳖宝好似气血不足。它近来变化很大，似乎要提前进入腹腔了，如果进入腹腔，再想拿出来，就麻烦了。"

李麒麟听了，眼泪不由得流了下来，说道："小林，如果活着可以剖开血肉拿走鳖宝，我父亲和义父还会等死才拿出鳖宝吗？鳖宝一旦植入人体，不吸干人体最后一滴血绝不肯出来。如果一定要剖开取出，前提只能是人死。"

任小林眼泪似断线的珠子，沉默下去不再言语。

李麒麟擦了把眼泪，突然说道："小林，我以大义责人，其实是我对不住你！"

任小林乍听这样的话，疑惑地看着李麒麟。

李麒麟继续说道："有一件事，不但瞒着你，也瞒着义父，十多年来没有透露过半点儿。虽说鳖宝是我父亲发现，后来也移植给义父和你，但我们父子做事并不厚道。"

李麒麟叹口气，又讲出另一段

隐情来。

当年，老秀才在宰鳖现场说肉球是罕见的宝贝鳖宝后，李有道、任不穷便收拾回了家。一番推让后，李有道植入了鳖宝。

李有道自从有了鳖宝，心眼里就想问个明白。他避着任不穷，悄悄找过老秀才一次，问了一堆问题，老秀才又说了不少东西，特别是鳖宝未来会怎么变化等等。

李有道临死之前，李麒麟十岁，性格沉稳，心思缜密。李有道很放心，他私下叮嘱了一番话，让李麒麟谁也不能告诉。李有道说："据老秀才说，鳖宝一般历经四人之后长成，从此进入人体腹腔，四经八脉与人体融合，便可成为长寿之体。到那时，此人能对财宝呼来喝去，任人心意。其中第三个人最惨，因是鳖宝快速成长时期，对所附着的人体甚至能吸尽骨髓，那个人寿命不过两三年而已。在任不穷死后，你千万不能接种鳖宝，而要想办法给任小林。待任小林之后，你就可以兼得财寿，那将是我最愿意看到的了。切记，切记！"

李麒麟牢记父亲的话，十年来绝不提起。任不穷临终要归还鳖宝，被李麒麟断然拒绝，让给了不明就里的任小林。

现在看到任小林在日本人枪口下日夜工作，不到半年就几乎耗尽了两三年的精血，李麒麟触动情肠，把实情抖搂了出来。

李麒麟说："小林，是我害了你。从你接种鳖宝那天起，你所剩时间就不多。我现在真是后悔啊！好在鳖宝马上进入你的腹腔，那样就好了，那样就好了！"

任小林听了，十分震惊，震惊之后，又显得十分平静，轻轻说道："我不怪你……你说的进入腹腔，日本人也说到过。我还赶得上吗？恐怕是赶不上了！你不用安慰我，剩下的时间，我也不想再去为日本人卖命了。我死后，希望你与鳖宝融为一体，逃离这里，找一个日本人找不到的地方，好好生活。"

李麒麟哽咽着说："我现在对是不是接种鳖宝，十分矛盾，心里非常痛苦。接了又怎样，不接又怎样，有什么意义吗？但不论谁接，都不应落到日本人手里。"

李麒麟顿了顿，接着说："还有王旁，我知道，你内心感谢王旁的救命之恩，可现在看来，王旁救我们似乎并非凑巧。那天在南京城时，逃难的人那么多，为什么那几个日本人单抓咱们两个？再想到后

来的步步紧盯，恐怕这一切都是预先安排好的，这是为了更好地劝说你为日本人服务。我们家这两年来遭受的苦难，都是王旁一手造成的，南京城遭受的苦难，跟他也脱不了干系，他就是一个彻头彻尾、十恶不赦的汉奸走狗！”

窗外突然传来几声大笑，家门被推开，走进一个人来，正是王旁。

6.鳖宝归宿

李麒麟大声呵斥：“怎么大门都挡不住你这条疯狗！”

王旁冷冷地“哼”一声，说道：“既然话都说到这个地步，我也不妨告诉你们，让你们死个明白。你们不是说前清老秀才吗？你道是谁？那是我亲爷爷。我爷爷见到载之于典籍的鳖宝果然存在，激动万分，回家叮嘱我父亲盯紧你们父子，单要等传到第四代人时，好从中乘便夺取鳖宝，让我们王家发家致富。我父亲带着我跟着你们父亲来到了这里，这一盯就是二十年，我爷爷、父亲全死了，而我仍在等这个机会。日本人来了之后，我看到他们张贴告示寻找鳖宝，我便揭了告示，跟了日本人。我要借日本人之手，成就我的鳖宝梦。在南京救你们，的确是钓鱼上钩的一法，怎么样，效果还不错吧！”

王旁拍拍手，进来一队端枪的日本兵，站到屋里，用枪头刺刀对准了李麒麟和任小林。王旁手持利刃，往任小林身边走去，说：“如今时机已到，终于该轮到我了，我爷爷的愿望就要实现了，哈哈……”

李麒麟和任小林听了，万分惊诧。然而此刻已到绝境，眼看任小林是活不了了。

此时，突然听到一声枪响，王旁胸口中了一枪，歪倒在地上。他扭头看门口走进了龟田少佐，不禁质问道：“你答应帮我……要将鳖宝移植给我，为什么这样……”说罢，气绝身亡。

龟田朝着王旁尸体说：“这种好事，岂能便宜了你！”

说完，龟田转而向着任小林，说：“任小林，对不住了。从雍仁亲王和王旁那里听到了太多关于鳖宝的好处，也眼见了鳖宝的神奇，我实在按捺不住心中的渴望，今天，这个机会就让给我吧。”

说罢，龟田抽出指挥刀，直奔任小林而去。任小林闭目，准备借这一刀来个了断。李麒麟已经反应过来，一跃而起，挡在龟田面前，骂道：“你们这些没有人性的东西，迟早要遭天谴……”

亀田却不理会，一刀捅进李麒麟的肚子里。任小林见李麒麟受刀，忍不住悲壮地大叫一声，抽出匕首，划开了左侧臂膀，反手又是一刀，划破了自己的喉咙，眼看是死了。

任小林臂膀绽开处，跳出一尺多高的人形鳖宝，装束如前，看起来又成熟不少。只见它面部愤怒异常，近乎扭曲，对着亀田及一圈日本兵“嗤嗤”有声，亀田及日本兵猝不及防，吓得都往后退了好几米。

人形鳖宝见威胁稍减，转头见李麒麟肚腹裂开，鲜血喷出，竟奔李麒麟而去，扒开伤口钻了进去。伤口瞬间平复如常，李麒麟抬起头来，顿时目光如电，腾地站了起来。他看了看死去的任小林，转身与亀田对峙，一动不动。

亀田一时不知怎么处置。这时，又从外面走进来一个人，亀田听得脚步响，扭头一看，竟是秩父宫亲自到来。他赶紧施礼，站立一旁。

秩父宫冷冷看了亀田一眼，责备道：“让你加紧推进‘金百合’计划，你竟然跑到这里来觊觎鳖宝，你就不想想你的一举一动，如何逃得了我的眼睛。你知道，我想通过人体与鳖宝的结合，治疗这晚期肺结核病，延长寿命。没想到，你心生妄想，图谋夺宝，忘记我的命令、你的使命，实在让我失望！”

亀田低头认错道：“辜负亲王信任，实在无地自容。我愿立即剖腹自杀，向亲王谢罪！”说罢，他擎起手中的血刀，就要自杀。

秩父宫说道：“罢了！马上抓住这个人，我要剖开他的腹部移植鳖宝。”

亀田见秩父宫赦免自己，立马重振精神，要在亲王面前展示过人之能，戴罪立功。他招呼日本兵立马围住李麒麟，挺刀就刺。

谁知李麒麟抬手朝空中稍稍一划，秩父宫、亀田、日本兵手中的刀枪齐齐飞向大厅，从上到下整齐地刺入柱子之中。

众人都惊愕不已，秩父宫惊叹道：“没想到鳖宝已有唤宝之能，金属之物，都在召唤范围之内。你们上前徒手抓人，亀田，到外面传我命令，让士兵距离此地五百米警卫，看到鳖宝逃出，立即开枪射击。”

亀田明白秩父宫的意思，人形鳖宝唤宝能力都有范围，刚刚形成人形的鳖宝不能召唤五百米以外的东西，所以在范围外射击是安全距离。他立即跑出去传令。

十多名日本兵徒手与李麒麟打

斗，李麒麟只挥舞双手，家中金银珠玉便四处乱飞，打得这帮日本人抱头鼠窜。秩父宫看形势不妙，也退了出来，跟龟田会合，上了车，只远远跟着他们。

李麒麟背起任小林的尸体，走了出来，向着远处的江边走去。

秩父宫对龟田说："人形鳖宝不怕水，他要是走进江里，就不好找了。下令开枪！"

五百米外枪声大作，子弹"嗖嗖"地飞向李麒麟。李麒麟自然够不着五百米外的刀枪，但子弹也是金属制作，近身时，李麒麟挥手便能打飞，不能伤他分毫。

秩父宫眼看李麒麟走近江边，走入江水，他脸上露出无限的落寞，最后叹口气，挥挥手，说："撤吧！"

龟田下令说："将任小林、李麒麟两家财产全部装车运走，准备撤回。"

日本兵听说可以抢财物，百十号人一拥而上，没多长时间，就搬走了能搬走的所有东西。走之前，他们又放了一把火，李家、任家两个宅子顿时火光冲天。

火光、夕阳染红了江水。李麒麟背着任小林的尸体，身影慢慢隐没在江水之中……

（发稿编辑：陶云韫）

（题图、插图：杨宏富）

故事看过瘾了吗？轮到你出手了，给我们的中篇故事栏目投稿吧。在这个栏目里，我们欢迎这样的故事：1.题材新颖，视角独特，能引起读者的兴趣，尤其欢迎反映当代生活的作品；2.情节曲折生动，线索脉络清晰，故事性强；3.人物形象鲜活生动；4.篇幅在10000字至15000字之间。热情期待您的来稿。优秀作品除了能得到优厚的稿酬，还有机会拿到千字千元的奖金。来稿可从邮局寄发，邮寄地址：上海市闵行区号景路159弄A座308室，邮编：201101；也可从网上传递，本期责任编辑信箱：lujia411@126.com。

青菜爱情

□尘世伊语

她是一个环卫女工。她打扫的这条街叫青菜街，离家不近，她每天都是天不亮就开始打扫了。

她瘦得就像一根青菜，脸色蜡黄。街上的风一大，都怕把扫街的她给吹倒了。

她拖着跟她差不多高的竹扫帚，像个失去了法力的巫婆，每一扫，“哗”的一声，都似乎使尽了全身的力气。从街头扫到街尾，从天黑扫到天亮，街扫好了，她就可以吃饭了。

他总是在街尾等着她，三个用久的饭盒磨得光亮，冬天就用块毛巾包着，他像端着什么宝贝似的。扫好街的她瘫软得像堆泥，拿筷子都费力，嘴巴紧贴着饭盒，饭和菜是扒进口里的。

从没劲吃到有力，歇不了一会儿，她又要去干别的事了。饭盒里的饭菜就是她的能量，他则是那个给她送能量的人。

她一点也不羡慕别的女人，同样包一条街，她们的老公来了，自然就把扫帚接过去，帮着一起扫。但他瘸着一条腿，能按时送饭已经不容易了。他每次都等着她一起吃饭，像是一个人吃就不香一样。只有见到她了，才捧出饭盒，两人相对开始吃起来。

一条街扫下来，她扫得总比别人干净。负责检查的王姐每次都把她当典型夸：“你们都看看，个个都比人家壮，街倒没人家扫得干净，像没吃饱饭似的……”见大家不作声，王姐又补充道：“她一个人还打三份工，你们都学学。”

那个叫肥姐的胖女人用公鸭嗓子叫道：“学她太辛苦了，我们可不想老得那么快呀！”

大家一阵哄笑。

她真是个辛苦的女人，扫大街，送外卖，还去当钟点工，一个人打着三份工。她没儿没女，出身小康之家，都说她是为了给瘸子老公还赌债，几百万的债，都压在她一个人身上……流言像风一样，她都是左耳朵进右耳朵出，从不辩解，平静得像一潭水。大家只能从她穿得朴素、吃得简单上看出她过得并不宽裕。

她长得眉清目秀，看得出年轻时是个美人。平时，她话极少，声音轻轻柔柔的，不看穿着，谁都不相信她是个扫街的。一次年终单位大聚会，她被大家硬拉去KTV唱歌。每人都要表演个节目，同事们都唱了歌，话筒轮到她手上，她脸憋得通红，过了许久，居然背起了一首长诗。一屋子的人都愣住了，她一口气背了一百多句，放下话筒就冲出去了。屋里静了五分钟，后来才有人说，好像是《长恨歌》吧，全篇八百余字，讲述的是唐玄宗与杨贵妃的爱情。

这之后，她再也不参加任何集体活动，只低着头，一心一意地扫地。

见过世面的王姐说，她肯定不是一般人家出身，这哪里是小门小户的样子。

可她为什么偏偏找了他，一个瘸子。大家都知道他是远近有名的赌鬼，年轻的时候败光了家产，欠下一屁股债，还被人打瘸了，如今老了连打工都没人要。

肥姐满不在乎地撇撇嘴。现在离婚太简单了，早就不是嫁鸡随鸡嫁狗随狗的年代了。

她还是天天扫街、打三份工，像个永不停歇的钟表，心甘情愿地忙碌着。赚来的钱要还账，所以他送的饭菜很简单，都是些青菜豆腐之类。她扫街的时候，他就送到大街上；她跑外卖的时候，他也跟着送。她让他别送了，买个包子垫下肚子也花不了几个钱，可他还是送，好像她就不能吃自家饭菜以外的东西似的。

大家都劝她想开点，说这样两个人都解脱了，让她重新找个好人家嫁了，不用再辛苦了。

大家都张罗着给她介绍对象，她倔强地拒绝了所有人，还是继续扫她的大街。只是吃饭的时候，大家经常看她一个人掉眼泪，米饭拌着眼泪往下咽，让人看着心疼。

王姐忍不住了，硬拖着她去相亲。对方的条件很好，是个老师，相貌堂堂，手脚很利索。

大风一刮，两个人就像两只灰麻雀，躲在一个背风的地方，一饭盒的青菜放在中间，相对吃着。吃的时候两人也不说话，匆匆吃好，就分开了。她还要继续去工作，他则一瘸一拐地往家走。

夏天的暴雨来得突然，雨水像从天上倒下来，整个街道一下就成了条小河。她躲在房檐下，肚子饿得咕咕叫，以为这么大的雨，他不会再送饭来了。雨幕中，他一瘸一拐地出现了，摇晃得像个钟摆。

他还是出事了，送饭回去的路上，被一辆车给撞了，还没来得及送到医院，人就没了。她没有哭，整个人像丢了魂，好几个月都不出门。再来扫街时，她瘦得没了形。

她安静地坐着，低眉顺眼，像专门来吃饭的。人家问一句，她答一句，短得让人接不上话。让她点菜，她只点了份青菜。相亲的老师是个本分的老实人，一份绿油油的青菜端上来，匆匆扒了几口，就结束了。

之后，她对王姐说，不合适。

王姐很不明白，一定要让她说说清楚。她的眼泪又滚了出来："我只吃青菜叶，他在的时候，都是吃菜梗的。"

她躲闪的眼神，还保持着这个年纪不该有的羞涩。王姐哭笑不得，张张嘴，话又咽了回去。

（发稿编辑：吕　佳）

（题图、插图：陆小弟）

多管闲事

□陆惠明

阳光小区的后门有个小公园，每天早上，这里都会有几位老阿姨来卖蔬菜。

老阿姨们的蔬菜都是在郊区垦了荒地自己种的，家里吃不完就拿出来卖。因为影响市容市貌，马路边是不允许摆小摊的，所以她们就躲在小公园里卖。这些蔬菜不仅比市场里的新鲜，而且还便宜，很受附近小区居民喜爱。

这天，小公园里来了个骑电动车的小伙，他冲老阿姨们吼道："你们在这里卖菜，既影响市容，又破坏环境。快走，这里不能卖菜！"

见小伙既没穿制服，也不是居委会的，有阿姨就"回敬"他："你是谁啊？凭啥多管闲事？"

小伙冷冷地说："你们嘲笑我没资格管是吧？我马上让有资格的人来管！"说完，他一溜烟地走了。

不一会儿，城管来了。几位老阿姨见了城管，马上收拾摊子离开。等城管一走，她们又回来了。这时，小伙也来了，说："你们还敢回来？给我等着！"

很快，小伙又把城管叫来了。一个早上如此折腾几回，菜没卖掉，老阿姨们却累得够呛。有人愤愤地说："今天咋碰到这么个神经病！"

这之后，小伙每天都来，只要看见老阿姨们卖菜就去找城管。大家叫苦不迭，有人讨好地对小伙说："我们卖点菜贴补家用也不容易，你行行好，明天就不要来了。"

哪想小伙油盐不进，说："你们哪天不来卖菜了，我就不来了。"

大家正无计可施，这天，有个老阿姨说，她打听到这小伙在朝阳路上的一家五金店做事，她已经将小伙的事告诉了他老板，让他老板好好说说他，看他还敢不敢多管闲事。大家听了，都松了一口气。

第二天，老阿姨们又摆上了摊，可还没开张，小伙又来了。他上来就吼道："你们竟然到我老板那里告状。现在我被开除了，往后我死猪不怕开水烫，跟你们耗上了！"

老阿姨们哭笑不得，其中一个追问小伙："我们跟你无冤无仇，你这是为了什么呢？"

小伙说："我好好叫你们别卖，你们不听，还说我多管闲事，非要让我动真格不可；城管来了你们也不听，还暗地里告我的状。现在好了，我没事干了，就陪你们玩吧！"

有个老阿姨悄声说："这人可能脑子有问题，别跟他啰嗦了。"

就这样，老阿姨们一连几天都没出来卖菜。说来也怪，老阿姨们没来，小伙也一连几天没来。大家得知后，虽然也担心小伙再来捣乱，但还是又出来卖菜了，好在小伙一整天都没出现。渐渐地，小公园恢复了以前的景象，小伙呢，也一直没再出现，大家似乎把他给忘记了。

这天，突然有人惊叫一声："那小伙又来啦！"大家齐刷刷地望去，果然看见小伙骑着电动车来了，于是赶紧收拾起摊子来。

小伙停下车，笑道："各位阿姨，之前实在对不住，往后我不会再打扰你们了，你们放心卖菜吧！"

大家丈二和尚摸不着头脑，有人试探着问："你这是啥意思？"

小伙解释道："我老板的妈病了，老板要带她去看病，她却说地里的菜都等着卖呢，等过了这一阵再说。我老板为了让她去看病，就让我天天来捣乱……"

大家你看看我，我看看你，这几天谁没来卖菜？大家同时叫道："王阿姨！"

原来，王阿姨是从乡下搬到城里的，在她心里，种种地、卖卖菜是一种享受。可人生了病哪能不看呢？情急之下，儿子想了这么一个法子，目的就是让他妈妈卖不了菜，赶紧去医院看病。

大家听了解释，觉得王阿姨的儿子很孝顺，也都对小伙之前"多管闲事"的行为表示了谅解……

（发稿编辑：曹晴雯）

（题图：陆小弟）

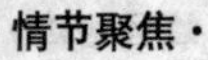

总督府内缉盗贼

□许春芳

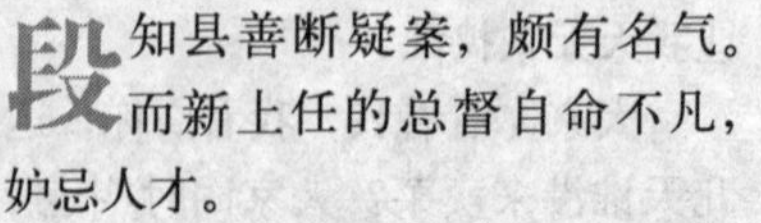

段知县善断疑案，颇有名气。而新上任的总督自命不凡，妒忌人才。

一天，总督办公的签押房忽然丢失了一大包银锭。总督把段知县叫来大加申斥，想借机将他撤职。

段知县听了案情，恭恭敬敬地说："总督府地处本县辖区之内，缉捕盗贼，卑职责无旁贷。请大人定个期限，到期一定把盗贼缉拿归案。"

总督听说定期限，没好气地说："给你一个月，务必破案。"不料段知县竟回话道："一个月太长，岂不误了大人的事！多则十天，少则六天，一定破案，但请大人答应三件事。"

总督问是什么事，段知县说："第一，准许本县差役在总督府衙四周守卫；第二，凡是出入府衙者，一律由本县差役检查、搜身；第三，卑职晋谒总督大人，不论是什么时间，什么地方，务请赏见，万勿拒绝。"

总督应允了。

段知县回到县衙，给衙役分配了任务：一方面要注意总督衙门的出入人等；一方面到银号、钱庄观察可疑的兑银人，但都不得轻易抓人。安排妥当，当天半夜，段知县就进了总督府，也不说话，前后左右、里里外外多处查看。从此，他每天来三四次，时间有早有晚，连续几天都是这样。总督被弄得有些不耐烦，连连责问。段知县只是叩头，唯唯答应而去。

第六天早晨，段知县带领八名精明强干的衙役直奔总督府。见过总督后，段知县指着总督身边的一名随从，厉声喝道："他就是盗贼，快给我拿下！"

总督见状大吃一惊，问段知县："你说他是盗贼，有何证据？"

段知县也不回话，领着众衙役来到花厅，命将炕床移开。人们见炕床后面有一堆松土，挖开松土，里面果然有一大包银锭。

总督见段知县取出赃银，十分惊异，但仍怀疑是否真是随从干的。段知县明白总督的意思，就向总督回禀道："不对此人用刑，谅他不肯招认。卑职请示大人，是将他带回去用刑，还是在此用刑？"

总督为了查明真相，同意在此用刑。那个被捕的随从一听总督同意用刑，吓得面如死灰，立即招供确是自己盗窃了银锭。

总督见段知县用了很短时间就破了案子，十分钦佩，屈尊离座，向段知县请教。

段知县说道："其实这个案子并不复杂。请想，总督府警卫森严，签押房又是机要重地，一般人难以入内，因此卑职断定，此案是内盗无疑，而且还是能经常出入签押房的人干的，这就把嫌犯的范围大大缩小了。

"卑职向您请求的前两个条件，对盗贼起了威慑作用，使他不敢轻易将银锭转移出去；而卑职请求的第三个条件，才是最关键的，因为盗贼心虚，凡卑职来时，他必定会想法子随侍大人左右，以了解卑职与大人的谈话内容。六天内卑职来了多次，果然发现有一个人每次都在场，不是靠在门边，就是闪在屏后，没有一次不在的，故而断定是他所为。

"至于赃银藏在什么地方，一次，卑职在查看时发现花厅炕床被人移动过，仔细观察，见地下有松土痕迹，再加上那个随从也时常盯着这个地方看，因此断定银锭就藏在此处。"

总督听得连连点头。段知县笑道："卑职只是用心细致地观察，不放过容易被人忽视的蛛丝马迹，这才快速破了案。"

（发稿编辑：吕　佳）

（题图：陆小弟）

·大城小事·

凶宅试睡

□老牧童

话说市中心有个老旧小区，二单元顶楼601室里，不久前有个年轻女人，因为发现新婚丈夫与自己的闺密早有一腿，越想越气，深更半夜在窗户上方的钢梁上吊死了自己，一命归西。

女人的父母决定立即把这套房子卖了，哪怕降价也不再留下这个“凶宅”。

这套房是学区房，很快被一个买家看上了。可买家心中多少有些惴惴不安，于是向中介提出：“签约前请人试睡三晚。”

现在的房产市场不比从前，好些中介都快撑不下去了。这套凶宅挂出不久就被人看上，中介大喜过望，这点要求算啥？必须满足客户。很快，“凶宅试睡”的招募信息用醒目彩纸贴在了临街广告栏上，声言：“住满三天，给足三千。”

一个名叫汪磊的小伙子急吼吼前来应聘。汪磊刚从大学美术系毕业，正焦头烂额地到处找工作，手头所剩无几。他无意中发现了这则招募广告，高兴坏了。尽管这事儿听上去很荒唐，但他手头实在缺钱！于是，汪磊在中介带领下，卷铺盖住进了二单元601室。按照客户要求，他必须于每日半夜12点、次日早晨6点，给中介微信发送自己的定位，证明自己确实在凶宅里睡了一夜。

白天还好，到了晚上，汪磊心

中多少有点发毛。他想了想，“咚咚咚”跑下楼去，买了些毛笔颜料，又到附近的扎纸店买了些扎纸材料，回到601室忙活起来。

前面说了，小伙子是大学美术系毕业。为了辟邪和给自己壮胆，他发挥专业技能，手脚麻利地扎了一个纸人，用毛笔在上面画了一个专打恶鬼的钟馗形象，还在钟馗的眼睛部位装了两个闪烁着蓝光的小灯泡。

汪磊将钟馗纸人放在床边，钟馗那两眼放光的脸正对着女人上吊自杀的地方。

汪磊得意地笑了：“真有‘吊死鬼’，老子画的钟馗不把她打死，也要把她吓死。”讲是这样讲，汪磊一直没敢关灯，躺下后，把白天戴的棒球帽檐压低盖住双眼，算是眼罩。

第一夜、第二夜，全都平安无事。第三天晚上，汪磊吃完饭回到601，心情特别好，不仅是因为在凶宅睡完今夜，他就能得到整整三千元，还因为他寄出去的求职简历，今天终于有了回应。

就寝前，汪磊将钟馗人偶两眼中的小灯泡通上电，面朝那个地方摆放好。他对钟馗人偶做了个鬼脸，说：“晚安，大神！”

有了前两夜的经历，汪磊现在不害怕了。他“啪啪”几下，把所有电灯关掉了。今晚他要舒舒服服、轻轻松松地睡上一觉，明天早上好精神饱满地迎接面试。

睡到半夜，窗外开始电闪雷鸣，接着下起了瓢泼大雨。也许睡前窗子没有关严，外面传来“咔哒咔哒”的声音，惊醒了汪磊。汪磊嘟囔着正要起床，忽然，借着钟馗两眼小灯泡闪烁的蓝光，汪磊发现窗帘动了一下，明显不像是风吹的。接着，窗帘间隙出现了一个黑影，伸出了一条手臂，有一只手在拉扯窗帘。这下汪磊慌了。

此时，窗外一道闪电划过，“轰隆隆”一串响雷，玻璃窗户“哐当”一下开了，传来“啊”的一声凄厉惨叫。汪磊揉眼再看时，只见一个年轻女人倒挂在窗外，一头长发倒披下来，遮住了脸，雨水顺着她的头发直往下淋。电闪雷鸣下，那倒挂的女人正在白色尼龙绳上晃晃悠悠地竭力挣扎。

汪磊吓得不轻，赶紧跳下床来，打开屋里的电灯，大声喊道：“你、你是人还是鬼，快说！”

“……我是、是人，我脖子被绳子缠住啦，快救救我，求你了！”

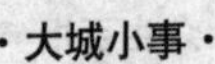

·大城小事·

汪磊壮着胆子走上前去，用手小心翼翼触摸了一下女人垂下来的手。“热乎乎的，是人！”

汪磊发现，女人的脖子被绳子缠住了，脸色发紫。他顾不上许多，一把托住女人的身体，将落汤鸡般的女人一点一点往下拽，再一点一点挪进屋内，平放在地板上，手忙脚乱地把缠在她脖子上的尼龙绳快速解开。

女人渐渐缓过气来，惨白的脸上有了血色。她摸着自己的喉咙咳嗽了好一阵，“哇”的一下哭出了声，这才跪在地上给汪磊磕头，感谢救命之恩。

“你到底是什么人？”汪磊惊魂未定，坐在床沿上大声喝问。

女人低下头，说：“大哥，我、我叫小菊。”

“你是来偷东西的？”

“大哥，我慢慢告诉你。”

小菊与汪磊交谈了起来，事情原委水落石出：

原来，附近杂货店的小老板也看上了这套凶宅，为了孩子读书，做梦都想买下这套近在咫尺的降价学区房。可是，他听说二手房还会再降价，就想等一等下手。前天，他听说有人相中了这套房子，很快要签约，还请中介雇了个年轻男人，这几天正在“试睡”，小老板一下子急了。

小老板的老婆叫小菊，原是杂技团演员。前两年疫情肆虐，杂技团几乎停演，不得不解散了。表演“空中飞人”的小菊向老公提议，她从二单元601室的六楼顶上下坠到凶宅窗口，吓唬吓唬那个试睡的人，吓退现在的买家，过段时间等房价下跌好入手。

小老板知道这事儿冒险，但想到买学区房都是为了孩子的前途，还是答应了老婆。

本来，从楼顶下坠到六楼窗口，对一个表演空中飞人的杂技演员来说不算什么，可实施当晚天气突变。更让小菊没料到，等她倒挂到窗口，扯开窗帘，借着闪电，发现了正对窗子的钟馗，两只眼睛还发着蓝光，把她吓得大惊失色。小菊拽起绳索想往屋顶爬，谁知手忙脚乱，脖子反被在大风中晃荡的绳索缠住，差点被勒死。

是非曲直弄清，汪磊摇摇头，看着小菊说：“我本以为凶宅试睡这件事够荒唐的了，没想到还有比这更荒唐的事……”

（发稿编辑：陶云韫）

（题图：陆小弟）

可怕的事

□海　波

这天，黄涛第一次去女友娟子家，见满屋子都是亲戚，黄涛紧张极了，亲戚们问什么他就答什么，好在最后，亲戚们这关算是过了。

娟子妈全程都在观察，她很满意，满脸堆笑地说："小黄，娟子爸在书房等你，你去陪他说说话。"娟子说过，她爸是个厉害且有威严的人。现在只剩娟子爸这一关了，黄涛答应一声，就去了书房。

可直到午饭时间，书房里仍没一点动静，门关得死死的。大伙正心焦，门开了，只见娟子爸虎着张脸进了卫生间。等方便完，他头也不抬，又径直进了书房，关上了门。

大伙面面相觑，一会儿，门终于开了，可这回出来的是黄涛，他也是出来方便的，要命的是，他也板着脸、皱着眉，像在思考相当严肃的问题。等方便完，黄涛旁若无人地进了书房，关上了门。

大伙惊呆了，不好，书房里肯定发生了可怕的事！

娟子终于忍不住了，她推开书房门，看了一眼后，说："黄涛，你出来！"娟子把黄涛叫到一边，低语两句后，黄涛重新进了书房。

不久，书房里响起一阵欢呼，一老一少随即走出来，只见娟子爸满面春风，说："各位饿了吧？不好意思！小黄，来，靠着我坐！"

这态度，不用说，成了。

饭后，趁娟子爸不在，有亲戚好奇地问娟子："先前书房里到底发生什么可怕的事了？"

娟子指指黄涛，气鼓鼓地说："这家伙在跟我爸下棋。我一看我爸脸色就知道不对劲，再一问这傻小子，他竟一口气赢了我爸九局，我爸可是打遍小区无敌手的！我当即对他说：'你要还想结这门亲，必须输！'他这才输了第十局。"

（发稿编辑：曹晴雯）

谁更高明

□闻春国 编译

这天早晨，有一个叫玛丽的女人走在路上，突然，有人朝她的后脖子上狠狠地打了一下。

玛丽吓了一大跳，她回头一看，发现打自己的是一个素不相识的瘦女人。

玛丽很气愤，她对瘦女人吼道："你是谁啊？怎么无缘无故打人呢？"

那个瘦女人赶紧说："我叫卡罗琳，非常对不起啊，我刚刚认错人了。"

玛丽根本不听对方的解释，她大声责怪道："你人都没看清，就敢这样出手打人，未免也太嚣张了吧！"

对于卡罗琳如此无礼的行径，玛丽可不肯就此罢休，于是，她拉着卡罗琳来到了法院。

法官认真地听取了两人的陈述，最后判决，卡罗琳向玛丽赔偿100美元。可是，卡罗琳声称自己身上没有钱。

听了卡罗琳的话，法官低头思考了一会儿，然后，他神情严肃地对卡罗琳说道："既然你身上没有钱，那你怎么还不快点回去拿钱呢？"

就这样，法官把卡罗琳放走了。

玛丽在法院等啊等啊，几个小时过去了，却始终不见卡罗琳的踪影。

最后，玛丽终于想明白了。她灵机一动，不声不响地走到法官的身后，朝他的后脖子狠狠地打了一下。

玛丽对法官说道："对不起，法官，我很忙，恕不奉陪了，那个瘦女人的100美元赔偿金就转让给你了！"

说完，玛丽就扭过头，扬长而去……

（发稿编辑：曹晴雯）

饭里乾坤

□庞　栋

刘勇在私企当小老板，是个注重人脉的人精。最近，刘勇参加了一场同学聚会，加了很多老同学的微信。

通过跟同学聊天，刘勇得知了他们现在的发展情况。可是，有一个叫李刚的同学，就是不说自己在哪里上班，其他同学也不知道他现在做什么。刘勇便打开了李刚的朋友圈，想找找线索。

刘勇发现，李刚经常晒一家五星级酒店的美食。能吃这样的饭，一定不是泛泛之辈。果然，不一会儿，他就发现了证据。

在李刚的朋友圈里，有一张派出所张所长的照片，并配文："感谢张所长盛情款待！"

刘勇对张所长慕名已久，却无缘一见。他竟然能请李刚吃饭，那说明李刚这人有点东西。刘勇继续往前翻，在李刚更早的朋友圈里，又出现一次张所长的照片，配文写道："这顿饭吃得真叫人难忘，以后我请您吃更好的。"

关系不好能老在一起吃饭？刘勇便把李刚邀请出来，让他从中牵线，好认识一下张所长。

几杯酒下肚，李刚醉醺醺地问："你为啥要认识张所长？"

刘勇笑着说："老同学，饭局里藏着乾坤！你不是在朋友圈里发照片了吗？"

谁知李刚咬牙切齿，说："我就跟你说吧，我以前在一家五星级酒店打工，因为脾气暴躁，打了两回无理取闹的顾客。我被抓了两次，那个张所长让我吃到了非常难吃的拘留饭，我的配文是在发泄心里的愤怒啊！"

听了这话，刘勇彻底呆住了，与此同时，他也知道了李刚晒的那些美食图片是怎么来的……

（发稿编辑：陶云韫）

暗示

□董川北

胜军进公司一年多，最近总是闷闷不乐。公司规定，员工干满一年，会加一级工资，除非是老板没批准。前天工资发下来，胜军发现自己一分钱都没加。

“听说老板奖罚分明，我哪里做得不好呢？”胜军嘀咕着。虽然老板三五天才来公司一次，但胜军每次都对老板恭恭敬敬，唯命是从。他苦思冥想，不知道问题出在哪儿。

胜军心想：也许……老板太忙，忘记给我加薪了？看来，必须趁老板哪天心情好，给他暗示一下。

怎么暗示老板呢？胜军琢磨了半天，也没想到好办法。晚上下班路上，胜军看到有人摆摊卖个性茶杯，走过去一看，发现一只搪瓷茶杯上印着五个红字：“我要加工资”，胜军灵光一现，买下了杯子。

几天后，在月度总结会上，胜军紧张地端着茶杯走进会议室。

轮到胜军发言了，他侃侃而谈，工作汇报得有条有理。老板微笑着边听边点头。胜军讲完，赶紧喝一口水，趁老板心情好，把茶杯偷偷地转了一下，将“我要加工资”五个字正对着老板……

会议结束，胜军心里七上八下，他不确定老板是否留意到了暗示。

又过了几天，老板让胜军来自己办公室交一份报表。老板接过报表，边看边端起茶杯喝水。老板这个看似不经意的动作，却把胜军吓得腿一哆嗦：老板新买了搪瓷茶杯，杯身上也有五个红字：“爱做梦的人”。

老板清清嗓子，对胜军说：“我在手机上，是能看到办公室监控的。我好几次看见，你在工作时间趴在桌子上，做起了美梦……”

（发稿编辑：陶云韫）

脚踩几条船

□王　芬

小黄是个心眼活络的人，他一直以来都脚踩“三船”，周旋在三个女朋友之间。今年春节临近，父母向他催婚，他自己也有安定下来的打算。三个女朋友，和谁结婚比较好？小黄拿不定主意，于是在微信群里向发小们求助。

他向发小们介绍了三个女朋友的情况。小A是大学同学，外貌一般，胜在高学历；同事小B，家里的关系网很广，能对他的事业有所帮助；同乡小C只有中专学历，但相貌是三人中最漂亮的。

群里一下子热闹起来。其中一个做程序员的发小，还帮小黄做了个表格，让小黄根据各项内容分别给三个女朋友打分，分数最高的自然就是他的结婚对象了。

就在大家聊得兴致勃勃的时候，一个做人事工作的发小发话了：“你们这样是瞎搞，婚姻是分数能算出来的吗？”

小黄忙向他请教：“那依你说，要怎么选才好呢？”

担任人事工作的果然不一般，一说话就直抓人性要害：“婚姻不只是两个人的事，还是两个家庭的结合。现在，你要做的是，考察一下对方的家庭。趁过年这段时间，分别去三个女朋友家里拜访，看和谁的家庭相处最融洽，谁的父母提出的结婚条件最合适，这不就得了嘛！”

此言一出，大家都说“高”。小黄决定，就按照这个法子办。

转眼过了一个月，小黄一直没在群里发消息。有人终于按捺不住，问小黄事情进行得怎么样，最终选了谁。

过了大半天，小黄才回复道：“别提了，我后来才知道，她们也都脚踩几条船。我过年跟她们回家，她们和亲戚朋友一打分，我就被刷下去了。三个人没一个选我，都分了。”

（发稿编辑：吕　佳）

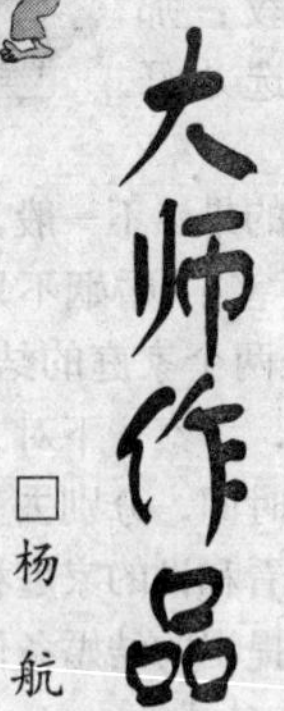

大师作品

□杨 航

这天是七夕。一大早，阿强正吃早饭呢，就听老婆丽丽撒娇道："今天是情人节，我的姐妹们昨天就收到她们老公送的礼物啦，不是限量版的首饰，就是名牌礼服，件件都是大师作品。老公，你也送我一件'大师作品'呗？"

阿强一听这"号令"，硬着头皮答道："行，没问题！"

丽丽在阿强脸上猛亲了一口："那我就等你的惊喜！"这下，阿强也没心思啃肉包了，赶紧出门备礼去。可惜囊中羞涩，他在街上逛得腿都快断了，也没买到什么"合格"的礼物。

外头阳光火辣，阿强被晒得满头大汗。走着走着，他看到一家T恤专卖店，可以在T恤上印制照片、艺术字等。阿强有了主意……

中午，丽丽耐不住好奇，给阿强打来电话，问他礼物准备得如何。阿强说："正在制作中呢！"

天黑时，阿强终于回来了。丽丽见他人黑了一大圈，但两手空空。丽丽不高兴了："礼物呢？"

阿强乐呵呵地说："老婆，礼物我可是精心准备了，绝对限量版！"说着，他突然开始脱衣服。丽丽嫌弃地后退了一步："你干什么呢！"

只见阿强突然一转身，把光溜溜的后背展示给丽丽——"阿强爱丽丽，此生永不离！"

看到阿强背上的字，丽丽哭笑不得："你这上哪儿去弄的！"

"我定制了一件T恤，上面的字是我亲手写的，再剪成镂空的，我穿着趴在太阳下晒了一整天！"阿强得意地说，"我这大礼，可是老天爷举着太阳亲手做的呀！"

（**发稿编辑**：丁娴瑶）

（**本栏插图**：小黑孩　顾子易）